Hendrik Falkenberg
Tag der Wahrheit

EDITION M

Das Buch

Zwei Leichen, ein herausgeschnittenes Herz und die Entführung hochrangiger Manager versetzen das Bundeskriminalamt in den Krisenmodus. Die Täter lassen keinen Zweifel an ihrer Kaltblütigkeit und der Bereitschaft, alles zu tun, um ihre Ziele zu erreichen.

Für das erfahrene BKA-Ermittlerduo Laura Westermann und Steven Haberland präsentiert sich die Lage zunächst undurchsichtig. Gibt es einen persönlichen Hintergrund oder sind die Taten politisch motiviert? Wer ist noch gefährdet? Als die Drahtzieher schließlich die Masken fallen lassen und ihre Forderungen stellen, bleibt den Polizisten nur ein enges Zeitfenster, um weitere Todesopfer zu verhindern.

Der Autor

Hendrik Falkenberg wurde 1978 geboren und hat Sportmanagement studiert, um sein Hobby zum Beruf zu machen. Dies ist ihm einige Jahre später auch als Schriftsteller gelungen. Nach zehn erfolgreichen Hannes-Niehaus-Krimis und zahlreichen Top-10-Platzierungen in der Kindle-Bestsellerliste schreibt er jetzt an einer neuen Serie um die BKA-Ermittler Laura Westermann und Steven Haberland. Dabei greift er verstärkt aktuelle Themen oder Skandale auf und fesselt die Leser mit seinem gewohnten Mix aus Spannung, Humor und realitätsnahen Schilderungen.

HENDRIK
FALKENBERG

TAG DER WAHRHEIT

Ein Westermann-Haberland-Krimi

EDITION M

Deutsche Erstveröffentlichung bei
Edition M, Amazon Media EU S.à r.l.
38, avenue John F. Kennedy, L-1855 Luxembourg
September 2020

Umschlaggestaltung: bürosüd° München, www.buerosued.de
Umschlagmotiv: © plainpicture/Schiesswohl © ZoranKrstic/Shutterstock
© Zack Frank/Shutterstock © Milan M/Shutterstock © Nik Merkulov/
Shutterstock
1. Lektorat: Joern Rauser
2. Lektorat: Diana Schaumlöffel
Korrektorat: Angelika Wiedmaier/Herwig Frenzel
Gedruckt durch:
Amazon Distribution GmbH, Amazonstraße 1, 04347 Leipzig /
Canon Deutschland Business Services GmbH, Ferdinand-Jühlke-Straße 7,
99095 Erfurt /
CPI books GmbH, Birkstraße 10, 25917 Leck

ISBN 978-2-49670-368-9

www.edition-m-verlag.de

Kapitel 1

Wie ein Vorschlaghammer eine Glasscheibe, so zerschmetterte der Schuss die Stille des frühen Freitagmorgens. Ein Windhauch umschmeichelte mit dem erdigen Aroma des Waldes die Nase, dann verblasste die Idylle. Der Knall wirkte wie ein Weckruf für die Natur. Vogelgezeter brandete auf, gefolgt von dem Geräusch hektischen Flügelflatterns. Auch die Wildschweinrotte vergeudete keine Zeit, sondern beeilte sich, ihr Leben zu retten. Das jüngste Familienmitglied war dem Treffer nur knapp entkommen und galoppierte quiekend hinter seiner Mutter in den Schutz der Bäume.

Verwünschungen murmelnd, legte Florian Beck das Gewehr zur Seite. Nun konnte es dauern, bis sich wieder ein Tier zeigte, und die Wildschweine würde er an diesem Tag wohl überhaupt nicht mehr zu Gesicht bekommen. Er rieb die Hände aneinander und beobachtete, wie sich seine Atemwolke in der Morgendämmerung auflöste. Ende Februar war es zu dieser Uhrzeit noch kühl und feucht. Er zog den Reißverschluss der grünen Wachsjacke bis ganz nach oben, dann schraubte er den Verschluss der Thermoskanne auf und goss Tee in den Aluminiumbecher. Der Duft nach Hagebutte erinnerte ihn an seine Kindheit, aber es war ein unbewusster Griff, wenn er vorm Supermarktregal stehend jedes Mal die gleiche Sorte nahm.

Seine Finger fühlten sich steif an, vielleicht der Grund für den Fehlschuss. Er nahm den dampfenden Becher in beide Hände und ließ sie die Wärme aufsaugen. Der geeignete Augenblick für einen Treffer kam oft unerwartet und war genauso rasch wieder vorbei.

Sein Blick glitt über die Lichtung, an deren Rand der Hochsitz stand. Gemeinsam mit einem Freund hatte er ihn errichtet, nachdem er das fünfhundert Hektar große Jagdrevier vor gut zwei Jahren gepachtet hatte. Der jährliche Pachtzins von siebentausend Euro war gut investiert, denn das Revier bot eine abwechslungsreiche Fauna und ermöglichte ihm die Ausübung seines Hobbys, wann immer ihm danach war. Zumindest *fast*, denn die vom Gesetzgeber festgelegten Jagd- und Schonzeiten musste jeder beachten – auch wenn Beck sie hin und wieder großzügig auslegte.

Derzeit waren fast alle Tierarten vor einem Abschuss geschützt, lediglich Feldhasen und Wildschweinen durfte man nachstellen. Bei Letzteren beschränkte sich die Freigabe auf Frischlinge – und weder an ihnen noch an Hasen hatte Beck größeres Interesse. Sie dienten ihm allenfalls als herausfordernde Zielscheibe. Der Geschmack von Wildschweinen sagte ihm zwar zu, der von Rotwild aber noch mehr. Umso aufmerksamer wurde er, als sich eine halbe Stunde später ein Schmaltier, womit in der Jägersprache eine Hirschkuh bezeichnet wurde, auf der gegenüberliegenden Seite am Waldrand zeigte.

Seit Mitte Januar war ihr Abschuss untersagt, dennoch legte Beck sein Gewehr auf die Wandaussparung des Hochsitzes, blickte durch das Zielfernrohr und konzentrierte sich. Die Sonne war mittlerweile am Horizont aufgetaucht, stand aber noch zu tief, um die Lichtung zu bescheinen. Das Tier befand sich halb hinter einem Busch und schien die Wiese misstrauisch zu beäugen. Dann aber trat es doch nach vorn. Zögernd setzte es die Hufe auf, die gesamte Körperhaltung signalisierte

Alarmbereitschaft. Aus der Nase traten Wölkchen kondensierter Atemluft hervor, am Hals pochte eine Ader. Die Welt schien in diesem Moment innezuhalten und nur aus Jäger und Gejagtem zu bestehen.

Die Chancen waren ungleich verteilt. Diesmal zögerte Beck nicht zu lange. Sein Zeigefinger verstärkte den Druck auf den Abzug, er hielt den Atem an und feuerte das Geschoss ab. Geplant war ein Kammertreffer, bei dem das Projektil hinter dem Schulterblatt eintrat und im Idealfall Herz und Lungen zerstörte. Der daraus resultierende Abfall des Blutdrucks und Zusammenbruch der Lungenfunktion führten nach spätestens zwanzig Sekunden zum Tod. Schon das war viel Zeit, in der das Tier so weit flüchten konnte, dass einige Mühe in die Suche investiert werden musste. Daher begleitete üblicherweise ein Hund die Jäger, aber berufsbedingt fehlte Florian Beck die Zeit für ein Haustier.

Als die Hirschkuh zusammenbrach, erkannte er gleich, dass er – anders als beabsichtigt – einen Rückenwirbel erwischt hatte. Bei einem Kammertreffer hätte sich das Tier nämlich aufgebäumt, jetzt zählte jede Sekunde. Hastig kletterte er die Leiter herunter und riss sich dabei an einem hervorstehenden Nagel die Hand auf. Fluchend rannte er über die Lichtung zu dem angeschossenen Rotwild. Das Gras stand noch niedrig, dennoch durchnässte der Tau seine Hose an den Schienbeinen. Er bemerkte es kaum. Der Treffer hatte einen Schock im Nervensystem der Hirschkuh ausgelöst, wodurch sie kurzzeitig betäubt war. Kam sie wieder zu sich, würde sie sofort zur Flucht ansetzen, und die Eltern seiner Freundin würden sich vergeblich auf das versprochene Wildgericht freuen.

Als er sich dem Tier näherte, drehte es sich gerade auf den Rücken, strampelte mit den Läufen und rappelte sich dann auf. Wenige Meter von ihm entfernt konnte Florian die Atemgeräusche hören. Schweiß glänzte auf dem Fell. Er riss sich das Gewehr von der Schulter, legte an und schoss übergangslos. Trotz der Hast versagte er nicht wieder. Wie eingefroren stand er mit der Waffe im Anschlag da und konnte noch kurz die Panik in den schwarzbraunen Augen erkennen. Dann war es vorbei. Das Opfer brach zusammen, der Stärkere hatte gewonnen.

Florian Beck ließ den angehaltenen Atem entweichen, bevor er das Gewehr senkte und zu seiner Beute ging. Es war ein schönes Tier in den besten Jahren. Vermutlich hatte es schon einige Kälber zur Welt gebracht. Er ging in die Hocke und berührte mit der Hand das Fell. Noch war der Körper warm. Die Sonne stieg in diesem Moment über die Baumwipfel, und Beck suchte die Jacke nach der Brille ab. Sie musste noch in dem Rucksack liegen, den er auf dem Hochsitz zurückgelassen hatte. Er richtete sich auf, drehte sich um und stutzte. Hinter der Schießscharte hatte er eine Bewegung ausgemacht. Er kniff die Augen zusammen und sah genauer hin. Er meinte etwas Glänzendes zu sehen, dann zerriss erneut ein lauter Knall die morgendliche Idylle.

Es war ein perfekter Schuss. Das Projektil durchdrang die Hautschichten an der Stirn, schlug ein Loch ins vordere Schädeldach und durchpflügte das Gehirn, bevor es am Hinterkopf wieder austrat. Als wäre er eine Marionette, der die Fäden durchtrennt worden waren, sackte Florian Beck in sich zusammen. Rücken und Kopf landeten auf dem Körper der Hirschkuh, der rechte Arm ruhte auf dem Hals seiner Beute. Passend zu dieser angedeuteten Umarmung wirkte es so, als schmiege er sein Gesicht an die Flanke des Tieres. Erst Minuten später kehrte das Leben an diesen Platz zurück, als sich Insekten der doppelten Futterquelle näherten.

Während der nächsten Stunde stieg die Sonne höher, ohne dass sich ein größeres Lebewesen auf der Lichtung zeigte. Dann raschelte es im Unterholz, und eine schwarz gekleidete Person erschien. Ähnlich wie zuvor die Hirschkuh, überprüfte sie zunächst die Umgebung, bevor sie ganz hervortrat und sich dem Toten näherte. Vor Florian Becks Leiche ging sie in die Hocke und stellte einen Rucksack ab. Mit einem Ruck zogen behandschuhte Hände den Reißverschluss seiner Jacke nach unten, dann knöpften sie sein Hemd auf. Aus dem Rucksack wurde ein Täschchen gezogen, die darin enthaltenen Gegenstände funkelten kurz darauf im Sonnenlicht. Mit einer Schere wurde Florian Becks T-Shirt aufgeschnitten, dann lag seine Brust frei.

Mühelos durchtrennte die Klinge seine Haut, das Skalpell wurde mit ruhiger Hand geführt. So wie sie auch den Rest der Prozedur, die an eine Operation unter freiem Himmel erinnerte, routiniert erledigte. Sogar die Nadelstiche, mit denen die Wunde anschließend wieder verschlossen wurde, waren so fachmännisch gesetzt, dass Beck – wäre er noch am Leben gewesen – nur eine kaum sichtbare Narbe davongetragen hätte. Die schwarz gekleidete Person verschloss eine Plastikdose, verstaute sie zusammen mit dem Täschchen im Rucksack und richtete sich dann auf. Minutenlang betrachtete sie die beiden Körper, dann verschwand sie in dieselbe Richtung, aus der sie gekommen war. Zurück blieben eine tote Hirschkuh und ein Mann, der noch immer so aussah, als würde er das Tier liebkosen. Das Blut der beiden hatte sich auf dem braunen Fell vereinigt und trocknete in der Sonne. Im Tod waren Jäger und Beute zu Blutsbrüdern geworden.

»Drei – zwei – eins!« Jubel brach aus, als die Zeiger der Uhr auf Mitternacht umsprangen. In dem Festsaal wurde allerdings kein neues Jahr begrüßt, stattdessen feierte jemand zum fünfundsechzigsten Mal, dass er dem Grab wieder ein Stück näher gekommen war, wie es der Jubilar kurz darauf in seiner Rede formulierte. Wie viele Meter ihm noch blieben? »Ich habe den Plan, auch auf meinen hundertsten Geburtstag, auf beiden

Beinen stehend, anzustoßen!«, rief er, und insbesondere seine drei Töchter applaudierten ihm heftig.

Schmunzelnd prostete Konrad Hentschel ihnen zu. Obwohl er in ihren Kinder- und Jugendjahren wenig Zeit mit ihnen verbracht hatte, war das Verhältnis ausgezeichnet. Vielleicht waren seine häufigen Abwesenheiten sogar das Erfolgsrezept gewesen – zumindest war dies die Meinung ihrer Mutter, die inzwischen seine Exfrau war und die Einladung zu der Feier ausgeschlagen hatte. Es sei ein Glück, dass die Kinder seine Launen, die herrschsüchtige Ader und den abstoßenden Sarkasmus kaum mitbekommen hätten, war ihm zum letzten Mal bei der Unterzeichnung der Scheidungspapiere vorgehalten worden.

Vier Jahre lag dieser Tag zurück, aufgrund seines hohen Arbeitspensums hatte er die Auswirkungen der Trennung kaum wahrgenommen. Vor zwölf Monaten war sein Leben dann aber grundlegend umgekrempelt worden. Das Unternehmen, das er als Vorstandsvorsitzender in völlig neue Umsatzsphären geführt hatte, war in den anderthalb Jahren zuvor von einem Skandal erschüttert worden, wie er in der Bundesrepublik seinesgleichen suchte. Anfangs war Hentschel noch davon ausgegangen, alles abwiegeln und aussitzen zu können – nicht zuletzt wegen seines guten Drahts zur Politik. Doch der Sturm der Entrüstung war dann immer heftiger geworden und hatte sogar das Lager der eigenen Aktionäre erreicht. Schließlich hatte er einsehen müssen, dass ein Rücktritt von seinem Posten die letzte Möglichkeit darstellte, um mit halbwegs erhobenem Haupt das Schlachtfeld anderen zu überlassen.

Erleichtert worden war ihm dieser Schritt durch eine großzügige Abfindung: Fünf Millionen Euro als goldener Handschlag hatten ihn nicht länger zögern lassen. Das Tauziehen mit der Justiz war zwar noch immer nicht beendet, ebbte aber allmählich ab. Bis heute konnte ihm keine persönliche Schuld nachgewiesen werden, sodass Hentschel – sollte er tatsächlich hundert Jahre alt werden – eine entspannte Zeit vor sich haben dürfte. Finanziell war er auf Rosen gebettet, und sein Gesundheitszustand präsentierte sich – bis auf die Zuckerkrankheit, die er jedoch mithilfe von Insulinspritzen im Griff hatte – blendend.

Im Anschluss an seine Rede trat ein Mann zu ihm, der noch heute im Vorstand saß. Hentschel war schon kurz davor gewesen, ihn der Öffentlichkeit als Bauernopfer zum Fraß vorzuwerfen, doch sein eigener Rücktritt hatte es nicht mehr dazu kommen lassen. Rückblickend war dies ein Glück, denn der frühere Kollege hatte Kontakte in einflussreichen Kreisen und war in Unkenntnis von Hentschels damaligen Plänen noch immer der Meinung, ein guter Freund von ihm zu sein.

»Du scheinst dich in deinem Vorruhestand gut eingerichtet zu haben«, bemerkte er.

»Wie kommst du darauf?« Hentschel nahm einen Schluck Champagner.

»Du wirkst entspannt und bist so braun gebrannt, als wär es August und nicht Ende Februar.«

Hentschel winkte ab. »Ich bin am Mittwoch aus Südafrika zurückgekommen. Drei Wochen segeln mit alten Freunden.«

»Du weißt deine freie Zeit zu nutzen. Gelingt nicht jedem, der von heute auf morgen aussteigt.«

Hentschel rang mit sich, dann zog er den früheren Weggefährten zur Seite. Als er seinen Hut als Vorstandschef genommen hatte, war er davon ausgegangen, schnell mit Angeboten anderer Firmen überhäuft zu werden. Dies war jedoch nicht der Fall gewesen, und als er selbst die Fühler ausgestreckt hatte, war ihm erstmals bewusst geworden, welchen Schaden seine Reputation auch in Geschäftskreisen genommen hatte. Fürs Altenteil fühlte er sich aber noch lange nicht reif, wenngleich er sich die Zeit mit Tennis, Reisen oder seiner Oldtimersammlung durchaus zu vertreiben wusste. Auf

Dauer war all dies ermüdend – und außerdem fehlte ihm etwas, wonach er seit jeher gestrebt hatte: Einfluss.

Nun blickte er durch das Fenster zum dunklen See hinüber. Das Hotel war nicht ganz so erstklassig, wie er es gewohnt war, dafür war die Lage traumhaft – auch wenn man in der Nacht nicht viel davon sah. Eine seiner Töchter war hier ins Management eingestiegen, daher hatte er ihren Vorschlag, seinen Geburtstag an diesem Ort zu feiern, nicht ablehnen wollen.

»Weißt du …«, setzte er an, »freie Zeit ist schön und gut, oft aber auch verschwendet. Eine sinnstiftende Aufgabe würde mich schon reizen.«

»Ein Ehrenamt? Du?« Ungläubig sah ihn der Geburtstagsgast an.

Hentschel lachte. »*Das* natürlich nicht, so eine Vereinsmeierei würde mich wahnsinnig machen.« Dann wurde er ernst. »Den Aufwand, wie ich ihn als Vorstandsvorsitzender kenne, würde ich nicht mehr betreiben wollen, aber … ich könnte mir den einen oder anderen Posten in einem Aufsichtsrat vorstellen.«

Zunächst schwieg der Mann, dann nickte er langsam. »Hast du schon … konkrete Vorstellungen?«

Hentschel zwang sich zu einem Lächeln und legte ihm eine Hand auf die Schulter. »Ich habe erst flüchtig darüber nachgedacht, aber allmählich fühle ich mich für den nächsten Schritt bereit. Noch bin ich also zu haben, falls du das meintest.«

Jetzt wirkte sein Gast verlegen, die Botschaft war angekommen. »Ich kann … mich ja mal umhören. Du hast viele Kontakte und deine Wirtschaftskompetenz mehrfach unter Beweis gestellt. Nur wird dein Name eben weiter mit … gewissen Dingen in Verbindung gebracht.«

Mit Mühe schluckte Hentschel seine Verärgerung herunter. »Ich bin nicht verurteilt worden. Nur weil ich öffentlich angeprangert wurde, stimmen die Vorwürfe noch lange nicht.«

Teilweise war er nicht nur angeprangert, sondern sogar bedroht worden. Ein missglücktes Interview – das noch vor dem eigentlichen Skandal ausgestrahlt worden war – hatte ihn zu einer *der* Feindfiguren innerhalb autonomer Kreise gemacht. Eine Zeit lang hatte er unter Polizeischutz gestanden, erst seit seinem Rückzug aus dem Vorstand war er für all die Globalisierungsgegner, Umweltschützer, Sozialisten und Kommunisten oder wie auch immer sie sich nannten nicht mehr interessant.

»Mich musst du von deiner Unschuld nicht überzeugen.« Besonders glaubwürdig klang die Aussage des Mannes allerdings nicht, zudem mied er den Blickkontakt. »Einer unserer Zulieferer … dort wird demnächst ein Posten frei. Ich könnte deinen Namen diskret ins Spiel bringen.«

»Gern. Vielleicht …« Hentschel stutzte und kniff die Augen zusammen. Draußen vor dem Fenster war ihm eine Bewegung aufgefallen. So als sei eine Person geduckt von einem Baum zu einem Busch gehastet.

»Was ist?«, wurde er gefragt.

»Gar nichts.« Hentschel drehte sich um. Entweder hatte er sich getäuscht, oder jemand war zum Rauchen rausgegangen. »Mir ist nur was eingefallen, wir sprechen später weiter.«

Sein Interesse an einem Job wollte er nicht allzu deutlich platzieren, schließlich war er keine Ausschussware, die um eine neue Verwendung betteln musste. Die Unternehmen sollten auf *ihn* zukommen, alles andere widersprach seinem Selbstverständnis.

Eine halbe Stunde später leerte sich der Saal, was ihn die Stirn runzeln ließ. War er also schon an dem Punkt angekommen, dass man sich nur noch zu einem schnellen Anstandsbesuch herabließ? Einiges deutete darauf hin, denn kurz darauf war er mit seinen Töchtern allein.

»Sicher, dass du nicht hier übernachten willst?«, fragte ihn die älteste Tochter. »Eine der Suiten ist frei.«

»Auf keinen Fall.« Hentschel zog sich seine Jacke über, die sie ihm aus der Garderobe gebracht hatte. Die Fahrt zu seinem Haus am Stadtrand von Hamburg würde um diese Uhrzeit maximal eine Dreiviertelstunde dauern, also gab es keinen Grund, sich auf einer Hotelmatratze Rückenschmerzen zuzuziehen.

»Du musst doch müde sein«, versuchte sie es erneut. »Und du wirkst … irgendwie bedrückt.«

»Das bildest du dir ein. Die frische Luft wird mich gleich wieder munter machen.«

Er drückte seine Töchter an sich, gab ihnen einen Kuss und trat in die Nacht hinaus. Es war sternenklar und kalt. Als er die Tür ins Schloss drückte, verstummten sämtliche Geräusche der Servicekräfte, die im Inneren die Spuren des Festes beseitigten. Tief atmete Hentschel aus. War es also mal wieder geschafft! Er ging die Treppen zum Kiesweg hinunter und folgte diesem durch eine Allee zum Parkplatz, auf dem nur wenige Fahrzeuge standen. Zu dieser Jahreszeit verirrten sich kaum Touristen an die Holsteiner Seenplatte, und von seinen eigenen Gästen übernachtete fast niemand in dem Hotel.

Ein Waldkauz schrie, in der Nähe knackte ein Zweig, und entfernt meinte er das Plätschern von Wasservögeln zu hören. Als er den schwach beleuchteten Parkplatz betrat, zog er einen Schlüssel hervor und entriegelte sein Fahrzeug. Es war das gleiche Modell wie sein früherer Dienstwagen – damals noch mit Chauffeur, heute fuhr er selbst. Die Geburtstagsgeschenke hatten seine Töchter bereits im Kofferraum verstaut, großes Interesse am Auspacken verspürte er nicht.

Als er hinter sich Schritte vernahm, drehte er sich um. Ein Adrenalinstoß flutete seinen Körper mit dem Stresshormon. Er hatte eine seiner Töchter erwartet, stattdessen starrte er auf eine schwarz gekleidete Gestalt. Schwarz von den Schuhen bis zur Strumpfmaske. Nur in der behandschuhten Hand glänzte etwas silbern. Eine Pistole. Sein Hals wurde eng, mit rasendem Herzschlag sah er sich um. Direkt neben seinem Wagen parkte ein dunkler Transporter, dort trat in diesem Moment eine weitere Person hervor, ebenfalls ganz in Schwarz. Auch sie hielt einen Gegenstand in den Händen, der aber nicht nach einer Waffe aussah.

»Was …?«, krächzte er.

Die Person mit der Pistole war stehen geblieben, während sich die andere weiter näherte. Langsam und offensichtlich auf der Hut.

»Bleib ganz ruhig«, klang es aus ihrer Richtung, und überrascht registrierte Hentschel, dass es sich um eine Frauenstimme handelte. Er war davon ausgegangen, dass ihm zwei Männer aufgelauert hatten.

»Was soll das werden?«, fragte er und verachtete sich selbst für den belegten Klang seiner Stimme.

»Nichts, wovor du Angst haben musst«, antwortete sie. »Dreh dich um, heb die Hände und sieh zur Pistole!«

»Zuerst will ich wissen …«

»Du hast drei Sekunden. Eins … zwei …«

Rasch drehte er sich wie gefordert zu der anderen Person, die noch immer schwieg. Ihr Arm zeigte ausgestreckt auf Hentschel, er meinte, ein leichtes Zittern zu bemerken. Profis waren es wohl nicht, aber das musste nicht bedeuten …

Als er einen Stich im Nacken verspürte, schrie er auf. Panisch fuhr er herum und holte instinktiv zum Schlag aus. Die Frau sprang ein paar Schritte zurück – und jetzt erkannte er, was sie in der Hand hielt: eine Spritze.

»Was zum Teufel hast du in mich reingejagt?«, brüllte er. Im selben Moment bekam er einen Schlag auf den Hinterkopf und ging zu Boden. Die Schmerzen waren unbeschreiblich, er fühlte sich benommen. Wie aus großer Entfernung meinte er das Geräusch einer Wagentür zu hören, dann war ihm auf einmal alles gleichgültig. Ein letztes Mal noch versuchte er, sich aufzurappeln, aber sein Körper gehorchte den Befehlen nicht. Dann blieben auch diese Befehle aus, und er ließ sich willenlos ins Auto verfrachten. Der Schlüssel zu seinem eigenen Wagen wurde ihm aus der Hand gerissen, kurz darauf durchschnitt das Geräusch von zwei gestarteten Motoren die Nacht.

Regen schlug gegen die Fenster, als der IC 2213 den Bahnhof von Osnabrück hinter sich ließ. Der Zug befand sich auf der Fahrt vom Ostseebad Binz nach Stuttgart, Linus Möller hatte den Führerstand aber erst in Bremen übernommen. Somit war Osnabrück an diesem Montag sein erster Zwischenstopp – und zugleich war es die erste Fahrt ohne Begleitung nach einer dreizehnmonatigen Pause, in der er sich zunächst vergraben und dann zögernd einer psychologischen Behandlung geöffnet hatte.

Pro Jahr kam es im deutschen Bahnbetrieb zu ungefähr achthundert sogenannten Personenschäden. Durchschnittlich versuchten also an jedem Tag mehr als zwei Menschen, sich mithilfe eines heranrasenden Zuges das Leben zu nehmen. Nicht immer gelang der Suizid, sodass die Betroffenen mit abgetrennten Gliedmaßen weiterleben mussten. Egal, wie das Ergebnis ausfiel, für die betroffenen Zugführer war es immer schwer, das Erlebnis zu verarbeiten. Einer von ihnen war Linus Möller.

Es war ein heller Wintertag gewesen, Schnee hatte auf den Feldern gelegen, als er seine Passagiere durch Nordhessen in Richtung Fulda gefahren hatte. Nach der Ausfahrt aus einem Tunnel hatte er seine Sonnenbrille aufgesetzt, doch es war nicht der Blendung durch das helle Licht geschuldet gewesen, dass er nicht mehr rechtzeitig hatte abbremsen können. Etwa dreihundert Meter entfernt hatte er etwas auf den Schienen bemerkt und sofort eine Notbremsung eingeleitet. Es hatte aber nicht gereicht. Sein Zug war mit über zweihundert Stundenkilometern unterwegs gewesen – hilflos hatte er mit ansehen müssen, wie das Bündel auf den Gleisen immer deutlicher menschliche Züge annahm. Zwei sechzehnjährige Mädchen hatten an diesem Tag keinen Ausweg mehr gesehen und mit ihrem Akt der Verzweiflung tiefe Narben in Linus Möllers Seele gebrannt.

Das Schlimmste war für ihn, dass beide ihre Köpfe in seine Richtung gedreht hatten. Er war aufgesprungen, hatte gefuchtelt und Warnsignale gegeben, aber die Mädchen waren regungslos liegen geblieben. Als der Zug endlich zum Stehen gekommen war, hatte er eine Meldung abgegeben und war dann aus dem Führerhaus gesprungen. Er hatte ein ganzes Stück an dem ICE zurückhasten müssen, bis sich ihm ein Bild geboten hatte, das er nie mehr vergessen würde. Blut, abgetrennte Gliedmaßen und eine breiige Masse aus zermahlenen Knochen und Fleisch hatten keinen Zweifel daran gelassen, dass die Rettungskräfte nur noch zum Aufräumen anrücken mussten.

Erst Tage später hatte er erfahren, was der Auslöser für die Verzweiflungstat gewesen war – und ihn erneut in einen Abgrund gestoßen. Eines der Mädchen war schwanger gewesen, während ihre Freundin kurz vor einer Zwangsheirat mit einem ihr unbekannten Mann gestanden hatte. Beide stammten aus einem Kulturkreis, in dem man sich dem Willen des Vaters nicht zu widersetzen hatte, und eine Schwangerschaft nach einem One-Night-Stand wäre als höchst unehrenhaft angesehen worden.

Bis heute war Linus Möller nicht über das Erlebte hinweggekommen, im Unterschied zu manch anderem Zugführer war er aber wenigstens nicht als dauerhaft dienstunfähig eingestuft worden. Ein gutes Gefühl war es dennoch nicht, ganz allein im Führerstand des Zuges zu sitzen. In den vergangenen Wochen war er noch mit einer Begleitperson unterwegs gewesen – für den Fall einer Überforderung. Seine Nerven hatten standgehalten, doch auch jetzt behielt er die Strecke vor sich mit einer so großen Aufmerksamkeit im Blick, dass er eine Verkrampfung im Schulterbereich bemerkte.

Der Zug näherte sich Münster, noch führte die Strecke über offenes Land. Schließlich überquerte er auf einer Brücke die Ems, dann kam der Bahnhof der Universitätsstadt in Sicht, und Linus Möller atmete durch. Als die Türen zugeglitten waren und er Münster wieder hinter sich ließ, fühlte er sich schon besser – allmählich kehrte die Routine zurück. Bis Recklinghausen lag eine halbe Stunde Fahrt vor ihm, und auf diesem Streckenabschnitt wurde die Besiedlung dichter.

Und dann geschah es erneut. Die Scheibenwischer fegten gerade einen Wasserschwall zur Seite, der Zug befand sich auf Höhe des Halterner Stausees und passierte den noch verwaisten Segelhafen. Seine Hände zitterten, der Blick war starr geradeaus gerichtet, er war unfähig zu einer Reaktion. Diesmal war es ein Mann, da war er sich sicher. Ein grauhaariger Mann, der regungslos auf den Gleisen lag. Kurz darauf bemerkte er eine kleine Erschütterung – noch immer war er nicht in der Lage, einen Funkspruch abzugeben oder die Bremsung einzuleiten. Der Bahnhof von Haltern am See rauschte vorbei, aber von den Passagieren wunderte sich niemand über die Beibehaltung des Tempos, da der IC dort keinen Halt hatte.

War es wirklich passiert? Die Frage drehte Endlosschleifen in Linus Möllers Kopf. Erst im Regionalbahnhof von Marl-Sinsen brachte er den Zug vor einer grünen Ampel endlich zum Stehen. Regungslos saß er da und blickte starr in den Regen hinaus. Bis sich über Funk die Leitstelle meldete und nach dem Problem fragte, das ihn zum Anhalten gezwungen habe.

Kraftlos fuhr er sich mit der Hand über die Stirn. Der Schweiß war eiskalt. Er räusperte sich. »Ich habe … schon wieder jemanden … getötet. Er lag da, lag … ruhig. Ganz allein war er.«

Dann stieß er die Tür auf, sprang ins Schotterbett und ging einfach davon. Den Regionalexpress, der gerade auf dem Nebengleis einfuhr, übersah er.

Dass Konrad Hentschel nicht mehr am Leben war, erfuhr Steven Haberland erst drei Tage später und eher im Vorübergehen. Eine Kollegin sprach ihn im Gang des BKA Bonn-Meckenheim darauf an und war von seiner Unkenntnis überrascht. Dafür gab es einen guten Grund, denn gemeinsam mit seiner Kollegin Laura Westermann widmete sich Steven dem Linksextremismus – einer politischen Richtung, der Konrad Hentschel – so viel war sicher – nicht zuzuordnen war. Anders als seine Gegner, die bis vor einem Jahr im Internet und auf Demonstrationen zur Jagd auf ihn aufgerufen hatten.

Steven konnte sich noch gut an den Mann erinnern, der ihm zwar nicht besonders sympathisch gewesen war, dessen ungeachtet aber Schutz benötigt hatte. Nach seinem Rückzug aus der Unternehmensspitze war die Lage sechs Monate später neu bewertet worden: Das Interesse der autonomen Szene hatte sich auf andere, noch aktive Personen verlagert, ein staatlicher Schutz für Hentschel war als nicht mehr nötig angesehen worden. Eine Fehleinschätzung? Erregt stürmte Steven zum Büro seiner neuen Chefin und riss die Tür auf – ohne anzuklopfen.

Mitten in der Bewegung verharrte er. Auf einem Besucherstuhl lümmelte sein Kollege Alexander Pfeiffer und sah übertrieben selbstzufrieden aus. Steven stierte auf die Plattnase des muskulösen Kollegen. Was wollte der denn hier? Er arbeitete doch in einer ganz anderen Abteilung! Stimmten etwa die Gerüchte, dass *der Knopf*, wie er seine neue Chefin nannte, Alexander ins Team holen wollte? Noch dazu im Austausch gegen Steven?

»Kann ich kurz mit Ihnen reden?«, fragte er seine Chefin und machte eine Kopfbewegung in Alexanders Richtung. »Allein, wenn das möglich wäre.«

»Kein Problem.« Irene Knopf nickte dem Kollegen zu. »Wir sprechen morgen weiter, Alexander.«

Per Du waren die beiden also auch schon, Steven fasste es nicht. Kein Einziger im Team durfte die Frau duzen, wieso ausgerechnet Alexander?

»Du siehst fertig aus«, raunte ihm dieser beim Hinausgehen zu. »Behalt dir für den Karneval noch ein paar Reserven!«

Steven drückte die Tür dicht hinter ihm ins Schloss. Dann ging er zu Irene Knopfs Schreibtisch, ignorierte aber den Stuhl und blieb stehen. Seine Verärgerung sorgte dafür, dass er entgegen seinem Naturell die direkte Konfrontation suchte.

»Wieso erfahre ich erst jetzt, dass Konrad Hentschel tot ist?«

Ihr Gesichtsausdruck blieb neutral. »Woher wissen Sie es überhaupt?«

»Von … spielt doch keine Rolle! Laura und ich hatten damals mit dem Fall zu tun.«

»Hentschel ist kein Fall. Nicht mehr.« Sie stand auf, vermutlich wollte sie nicht länger zu ihm aufsehen. Nun schaute sie auf ihn herunter. »Das zuständige LKA hat uns erst heute Morgen informiert, denn es dauerte etwas, die Identität des Toten festzustellen. Er trug keinen Ausweis bei sich. Ich hätte es Ihnen und Frau Westermann nachher im Teammeeting ohnehin mitgeteilt.«

»Was soll das heißen, es ist kein Fall mehr?«

»Für Herrn Hentschel lag nicht länger eine Gefahrensituation vor. Das wissen Sie so gut wie ich.«

»Laura und ich hatten vergeblich dafür plädiert, ihn auch weiter unter Schutz zu lassen. Jetzt ist der Mann tot.«

»Weil er sich auf die Gleise gelegt hat.«

»Sie glauben, dass er das selbst getan hat?« Steven stierte sie an. »Sie haben ihn nie getroffen, Laura und ich schon. Das war ein absolutes Alphatier. So jemand wirft sich nicht vor einen Zug!«

»Auch in Alphatieren kann es Abgründe geben, von denen niemand etwas weiß.« Irene Knopf wischte eine Fussel vom Ärmel ihres Businesskostüms. »Er war seit einem Jahr arbeitslos, das kann …«

»Arbeitslos?« Steven tippte mehrfach mit dem Finger auf die Schreibtischplatte. »Fünf Millionen hat er zum Abschied bekommen – und hatte schon davor nicht schlecht verdient. Dieser Mann hatte definitiv keine Existenzängste!«

»Aber einen urplötzlichen Bedeutungsverlust. Gerade für Alphatiere kann das schwer zu verkraften sein.«

Steven atmete tief ein, dann ließ er sich auf den Stuhl fallen. »Was genau wissen wir? Ich bin noch nicht überzeugt!«

Auch seine Chefin nahm wieder Platz und musterte ihn. »Am Freitag hat er in seinen Geburtstag reingefeiert, das war in der Nähe von Plön. Noch in der Nacht ist er nach Hamburg zurückgefahren.«

»Aha. Und zwei Tage später legt er sich kurz vor Recklinghausen aufs Gleis? Wieso nicht in Hamburg?«

»Herr Haberland!« Sie legte die Fingerspitzen aneinander und wurde sichtlich ungeduldiger. »Wir wissen noch nicht, was er in dieser Region wollte, aber sein Wagen stand an einem Segelhafen ganz in der Nähe. Er war weder gefesselt noch befanden sich andere Personen in seiner Nähe. Das hat der Zugführer noch mitgeteilt, kurz bevor er … beim Aussteigen leider selbst von einer Lok erfasst und tödlich verletzt wurde.«

»Hm … na gut.« Steven beruhigte sich weiter. »Was sagt die Rechtsmedizin?«

»Der Bericht steht noch aus. Wie Sie sich denken können, ist es nicht ganz einfach, aus den Überresten Erhellendes herauszulesen. Das braucht seine Zeit.«

»Und die Spurensicherung?«

»Hat nichts Auffälliges entdeckt. Es geschah mitten am Tag, da wär es sicher aufgefallen, wenn ihn jemand gezwungen hätte.«

»Es hat heftig geregnet. Kaum jemand wird unterwegs gewesen sein.«

»Bleibt die Aussage des Zugführers. Haken Sie es ab, Herr Haberland!«

»Die Ermittlung bleibt also beim LKA?«

»Selbstverständlich. Es sei denn, es gibt Ungereimtheiten. Dann werden wir hinzugezogen. So wie es vorgesehen ist.«

»Hoffentlich geschieht das dann schneller als die Meldung seines Todes«, murmelte Steven und erhob sich. »Wann soll unser Teammeeting stattfinden?«

»In sechs Minuten. Sehen Sie nie in Ihren Outlook-Kalender?«

»Doch … natürlich. Also gut, dann … bis gleich!«

Schnell verließ er den Raum und eilte zu seinem Zimmer. An sich war es ihm gar nicht unrecht, dass seine Chefin das Meeting diesmal früh angesetzt hatte, so würde er rechtzeitig wegkommen, um an einer ganz anderen Art von Sitzung teilzunehmen. Zwar war die heißeste Phase der Karnevalszeit noch nicht angebrochen, aber es gab bereits einige Veranstaltungen, die er nicht verpassen wollte. Da seine – derzeitige – Freundin heute sogar als Rednerin auftrat, musste er spätestens um fünf Uhr das Gebäude verlassen. Schon besserer Laune schrieb er ihr eine Nachricht, dass er sich auf den Abend in der Kölner Innenstadt freute. Die Zweifel an Konrad Hentschels Todesumständen verloren an Priorität.

Kapitel 2

Laura rannte – eine Bewegung, die untrennbar mit ihrem Leben verbunden war. Sie rannte und rannte und kam dennoch viel zu langsam vorwärts. Der Wind wurde stärker und kälter, obwohl es ein warmer Sommertag war. Dichter Regen setzte ein, der zunächst noch vom Blätterdach des Waldes abgehalten wurde, dann aber lautstark auf die Erde prasselte. Wie ein Vorhang legte er sich vor ihren Blick, sodass sie die Umrisse des Kindes nur noch erahnen konnte. Es war ein Mädchen mit langen blonden Haaren, ihr Gesicht konnte Laura nicht erkennen. Sie wusste nur, dass dieses Kind sterben würde, wenn sie ihr Tempo nicht steigern konnte. Doch die Lungen schmerzten bereits, die Beine waren schwer, und zu allem Überfluss verwandelte der Niederschlag den Untergrund in einen Morast, der ihre Laufschuhe ansaugte.

Laura schrie. Sie schrie und schrie, aber keines ihrer Wörter drang zu dem Mädchen durch. Klein und schutzlos saß es an einem Baumstamm, die Knie an die Brust gezogen. In der Hand hielt es etwas Rotes und betrachtete es völlig in sich versunken. Sein geblümtes Kleid war durchnässt, der Zopf hing schwer über seine Schulter herab. Die Lippen bewegten sich, ohne dass seine Stimme zu hören war. Stattdessen wurde das Rauschen in Lauras Ohren stärker und der eisige Griff um ihr Herz fester.

Dann stolperte sie über eine Wurzel. Die Lebensader einer Eiche, moosüberwuchert, jahrhundertealt – und dafür verantwortlich, dass Laura ihren Fehler nicht wiedergutmachen konnte. Fehler? Was für ein Fehler? Tausend Gedanken tosten durch ihr Inneres, während ihr der Waldboden wie in Zeitlupe entgegenkam. Hart schlug sie auf und spürte, wie die Nase beim Aufprall brach. Ihr Atem ging stoßweise, auf den Wangen vermischte sich Regen mit Tränen, Blut mit Erde. Sie konnte nicht mehr. Die Erkenntnis ließ sie aufschluchzen. Vor ihren Augen krabbelte ein Hirschkäfer über einen Zweig. Kurz hielt er inne, drehte seine Scheren zu ihr, dann setzte er seinen Weg fort.

Lauras Blick glitt weiter. Sie fühlte die feuchte Erde an der Haut und atmete den charakteristischen Duft ein, der auf einmal nicht mehr frisch und lebendig, sondern nach Verwesung roch. Oder hatte sie nur vergessen, welches Aroma ein nasser Waldboden verströmte? Ihre Aufmerksamkeit kehrte zurück zu dem einzig Wichtigen. Und sie sah, was sie nicht mehr verhindern konnte. Das Mädchen lächelte und hob den Arm. Ein letztes Mal sammelte Laura alle Kraft. »Tu das nicht!«, brüllte sie. Ihre Stimmbänder schienen zu zerreißen. »Bitte!«

Als sie eine Berührung am Arm spürte, zuckte sie zusammen. Sie schrie erneut, riss die Augen auf, ballte die Fäuste und schnellte in die Höhe. Neben ihrem Bett stand ein junger Mann, der sich mit einem raschen Schritt außer Reichweite brachte. Über den Boxershorts trug er ein verwaschenes T-Shirt, seine dunklen Haare hingen ihm lang und wirr ins Gesicht. Die Haut war blass, wodurch die vollen Lippen noch stärker auffielen. Unter der geraden Linie seiner Augenbrauen sah sie in schwarze Pupillen, die von einer fast genauso dunklen Iris umgeben waren. Es waren Augen, die ihr vertraut waren. Augen, die sie anzogen und manchmal abstießen. Je nachdem, ob sie darin ihren Sohn oder seinen Vater erkannte.

Seine Hand hatte sich von ihrem Arm gelöst, das Gesicht war ausdruckslos, die Stimme ohne Emotion. »Du hast mich aufgeweckt.«

»Was ist passiert?« Ihre Zunge fühlte sich pelzig an. Noch immer hatte sie der Albtraum in seinen Fängen. Doch mit jeder Sekunde glitt sie wieder ein Stück weiter in die Realität. Durch das gekippte Fenster drangen Vogelgezwitscher und vereinzelte Autogeräusche. Laura fröstelte. Sie war schweißnass, die Decke lag neben dem Bambusbett auf dem Parkettboden.

»Du hast geschrien. Was, das konnte ich nicht verstehen.«

»Tut mir leid, Filip.« Sie griff nach ihm, aber er trat noch einen Schritt zurück.

Mit verschränkten Armen sah er zu ihr hinunter. »Wann lässt du dich endlich durchchecken? Das ist die vierte Nacht in Folge. Es nervt.«

Sie schluckte. Es nervte nicht nur, es zehrte an der Substanz. Aber wie sollte er das verstehen? Sie rieb sich die Stirn. »Ist … okay. Ich hatte in den letzten Wochen viel um die Ohren.«

»Du warst es, die Oma und Opa hergeschleppt hat.«

»Du weißt genau …« Sie brach ab. Ihr fehlte die Kraft für eine Wiederauflage der Diskussion, weshalb sie ihre Mutter und den pflegebedürftigen Vater nach Königswinter geholt hatte. Der Umzug lag vierzehn Tage zurück, seitdem bewohnten die beiden ein Apartment, das nur drei Straßen von ihrem Haus entfernt lag. Auch wenn damit einige Sorgen in die Nachbarschaft gezogen waren, so konnte sie für die Albträume nicht ihre Eltern verantwortlich machen. Höchstens dahingehend, dass ihre Anwesenheit die Vergangenheit wieder lebendiger werden ließ, als es Laura lieb war.

Ermattet strich sie sich eine lockige Haarsträhne aus der Stirn. »Wollen wir gleich frühstücken?«, fragte sie. Ein Blick zum Wecker zeigte ihr, dass es sieben Uhr war.

»Keine Zeit, bin mit Inga verabredet.«

»So früh?« Laura ahnte, dass es eine Ausrede war. Ihr Sohn mied ihre Gegenwart. Er war schon immer ein zurückgezogener Typ gewesen, eigentlich sogar die Verkörperung von Introvertiertheit. Es fiel ihr schwer, sich mit diesem Charakterzug abzufinden. Und noch immer fragte sie sich, welchen Anteil sie selbst daran hatte.

»Wir sehen uns heut Abend.« Er ging zur Tür. »Wär schön, wenn du die Ausfragerei dann sein lassen könntest, damit sich Inga nicht wie eine Kriminelle vorkommt. Und such dir einen Psychiater! Bei mir hattest du nie Skrupel, einen Termin nach dem anderen zu machen.«

Bei den letzten Worten war er schon nicht mehr zu sehen, seine Schritte entfernten sich über den Flur. Dann zog er die Tür seines Zimmers ins Schloss. Leise, kaum hörbar. Seinen Gefühlen verlieh er selten lautstark Ausdruck – dabei wäre Laura ein handfester Streit lieber gewesen als die stumme Kriegsführung der letzten Monate. Sie sank zurück ins Kissen. Gern wäre sie noch liegen geblieben, aber der durchgeschwitzte Pyjama ließ sie weiter frieren.

Sie streckte den Arm zum Nachttisch, wo das Handy immer in Griffweite lag. Ihre Mutter ermahnte sie regelmäßig, nachts wenigstens den Flugmodus zu aktivieren, sonst müsse sich Laura nicht über die Kopfschmerzen wundern. Vielleicht war da was dran, wahrscheinlich war es aber Blödsinn. Laura war schon von Migräneattacken geplagt worden, als Handys noch den Umfang einer Lunchbox gehabt hatten und schon wegen der Kosten nur selten genutzt worden waren. Jetzt – mit zweiundvierzig Jahren und als Beamtin beim Bundeskriminalamt – gehörte es eben dazu, immer erreichbar zu sein.

Dass ihre Mutter dies allmählich doch zu verstehen schien, zeigte die Liste der verpassten Anrufe. Seit halb sechs hatte sie es schon fünf Mal versucht, aber im Schlaf drang so gut wie nichts zu Laura durch. Für gewöhnlich stellte sie den Klingelton daher auf die maximale Lautstärke, gestern Abend musste sie es vergessen haben. Sie tippte die Nummer ihrer Eltern ein, und mit jedem Klingeln wuchs ihre Besorgnis. Dann wurde endlich abgenommen.

»Guten Morgen, mein Kind. Hier ist Mutti. Ich hab dich hoffentlich nicht geweckt?«

Laura hasste es, als *Kind* angesprochen zu werden – genauso wie das Wort *Mutti*.

»Ist was passiert?«, fragte sie und schob das Naheliegende nach: »Was mit Papa?«

»Nein, nein, er schläft. Aber ich hab mich nur noch hin und her gewälzt, bin wohl noch nicht so ganz hier angekommen. Weil du meistens so früh wach bist, hab ich's einfach probiert.«

Laura aktivierte den Lautsprecher, legte das Handy auf die Matratze und stand auf. »Du wirst dich schnell eingewöhnen. Oder fühlst du dich hier nicht wohl?«

»Doch, natürlich! Ist zwar viel kleiner als unser Haus, aber … so viel Platz brauchen wir ja nicht mehr. Die Wohnung ist toll, mach dir keine Gedanken!«

Das war eine geschönte Version der Realität, wie Laura wusste. Über ein Jahr hatte sie auf ihre Eltern eingeredet, bevor diese einen Auszug aus dem Einfamilienhaus mit dem großen Grundstück in Erwägung gezogen hatten. Auslöser war Lauras Hinweis auf eine barrierefreie Wohnung in der Nachbarschaft gewesen. Schon mehrfach hatte sie die Weinflasche verflucht, die ihr an jenem Abend diesen Vorschlag entlockt hatte. Jedes Mal bekam sie dann aber auch ein schlechtes Gewissen, schließlich hatte sie weder eine traumatische Kindheit erlebt noch Ekelpakete als Eltern. Sie waren alt geworden, das war alles.

Ihr Vater hatte zudem den dritten Pflegegrad erreicht, was seinem Gemütszustand nicht zuträglich war. Eigentlich hatte er Anspruch auf einen Pflegedienst, aber Lauras Mutter war der Meinung, die Belastung allein stemmen zu können. Dafür erhielt sie monatlich mehrere Hundert Euro Pflegegeld, aber auch wenn Lauras Familie nicht in Geld schwamm, lag darin nicht die Motivation. *In guten wie in schlechten Zeiten* – das hatte Frau Westermann verinnerlicht.

Laura vermutete noch einen weiteren Grund: Ihr Vater wollte sich von Fremden nicht anfassen lassen – und sich vor ihnen entblößen schon gar nicht. Auf andere angewiesen zu sein, war ihm schon zu DDR-Zeiten schwergefallen. Damals hatte er aber zumindest nicht mit den Folgen eines Schlaganfalls klarkommen müssen. Geistig war der ehemalige Biologieprofessor topfit, umso stärker setzte ihm die eingeschränkte Motorik zu. Immerhin konnte er sich mit Hilfsmitteln im begrenzten Umfang selbst fortbewegen, und die rechte Hand war zu alltäglichen Verrichtungen in der Lage.

Nachdem sie das verschwitzte Pyjamaoberteil über den Kopf gezogen hatte, öffnete Laura die Schiebetür des Kleiderschrankes. Der kühle Holzboden unter den Füßen und die Stimme ihrer Mutter ließen den Albtraum an Präsenz verlieren. Die zuverlässigste Methode, um wieder einen klaren Kopf zu bekommen, bestand aber in einer Joggingrunde. »Heute wird es mild!«, rief sie in Richtung Telefon. »Fahrt doch mit der Drachenfelsbahn, oder geht an den Rhein!«

»Möchtest du nicht mitkommen?«, kam die zu erwartende Rückfrage. »Ich kann uns vorher Frühstück machen. Bring Filip mit, wir haben ihn seit dem Umzug nicht mehr gesehen!«

»Filip ist mit seiner Freundin verabredet, und ich muss gleich zur Arbeit«, bediente sich Laura einer doppelten Lüge. Das schlechte Gewissen erwachte.

»Arbeit? Es ist Samstag!«

»Du weißt doch, wie das bei uns ist.« Die Enttäuschung ihrer Mutter ließ Laura nicht kalt. »Aber … kommt zum Abendessen rüber! Filips Freundin wird auch da sein.«

»Toll!« Sofort war die Lebensfreude ihrer Mutter zurück. »Dann lernen wir Inga endlich kennen. Bin gespannt, ob wir sie besser leiden können als du.«

»Ich hab nie gesagt, dass …«

»Doch, zwischen den Zeilen.« Das Lachen war liebevoll. »Aber Eltern haben nie einen objektiven Blick. Großeltern schon eher. Ich spreche aus Erfahrung.«

›Wie wahr‹, dachte Laura und erinnerte sich an manche Streitereien. ›Oder auch nicht.‹ Denn von einem bestimmten Mann waren ihre Eltern durchaus angetan gewesen, und genau vor ihm hätten sie ihre Tochter besser warnen sollen. Dann hätte Laura – sofern sie darauf gehört hätte, was unwahrscheinlich war – wohl ihren Seelenfrieden nicht verloren.

»Ich bin auf eure Einschätzung gespannt«, sagte sie nur. »Passt sieben Uhr?«

»Natürlich. Wir nehmen den Rollstuhl mit, dein Vater wird danach erschöpft sein. Er ist grad wach geworden, bis später, mein Kind!«

Zu einer Antwort kam Laura nicht mehr. Nachdenklich stieg sie in die Trainingshose. Ob die beiden nun ständig auf der Matte stehen würden? Ihre Mutter war aber nie schlecht im Kontakteknüpfen gewesen und hatte viele Interessen. Bei ihrem Vater galt dies nicht ganz so, dafür war er weniger anspruchsvoll. Er dürfte ganz zufrieden damit sein, einfach nur auf der Terrasse zu sitzen und über den kleinen Garten hinüber zum Rhein oder zu den Höhenzügen des Siebengebirges zu blicken.

Nachdem sie sich ein langärmliges Laufshirt übergestreift hatte, stellte sie sich vor den Spiegel. Da er neben dem Fenster hing, vergewisserte sie sich, dass der Vorhang blickdicht zugezogen war. Mit einem Gummiband zwängte sie ihre braunen schulterlangen Haare zu einem Pferdeschwanz zusammen. Das tat sie nur, wenn ein Sportprogramm vor ihr lag – also mindestens einmal am Tag. Schon als Kind war ihr Bewegungsdrang immens gewesen, und noch immer war sie unausgeglichen, wenn sie den Tag nicht mit einer Laufeinheit beginnen konnte.

Sie betrachtete im Spiegel ihre braunen Augen und versuchte erfolglos, durch Entspannung der Gesichtsmuskulatur die Falte zwischen den Brauen zu glätten. Eigentlich fühlte sie sich noch viel zu jung, um sich schon Sorgen um ihre Eltern machen zu müssen. Sie zog das Shirt nach oben und musterte ihren Bauch. Er war flach, die Haut glatt, so wie in ihrem Gesicht. Es gab generell wenig zu mäkeln, von dieser einen Falte abgesehen.

Sie betrat den Flur und hörte das Röcheln der Kaffeemaschine, was sie die Stirn runzeln ließ. Filips Konsum überstieg ihrer Meinung nach das eines Neunzehnjährigen angemessene Maß, aber entsprechende Bemerkungen hatte sie sich abgewöhnt. Außerdem war es ihr allemal lieber, dass er dem Koffein verfallen war als irgendeiner anderen Substanz. Zumindest wusste sie nichts von derartigen Tendenzen und war sich sicher, dass es ihr aufgefallen wäre. Wobei … wenn sie an seine Wesensänderung in letzter Zeit dachte …

Sie zögerte, als sie an seiner geschlossenen Zimmertür vorbeiging. Von drinnen kam kein Geräusch. Ihre Hand lag schon auf der Klinke, dann zog sie die Finger wieder zurück. Im Moment machte sie in seinen Augen alles falsch, egal, was es war. Sie konnte nur auf eine vorübergehende Phase hoffen, die spätestens dann abgeschlossen war, wenn die Beziehung mit Inga in die Brüche ging. Nur eine Frage der Zeit, da war sich Laura sicher. Von Anfang an hatte sie nicht verstanden, was an ihrem Sohn die junge Frau anziehen mochte, denn eine größere Gegensätzlichkeit war kaum vorstellbar.

Sie betrat das Badezimmer, füllte den Zahnputzbecher mit kaltem Wasser und trank ihn in einem Zug leer. Anschließend putzte sie mit der linken Hand die Zähne, während die rechte mit einem Stück Watte den Glanz auf dem Gesicht entfernte.

Ganz perfekt war ihre Haut eben doch nicht, seit ihrer Pubertät kämpfte sie mit diesem Problem – und hatte immer eine Packung Wattepads in der Handtasche. Nachdem sie noch Zahnseide benutzt und das Weiß der Zähne im Spiegel überprüft hatte, fühlte sie sich bereit und schlüpfte in die Laufschuhe.

Das Öffnen der Haustür schreckte eine Amsel auf, zeternd flog sie zum Gartenzaun, beruhigte sich aber rasch und begann melodiös zu zwitschern. Laura blieb einen Augenblick auf der Fußmatte stehen. Erstmals in diesem Jahr fühlte sich die Luft unverkennbar nach Frühling an. Der Gesang der Amsel verstärkte dieses Empfinden, auch wenn sich kein anderer Vogel bemüßigt fühlte, einzustimmen. Offenbar hatte Lauras Vater recht, der seit Jahren einen dramatischen Rückgang der Singvögel beklagte. Ausgelöst vor allem durch das Insektensterben habe die europäische Population seit 1980 um fast sechzig Prozent abgenommen. Das entsprach Hunderten Millionen von Tieren.

Über die Steinplatten ging Laura zum Gartentor. Das Gras wuchs bereits, und mit gemischten Gefühlen dachte sie daran, dass der Außenbereich bald wieder einen regelmäßigen Arbeitseinsatz erforderte. Als Kind hatte sich Filip noch über jedes Samenkorn gefreut, wenn es in Form von grünen Trieben den Boden durchbrochen hatte, heute war er unauffindbar, sobald Gartenarbeit auf dem Programm stand.

Mit lockerem Trab setzte sie sich in Bewegung. Ihr Haus stand am östlichen Stadtrand von Königswinter. Benutzt wurde nur das Parterre, während das darüberliegende Dachgeschoss zunächst als Fitnessbereich hergehalten hatte, heute aber als Abstellfläche diente. Als Laura über einen ehemaligen Vorgesetzten die Möglichkeit zum Kauf erhalten hatte, war Filip fünf Jahre alt gewesen. Es war die richtige Entscheidung gewesen, obwohl die Handwerkerrechnungen höher als geplant ausgefallen waren und sie noch immer den Kredit abstotterte. Die Siedlung grenzte an ein Waldgebiet mit ausgedehnten

Wanderwegen, sodass sie das Siebengebirge zu Fuß oder per Mountainbike erkunden konnte. Zum Rheinufer war es ebenfalls nicht weit, genauso wie nach Bonn oder Köln. Diese Nähe zu den unterschiedlichsten Zielen gefiel ihr und hatte sie schnell heimisch werden lassen. So komplex ihre Arbeit oft war, so überschaubar liebte sie es im Privaten.

Nach ein paar Häusern bog sie auf einen Waldweg ab und tauchte in eine andere Welt ein. Die Vogelstimmen wurden zahlreicher, das zarte Grün der Bäume leuchtete in der Morgensonne. Wochentags lief sie immer am Rhein entlang, bevor sie sich mit dem Rad auf den Weg nach Bonn-Meckenheim machte. Zu dem Standort des Bundeskriminalamts waren es um die fünfzehn Kilometer, und sie musste zunächst mit der Fähre zum anderen Ufer übersetzen. Dann konnte sie aber einen Großteil der Strecke durch einen Forst radeln. Nur in Ausnahmefällen reihte sie sich mit dem Auto in die morgendlichen Blechkolonnen ein.

An den Wochenenden wählte sie längere Joggingstrecken, um den Tag zu beginnen: samstags links zum Petersberg hinauf, sonntags rechter Hand über das Schloss Drachenburg und die Burgruine Drachenfels. Weinberge, Wald, Wiesen, kleinere Wasserläufe und immer wieder Ausblicke auf den Rhein machten diese Ausflüge zu wirksamen Alltagsfluchten. Auch heute fielen die Schrecken des Albtraums schnell von ihr ab, genauso wie die Sorgen um ihre Eltern oder um den Gemütszustand ihres Sohnes. Sogar der Druck hinter der Stirn ließ nach, mit etwas Glück würde die Migräneattacke ausbleiben. Bewegung war die beste Medizin.

Sie wechselte auf einen Weg, der dicht an einem Bach entlangführte. Das Gluckern des Wassers und das Geräusch ihrer Laufschritte vereinigten sich mit dem Vogelgezwitscher zu einer eigenen Melodie. Wie an jedem Samstag schlug sie die gewohnte Route ein. Zuerst auf den Petersberg, wo das

Bundesgästehaus stand, dann an den ehemaligen Steinbrüchen am Weilberg und Stenzelberg vorbei und weiter zum Kloster Heisterbach. Die Strecke betrug exakt elf Kilometer und fünfundzwanzig Meter, jede Trainingszeit speicherte sie ab. Ein Blick auf die Stoppuhr mahnte sie zur Zurückhaltung, denn heute stand keine Temporunde an.

Der Waldweg stieg an, noch immer war Laura niemandem begegnet. Sie überlegte, mit welchen Aktivitäten sie die Zeit bis zum abendlichen Familientreffen füllen könnte. Doch schon mit dem Garten anfangen? Sie wollte neue Obstbäume pflanzen, außerdem mussten die Terrassenmöbel ausgepackt und abgestaubt werden. Anschließend mit einem Buch auf den weichen Polstern faulenzen, eine Tasse Tee auf dem Tisch, Filip außer Haus … Laura freute sich immer mehr auf die kommenden Stunden.

Sie erreichte den Rastplatz am Steinbruch Weilberg, ließ das Tempo austrudeln und hielt die Stoppuhr an. Hier legte sie immer eine Pause ein, um sich an den Bänken zu dehnen und ein paar Fitnessübungen zu absolvieren. Ein Holzzaun sicherte einen Abhang, der zu einem See am Fuße des Steinbruchs führte. Viel los war an diesem Ort nie, manchmal lief sie anderen Joggern oder Familien über den Weg, deren Kinder den Wald als Abenteuerspielplatz nutzten.

Sie erinnerte sich daran, wie sie einen von Filips Kindergeburtstagen hier gefeiert hatten. Wie schnell die Jahre ins Land gegangen waren, und wie sehr sie sich manchmal wünschte, noch einmal die Umarmung des kleinen Kerls zu spüren, seine leisen Atemgeräusche beim Schlafen zu hören und von seiner Freude überwältigt zu sein, wenn er seine Mutter nach stundenlanger Abwesenheit euphorisch begrüßte. Ein wehmütiges Lächeln schlich sich in ihr Gesicht, dann wurde sie abgelenkt.

Auch heute war sie allein, allerdings musste seit Lauras letzter Trainingseinheit jemand hier gewesen sein, denn auf einer Bank stand eine Tupperdose von der Größe eines halben Schuhkartons. Eine Lunchbox, die ein Kind vergessen hatte? Auf dem Deckel klebte ein Zettel. Laura beugte sich hinunter – und erstarrte. Auf dem Zettel stand nicht der Name des Besitzers, sondern der gewünschte Empfänger. Und dieser Empfänger war … indirekt Laura.

Sie verharrte in der gebückten Position und sah sich um. Entfernt hörte sie Hundegebell. Dann begutachtete sie den Behälter und den Zettel. Druckbuchstaben bildeten drei Wörter: *Gruß ans BKA*. Lauras Nervosität nahm zu. Der Scherz eines Bekannten? Wohl kaum. Wobei, ihrem Ermittlungspartner Steven war so einiges zuzutrauen. Üblicherweise machte der seine Späße aber am ersten April oder in Form einer fragwürdigen Geburtstagsüberraschung.

Laura ging in die Knie und spähte seitlich in die Tupperdose. Das weiß gefärbte Plastik erlaubte zwar keine genaueren Erkenntnisse, aber irgendetwas befand sich im Inneren. Laura war lange genug im Polizeidienst, um sich nicht blinden Reflexen hinzugeben. Anstatt die Dose in die Hand zu nehmen, zog sie zunächst ein Taschentuch aus ihrem Trainingsoberteil. Behutsam hob sie den Behälter damit an. Er war nicht schwer, vielleicht dreihundert oder vierhundert Gramm.

Erneut kontrollierte sie die Umgebung. Stand Steven hinter irgendeinem Baum und lachte sie gleich aus, weil sie mit kriminalistischer Vorsicht ein Frühstücksbrot aus der Tupperdose fischte? Sie ließ die Klickverschlüsse aufschnappen und hob den Deckel ab. Sie spürte das Pochen ihres Pulses an der Schläfe, während sie stumm in der Hocke saß und den Anblick verarbeitete. Oft genug war sie schon in der Rechtsmedizin gewesen oder hatte sich Bilder von dem Organ ansehen müssen, das hier irgendjemand für sie deponiert hatte. Sie erkannte sofort, dass es keine Nachbildung und – zumindest äußerlich – unversehrt war. Aber es befand sich am falschen Platz. Eigentlich gehörte der etwa faustgroße Klumpen in den Körper eines Menschen. Links von der Körpermitte, von Brustbein und Rippen vor Stößen und Verletzungen geschützt. Und noch etwas war anders, als es sein sollte: Das Herz wies keine rötliche Färbung auf, sondern war tiefschwarz.

Stöhnend rieb sich Steven an diesem Samstagmorgen über die Stirn, seine Lider fühlten sich an wie zugeklebt. Am liebsten hätte er sie weiter geschlossen gehalten, denn was er eben bei einem Blinzeln gesehen hatte, durfte einfach nicht wahr sein! Er hoffte, noch immer zu träumen, aber schon allein der Kopfschmerz war so physisch, dass er unmöglich eingebildet sein konnte. Genauso wenig wie das pelzige Gefühl auf der Zunge, der fast schon modrige Geschmack, das Brennen im Hals und der Geruch nach kaltem Zigarettenrauch.

Seine Sensoren empfingen immer neue Details, die sich nach und nach zu einem plausiblen Gesamtbild zusammenfügten: das Rattern der Straßenbahn, die in geringer Distanz vor dem gekippten Fenster entlangfuhr. Die Ausdünstungen des alten Frittierfetts von dem Imbiss im Erdgeschoss. Das Ticken der Wanduhr, das ihn schon so oft am Einschlafen gehindert hatte. Das voluminöse Federkissen, das seinen Kopf zu verschlingen drohte. Das flauschige Bettlaken unter seinem Körper – und die Hand auf seiner behaarten Brust. Dazu der leichte Zitrusduft, wie er in dem Lieblingsparfum jener Frau enthalten war, in deren Bett er sich ohne Zweifel befand. Allen guten Vorsätzen zum Trotz!

Dass die Frau, deren Atem er an seiner Wange spürte, eine der bekanntesten Staatsanwältinnen Düsseldorfs war, stellte nicht das Problem dar. Genauso wenig die Tatsache, dass sie auf die sechzig zuging und damit fast zehn Jahre älter war als er selbst. Der eigentliche Knackpunkt war, dass er elf Jahre mit ihr verheiratet gewesen war, sich dann einen monatelangen Rosenkrieg mit ihr geliefert hatte, sich versöhnt, zerstritten und wieder versöhnt hatte, nur um immer und immer wieder doch in diesem Raum zu landen. Oder sie bei ihm. Je nachdem, wie sich ein Abend entwickelte und wo er seinen Anfang genommen hatte.

Gestern hatte der Startpunkt im Norden der Stadt gelegen, genauer im Stadion. Seine Exfrau war alles andere als fußballbegeistert, hatte aber eine Einladung in eine Loge erhalten und ihm den Platz neben sich angeboten. Diese Chance hatte er nicht ausschlagen können, weniger aufgrund der Heim-, sondern wegen der Gastmannschaft. Der 1. FC Saarbrücken war einst Gründungsmitglied der Fußballbundesliga gewesen, und dass der Verein aus seiner Geburtsstadt irgendwann wieder eine erwähnenswerte Rolle spielen würde, hoffte Steven genauso unerschütterlich wie die übrigen verbliebenen Hardcorefans. Obwohl er den Großteil seiner Kindheit in Australien verbracht hatte, war die innige Verbundenheit nie zerbrochen. Gestern hatte der Club mal wieder eine Gelegenheit vergeigt, sich nachhaltig in Erinnerung zu bringen. Im Viertelfinale des DFB-Pokals hatte das Team schon nach einer Viertelstunde mit drei Toren hinten gelegen, bis zur neunzigsten Minute waren dann noch fünf Gegentreffer dazugekommen. Über den Ehrentreffer kurz vor Spielende hatte Steven dessen ungeachtet so lautstark gejubelt, dass er von irritierten Blicken geradezu gevierteilt worden war.

Anschließend hatte er sich mindestens ein Bier zu viel genehmigt, um den Vorschlag seiner Exfrau, den Abend in der Kneipe bei ihr um die Ecke ausklingen zu lassen, elegant abzuwehren. Dabei hätte er es wissen müssen! So gut wie jedes Mal, wenn er sich in diese Spelunke schleifen ließ, endete es auf die gleiche Weise. Zugegeben, das Altbier war süffig, der

Wirt ein echtes Original, die Atmosphäre ungezwungen, Ritas Gesellschaft unterhaltsam und ihre Nähe … verlockend. Aber die Kombination all dieser Faktoren führte zwangsläufig zu einem bösen Erwachen am nächsten Morgen.

Andererseits … bereute er es? Im Grunde befürchtete er lediglich, dass Rita sich wieder Hoffnungen machte, die absolut illusorisch waren. Dafür hatte es während der Trennung allzu heftige Szenen gegeben, und vor allem konnte er nicht vergessen, wozu er sich im Zuge dieses Dramas hatte verleiten lassen. Etwas war kaputtgegangen und nicht mehr zu heilen. Er mochte sie, aber er liebte sie nicht mehr. Doch der Hauptgrund für sein schlechtes Gewissen war eine Frau, die sechs Jahre jünger war als er, blonde Haare hatte, eine ansteckende Fröhlichkeit ausstrahlte, Moni hieß und – seit wenigen Monaten seine Freundin war. Am Donnerstagabend hatte er sich mit ihr noch auf der Karnevalssitzung amüsiert, und jetzt … das! So wie ihre Vorgängerinnen hatte sie keine Ahnung, dass er und Rita aus unerfindlichen Gründen nicht in der Lage waren, endgültig die Finger voneinander zu lassen.

Ab sofort musste damit Schluss sein! So leise wie möglich schob er die Decke von sich, schwang die Beine aus dem Bett und stand auf.

»Musst du schon los?«, murmelte Rita schlaftrunken.

Verdammt! Langsam drehte er sich um. »Ja.« Er räusperte sich frei. Sein fast dreißigjähriger Zigarettenkonsum hatte sich auf die Stimme niedergeschlagen, aber nach der vergangenen Nacht klang sie noch kratziger als gewöhnlich. »Bin mit Laura verabredet. Unsere Ermittlung …«

»… ist abgeschlossen. Hast du mir gestern Abend ausführlich erzählt.«

Verdammt! In seinem lädierten Zustand fiel ihm keine Erwiderung ein.

»Du wolltest dich rausschleichen. Wie beim letzten Mal.« Ihre Stimme klang nicht vorwurfsvoll, ihr Blick büßte nichts von der Wärme ein, die er sich früher noch von ihr ersehnt hatte. »Wovor hast du Angst? Mir reicht es so, wie es ist.«

»Okay.« Überzeugt war er nicht. Trotzdem war es erleichternd, diese Worte zu hören. Auf das damit einhergehende Angebot einer Wiederholung ging er mit keinem Wort ein. »Wenn das so ist, besorge ich uns was. Einen Wunsch?«

»Du weißt doch, auf was ich steh.« Sie grinste, zog die Decke herunter, sodass ihre Brüste offen vor ihm lagen.

»Ich meinte beim Bäcker.« Mit Mühe gelang ihm ein Schmunzeln. Dass sie schon achtundfünfzig war, ließ weder der erste noch der zweite Blick vermuten. Bei ihm lagen die Dinge anders, da machte er sich nichts vor. Am Hinterkopf dünnten sich die Haare aus, und die verbliebenen verfärbten sich zunehmend von Dunkelblond zu Grau. Die Geheimratsecken schienen sich wöchentlich auszudehnen, und den Kampf gegen das Übergewicht führte er momentan mehr pflichtschuldig als erfolgreich. Hastig schob er den Gedanken an seinen anstehenden fünfzigsten Geburtstag zur Seite.

»Ich käme mir wie ein Höhlenmensch vor, würde ich jetzt zurück zu dir ins Bett kommen«, sagte er. »Ich muss duschen, Zähne putzen und … haben wir gestern eigentlich geraucht?«

»Du schon. Anderthalb Schachteln.«

»Wieso hast du mich nicht abgehalten?«

»Weil du so gute Laune hattest. Das wollte ich nicht aufs Spiel setzen.«

»Na prima.« Er hob seine Jeans vom Boden auf und zog die Packung mit Nikotinkaugummis aus der Tasche. Ein doppelter Rückfall also oder vielleicht sogar ein dreifacher, wenn er am Ausmaß der Kopfschmerzen die Anzahl der Biergläser abschätzte. Er warf Rita eine Kusshand zu – in dem Wissen, dass sie diese Geste hasste – und verließ das Zimmer.

Seine Augen brannten, er hatte es nachts nicht mehr geschafft, die Kontaktlinsen herauszunehmen. Schemenhaft fiel ihm im Flur ein weißer Umschlag auf, der hinter dem Türschlitz auf dem Teppich lag.

»Du hast Post«, krächzte er.

»So früh? Muss noch von gestern da liegen. Kannst du sie mir ans Bett bringen?«

Wankend näherte er sich der Wohnungstür, ging ächzend in die Hocke und musste sich aufgrund eines Schwindelanfalls abstützen. Als er wieder klar sehen konnte, war er schlagartig hellwach. Was zur Hölle … Perplex entzifferte er die Druckbuchstaben auf dem Kuvert: *Gruß ans BKA*. Eine Briefmarke fehlte, genauso der Absender. Er drehte den Briefumschlag herum, auch dort stand nichts.

Sein Puls beschleunigte sich. Was hatte das zu bedeuten? Rita arbeitete für die Staatsanwaltschaft, nicht für das BKA. Er hingegen schon, aber normalerweise hielt er sich nicht in dieser Wohnung auf, sondern in seiner eigenen in der Kölner Südstadt. War … war jemand dahintergekommen, dass … hatte ihn jemand beobachtet und wollte nun …? Erneut wurde ihm schwindlig, er stöhnte auf.

»Was ist?«, rief Rita.

»Nichts.« Er schluckte. »Komme gleich.«

Besser, er brachte es hinter sich! Er befühlte den Umschlag und ertastete einen flachen Gegenstand. Dann riss er ihn auf, etwas von der Größe einer Kreditkarte rutschte heraus und fiel auf den Boden. Seine Angst verwandelte sich in Erleichterung, dann in Sorge. Hatte er seinen Ausweis irgendwo …? Er drehte das Dokument herum und erstarrte. Anstatt auf sein eigenes Foto zu blicken, sah er einen grauhaarigen Mann, der ihm wohlvertraut war. Den Namen hätte er gar nicht mehr entziffern müssen, und tat es doch. »Konrad Hentschel«, flüsterte er und schüttelte den Kopf.

Er erinnerte sich an sein Gespräch mit Irene Knopf. Weder bei Hentschel auf den Gleisen noch in seinem Wagen war der Ausweis gefunden worden. Wie kam er in diesen Briefumschlag und warum ... Rasch nahm er den Umschlag wieder in die Hand und sah hinein. Es lag noch eine Karte darin, genauer eine Trauerkarte. Ohne Text, nur mit einem schwarzen Kreuz auf der Vorderseite. Steven drehte sie um. Auf der Rückseite gab es eine Skizze, und Steven erkannte sofort, worum es sich dabei handeln sollte. Anders als bei den üblichen Darstellungen zeigte sich Justitia hier allerdings ohne Augenbinde. Waage und Schwert hielt sie dagegen in den Händen, die Waffe zum Schlag erhoben. Auf einer Seite hing die Waage nach unten, sie war nicht im Gleichgewicht. Einen Text gab es nicht, erneut schüttelte Steven den Kopf.

»Was ist das?« Rita war im Flur aufgetaucht.

»Keine Ahnung.« Er rappelte sich auf. »Klar ist nur, dass der Brief nicht für dich ist, sondern für mich.«

Dicht vor ihm blieb sie stehen und sah ihn fragend an. Als Steven ihr den Ausweis und die Karte zeigte, kam ihm die Situation immer surrealer vor. Da stand er mit seiner Exfrau im Flur ihrer Wohnung, beide nackt und von den Spuren der zurückliegenden Nacht gezeichnet und betrachteten das Bild eines vermeintlichen Selbstmörders. War das ein schlechter Scherz? Sinn ergab es jedenfalls nicht!

Das Klingeln seines Mobiltelefons riss ihn aus der Erstarrung. Er schob sich an Rita vorbei, lief zurück ins Schlafzimmer und hob seine Jacke auf. Er spürte das Vibrieren und fluchte, als sich der Reißverschluss seiner Tasche verklemmte. Als er das Handy endlich in der Hand hielt, verstummte der Klingelton. Laura! Perfektes Timing. Wie so oft. Steven sank auf die Matratze, dann rief er seine Kollegin zurück.

Die Lautsprecherdurchsagen überboten sich in dem Versuch, das Chaos zu minimieren und die Menschen zu beruhigen. An den Infoschaltern wurden die Angestellten von aufgebrachten Passagieren belagert, ein Stimmengewirr verschiedenster Nationalitäten füllte die Luft. Auf dem Düsseldorfer Flughafen fiel der übliche Trubel an diesem Samstag intensiver aus, da sich ein Teil des Bodenpersonals im Warnstreik befand. Hagen Stiegler war froh, dass er nur mit einem Trolley unterwegs war und die Gepäckbänder links liegen lassen konnte. Dass er das Wochenende wieder der Arbeit opferte, kümmerte ihn nicht weiter. Er war es gewohnt und wurde dafür fürstlich entlohnt. Hätte er der Work-Life-Balance – ein Begriff, für den er nur Spott übrighatte – größere Beachtung geschenkt, wäre er nie dort gelandet, wo er sich seit über zehn Jahren tummelte: ganz oben. In seinen siebenundzwanzig Berufs- und zweiundfünfzig Lebensjahren hatte er schon für sechs verschiedene Unternehmen seine Leistung erbracht, bei seinem derzeitigen Arbeitgeber stand er seit sieben Jahren unter Vertrag.

Hinter der Sicherheitsschleuse erwartete ein Menschenpulk die angekommenen Reisenden. Hagen Stiegler sah zur Uhr. Er hätte schon vor einer Stunde landen sollen, jetzt wurde es knapp, denn bis zu dem Pressetermin blieben nur fünfundvierzig Minuten. Suchend ging er die Namen auf den Schildern der Fahr- und Chauffeurdienste durch, seiner war nicht darunter. Ärger wallte in ihm auf. Es wäre nicht das erste Mal, dass seine Assistentin geschludert hätte. Aber natürlich konnte sich der Fahrer einfach einen anderen Auftrag geschnappt haben, anstatt auf den verspäteten Flieger zu warten.

Er verließ das Terminal und ging zum Taxistand. Beim Anblick der langen Warteschlange unterdrückte Stiegler einen Fluch. Gerade wollte er sich einen Einweiser schnappen, um eine mögliche Vorzugsbehandlung mithilfe eines großzügigen

Trinkgeldes auszuloten, als ein Mann angerannt kam. Seine Wangen waren gerötet, Schweiß glänzte im Gesicht.

»Herr Stiegler?«

»Ja?« Abwartend sah er ihn an. Es kam nicht oft vor, dass er von Wildfremden angesprochen wurde, obwohl er einer der Topmanager des Landes war. Allerdings bewegte er sich auch selten inmitten der normalen Bevölkerung. Er hatte einen persönlichen Fahrer und konnte meist auf ein firmeneigenes Flugzeug zugreifen, aber manchmal zwang ihn die Reiseplanung dann doch ein Stück weit in die Allgemeinheit.

»Tut mir leid, dass ich Sie verpasst habe!« Fast schien es, als wollte sich der Mann verbeugen. »Ich soll Sie fahren.«

Der Ärger kehrte zurück. »Wieso haben Sie nicht drinnen ein Schild hochgehalten?«

Der Mann senkte den Kopf, sodass Stiegler nur die Baseballkappe sehen konnte. Er deutete auf ein laminiertes Papier. »Tut mir leid. Hab ich fast eine Stunde gemacht, aber dann … musste ich auf die Toilette. Zum Glück hab ich Sie eben nach draußen gehen sehen.«

»Verlieren wir nicht noch mehr Zeit. Wo steht Ihr Wagen?«

»Da drüben.«

Der Mann beeilte sich, vor Stiegler herzugehen. »Soll ich Ihre Tasche tragen?«, fragte er über die Schulter.

»Nein.« Seine Tasche gab Stiegler niemals aus der Hand. »Aber hier ist mein Trolley.«

Vor einem schwarzen Van mit abgedunkelten Scheiben blieb er stehen und wartete, bis die Tür mit der Aufschrift *Weidmanns VIP-Shuttle* zur Seite geschoben worden war. Bevor er einstieg, musterte er sein Spiegelbild und strich sich mit den Fingern durch die grauen Haare.

»Sie wissen, wo es hingeht?«, fragte er und kletterte auf den Sitz.

»Natürlich. Und ich verspreche Ihnen, wir werden rechtzeitig ankommen.«

»Das hoffe ich.« Stiegler ließ die Verschlüsse seiner Tasche aufschnappen und bekam kaum noch mit, wie die Tür geschlossen wurde und sich der Fahrer hinters Lenkrad setzte. Rasch kontrollierte er auf seinem Telefon die Liste der verpassten Anrufe und den Eingang seines E-Mail-Postfachs. Es war nichts dabei, was eine sofortige Reaktion erforderte. Wie schon während des Fluges vertiefte er sich in die Unterlagen, die ihm sein Referent zusammengestellt hatte und die als Basis für den Pressetermin dienten. Ihm entging nicht, dass darin immer wieder Rechtschreibfehler auftauchten, allmählich verlor er die Geduld mit diesem Dilettanten! Wäre er nicht der Sohn eines alten Geschäftsfreundes, würde längst jemand anderes an seinem Schreibtisch sitzen. Oft hatte es Vorteile, über ein gutes Netzwerk zu verfügen, es gab aber auch Schattenseiten.

Zehn Minuten später sah er zum ersten Mal aus dem Fenster. Trotz der abgedunkelten Scheiben blendete die Sonne. Vor wenigen Tagen war es noch bitterkalt gewesen, nun wurde ein nachdrücklicher Einzug des Frühlings prognostiziert. Als er an einer Autobahnabfahrt das zarte Grün der Sträucher bemerkte, stutzte er – und beugte sich nach vorn.

»Sicher, dass Sie den Weg kennen? Wieso fahren wir überhaupt über die Autobahn?«

»Die direkte Route ist verstopft, es gab einen Unfall«, erwiderte der Fahrer. »Keine Sorge, in fünfzehn Minuten sind wir da.«

Stiegler lehnte sich wieder zurück. Seines Wissens lag die Redaktion, mit der er ein Hintergrundgespräch führen sollte, mitten in der Stadt. Der Wagen war aber ostwärts unterwegs. Zwar war er schon mehrfach in Düsseldorf gewesen, hatte sich aber nie wirklich für das Stadtbild geschweige denn die Umgebung interessiert. Was hatte auf dem Straßenschild der

Abfahrt gestanden? Irgendetwas wie … Ein Stich im Nacken ließ ihn erst zusammenzucken und dann aufschreien. Bevor er sich aufbäumen konnte, legten sich von hinten zwei Hände um seine Schultern und drückten ihn zurück ins Polster.

Eher wütend als panisch drehte er den Kopf zur Seite. Jemand hatte sich im Laderaum verborgen! Stieglers Instinkt übernahm die Kontrolle und ließ ihn brüllend gegen den Griff ankämpfen. Mit den Beinen trat er gegen den Vordersitz, mit den Händen zog er an den fremden Armen.

»Was soll das?«, schrie er. »Halten Sie sofort den Wagen an, und …« Seine Hände versuchten das Handy zu aktivieren, als er urplötzlich jede Kraft verlor. Er war zwar noch bei Bewusstsein, aber sein Körper gehorchte ihm nicht mehr. Benommen bemerkte er, wie jemand vom Laderaum über die Rückenlehne krabbelte und sich neben ihn setzte. Er sah Autos entgegenkommen, sogar eine Polizeistreife – aber es nützte ihm nichts. Sein Telefon wurde ihm aus der Hand genommen, geöffnet und der Batterie entledigt. Mit Verspätung wurde Hagen Stiegler klar, dass er in eine gut präparierte Falle getappt war. Bei dieser Erkenntnis fühlte er weder Angst noch Zorn. Es war ihm völlig gleichgültig.

Kapitel 3

Der Schlag gegen die Scheibe kam unerwartet und ließ Laura zurückschrecken. Intuitiv drehte sie sich weg und hob die Arme schützend vor das Gesicht. Die anderen Anwesenden richteten ihre Aufmerksamkeit ebenfalls auf das Fenster, die Gespräche gerieten ins Stocken. Steven trat neben seine Kollegin und spähte an der Fassade nach unten.

»Hoffentlich hat der Kerl einen Dickschädel. Was war das? Ein Rabe?«

»Eine Elster.« Als Tochter eines Biologen reichte ein Sekundenbruchteil, um die Art zu bestimmen.

Sie nahm einen Schluck aus dem Kaffeebecher und sah wieder hinaus. Das Gebäude des BKA stand am Rande von Meckenheim, nahe der A565, über die in gut zehn Minuten die Bonner Innenstadt erreichbar war. Ihr Blick schweifte über die Obstplantagen und den Kottenforst hinüber in Richtung Rhein und Siebengebirge. Vor über fünfzehn Jahren war ein Umzug der Behörde in die Bundeshauptstadt diskutiert worden – gerade als sie ihre Stelle nach einem Wechsel von der Kripo Berlin zum BKA angetreten hatte. Sie war erleichtert gewesen, dass sich die Politik wieder umentschieden hatte und sie somit keinen geografischen U-Turn hatte hinlegen müssen. Vermutlich hätte sie sich sofort wieder einen neuen Job gesucht, denn Berlin war eine emotionale Sperrzone für sie. Beruflich wie privat. Zuletzt war sie vor acht Jahren dort gewesen, und sie hätte nichts dagegen, wenn bis zum nächsten Besuch ein ähnlich langer Zeitraum verginge.

Nicht nur im Rheinland hatte sie sich sofort wohlgefühlt, sondern genauso beim BKA. Das Gebäude wirkte, obwohl Ende der Siebziger erbaut, noch immer modern, auch wenn man ihm in manchen Ecken das Alter durchaus ansah. Auf dem Gelände gab es einen eigenen Sportplatz, ein Gästehaus und eine Kantine von annehmbarer Qualität. Nur das Gefühl der Abschottung gefiel Laura nicht. Das BKA war eine Hochsicherheitszone mit strengen Einlasskontrollen und einem doppelten Sicherheitszaun.

Gefühlt war diese Region nun ihr Zuhause, und ihr Sohn Filip erinnerte sich fast überhaupt nicht mehr an seine ersten Jahre in Berlin. Mit dem Karneval war sie bislang allerdings nicht warm geworden, anders als ihr ebenfalls zugezogener Kollege Steven. Ihn könnte man jederzeit als Kölsches Urgestein einschätzen, während Laura aufgrund ihres distanzierten Auftretens in der Nachbarschaft wohl noch bei manchen als *Die Neue* galt.

Die Tür des Besprechungszimmers öffnete sich, herein trat die Leiterin des Referats *ST 12*. Irene Knopf war noch relativ neu in dieser Position, und Steven hatte schon am ersten Tag verlauten lassen, dass sie ihren Nachnamen zu Recht trug. Sie sei zugeknöpft bis oben hin, zudem erinnerten ihn ihre Augen an seinen alten Teddybären, der im Ohr einen Knopf gehabt hatte. Dass sie allerdings weniger sanftmütig als sein Kindheitsbegleiter war, hatte er schnell erfahren müssen. Seit sie ihn nach einem Fehltritt vor versammelter Mannschaft auf den Topf gesetzt hatte, war er auf der Hut – und mutmaßte, dass sie alles daransetzte, ihre femininen Züge zu überspielen. Anders konnte er sich ihren Haarschnitt, eine Kombination aus Pony und Bob, und ihre

Kleidungswahl – stets Businesskostüm –, ihr Aufwärtsstreben – hohe Absätze trotz bereits beachtlicher Körpergröße sowie den Befehlston – nicht erklären.

»Mal sehen, was für eine Verfehlung sie uns diesmal vorwirft«, wisperte er Laura zu, als sie über den abgenutzten Teppichboden zu ihren Stühlen gingen.

»Im Gegensatz zu dir hab ich mir nichts vorzuwerfen.« Laura hängte ihre Wildlederjacke über die Lehne und sank auf den Stuhl.

»Woher hätte ich wissen sollen ...«

»Du hast nur ein Problem mit ihr, weil sie eine Frau ist – dazu noch jünger als du – und trotzdem die Anweisungen gibt.«

»Blödsinn.« Der Geräuschpegel reduzierte sich, sodass Steven seine Stimme weiter senkte und seinen kantigen Schädel zu ihr neigte. »Dich akzeptiere ich doch auch.«

»Ich bin aber deine Partnerin und nicht deine Chefin.«

Steven setzte zu einer Erwiderung an, beließ es aber beim Luftholen, als ihn der Blick seiner Vorgesetzten traf. Laura wusste, dass sie ihm Unrecht tat, aber sie liebte es, auf seinem wunden Punkt herumzutrampeln. Davon gab es nämlich nicht viele. Darüber hinaus wollte sie nicht, dass Irene Knopf auch für sie zu einem Feindbild wurde. Sie konnte jedoch nachvollziehen, was Steven meinte. Ihre Vorgesetzte strahlte eine kühle Strenge aus, sparte nicht an Kritik – dafür aber an Lob – und verstand es, sich mit einer einschüchternden Aura zu umgeben. Auch sie hatte schon überlegt, ob Frau Knopf ständig beweisen wollte, dass sie Männern ebenbürtig war. Anders als Steven wusste sie aber aus Erfahrung, dass es kein Zuckerschlecken war, sich als Frau in einer Männerdomäne zu behaupten. Bislang gelang Irene Knopf dies jedoch einwandfrei, denn wenn es eine Verkörperung von Erfolg, Zielstrebigkeit und Selbstbewusstsein gab, dann saß sie hier am Kopfende des Tisches.

Daneben waren noch drei Kollegen anwesend sowie eine Vertreterin der Spurensicherung und ein Rechtsmediziner. Die Fragestellung des Meetings war klar: Was hatten Lauras und Stevens Funde zu bedeuten und – war es überhaupt ein Fall fürs BKA? Wie gewohnt vergeudete die Chefin keine Zeit mit ausschweifenden Berichten. Sie klopfte mit einem Stift gegen ihr Wasserglas, schlagartig kehrte Ruhe ein.

»Wir haben eine Tupperdose mit einem menschlichen Herzen und einen Umschlag mit Konrad Hentschels Ausweis sowie einer Trauerkarte. Weshalb sind diese Dinge ausgerechnet Ihnen zugespielt worden ?« Ihr Blick richtete sich zunächst auf Laura, dann fixierte er Steven.

»Keine Ahnung«, erwiderte Laura. »Außerdem waren wir nicht die persönlichen Adressaten.«

»Woher wollen Sie das wissen?«

»Es standen nicht unsere Namen drauf, sondern allgemein das BKA. Vermutlich hat jemand herausgefunden, dass wir hier arbeiten.«

Steven fühlte sich nun auch angesprochen. »Dass wir in der Vergangenheit mit Hentschel zu tun hatten, ist kein Geheimnis – sofern sich jemand dafür interessiert. Immerhin hatten wir mal in diesem Zusammenhang der Presse Rede und Antwort stehen müssen, weil sich von den oberen Herrschaften alle verkrümelt hatten. Wann war das genau, Laura?«

»Vor anderthalb Jahren.« Sie erinnerte sich noch gut daran, da üblicherweise andere aufs Podium einer Pressekonferenz stiegen. Im Vorfeld eines Wirtschaftsgipfels waren Flugblätter mit Hentschels Konterfei aufgetaucht, und es war mehr oder weniger offen zur Gewalt gegen ihn aufgerufen worden. Den genauen Urheber hatten sie nicht ausfindig machen können, Laura und Steven waren nur bis zu einer antikapitalistischen Initiative vorgedrungen, die es aber verstanden hatte, die Reihen zu schließen.

Irene Knopf nickte. »Okay, das wusste ich nicht. Trotzdem müssen wir den Grund herausfinden, warum sich – wer auch immer – an Sie persönlich gewandt hat.«

»Vermutlich«, meinte Steven, »weil Konrad Hentschels Tod eben doch ein Fall fürs BKA ist. Ich hatte sofort Zweifel an einem Selbstmord. Ausweis und Herz beweisen, dass …«

»Nicht so voreilig!« Irene Knopf hob die Hand und wandte sich an den Rechtsmediziner. »Kann das Herz überhaupt von Konrad Hentschel stammen?«

Peter Petersmann war ein alter Haudegen, der kurz vor der Rente stand. Mit seinen schlohweißen, etwas abstehenden Haarbüscheln wirkte er wie ein verwirrter, aber gutmütiger Gelehrter. Sein Spitzname war *Petersmännchen*, was auf seinen kleinen Wuchs und seine magere Gestalt anspielte. Ausgesprochen wurde dieser Name aber in respektvollem Ton, denn er galt als Koryphäe. Gemächlich erhob er sich, sein Wissen teilte er stets im Stehen mit. Das braune Cordsakko und die beige Stoffhose waren eine Nummer zu groß und schienen aus der Zeit seines Geburtsjahres zu stammen.

»Ausgeschlossen«, antwortete er mit überraschend kräftiger Stimme. »Ein DNA-Abgleich ist da gar nicht nötig. Wie alt war Hentschel?«

»Er ist letzte Woche fünfundsechzig geworden.«

»Das Herz stammt von jemandem, der maximal fünfunddreißig Jahre auf dem Buckel hat. Gesund und relativ fit. Nichtraucher. Außerdem fehlt bei Hentschel nichts, ich habe mit den Kollegen gesprochen. Sein Körper war zwar in einem schlechten Zustand, das Herz aber dort, wo es hingehört.«

»Die rechtsmedizinische Untersuchung ist also abgeschlossen.« Steven richtete sich auf. »Was kam noch raus?«

Petersmann legte sich seine Worte sichtlich zurecht, bevor er antwortete. »Ein Fremdverschulden kann nicht nur nicht ausgeschlossen werden, wir müssen sogar davon ausgehen.«

Es wirkte, als wolle Steven von seinem Stuhl aufspringen. »Also kein Selbstmord!«

»Aber auch kein Mord«, erwiderte Petersmann ungerührt.

»Wie … was …?« Stevens Euphorie hatte einen Dämpfer erhalten.

»Zumindest kein unmittelbarer Mord«, erklärte Petersmann. »Hentschel war schon tot, als er auf die Schienen gelegt wurde. Allerdings wurde er nicht erschlagen, erschossen, erwürgt oder sonst was. Der Mann war Diabetiker. Typ 1, das ist die schwerwiegendste Form. Entweder hat er es vergessen, oder er hatte keine Möglichkeit, sich Insulin zu spritzen. Blut und Gewebe waren übersäuert, er dürfte in ein diabetisches Koma gefallen sein. Der Tod trat schon am Sonntagabend ein.«

Steven saß sprachlos da, während sich Laura nur *ein* Szenario als Erklärung vorstellen konnte. »Jemand hat Hentschel in seine Gewalt gebracht, wusste aber nichts von seiner Erkrankung oder nahm sie bewusst in Kauf. Der Leiche entledigte man sich, indem man sie von einem Zug zermatschen ließ. Vielleicht in der Hoffnung, dadurch Spuren zu verwischen.«

»Was illusorisch wäre«, war Petersmanns Einschätzung. »Die Untersuchungen haben sich zwar hingezogen, aber am Ende waren sie doch aufschlussreich. An der Leiche wurden fremde DNA-Spuren gefunden, aber auf seiner Geburtstagsfeier hatte er natürlich mit einigen Leuten körperlichen Kontakt.«

»Was ist mit seinem Auto?«, fragte Steven.

»Darin gab es nur seine eigene DNA. Aber auch schwarze Stofffasern, die nicht zu dem grauen Anzug passen, den er trug. Auf dem Fahrersitz. Sie stammen von einer Jeans, aber nach Aussage seiner Töchter hat er keine einzige in seinem Kleiderschrank hängen.«

»Gut.« Entgegen ihrer Wortwahl wirkte Irene Knopf alles andere als entspannt. Ihr Gesicht hatte sich gerötet, sie vermied es, in Stevens Richtung zu sehen. »Für mich ergibt es weiter keinen Sinn, dass Sie beide als Postbox benutzt wurden. Und daneben ist unklar, wem das Herz gehört. Vielleicht einer seiner Töchter?«

Steven schüttelte den Kopf. »Aus seinem Umfeld ist niemand verschwunden, das hab ich checken lassen. Generell wissen wir von keinem Leichenfund, bei dem ein Herz vermisst wird. Irgendeine Verbindung zwischen dem Herz und Hentschel muss es aber geben. Peter, was hast du bisher herausgefunden?«

Petersmann hatte gerade dazu angesetzt, sich wieder auf den Stuhl sinken zu lassen, richtete sich aber nun angesichts der Frage wieder auf. »Auffällig ist, dass die Entnahme fachmännisch ablief. Da wurde nicht wahllos dran rumgesäbelt. Scharfe, klare Schnitte sind das. Der Zeitpunkt liegt einige Tage zurück, bestimmt eine Woche. Die Analyse der DNA ist noch nicht abgeschlossen.«

»War das Opfer bei der Entnahme noch lebendig?« Irene Knopf sah den Mediziner unverwandt an. Oberhalb der Nasenwurzel besaß sie ein kleines Muttermal, sozusagen als drittes Auge. Hinter vorgehaltener Hand wurde sie von manchen daher *die Inderin* genannt, auf dieses Niveau ließ sich Steven aber nicht herab. Für ihn war und blieb sie *der Knopf*.

»Darauf deutet nichts hin«, antwortete Petersmann. »Ausschließen kann ich es aber nicht.«

»Warum ist es schwarz?«

»Weil es eingefärbt wurde. Ganz simpel mit Lebensmittelfarbe. Das Herz dürfte ein paar Stunden in einer entsprechenden Flüssigkeit gelegen und die Farbe aufgenommen haben – bevor es zur Konservierung in einer Formaldehydlösung landete. Warum das gemacht wurde, müssen andere beantworten.«

»Und vor allem, *wer* es getan hat.« Jetzt geriet Steven wieder ins Visier der Referatsleiterin. »Leider sind Sie im Gegensatz zu Ihrer Kollegin nicht gerade achtsam vorgegangen. Warum haben Sie die Karte und den Ausweis mit bloßen Fingern angefasst?«

»Weil ich …« Steven nestelte an seinem Bart herum. »Ich war gerade aufgewacht und hab nicht damit gerechnet, dass … es so was ist.«

»Der Umschlag lag also auf dem Boden Ihres Flurs.«

»Nicht meines Flurs.« Unablässig glitten seine Finger weiter durch den blonden Vollbart, während er in Richtung Fenster stierte. »Auf dem … einer … Bekannten.«

Ganz leicht wanderten ihre Augenbrauen nach oben. »Was hat diese Bekannte für einen Hintergrund?«

»Staatsanwältin«, sagte Steven in Richtung Tischkante. Innerlich verdrehte Laura die Augen. War Steven also wieder seiner Exfrau in die Klauen geraten! Dabei hatte er endlich eine nette Freundin gefunden, nachdem die beiden vorherigen echte Katastrophen gewesen waren. Zum wiederholten Mal fragte sie sich, wie er es schaffte, ständig Frauengeschichten am Hals zu haben. Besonders attraktiv war er schließlich nicht. Klein, Bauchansatz, ungerade Zähne, beginnende Glatze, dafür am restlichen Körper umso mehr Haare. Das rundliche Gesicht wurde von einer krummen Nase geziert – das Überbleibsel einer Schulhofprügelei, wie er ihr erzählt hatte. Vorteilhafte Kleidung wählte er auch nicht aus, aber all das machte er offenbar mit seiner unbekümmerten und humorvollen Art wett. Steckte ein Minderwertigkeitskomplex hinter seinen Affären? Sie setzte an, ihn aus der Schusslinie zu bringen.

»Eins ist offensichtlich: Steven und ich sind nicht zufällig ausgewählt worden. Jemand kannte meine Joggingstrecke und meine Gewohnheit, am Steinbruch eine Pause einzulegen. Steven …«, jetzt musste sie das sensible Thema doch noch mal streifen, »ist nur selten in Düsseldorf. Also muss jemand beobachtet haben, wie er das Haus betrat.«

»Hab ich alles verstanden«, erklärte ihre Chefin. »Und was ist Ihre Schlussfolgerung?«

»Jemand wollte sicherstellen, dass Herz und Ausweis sofort beim BKA und nicht in irgendeinem Polizeirevier landen.«

Ihre Vorgesetzte überging dieses Zwischenfazit zunächst und richtete das Wort an die Kollegin der Spurensicherung. »Können Sie noch etwas Hilfreiches beitragen?«

»Tupperdose und Briefumschlag waren fast schon klinisch sauber. Alles handelsübliche Produkte. Spuren am Steinbruch und in dem Haus von Stevens … Nachtquartier gibt es natürlich zuhauf, da müssen wir erst mal aussortieren, was verdächtig ist und was nicht. Außerdem prüfen wir, ob es Kameras in der Nähe gibt.«

»Den Nachbarn ist nichts aufgefallen, die Befragungen sind schon erledigt.« Steven hatte ein spürbares Interesse, einen großen Bogen um die Wohnung seiner Exfrau zu machen. »Wir sollten uns zunächst auf Konrad Hentschel konzentrieren und herausfinden, ob er noch im Visier der Linksautonomen war. Oder überlassen wir die Ermittlung etwa weiter dem LKA?«

»Natürlich nicht.« Irene Knopf sah ihn seit längerer Zeit wieder an. »Sie hatten den richtigen Riecher und dürfen jetzt gemeinsam mit Frau Westermann Ihr Wochenende opfern.«

»War zu erwarten«, brummelte Steven Laura zu, als sie sich erhoben. »Und das kurz vor Karneval!«

Der Schmerz war zunächst nicht besonders intensiv, eher wie ein leichter Muskelkater. Dann spürte Jochen Müller einen unangenehmen Druck am Rücken und ein Stechen an der Hand. Nach und nach schärften sich seine Sinne und registrierten neue Details. Dennoch war es ein mühevoller Prozess, wieder Herr über sich selbst zu werden. So als würde sein Geist durch zähen Morast auf eine im Licht liegende Insel zuwaten. Als Nächstes nahmen seine Ohren wieder ihre Funktion auf. Er hörte ein leises Rauschen, hin und wieder das Geräusch eines Vogels. Dann kehrte der Geruchssinn zurück. ›Modrig‹, dachte er, aber er roch noch etwas anderes. Urin?

Mit größter Willensanstrengung öffnete er die Augen. Grelles Licht blendete ihn, und es dauerte einen Moment, bis er klar sehen konnte. Über ihm erstreckte sich der blaue Himmel, nur vereinzelt zogen Wolken vorbei. Die Märzsonne wärmte sein Gesicht, und doch fror er. Stöhnend stützte er sich auf die Ellenbogen und richtete den Oberkörper auf. Er lag auf einer Wiese, halb auf einem Stock, der durch die dünne Jacke auf seinen Rücken gedrückt hatte. Er zog seine Hand aus dem dornigen Gestrüpp direkt neben ihm und betrachtete die blutigen Kratzer. Dann glitt sein Blick weiter. Auf der grauen Hose seiner Uniform zeichnete sich ein großer feuchter Fleck ab. Hatte er sich etwa vollgepisst? Lag eine Sauftour hinter ihm?

Er erinnerte sich nicht, und die Gegend war ihm völlig unbekannt. In etwa dreißig Meter Entfernung endete die Wiese an einem See, in deren Mitte eine Insel lag. Rechts, von wo das Rauschen kam, war das Ufer mit Bäumen bewachsen. Er wälzte sich auf den Bauch, um außer Reichweite der Dornen zu kommen. Ganz in der Nähe führte ein Schotterweg vorbei, und er erblickte dort eine ältere Frau, die ihm regungslos entgegenstarrte. Dann zog sie mit einem Ruck an einer Hundeleine, und ein schwarzer Mischlingshund löste seine Nase widerstrebend von einem Busch.

›Warten Sie!‹, wollte er ihr zurufen, doch Zunge und Stimmbänder widersetzten sich.

Stumm ließ er den Kopf auf die Erde sinken und versuchte, sein Gehirn in Betrieb zu nehmen. Er war feiern gewesen. Eine Karnevalstour durch die Düsseldorfer Innenstadt. Aber er hatte nicht zu spät heimfahren wollen, weil er am nächsten Tag Dienst hatte. Bestürzt erkannte er, dass es laut seiner Uhr früher Nachmittag war. Schlagartig kehrte die Erinnerung zurück. Er war standhaft geblieben und noch vor Mitternacht nach Hause gegangen. Hatte alle Überredungsversuche seiner Freunde an sich abprallen lassen. Schließlich stand er bei seinem Arbeitgeber – einem Chauffeurdienst – ohnehin schon auf der Abschussliste. Er wusste auch, dass er sich morgens zum Flughafen begeben hatte und fluchend die Verspätung des Fliegers zur Kenntnis genommen hatte. Und dann … war es passiert.

Er hievte sich auf die Beine und stolperte zum Schotterweg. Von der Frau und ihrem Hund war nichts mehr zu sehen. Sein Gleichgewichtssinn war gestört, taumelnd versuchte er, die beiden einzuholen. Mit jeder Minute wurde sein Gang stabiler, während sich das Erinnerungsbild des Vormittages mit immer neuen Details füllte und ihn zur Eile antrieb. Hoffentlich war die alte Dame moderner, als sie aussah – und trug ein Handy bei sich!

Mit einem Ruck wurde die Tür aufgerissen, synchron hoben Steven und Laura die Köpfe. Sie hatten sich gerade in alte Unterlagen vertieft, um sich Konrad Hentschels Gefährdungslage während seiner Zeit als Vorstandsvorsitzender genauer in Erinnerung zu rufen. Mit rotem Kopf trat Irene Knopf an die einander gegenüberstehenden Schreibtische. Verwundert bemerkte Steven, dass sie Latexhandschuhe trug und einen Briefumschlag zwischen den Fingern hielt.

»Haben Sie auch Post bekommen?«, versuchte er sich an einem scherzhaften Ton.

»Kann man so sagen.« Sie präsentierte den Briefumschlag: *Gruß ans BKA*.

»Wo ist das denn aufgetaucht?« Steven wollte schon danach greifen, aber sie zog ihre Hand zurück.

»Ohne Handschuhe fassen Sie nichts an! Der Umschlag klebte an meiner Kofferraumklappe. Ich hab es eben bemerkt, als ich zum Parkplatz gegangen bin.«

Laura stand auf und kam zu ihr. »Der Parkplatz wird videoüberwacht. Also muss …«

»Auf den Aufnahmen ist aber niemand zu sehen«, erwiderte ihre Chefin. »Hab ich sofort prüfen lassen. Der Umschlag muss woanders angeklebt worden sein. Vielleicht sogar bei mir zu Hause.«

»Na sieh mal an.« Steven sah eher fröhlich als schockiert aus. »Weshalb hat wohl jemand auch an Sie eine persönliche Botschaft gesendet?«

Anstelle einer Antwort öffnete sie den Umschlag und zog ein Foto heraus. Eine Schwarz-Weiß-Aufnahme von einem groß gewachsenen und schlanken Mann mittleren Alters, der vor einer Mauer mit einem Graffiti stand. Steven erkannte sofort, dass es die gleiche Darstellung der Justitia war wie auf der Trauerkarte. Dann kehrte seine Aufmerksamkeit zu dem Mann zurück. Seine Haare waren zerzaust, offenbar war es zum Zeitpunkt der Aufnahme windig gewesen. Sein Gesicht kam Steven irgendwie bekannt vor, zuordnen konnte er es aber nicht. Zwischen den Händen hielt der Mann ein Schild mit der Aufschrift *Gefangener Nr. 1*.

Steven schluckte. »Wer ist das?«

»Sagt er Ihnen gar nichts?« Ungläubig sah sie zu ihm hinunter. »Das ist Hagen Stiegler. Vorstandsvorsitzender des Autokonzerns *DAW*. Vorher war er dort als Vorstandsmitglied für den Geschäftsbereich Produktentwicklung zuständig.«

Steven nickte. »Jetzt, wo Sie es sagen! Der Boss der *Deutschen Automobil Werke*. Also einer der Top-Top-Manager. Und besonders interessant: Die *DAW* haben ein Tochterunternehmen namens *Sinus*. Dort werden die sportlicheren Modelle des Konzerns angefertigt. Und wer war bis vor einem Jahr Vorstandsvorsitzender von *Sinus*?«

»Konrad Hentschel, das weiß ich selbst. War Stiegler ähnlich konkreten Drohungen ausgesetzt wie Hentschel?«

»Nein«, antwortete Laura. »Was aber nichts bedeuten muss. Die Chefs derartiger Unternehmen haben immer Feinde.«

»Wird er vermisst?«, fragte Steven.

»Keine Ahnung, finden Sie es heraus! Möglichst bevor irgendwo ein Erpresserschreiben auftaucht.«

Laura betrachtete das Foto aus der Nähe. »Eine Lösegeldforderung würde mich überraschen. Die Aufnahme erinnert an Hanns Martin Schleyer. Als er in der Gewalt der RAF war, veröffentlichten sie Fotos, auf denen er ein ähnliches Schild hielt. Darauf stand, wie lange er sich schon in Gefangenschaft befindet. Das hier könnte eine Anspielung darauf sein. Dann noch das Graffiti mit der abgewandelten Justitia. Alles inszeniert, inklusive des Herzens.«

»Du vermutest die Gründung einer neuen RAF?«, hakte Steven nach. »Ohne dass wir Wind davon bekommen haben?«

»Irgendwann ist immer das erste Mal. Das hier könnte der Auftakt sein.«

»Dann wäre es ein besonders dreister Auftakt.« Irene Knopf steckte das Foto in den Umschlag zurück. »Uns direkt mit solchen … Sachen zu versorgen … als sollten wir vorgeführt werden!«

»Genau das könnte der Zweck sein«, meinte Laura. »Für die Autonomen sind nicht nur die Kapitalisten Feindbilder, sondern genauso der Staat – also wir. Uns wird vorgeworfen, die Falschen zu beschützen.«

Irene Knopf ging zur Tür. »Ich übergebe das der Spurensicherung, Sie beide finden heraus, ob Hagen Stiegler tatsächlich entführt worden ist. Geben Sie vorsorglich schon jetzt eine bundesweite Meldung heraus. Sollte es sich als Scherz herausstellen, können wir sie immer noch zurückziehen.«

Steven nickte und griff schon nach dem Telefonhörer. An einen makabren Spaß glaubte er keine Sekunde, vielmehr tendierte er eher zu Lauras Einschätzung. Oder waren sie auf dem Holzweg, indem sie sich sofort auf die offensichtlichen Täterkreise stürzten? Sollte sich aber tatsächlich eine neue RAF gegründet haben, standen ungemütliche Zeiten bevor. Für die Wirtschaftslenker und Politiker – aber genauso für Laura und ihn.

Das Erste, was Hagen Stiegler wahrnahm, war eine schwarze Strumpfmaske, aus der ihn blaue Augen beobachteten. Ähnlich wie bei Jochen Müller kehrte die Erinnerung schleppend zurück. Währenddessen saß die unbekannte Person stumm da. Als sich der Nebel in seinem Kopf so weit gelichtet hatte, dass Stiegler sich das zurückliegende Geschehen zusammensetzen konnte, stellte er sofort eine Frage, brachte aufgrund des Knebels aber lediglich ein unverständliches Geräusch zustande. Der Stoff in seinem Mund schmeckte nach einem blumigen Waschmittel, das Aroma überlagerte einen Geruch nach Gummi. Die Umgebung wurde von zwei Gaslaternen spärlich beleuchtet.

Unter dem dünnen Stoff seines Anzugs fröstelte Stiegler. Die Kälte des harten Untergrundes kroch über die Beine hinauf bis zum Oberkörper. Er lehnte mit dem Rücken an einer Wand aus Holzplanken. Beide Daumen waren mit Kabelbindern hinter seinem Rücken aneinander fixiert, während die Fußgelenke mit einem dünnen Seil gefesselt waren. An sein Ohr drang beständiges Verkehrsrauschen, es klang nach einer Autobahn. Alle Eindrücke zusammen ließen darauf schließen, dass er sich nicht mehr in dem Van des Shuttle-Unternehmens befand, sondern auf der Ladefläche eines Lastwagens. Es gab aber keine Bewegung, also parkte das Fahrzeug vielleicht an einer Raststätte?

Die Gestalt saß ihm im Schneidersitz gegenüber und bewegte sich noch immer nicht, bis sie urplötzlich mit einer geschmeidigen Bewegung nach oben in den Stand glitt. Stieglers Herzschlag setzte kurz aus, und er hatte Mühe, genug Luft zum Atmen zu bekommen. Instinktiv zog er die Beine an und versuchte, sich zusammengekrümmt auf die Seite zu legen. Unmöglich. Erst jetzt bemerkte er, dass um seinen Hals ebenfalls ein Seil gelegt und irgendwo hinter ihm festgebunden worden war.

Doch man griff ihn nicht körperlich an. Stattdessen bückte sich sein Gegenüber, hob ein Schild auf und lehnte es an Stieglers Schienbeine.

»Nicht bewegen, sonst zertrete ich dir die Rippen.« Eine tiefe Stimme, ganz klar die eines Mannes.

Er schob beide Laternen näher zu Stiegler hin, dann zog er ein Handy hervor. Ein Blitzlicht flammte auf, und Hagen Stiegler ahnte, auf was das alles hinauslief. Erpressung von Lösegeld, was sonst? In wenigen Stunden dürfte seine Frau das Foto mit einem Brief oder einer Mail erhalten. Vielleicht wandten sich die Erpresser auch direkt an die Konzernzentrale oder die Presse, alles war möglich.

Stiegler war es gewohnt, die Kommandos zu geben und alles unter Kontrolle zu haben. Jetzt verspürte er Angst. Vergeblich versuchte er zu entziffern, was auf dem Schild stand. Vielleicht die Summe? Auf welchen Wert wurde sein Leben wohl taxiert? Er konnte ein Zittern nicht unterdrücken. Der Entführer schien es zu bemerken, denn als er die beiden Laternen wieder an sich nahm, stockte er kurz in der Bewegung.

»Keine Sorge, du wirst nicht lang allein bleiben. Dich erwartet sogar eine Gesellschaft, in der du dich pudelwohl fühlst. Normalerweise. Diesmal wird es anders sein, denn vor euch liegt ein echter Höllentrip.«

Er ging zum vorderen Teil der Ladefläche, stellte die Laternen ab und schlug zweimal kräftig gegen die Wand. Während er sich hinsetzte, wurde der Motor gestartet, dann setzte sich der Lastwagen mit leichtem Schaukeln in Bewegung. Die Augen hinter den Schlitzen der Sturmhaube schlossen sich, während Stiegler den Mann unverwandt anstarrte. Er konnte den Blick nicht abwenden, während sich sein Gehirn ausmalte, welcher Art der angekündigte Höllentrip wohl sein würde.

Die Person auf den Videoaufnahmen war ein Mann, dessen war sich Steven sicher. Statur, Gang, Kleidung – alles zusammengenommen ließ keinen anderen Schluss zu. Er war groß, aber nicht allzu kräftig, und trug eine Brille. Dazu Baseballkappe, Parka, Jeans und schwarze Turnschuhe. Am Taxistand sprach er Hagen Stiegler an, kurz darauf entfernten sie sich gemeinsam. Ein brauchbares Fahndungsfoto ließ sich jedoch nicht anfertigen, da der Unbekannte den Kopf gesenkt hielt und nie zu einer der Überwachungskameras geblickt hatte, deren Aufnahmen Steven und Laura sich in einem fensterlosen und überaus stickigen Raum des Düsseldorfer Flughafens vorführen ließen.

Insgesamt war der Mann nur eine Minute lang zu sehen – und sein vermutlicher Komplize nicht viel länger. Die Aufnahmen stammten von unterschiedlichen Kameras, und die beiden dürften auch in unterschiedlichen Missionen unterwegs gewesen sein: Schaffung idealer Rahmenbedingungen sowie Durchführung der eigentlichen Entführung. Darauf deutete auch die Aussage des Chauffeurs hin, der Hagen Stiegler am Vormittag hatte abholen sollen, daran aber gehindert worden war. Vor zwei Stunden hatte Jochen Müller die 110 angerufen, und dass sein traumatisches Erlebnis mit dem Verschwinden von Hagen Stiegler in Verbindung stand, lag auf der Hand. Steven schätzte es als glückliche Fügung ein, dass das BKA schnell von Jochen Müllers Notruf erfahren hatte, denn nicht selten verursachte ein mangelhafter behördenübergreifender Informationsaustausch vermeidbare Ermittlungspannen.

Diesmal hatte alles optimal funktioniert, sodass ihm Laura und Steven schon eine Stunde später gegenübergesessen hatten. Zu dem Zeitpunkt hatten sie bereits herausgefunden, dass Hagen Stiegler einen Pressetermin gehabt hatte, bei dem Verlag aber nicht erschienen und auch nicht erreichbar war. Eine Vermisstenanzeige gab es nicht, da es die Redakteure bei mehreren Anrufversuchen auf Stieglers Mobiltelefon belassen hatten. Dieses Handy war nicht zu orten, aber damit hatte Steven sowieso nicht gerechnet. Heute wusste schließlich jeder, welche technischen Möglichkeiten den Fahndern offenstanden, sodass nur absolut stümperhafte Entführer das Mobiltelefon nicht entsorgt hätten.

Dass es die Ermittler nicht mit derartigen Leichtgewichten zu tun hatten, legte der Bericht Jochen Müllers nahe, der sich mit den Aufnahmen der Überwachungskameras deckte: Wenige Minuten vor der planmäßigen Ankunft Stieglers war der Chauffeur im Empfangsbereich des Flughafens aufgetaucht. Nach einem Blick auf die Informationstafel und die angezeigte Verspätung verzog er das Gesicht und war offensichtlich unschlüssig, was er tun sollte. In einem Bistro hatte er sich einen Kaffee bestellt und in der Tasse herumgerührt – bis ihn eine Lautsprecherdurchsage hatte aufspringen lassen. »Der Fahrer des Wagens mit dem Kennzeichen …« Es war der übliche Text gewesen, mit dem nach dem Besitzer eines Autos gesucht wurde.

Wie es zu dieser Durchsage gekommen war, erklärten die Bilder einer anderen Überwachungskamera – und darüber hinaus die Angestellte des Informationsschalters. Ein Mann war zu ihr getreten, hatte wild gestikuliert und nach draußen gedeutet. Er habe behauptet, beim Ausparken ein fremdes Auto touchiert zu haben. Sein Deutsch sei perfekt gewesen, allerdings habe sie einen Akzent herausgehört, vermutlich niederländisch. An seine genauen Gesichtszüge erinnerte sie sich nicht, wohl aber daran, dass er einen blonden Bart und auffallend große, schwarze Ringe in den geweiteten Ohrläppchen getragen hatte. Beides war auch von der Überwachungskamera aufgezeichnet worden, viel mehr aber war aufgrund einer Wollmütze und der Menschentraube vor dem Counter nicht herauszulesen gewesen. Da es von der betroffenen Parkzone überhaupt keine Videoaufnahmen gab, mussten sich Laura und Steven bezüglich des weiteren Verlaufs auf die Richtigkeit von Jochen Müllers Aussage verlassen.

»Ich hatte schon befürchtet, dass jemand in den Van reingefahren ist, denn im Halteverbot stand ich nicht. Ich parke immer an derselben Stelle. Alles wirkte aber harmlos, nur stand so ein Typ neben meiner Fahrertür. Er trug Baseballkappe, Parka und Jeans. Als ich ihn fragte, ob er mich habe ausrufen lassen, hat er genickt und auf die Beifahrerseite gedeutet. Er habe da leider eine Delle reingefahren.«

»War das überhaupt möglich?«, hatte Laura nachgefragt. »So wie Sie die Parksituation beschrieben haben, doch eher nicht.«

»Das stimmt, aber darüber hab ich in dem Augenblick nicht nachgedacht.« Der sechzigjährige Jochen Müller war sich mit zitternden Fingern durch das schüttere Haar gefahren. »Ich dachte nur an meinen Chef und hatte Angst … Ich brauche den Job, verstehen Sie? In meinem Alter … eine Schramme hätte ihn toben lassen. Selbst wenn ich nicht schuld gewesen wäre. Und tatsächlich hab ich 'ne Delle gesehen, die vorher nicht da war. Ich beugte mich runter, dann spürte ich einen Stich im Nacken. Ich wollte schreien, aber mir wurde der Mund zugehalten. Auf einmal war da noch ein Mann.«

»Sicher, dass es ein Mann war?«

»Ja.«

»Wie sah er aus?«

»Weiß ich nicht. Das heißt … einen Bart hatte er. Glaube ich. Ja, blonder Bart. Und er … er sagte nicht viel, hatte aber irgendeinen Akzent. Sie drückten mich gegen die Tür und hielten mich fest. Meine Taschen wurden durchsucht, dann hatten sie den Autoschlüssel und schoben mich auf die Rückbank. Drinnen wälzten sie mich über die Lehne in den Kofferraum. Dann weiß ich nichts mehr. Als ich wieder zu mir kam, lag ich an diesem See.«

Bei dem Gewässer handelte es sich um den zwischen der A46 und A59 gelegenen Elbsee. Zwei Autobahnabfahrten befanden sich in unmittelbarer Nähe, die Fahrtzeit vom Düsseldorfer Flughafen betrug knapp dreißig Minuten. Aufgrund der Ankunftszeit von Hagen Stieglers verspätetem Flug war davon auszugehen, dass er sich ebenfalls in dem Wagen befunden hatte, als Jochen Müller am Seeufer abgelegt worden war.

Auch der Vorstandsvorsitzende der *Deutschen Automobil Werke* war von mehreren Kameras erfasst worden. Bis zum Taxistand war sein Weg noch nachvollziehbar, dann aber verschwand er im wahrsten Sinne von der Bildfläche – nachdem er von dem Mann angesprochen worden war, der zuvor auf Jochen Müller bei dessen Van gewartet hatte. Das dunkle Fahrzeug war kurz darauf noch an der Ausfahrt des Flughafens gesichtet worden, und am Elbsee hatte die Spurensicherung passende Reifenspuren gesichert. Doch in welche Richtung der Wagen anschließend weitergefahren war, blieb offen.

Inzwischen war der Van im In- und Ausland zur Fahndung ausgeschrieben. Auch die Spurensicherung ließ nichts unversucht, um weitere Anhaltspunkte zu liefern. Sämtliche Stellen, an denen sich die Entführer nachweislich aufgehalten hatten, wurden durchkämmt, das schloss den Flughafen, den See und Jochen Müller selbst mit ein. Die Hoffnungen auf einen Fund waren aber gering. Nach Müllers Beschreibung hatten die Täter Handschuhe getragen, und ihre gesamte Vorgehensweise ließ darauf schließen, dass ihnen die Möglichkeiten der Ermittlungsbehörden nicht unbekannt waren.

Jochen Müller war Blut abgenommen worden, Laura und Steven erhofften sich einen Hinweis, mit was er – und vielleicht auch Hagen Stiegler oder Konrad Hentschel – außer Gefecht gesetzt worden war. Ob diese Erkenntnis am Ende weiterhelfen würde, stand auf einem anderen Blatt. Zeugenbefragungen stellten eine weitere Notwendigkeit dar, waren aufgrund der Menge an Reisenden aber langwierig und kompliziert. Größere Erwartungen hatte Steven hinsichtlich der Befragungen am Elbsee. In der Nähe des Fundortes gab es ein kleines Nest namens Elb mit zwei Höfen und ein paar Wohnhäusern. Da von einer Entführung nun fest ausgegangen werden musste, war für diese mühevolle Kleinarbeit kurzfristig eine Vielzahl an Polizisten aktiviert worden.

Steven löste sich von dem Bildschirm und zog Laura in eine Ecke des Raumes. Der Sicherheitsbedienstete hatte vor Aufregung schon rote Wangen und von Anfang an jeden ihrer Wortwechsel aufmerksam verfolgt.

»Den Ablauf können wir uns jetzt zusammensetzen«, zog Steven leise sein Fazit. »Mich wundert allerdings das Wissen der Täter. Ihnen war bekannt, dass Stiegler einen Termin hatte, welches Flugzeug er nahm und wer ihn abholen sollte.«

Laura nickte. »Diese Infos lagen aber nur in seinem Konzern und bei dem Shuttle-Unternehmen vor.«

»Und zum Teil bei der Zeitung, mit der er einen Termin hatte. In dem Verlag wird aber kaum jemand Kenntnis von seinem Transportweg gehabt haben.«

»Stieglers Reisen und Termine werden von seiner Assistentin koordiniert.« Laura präsentierte auf ihrem Handy das Foto einer jungen Frau mit langen blonden Haaren. »Miriam Langer. Wohnt in Hannover, wo auch der Firmensitz ist. Allerdings ist sie nicht aufzufinden.«

»Sie muss sofort auf die Fahndungsliste. Hoffentlich wurde sie nicht auch gekidnappt.«

»Die Niedersachsen durchwühlen schon ihr gesamtes Umfeld. Zuletzt wurde sie gestern im Büro gesehen. Sie ging früher nach Hause – kränkelte offenbar. Ob sie dort angekommen ist, wissen wir nicht. Sie lebt allein. Ihr Chef befand sich zu der Zeit noch bei einem Geschäftstermin in Paris, von wo aus er heute Morgen nach Düsseldorf geflogen ist. Am Nachmittag sollte es weiter nach Barcelona gehen.«

»Wo er nicht ankommen wird, weil er der erste Gefangene ist.« Steven stopfte sich ein Nikotinkaugummi in den Mund. »Hätte Konrad Hentschel der zweite sein sollen? Wer könnte sonst noch im Fadenkreuz sein? Die Entführer werden nicht ohne Grund das Zählen angefangen haben.«

Laura steckte das Handy zurück. »Zum Beispiel seine Assistentin. Oder sie taucht wie Jochen Müller irgendwo benommen wieder auf. Nachdem die nötigen Informationen aus ihr herausgeprügelt wurden, hat sie für die Täter keine Relevanz mehr.«

Stevens Kaubewegungen gerieten ins Stocken. »Das Herz! Petersmännchen hat sich nicht festgelegt, ob es von einer Frau oder einem Mann stammt. Nur, dass der dazugehörige Körper nicht älter als Mitte dreißig ist. Die Assistentin wirkt doch jung, wie alt ist sie?

»Sechsundzwanzig.«

»Verdammt!«

»Mir gibt auch das Foto zu denken, das Frau Knopf an ihrem Kofferraum gefunden hat. Als der Umschlag daran befestigt wurde, muss Hagen Stiegler noch in Freiheit gewesen sein. Trotzdem ist er darauf als Gefangener zu sehen.«

»Eine Bildmanipulation. Das ist 'ne Kleinigkeit.«

»Ja, weiß ich. Aber was ist der Grund? Weshalb wurde uns das Foto zugespielt, *bevor* man den Mann in der Gewalt hatte?«

Steven zuckte mit seinen breiten Schultern. »Machtdemonstration. So wie alles. Warum sprechen uns die Täter direkt an, statt zu warten, dass wir selbst aktiv werden? Sie fühlen sich überlegen, haben vermutlich alles bis ins Detail geplant. Und genau deshalb werden die Spurensucher nichts Brauchbares finden.«

»Immerhin haben sie Reifenspuren am Seeufer ...«

»Was uns aber nichts bringt. Dass der Van dorthin gefahren wurde, lag eh auf der Hand. Helfen würden uns nur verlorene Gegenstände oder DNA-Spuren.«

Laura schob sich ebenfalls ein Kaugummi – allerdings ohne Nikotin – zwischen die Zähne. »Eben. Du kannst noch so vorsichtig vorgehen, irgendwann und irgendwo wirst du zumindest eine Hautschuppe verlieren.«

»Die aber erst mal gefunden werden muss. Na ja, warten wir's ab!«

Stevens Mobiltelefon vibrierte, anstatt eines Fotos ploppte ein Totenkopf auf dem Display auf. »Die Zentrale.« Er nahm den Anruf an und hielt sich das Gerät ans Ohr. »Was gibt's?«

»Hagen Stieglers Assistentin wurde aufgespürt.« Die Stimme des Kollegen klang so nüchtern, als würde er lediglich die aktuelle Uhrzeit mitteilen.

Steven dagegen atmete erleichtert aus. »Geht's ihr gut?«

»Sie ist unverletzt, aber irgendwas stimmt nicht mit ihr. Die Niedersachsen bekommen kein Wort aus ihr heraus. Sie wurde per Handyortung gefunden. Bei einer Freundin in Hildesheim.«

»Wo ist sie jetzt?«

»In Hannover auf dem Präsidium.«

»Organisiert eine Videoverbindung, damit Laura und ich mit ihr sprechen können.«

»Okay, wann seid ihr wieder hier?«

»Die Rückfahrt dauert anderthalb Stunden, so lange können wir nicht warten. Es muss übers Telefon gehen. Laura fährt, also schaltet uns auf meinem Handy dazu!«

Kapitel 4

Dass Miriam Langer kurz vor dem Zusammenbruch stand, konnte Laura sogar aus den Augenwinkeln erkennen. Köln lag bereits hinter ihnen, und sie näherten sich Bonn über die A555. Von Anfang an hatte Steven keinen Zweifel daran gelassen, dass er bei der Befragung nicht bloß stiller Zuhörer sein wollte, sondern Hauptakteur. Miriam Langer hatte kein einziges Mal den Kopf zu dem Bildschirm in dem Verhörzimmer gehoben, und den Mund hatte sie auch noch nicht aufgemacht. Erst als Steven ihr anschaulich schilderte, welche Strafen für eine Behinderung der Ermittlungsarbeit im Zusammenhang mit einer Entführung denkbar waren, klang ihre Stimme durch den Lautsprecher des Wagens.

»Ich hatte keine Wahl.« Dann folgte ein Schluchzen, und sie verbarg ihr Gesicht zwischen den Händen.

Steven sagte dazu nichts, sondern wartete, bis die Kollegen in Hannover die Frau wieder in einen vernehmungsfähigen Zustand versetzt hatten.

»Wobei hatten Sie keine Wahl?«, fragte er dann.

»Die Reiseplanung und … all das. Ich *musste* es herausgeben.«

»An wen?«

»Letzten Mittwoch …«, sie biss sich auf die Lippen, »war ich abends im Fitnessstudio. Als ich über den Parkplatz zu meinem Auto gegangen bin, war es schon dunkel. Neben mir parkte ein Transporter. Gerade als ich in mein Auto steigen wollte, wurde die Seitentür aufgeschoben. Jemand sagte: ›Einsteigen, oder du bist tot.‹ Es war ein Mann, er saß hinten auf der Sitzbank und … und … zielte mit einer Pistole auf mich. Niemand sonst war da! Und ich war allein, verstehen Sie?«

»Was haben Sie gemacht?«

»Bin eingestiegen.« Sie schnäuzte sich in ein Taschentuch. »Dachte, scheiße, jetzt hat's mich erwischt. Ich befürchtete schon, er vergewaltigt mich gleich.«

»Aber der Mann wollte etwas anderes.«

»Er wollte wissen, wo sich mein Chef in den nächsten zehn Tagen aufhält. Detailliert. Ich sollte alle Infos … er gab mir eine Mail-Adresse, an die ich alles schicken sollte.«

Erstmals schaltete sich Laura ein. »Diese Adresse brauchen wir. So schnell wie möglich!«

Die Zeugin hob den Kopf, vielleicht überrascht von der tiefen, aber unverkennbar weiblichen Stimme. »Da muss ich in mein Mail-Programm sehen. Es war eine komische Adresse.«

Laura vermutete sofort, dass die Mail-Adresse nicht wirklich weiterhelfen würde. Probieren musste man es dennoch, entgegen weitläufiger Meinung verfügte das BKA über hochkompetente IT-Spezialisten. »Sie haben die Informationen also an die Adresse gemailt?«

Frau Langer senkte den Kopf wieder. »Was hätte ich sonst tun sollen?«

»Warum sind Sie nicht zur Polizei gegangen?«

»Weil er … mir ein Foto gezeigt hat. Von den Kindern meiner Schwester. Er gab mir nur zwei Stunden, um es zu erledigen. Zum Glück komme ich zu jeder Uhrzeit in das Firmengebäude.

Am nächsten Morgen … ich bekam Gewissensbisse. Aber dann wollte ich nicht mehr zur Polizei, denn ich hatte ja schon …«

Laura griff nach Stevens Handy und deaktivierte das Mikrofon. »Dämliche Ziege!«

»Halt dich zurück!«, mahnte Steven. »Sie stand unter Stress, hatte Angst und wurde unter Zeitdruck gesetzt.«

»Trotzdem hätte sie wenigstens mit ein paar Stunden Abstand … egal!«

Steven nahm ihr das Telefon aus der Hand und stellte das Mikrofon wieder an. »Wie sah der Mann aus?«

»Er war komplett schwarz. Sogar sein Gesicht. Also ich meine, wegen so einer …«

»Sturmhaube?«, half Laura weiter und bremste wegen eines ausscherenden Lkw ab.

»Ja. Nur an den Augen waren Schlitze.«

»Augenfarbe?«, fragte Steven.

»Weiß ich nicht. Es war dunkel.«

»Haben Sie noch jemand anderen gesehen?«

»Vorn saß jemand, drehte sich aber nie zu mir um. Dann wurde ich wieder rausgeschoben, und der Wagen fuhr weg.«

»Haben Sie sich das Kennzeichen oder Teile davon gemerkt?«

Sie schüttelte den Kopf.

Laura wechselte auf die rechte Spur, reduzierte das Tempo weiter und wandte sich an die LKA-Kollegen, die sich mit der Zeugin im Raum befanden. »Geht mit Frau Langer alles noch mal durch. An welche Worte sie sich erinnern kann, einen Geruch, Merkmale des Transporters, diese E-Mail-Adresse … was auch immer. Wir sind in einer halben Stunde beim BKA, dann brauchen wir eine Zusammenfassung. Danke für eure Hilfe.«

Auffordernd sah sie zu Steven, bevor sie sich wieder auf die Fahrbahn konzentrierte. Grinsend unterbrach der die

Verbindung. »Klare Ansage. Die Hannoveraner zeigen wahrscheinlich gerade mit erhobenem Mittelfinger Richtung Kamera.«

»Ist mir egal. Wir müssen aufs Tempo drücken. Zwei Leute hatten mit den Tätern direkten Kontakt. Ich hatte schon schlechtere Startbedingungen.«

»Hoffentlich stellt sich diese günstige Ausgangslage rückblickend nicht als das genaue Gegenteil dar. Dass die Täter so offensiv agieren, gibt mir zu denken. Riecht nicht nach Amateuren.« Steven deutete auf eine sich nähernde Abfahrt. »Fahr mal runter, da hinten liegt ein guter Imbiss.«

»Bist du bekloppt?« Lauras Falte zwischen den Augenbrauen vertiefte sich. Sie gab Gas, fuhr ohne zu blinken zurück auf die linke Spur und tippte dann auf den Bauch ihres Kollegen. »Ich verschwende keine einzige Sekunde, um die Torpedierung deines Diätplans zu unterstützen.«

Steven verzichtete auf eine Antwort, der Blick, den er ihr aus seinen blauen Augen zuwarf, war aber alles andere als freundlich. Kurz darauf glitt der Kottenforst an ihnen vorbei, sie näherten sich der Abfahrt, die sich in unmittelbarer Nähe des BKA-Gebäudekomplexes befand. Laura dachte an das Abendessen mit ihren Eltern, ihrem Sohn und dessen Freundin. Am Morgen hätte sie noch jede Ausrede für eine Absage dankend angenommen, nun konnte sie froh sein, wenn sie es überhaupt noch bis zum Dessert schaffen würde.

Das Audimax war nur mäßig besucht, was Christian Herzberg beim Eintreten die Stirn runzeln ließ. Wäre er nicht auf Bitten eines Freundes, der hier an der Ostfalia Hochschule lehrte, zu einem Vortrag angereist, hätte er wahrscheinlich auf der Türschwelle kehrtgemacht und den sonnigen Nachmittag im nahe gelegenen Harz verbracht. Dort gab es kurvenreiche

Strecken und um diese Jahreszeit wenig Verkehr – es wäre eine wohlverdiente Auszeit gewesen.

Dass sich so viele Studierende die Gelegenheit entgehen ließen, Praxis-Informationen aus erster Hand sowie nützliche Kontakte zu ergattern, konnte er nicht nachvollziehen. Seinem Freund waren die halb leeren Reihen sichtlich unangenehm, verlegen murmelte er, dass die jährliche Fachtagung üblicherweise unter der Woche und nicht an einem Samstag stattfand, er aber gehofft habe, mit der erstklassigen Referentenliste genügend Zuhörer anzulocken. Ob die Gästeauswahl tatsächlich erstklassig war, darüber konnte man nach Herzbergs Einschätzung geteilter Meinung sein, für ihn selbst traf diese Bezeichnung aber ohne Zweifel zu.

Als Vorstandsmitglied bei einem der größten deutschen Autokonzerne – und damit einem der bedeutendsten weltweit – hätte er wochentags auch gar keinen Freiraum gehabt, um an einer derart unbedeutenden Veranstaltung teilzunehmen. Dass die Fachhochschule Braunschweig/Wolfenbüttel hier in der Prärie von Salzgitter überhaupt das Fach Transport- und Logistikmanagement anbot, war ihm bis vor Kurzem noch völlig unbekannt gewesen.

Der Blick durch die großen Fenster des Audimax fiel auf Wiesen und Bäume, ein landwirtschaftlicher Studiengang hätte besser an diesen Ort gepasst, dachte er, während er den Ausführungen seines Vorredners mit halbem Ohr folgte. Aber immerhin wurde in dieser idyllischen Umgebung auch Sport- und Tourismusmanagement gelehrt.

Das Motto der Tagung bezog sich auf die Zukunft der Automobilität, was vor allem auf autonomes Fahren und Elektroantriebe abzielte. Christian Herzberg erwartete jede Menge kritischer Fragen, schließlich musste sich seine Branche ständig den Vorwurf gefallen lassen, Entwicklungen zu verschlafen oder sogar zu verzögern. Die Gegenargumente waren ihm längst in Fleisch und Blut übergegangen, einen Teil davon ließ er bereits in seinen Vortrag einfließen, als er schließlich an der Reihe war.

Zumindest die anwesenden Studierenden wussten zu schätzen, dass sich jemand wie er an diesem Tag zur Verfügung stellte. Es herrschte absolute Ruhe – vom Klappern der Tastaturen abgesehen –, sobald eine seiner Aussagen in die Laptops eingespeist wurde. Zu seiner Zeit hätten sich die Zuhörer noch mit einem Stift einen lahmen Arm geschrieben, aber das Studium lag eben schon zwanzig Jahre zurück.

Seine Laune wurde besser, als er mehrere junge Frauen bemerkte, die miteinander tuschelten. Besonders angetan war er von einer Studentin, die ganz außen saß. Sie war sportlich mit Jeans, Sneakern und einem roten T-Shirt mit V-Ausschnitt bekleidet, die blonden Haare endeten am Kinn. An den Tuscheleien beteiligte sie sich nicht, stattdessen fixierte sie Herzberg unablässig. Etwas zu notieren schien sie zwar nicht, aber das störte ihn wenig. Wann immer er zu ihr hinsah, erntete er ein Lächeln, sodass er die letzte Minute seines Vortrags eigentlich nur noch zu ihr sprach und den Augenkontakt nicht unterbrach.

Sie wirkte selbstsicher, aber dennoch ehrfürchtig – eine Kombination, die ihm gefiel. Vermutlich Studentin eines höheren Semesters, denn Mitte zwanzig war sie bestimmt. Herzberg täuschte sich selten in Frauen, auch auf diesem Gebiet war er ein Experte. Weniger, was lange Beziehungen anging, aber wie sich ein kurzfristiges Vergnügen mit hoher Wahrscheinlichkeit erreichen ließ, da wusste er Bescheid.

Der Altersunterschied schreckte ihn nicht ab. Mit seinen dreiundvierzig Jahren hielt er sich für jung genug, um das Interesse dieser Generation zu wecken. Noch immer legte er Wert auf jugendliches Auftreten, was sich nicht auf körperbetonte Slim-Fit-Anzüge beschränkte. Sogar auf Dienstreisen betätigte er sich regelmäßig an Fitnessmaschinen, achtete aber darauf, dass sein Körper dadurch lediglich gut definiert wirkte. Die dunklen Haare waren modisch geschnitten, an den Seiten kurz, oben länger und mit der Andeutung eines Undercuts. Auch die auffällig gerade gezogene Linie der Augenbrauen bestand aus schwarzen Haaren, wodurch die hellblauen Augen noch deutlicher zur Geltung kamen. Schon als Teenager war er sehr gefragt gewesen, und dass sich an dieser Anziehungskraft bis heute nichts geändert hatte, zeigte sich jetzt wieder.

Mit einem Zwinkern zu der jungen Frau beendete er seine Ausführungen und kehrte zu seinem Sessel zurück, um sich der Diskussionsrunde zu stellen. Die Fragen aus dem Publikum parierte er mit Leichtigkeit, während ein Teil der anderen Podiumsgäste ein härteres Kaliber darstellte. Besonders der Vertreter eines Start-ups – der sich ernsthaft einbildete, innerhalb der nächsten sechzehn Monate ein serientaugliches Wasserstoffauto mit hoher Reichweite und zu einem akzeptablen Kaufpreis entwickeln zu können – setzte ihm hartnäckig zu.

Die Debatte zog sich in die Länge, und als sie dann endlich zu Ende war, fühlte sich Herzberg reif für ein Bier. Während sich die Gästerunde auf dem Podium auflöste, ließ er seinen Blick durch das Audimax schweifen. Alle Studierenden hatten sich erhoben und strebten zum Ausgang. Die junge Frau suchte er aber vergebens, und frustriert steckte er die Hände in die Hosentaschen. Immerhin näherten sich drei der Frauen aus der ersten Reihe – mit geröteten Gesichtern. Herzberg streckte sein Kreuz durch, als hinter ihm eine helle Stimme erklang.

»Das war spannend. Vielen Dank für die interessanten Einblicke.«

Er drehte sich um und fand schlagartig zur guten Laune zurück. Da war sie. Also hatte er sich nicht getäuscht!

»Ich mache so was eher selten«, wiegelte er betont bescheiden ab. »War sicher zäh wie Kaugummi.«

»Überhaupt nicht!« Ihr Lachen entblößte strahlend weiße Zähne. »Kommt selten vor, dass man hier drinnen so viel Nützliches erfährt.«

»Das sollten Sie aber Ihren Professor nicht hören lassen. Er hat dafür gesorgt, dass ich heute überhaupt anwesend bin. Wir sind alte Freunde.«

»Ach ja?«

»Hat er das nicht erwähnt?« Herzberg schmunzelte. Zufrieden bemerkte er, wie ihr Blick ihn von oben nach unten einer raschen Musterung unterzog. »Er behauptet, ständig mit unserer Freundschaft anzugeben.«

»Tja, ehrlich gesagt … ich bin nicht allzu oft bei den Vorlesungen. Ist ein weiter Weg, meine Wohnung ist in Wolfenbüttel, und die Anbindung hier raus ist miserabel.«

»Jetzt sagen Sie bloß, Sie haben kein Auto?«

Ihr Lächeln wurde breiter, und sie strich sich eine blonde Haarsträhne hinters Ohr. »Für eines Ihrer Autos fehlt mir das Geld. Und ehe ich es für eine Rostlaube rauswerfe … Es geht schon mit Bus und Bahn. Ist halt ein bisschen umständlich.«

»Wieso sind Sie nicht näher an den Campus gezogen?« Herzberg wollte das Gespräch unbedingt am Laufen halten.

»Hierher?« Sie zeigte aus dem Fenster und verzog das Gesicht. »Drüben in Calbecht gibt es zwar ein Studentenwohnheim, aber … hätten Sie als Student gern mitten in der Pampa gewohnt?«

»Auf keinen Fall. Ich habe mitten in München gelebt. Wann beenden Sie Ihr Studium?«

»Noch dieses Jahr.«

Sie stand so nah bei ihm, dass er den Geruch ihres Haarshampoos wahrnahm. Leicht und sommerlich. »Und dann?«

»Brauch ich einen Job.« Ihr Lächeln verflüchtigte sich. »Trotz meiner guten Noten könnte es schwer werden. Ich will nicht irgendwohin, sondern zu den besten Unternehmen!«

Er nickte und warf einen Blick auf die Uhr. »Ich muss noch kurz mit Ihrem Professor sprechen und dann zurück zur Autobahn. Ich komme an Wolfenbüttel vorbei, soll ich Sie mitnehmen und dort absetzen? Unterwegs könnten wir über Ihre Jobperspektiven sprechen. Ich kann Ihnen bestimmt ein paar Tipps oder …«, er senkte verschwörerisch die Stimme, »sogar Kontakte geben.«

»Das wär super!« Ihr Strahlen kehrte zurück, und ihr Augenaufschlag hinter der Brille war eine Klasse für sich. »Ich warte draußen auf Sie.«

Anerkennend verfolgte er ihren Abgang. Die engen Jeans und das knapp geschnittene T-Shirt waren wie für sie geschneidert und regten seine Fantasie an. Dann schoben sich die drei Frauen ins Bild, die sich bislang verlegen im Hintergrund gehalten hatten. Auch wenn ihm ihre Bewunderung schmeichelte, beschränkte Herzberg die Konversation auf das Allernötigste. Genauso wie wenig später den Austausch mit seinem Freund. Er hatte den Jackpot gezogen, und den wollte er nicht aufs Spiel setzen. Im Fenster überprüfte er noch einmal sein Outfit und zog das Jackett aus, dann sah er zu, dass er die Studentin nicht länger warten ließ.

Hart stieg Laura auf die Bremse, der Schrei blieb ihr im Hals stecken. Es war zwanzig Uhr dreißig, die Lichtkegel der Scheinwerfer durchschnitten die Dunkelheit, links und rechts glitten die Schatten der Bäume vorbei. Unaufhaltsam schrumpften die Meter zusammen. Wie versteinert stand das Reh auf der Landstraße, sein Kopf war zu Laura gedreht. Das Quietschen der Reifen auf dem Asphalt dröhnte in ihren Trommelfellen. »Hau ab, verdammt!«, brüllte sie die Windschutzscheibe an und drückte auf die Hupe. Dann kam ihr Wagen endlich zum Stehen. Einige Sekunden sahen sich Tier und Mensch an, bis bei dem Reh endlich der Fluchtreflex einsetzte.

Lang gezogen ließ Laura den Atem entweichen, während sich ihre Finger zitternd vom Lenkrad lösten. Als sie in den Rückspiegel sah, waren ihre Augen weit aufgerissen. Mit beiden Händen fuhr sie sich durch die Haare, die an den Schultern lockig ausfransten. »Scheiße, war das knapp!«, murmelte sie sich zu. Zaghaft gab sie wieder Gas, ihre Beine fühlten sich wie Gummi an. Von hinten näherte sich ein anderes Fahrzeug, hupend setzte es zum Überholen an und brauste an ihr vorbei. Laura hatte nicht mal einen Fluch für den Fahrer übrig, sie selbst hätte in Unkenntnis der Situation genauso reagiert. Nicht ohne Grund überließ Steven zumeist ihr das Steuer, die Zeitersparnis wuchs dann proportional zu den zurückgelegten Kilometern. Heute war sie zu ihrem Glück gemächlich unterwegs gewesen, dafür aber so in Gedanken, dass sie das Reh erst spät bemerkt hatte.

Sie befand sich im Ermittlungsmodus, und da es diesmal auch noch um Leben und Tod ging, konnte sie kaum an irgendetwas anderes denken. Die letzten Stunden hatten zwar weitere Erkenntnisse geliefert, doch die entscheidenden Fragen – konkret, wo sich das Entführungsopfer Stiegler befand, wer Hentschel auf die Gleise gelegt hatte und wem das schwarz gefärbte Herz gehörte – blieben weiter unbeantwortet.

Bei Laura und Steven liefen die Fäden zusammen, sie mussten den Überblick behalten. Mehrere Mitarbeiter des BKA waren zu koordinieren und zielgerichtet einzusetzen, daneben war die Einbindung der Landeskriminalämter nicht minder wichtig. Vor einer halben Stunde hatten sie ihrer Vorgesetzten den Abschlussbericht des Tages vorgetragen, und Laura hoffte, dass die Kollegen der Nachtschicht weiteren Raumgewinn erzielten. Ihr Handy würde neben dem Kopfkissen liegen, die Einnahme einer Schlaftablette verbot sich trotz bohrender Kopfschmerzen von selbst. Mit Grausen dachte sie daran, dass zu Hause noch eine kleine Gesellschaft auf sie wartete. Der

Versuch, ihre Eltern telefonisch vom Warten abzuhalten, war gescheitert.

Dass es bislang keine Forderungen der Entführer gab, fand Laura merkwürdig. Was für ein Motiv trieb sie an? Und wozu das herausgeschnittene Herz, das weder Hagen Stiegler noch Konrad Hentschel noch einem ihrer Familienangehörigen zuzuordnen war? Alles war ein großes Rätsel, inklusive der Identität der Täter. Zwar waren der Spurensicherung mehrere Funde geglückt, ob aber einer davon dem Täterkreis zuzuordnen war, würde sich frühestens in ein paar Stunden, im schlechtesten Fall überhaupt nicht herausstellen. Erfolgreiche DNA-Abgleiche mit der Datenbank wären ein optimales Ergebnis, setzten aber voraus, dass die Gesuchten schon ernsthaft ins Visier der Strafverfolgungsbehörden geraten waren.

Auch die Befragung von Miriam Langer hatte kaum Licht auf die Figuren im Schatten geworfen. Ihre Beschreibung des maskierten Mannes und des Transporters war viel zu ungenau. Die Adresse, an die sie die Terminplanung ihres Chefs gemailt hatte, war ebenfalls eine halb tote Spur. Sie endete bei einem rumänischen Server, auf dem der Mail-Anbieter seinen Dienst hosten ließ. Die Nutzung war aber über mehrere Tor-Netzwerke erfolgt, sodass die Verbindungsdaten anonymisiert wurden. Offenbar war die Adresse nur für diesen einen Zweck eingerichtet worden, denn bis auf die Mail der Assistentin war das Postfach leer.

Etwas war ihr dann doch noch eingefallen, allerdings erst nachdem sich Laura die E-Mail genauer angesehen hatte. Miriam Langer hatte neben der Reiseplanung auch den Presseverteiler ihres Unternehmens versendet – weshalb die Unbekannten daran interessiert waren, wusste sie nicht.

»Vielleicht brauchten sie eine Nummer von der Zeitung, wo er sich … bei der er eigentlich heute einen Termin hatte«, war Miriam Langers Vermutung gewesen.

Laura hielt das für ausgeschlossen. Wollten die Täter sich vielmehr direkt an die Presse wenden und dort ihre Forderungen platzieren? Breit gestreut und für die gesamte Bevölkerung zugänglich? Was dann los wäre, wollte sie sich gar nicht erst vorstellen. Irene Knopf hatte ähnliche Befürchtungen geäußert, war aber noch unschlüssig, ob das BKA selbst an die Öffentlichkeit gehen sollte oder ob Zurückhaltung die klügere Vorgehensweise darstellte.

Durchsickern würde es wohl ohnehin, es waren einfach schon zu viele potenzielle Zeugen befragt worden. So auch Hagen Stieglers Familie – seine Frau, sein zwanzigjähriger Sohn und seine Eltern. Alle standen nun unter Polizeischutz, genauso wie der übrige Vorstand der *DAW* und der Konzerntochter *Sinus*. Eine Erklärung für die Entführung hatte niemand liefern können. Stiegler habe sich normal verhalten, Drohungen und merkwürdige Vorkommnisse seien nicht bekannt. Die Verschleppung des Mannes schien aus heiterem Himmel erfolgt, nichtsdestotrotz aber außerordentlich gut vorbereitet worden zu sein.

Gleiches galt wohl für Konrad Hentschel, der zuletzt von seinen Töchtern gesehen worden war. Wo er sich anschließend aufgehalten hatte, konnte auch sein Mobilfunkanbieter nicht aufklären. Der Kontakt zu seinem Handy war am Samstagmorgen, um ein Uhr zwanzig abgebrochen, also auf dem Parkplatz des Hotels. War er dort auf die Leute getroffen, die eine Woche später auch Hagen Stiegler in ihre Gewalt gebracht hatten? Vieles blieb Spekulation, zumal die Personenbeschreibungen der Zeugen am Flughafen kaum weitergeholfen hatten. Laura und Steven hatten diese mit allen verglichen, die in der Vergangenheit Konrad Hentschel mehr oder weniger offen bedroht hatten. Keiner ähnelte den Beschreibungen – und alle besaßen überprüfte Alibis.

Kurz darauf stellte Laura den Motor vor ihrem Wohnhaus in Königswinter ab. Sie war müde, im Flur entledigte sie sich ihrer Wildlederjacke und der Boots, schlich ins Badezimmer, duschte und putzte sich die Zähne. Erst jetzt war sie für die familiäre Zusammenkunft bereit und betrat das Wohnzimmer. Der Anblick ihres Sohnes traf sie völlig unvorbereitet, denn zumindest von hinten war er kaum wiederzuerkennen. Seine schwarze Haarmähne war verschwunden, stattdessen trug er einen modischen Kurzhaarschnitt, sein Gesicht wirkte völlig verändert. Nicht mehr so weich, sondern … Laura suchte nach der passenden Bezeichnung. Männlicher. Das traf es.

»Wird's doch noch was.« Filip stand vom Sofa auf und zog seine Freundin mit sich. »Seit zwei Stunden halten wir das Essen warm.«

»Tut mir leid, das hättet ihr nicht tun müssen.«

»Wir machen es jetzt fertig, in fünf Minuten können wir loslegen.«

Er vermied konsequent Augenkontakt – und genauso jede Körperberührung, indem er einen unnötigen Bogen um sie einlegte. Seine Freundin hob in einer entschuldigenden Geste die Hände, als sie Filip in die Küche folgte. Seufzend ließ sich Laura auf das frei gewordene Sofa sinken.

»War es auszuhalten?«, fragte sie leise.

Ihre Mutter strich ihr über das Bein. »Warum denn nicht? Wir haben uns nett unterhalten.«

»Nett?«

»Du bist zu streng mit ihm«, merkte ihr Vater an. Er wirkte an diesem Abend erstaunlich fit, auch wenn der gelähmte linke Arm und der etwas schiefe Mund eine ständige Erinnerung an den Schlaganfall waren. Vielleicht hatte ihn der Austausch mit den jungen Leuten angeregt? Nur sein Gewicht machte ihr Sorgen, er schien weiter abgenommen zu haben. Die braune

Stoffhose und der graue Pullover waren inzwischen eine Nummer zu groß.

»Ich bin weder streng noch locker«, gab sie zurück. »Im Moment bin ich eher Luft für ihn. Warum auch immer.«

»Das legt sich.« Ihre Mutter lächelte. »Soll ich dich daran erinnern, wie du in seinem Alter warst?«

»Klar haben wir mal gestritten, aber … so nicht! Seit er diese Inga …«

»Sie kann nichts dafür«, fiel ihre Mutter ihr sanft ins Wort. »Sie hat eben sehr respektvoll über dich gesprochen.«

»Na ja, wer weiß, wie ich wegkomme, wenn die beiden allein sind.«

»Hör auf!« Ihre Mutter blinzelte ihr zu. »Hübsch ist sie auch noch, allein diese langen Wimpern und die bernsteinfarbenen Augen! Sportliche Figur – und trotzdem nicht eitel, das zeigt schon die lässige Kleidung. Freu dich doch für Filip!«

»Tu ich ja. Prinzipiell. Aber manchmal frage ich mich …«

Sie brach ab, da Filip und Inga das Essen hereintrugen. Urteilte sie tatsächlich zu streng? Eigentlich hatte Inga ihr noch keinen konkreten Anlass für eine kritische Meinung geliefert. Vielleicht spürte Filip ihre Ablehnung und war deswegen sauer. Inga ein wenig herzlicher gegenüberzutreten, könnte also die geschicktere Taktik sein. Die erste Chance bekam Laura bei der Vorspeise. Es gab ein Drei-Gänge-Menü, und da Inga Veganerin war, bestand das Carpaccio aus dünn gehobelten Zucchini- und Kürbisstreifen, garniert mit einem weißen Dressing, dessen Zusammensetzung Laura nicht einordnen konnte.

»Schmeckt toll«, kommentierte sie, ohne lügen zu müssen. Die fehlende Fleischbeilage störte sie nicht, damit war sie sowieso zurückhaltend. Anders als ihr Sohn – oder hatte der seine Essgewohnheiten mittlerweile umgestellt? Zumindest äußerlich war Ingas Einfluss nicht zu übersehen. Die Kurzhaarfrisur dürfte genauso auf ihre Initiative zurückgehen wie der Stilwechsel seiner Kleidung – nachdem Laura es längst aufgegeben hatte, ihn zu einem anderen Erscheinungsbild zu überreden. Seine Verwandlung freute sie, zugleich missfiel ihr, dass Inga offenbar nur mit dem Finger schnippen musste, um Filips Eigenheiten auszumerzen. Allerdings endete dieser Einfluss bei seinem Verhalten der Mutter gegenüber.

»Hätten wir gewusst, dass du mal wieder deinem Job den Vorrang gibst, hätten wir uns nicht so große Mühe gemacht«, murmelte er.

Laura schluckte eine heftige Erwiderung herunter. Als Alleinerziehende hatte sie oft um den nötigen Freiraum kämpfen müssen, war aber der Meinung, ihm ausreichend Zeit gewidmet zu haben. Sogar auf eine Beförderung hatte sie verzichtet, weshalb seine Vorwürfe umso mehr schmerzten. Eine Kommentierung seiner Frisur und Kleidung sparte sie sich, sie wollte die positive Entwicklung nicht gefährden. Stattdessen bemühte sie sich um ein freundliches Gespräch mit Inga, die auf diese ausgestreckte Hand nur gewartet zu haben schien.

Eine Weile tauschten sie sich über Alternativen zu tierischen Produkten aus, obwohl Laura für Küchenthemen keinen Enthusiasmus aufbrachte. Als Filip den Hauptgang in Form von Süßkartoffel-Gnocchi auf Rahmspinat hereintrug, verlagerte sich das Gespräch auf den Naturschutz – und damit auf das Terrain von Lauras Vater. Der blühte auch derart auf, dass Laura in Erwägung zog, solch gemeinsame Essen regelmäßiger zu veranstalten.

Mit neuem Interesse betrachtete sie die Dreiundzwanzigjährige. Inga war kein Model, aber attraktiv genug, dass Laura sich wunderte, wie Filip sie an Land gezogen hatte. An mangelnder Konkurrenz konnte es nicht liegen, an seinem Charme genauso wenig. Oder verhielt er sich woanders viel offener, als sie es für möglich hielt? Sicher, er selbst sah auch nicht schlecht aus. Groß, obwohl etwas zu hager – wie sein Vater. Er hatte ein hübsches Gesicht, nur zu volle Lippen, als dass er richtig maskulin gewirkt hätte – ebenfalls die Gene seines Vaters. Egal, wie auch immer er als Sieger vom Platz gegangen war, Laura zollte ihrem Sohn insgeheim Respekt. Inga wirkte älter, als sie war, sie präsentierte sich redegewandt und selbstsicher. Derzeit studierte sie an der Kölner Universität und wollte auf den Bachelor in Sozialwissenschaften noch einen Master in Politikwissenschaft draufsetzen, um bessere Karten für das Berufsleben in der Hand zu halten.

»Hoffentlich frustriert dich später nicht der Unterschied zwischen Theorie und Praxis«, meinte Lauras Vater. »Es lässt sich trefflich streiten, inwieweit Politiker noch eigenständige Entscheidungen fällen oder ob sie nicht eher Getriebene von Wirtschaft und Kapital sind.«

»Mancher lässt sich vielleicht auch gern treiben«, meinte Filip mit vollem Mund.

Erneut wunderte sich Laura. Filip hatte nie Interesse an Politik gezeigt, sondern sämtlichen Aktionismus unberührt an sich vorbeiziehen lassen – sogar, als sich zu Schulzeiten seine Klasse fast vollständig der Fridays-for-Future-Bewegung angeschlossen hatte.

»Mag sein«, sagte sie. »Wirklich gestalten kann man trotzdem nur in der Politik, sie hat Auswirkungen auf alle Bereiche. Auf mich in jedem Fall.«

»Stimmt, du arbeitest ja fürs BKA.« Ingas Stimme klang neutral, aber Laura meinte, keine allzu positive Meinung herauszuhören. Das war zu erwarten gewesen. In alternativen Kreisen genoss die Behörde ein ähnlich geringes Ansehen wie der Geheimdienst. Das galt im Speziellen für ihre eigene Abteilung.

»Ich hab's nie bereut«, erwiderte sie mit leicht schnippischem Unterton.

»Was genau habt ihr mit Politik zu tun?«, erkundigte sich Inga.

Laura fiel auf, dass die junge Frau häufig eine Strähne ihrer langen braunen Haare mit dem Zeigefinger aufwickelte. Immer nur mit der linken Hand. Ein Spleen? Innerlich schmunzelte sie über sich selbst und lieferte rasch die überfällige Antwort.

»Anders als die Landeskriminalämter ist das BKA eine Bundesoberbehörde«, erklärte sie. »Wir hängen sozusagen am Bundesinnenministerium dran, und Gesetzesänderungen betreffen uns aufgrund unserer Aufgaben sofort.«

»Beim NSU habt ihr nicht gerade geglänzt«, gab Filip mit seiner typisch leisen Stimme von sich. Der Blick aus seinen dunklen Augen war weiter auf den Teller gerichtet.

»Lag daran, dass ich nicht beteiligt war«, scherzte Laura.

»Nee, du jagst die andere Seite. Auf dem linken Auge wird scharf gesehen, auf dem rechten ist man blind.«

»Rede nicht von etwas, wovon du nichts verstehst!« Lauras Toleranzgrenze war erreicht. »Mir ist es scheißegal, ob jemand als Linker, Rechter oder als sonst was Straftaten begeht. Recht ist Recht, das gilt für alle.«

Filip öffnete schon den Mund für eine Erwiderung, doch seine Freundin kam ihm zuvor.

»Also ist das BKA die Bundespolizei?«

»Nein, die Bundespolizei ist der frühere Grenzschutz. Sie muss Behörden, Luftverkehr und Grenzen sichern. Das BKA ist für Verbrechensbekämpfung zuständig, sofern die Landeskriminalämter an ihre Grenzen stoßen.«

Inga kratzte ihren Teller leer. »Was für Grenzen?«

»Das ist ...« Laura wollte den Abend nicht in Langeweile ersticken, andererseits wirkte das Interesse echt. »Laut BKA-Gesetz kommen wir bei internationalen Verbrechen ins Spiel, beim Zeugenschutz und bei politisch motivierter Kriminalität. Das BKA betreibt auch die Anti-Terror-Datei und die

DNA-Analyse-Datei, die allen Polizeibehörden zur Verfügung steht. Grob gesagt koordinieren wir die Ermittlungen der Landeskriminalämter oder leiten sie in speziellen Fällen auch selbst.«

Ihre Mutter nickte, wirkte aber nicht mehr ganz so fröhlich wie zu Beginn des Abends. »Koordinieren ist besser, als selbst den Kopf hinzuhalten.«

Von Anfang an hatte Laura darauf geachtet, in welchem Licht sie ihre Arbeit gegenüber den Eltern präsentierte. Dass der Alltag nicht immer so harmlos war, wie ihre Mutter annahm, blieb ein gut gehütetes Geheimnis.

»Das ist ein Vorteil«, stimmte sie daher zu. »Außerdem habe ich geregeltere Arbeitszeiten – meistens zumindest.« Herausfordernd sah sie ihren Sohn an.

»Ich hol den Nachtisch«, ließ er ihre Worte abprallen und verließ das Zimmer.

Inga wirkte irritiert, überspielte sein Verhalten aber weiter. »Stell ich mir spannend vor. Du hast nicht mit Kleinkriminellen zu tun, sondern mit den großen Fischen.«

»Manchmal wären mir kleinere Fische gar nicht so unrecht. Die Dimension mancher Verbrechen kann … belastend sein.« Laura registrierte, dass sie so offen wie selten sprach. Gerade noch rechtzeitig fiel ihr ein, dass ihre Eltern mit am Tisch saßen. Ihre Mutter hatte früh gewarnt, dass Laura für den Polizeidienst viel zu sensibel sei. Falsch hatte sie damit zwar nicht gelegen, aber Laura hatte sich mittlerweile ein dickes Fell zugelegt. Sie erinnerte sich, wie sie einmal bei einer Fortbildung einen Nachwuchsermittler von der Küste getroffen hatte, der seine Probleme damit gehabt hatte, ständig mit noch warmen Leichen konfrontiert zu werden. Ein wenig hatte er sie an sich selbst während ihrer Anfangszeit im Staatsdienst erinnert. Er war Sportpolizist gewesen, aber seinen Namen wusste sie nicht mehr. Er hatte zwei verschiedenfarbige Augen gehabt und war sympathisch gewesen. Was wohl aus ihm geworden war, nachdem er seine Sportlerlaufbahn bei den Olympischen Spielen beendet hatte?

Filip stellte vor jedem eine Schale mit Mangosorbet ab. »Ist das Polizeithema abgehandelt?«

Inga schüttelte den Kopf. »Hör mal auf, so miesepetrig zu sein!« Sie wandte sich wieder Laura zu, während sich Filip mit verbissener Miene einen Löffel des Desserts in den Mund schob. »Wie groß ist das BKA?«

Laura unterdrückte ein Lächeln, Inga gewann weitere Sympathiepunkte hinzu. »Knapp sechstausend Mitarbeiter, die meisten in Wiesbaden. Hier in Meckenheim sitzt der Großteil der Abteilung *ST – Polizeilicher Staatsschutz.* Die Abteilung gliedert sich in fünf Untergruppen auf und diese wiederum in verschiedene Referate.«

»Und was ist die Aufgabe deiner Abteilung?«

»Politisch motivierte Kriminalität. Ich gehöre zur Gruppe *ST 1*, genauer gesagt zur Untergruppe *ST 12.* Ermittlung und Fahndung im linksextremistischen Milieu. Andere Referate beackern das rechte Spektrum, und der internationale Terrorismus wird von Berlin aus bekämpft. Ist eine komplexe Struktur, da blicken selbst einige Mitarbeiter nicht völlig durch.«

Das Zwiegespräch zwischen ihr und Inga setzte sich noch eine Weile fort, wodurch das Eis weiter schmolz und Laura ihre bisherige Einschätzung revidierte. Inga stellte sich als klug, scharfzüngig und interessiert heraus, daneben versprühte sie eine Lebendigkeit, neben der Filips Lethargie umso deutlicher zutage trat. Einen Persilschein stellte Laura ihr aber nicht aus. Inga präsentierte sich zugleich ein wenig überdreht und zeigte sarkastische Züge. Filip musste auf der Hut sein, dass er sich nicht mit Haut und Haaren verschlingen ließ.

Auch wenn sie ihren Sohn momentan kritisch sah, blieben ihre Mutterinstinkte aktiv. Es gefiel ihr nicht, wie sehr er sich dieser starken, jungen Frau unterordnete – obwohl deren Einfluss bisher keine negativen Auswüchse hatte. Als die beiden den Tisch abräumten, hörte Laura sogar, wie Inga ihrem Sohn leise Vorhaltungen machte.

»Ich verstehe nicht, weshalb du Laura so mies behandelst. Das war mir total unangenehm.«

Die Antwort war nicht zu hören, da Filip zuvor die Tür schloss. Dabei hätte sie Laura sehr interessiert.

Kapitel 5

Hoch über dem fast spiegelglatten Wasser des Tegernsees war von dem Trubel, der an jedem sonnigen Wochenende in den Ufergemeinden herrschte, nichts zu spüren. An diesem frühen Sonntagmorgen war auch noch keine Blechkolonne zu sehen, die sich später wie eine nicht enden wollende Schlange um den See winden würde. Die Luft war frisch und der Himmel klar, als Emil Hofstetter im Pyjama auf den Balkon seines Wochenendhauses trat und das Panorama der umliegenden Berge auf sich wirken ließ. In den höheren Lagen konnte er noch Schneefelder erkennen, während in seinem Garten schon die ersten Blumen das Ende des Winters verkündeten.

Obwohl es erst Anfang März war, hatten die Meteorologen einen wolkenlosen Frühlingstag mit bis zu achtzehn Grad angekündigt, womit eine gewaltige Fluchtbewegung aus dem nahe gelegenen München so gut wie sicher war. Die Postkarten, die man unten im Ort an fast jeder Straßenecke kaufen konnte, übertrieben nicht: Die Landschaft war nahezu kitschig-schön. Entsprechend begehrt waren die Grundstücke, und immer mehr Einheimische erlagen der Versuchung, ihren Besitz an gut betuchte Interessenten zu verkaufen.

Einerseits musste Hofstetter dieser Entwicklung dankbar sein, schließlich wäre das Haus in den Bergen sonst ein unerfüllter Traum geblieben. Andererseits fragte er sich, wie es hier in ein paar Jahren aussehen würde, wenn er auch unter der Woche auf seinem Anwesen wohnen und den Ruhestand genießen wollte. Schon jetzt standen viele Gebäude häufiger leer, als dass sich jemand darin aufhielt. Sein eigenes stellte keine Ausnahme dar, immerhin kamen seine erwachsenen Kinder ab und zu mit ihren Familien zum Urlaub vorbei. Ging die Entwicklung aber so weiter, war es möglich, dass der Ort künftig nur noch eine Kulisse für die Touristen und Tagesgäste bot.

Hofstetters Immobilie stand weit von den nächsten Gebäuden entfernt, und um sich die Ruhe dauerhaft zu sichern, hatte er vorsorglich einige dazwischenliegende Grundstücke aufgekauft. Die meiste Zeit überließ er die Wiesen sich selbst, nur gelegentlich wurden sie in seinem Auftrag von einem Bauern gemäht. Hofstetter gefiel das bunte Durcheinander der Wildblumen und das Summen der Insekten.

Die geteerte Straße ging hinter seinem Haus in einen Schotterweg über, der einhundert Meter weiter in den Wald führte. Für den passionierten Wanderer war dies eine paradiesische Ausgangssituation, mehrere Berge und Almen befanden sich im Umkreis und waren innerhalb weniger Stunden erreichbar. Gern hätte er den ersten echten Frühlingstag genutzt, um mit seiner Frau über die Kreuzbergalm rüber zum Schliersee zu wandern. Der Prinzenweg bot beeindruckende Ausblicke, doch die Prioritäten waren mal wieder anders zu setzen. Am späten Vormittag musste er am Münchener Flughafen sein, ein Geschäftstermin wartete in New York.

Er spürte, dass er allmählich die Lust am Jetset-Leben verlor. Vielleicht lag die Müdigkeit auch an dem Skandal, der ihm und seinem Unternehmen in den zurückliegenden Jahren nicht nur Ärger mit der Justiz, sondern auch Anfeindungen eingehandelt hatte. Zuletzt war es diesbezüglich ruhiger geworden, und er war nach wie vor ein freier Mann. Dennoch, es hatte ihn zermürbt. Besonders bewusst wurde ihm dies immer hier an diesem idyllischen Ort.

Erneut drängte ein verlockender Gedanke nach vorn und ließ sich nicht vertreiben. Hofstetter war jetzt siebenundfünfzig Jahre alt und hatte über Jahrzehnte so gut verdient, dass er niemals finanzielle Sorgen haben würde. Erst kürzlich war ein Mitglied des Vorstandes verstorben, der ein ähnlich intensives Leben geführt hatte. Kurz vor der Rente hatte er gestanden und sich auf Törns mit seiner Segeljacht und Zeit mit den Enkelkindern gefreut. Ein Herzinfarkt hatte diesen Plan von einer Sekunde auf die andere ausgelöscht. Immerhin war der Mann wohl nicht mehr in der Lage gewesen, sich die Frage zu stellen, ob sein Leben auf der Überholspur wirklich Sinn gemacht hatte.

Emil Hofstetter stellte sie sich dafür immer häufiger. War es das alles wert? Gedankenverloren fuhr er mit den Händen über das Holz des Balkongeländers. Er glaubte nicht, dass er als Vorruheständler in ein Loch fallen würde, auch wenn er über so viele Jahre siebzig bis achtzig Stunden pro Woche gearbeitet hatte. Warum nicht den alten Traum in Angriff nehmen und drüben am Wallberg Gleitschirmfliegen lernen? Frei wie ein Vogel zu sein – wann immer die bunten Schirme am Himmel zu sehen waren, packte ihn diese Sehnsucht.

Eine Amsel kam angeflogen und setzte sich wenige Meter von ihm entfernt auf die Lehne des Balkonstuhls. Ihr Zwitschern erfüllte die Morgenluft, und Hofstetter musste lächeln. Es kam ihm so vor, als wolle sie ihn in seinen Überlegungen bestärken. Dann flog sie davon, aufgeschreckt von seiner Frau, die aus der Balkontür trat. Sie gab ihm einen Kuss.

»Hast du was dagegen, wenn ich hierbleibe? Mir ist gerade nicht nach den USA.«

Eigentlich hatte sie ihn begleiten und sich in New York die Zeit vertreiben wollen. Von der ersten Geburt an hatte sie nicht mehr gearbeitet und – seit beide Kinder auf eigenen Beinen standen – sich oft an die Dienstreisen ihres Mannes drangehängt. Ihm war es immer recht gewesen, auch wenn sich manche das Maul darüber zerrissen. Doch in seinem Umfeld gab es zu viele Beispiele, wie Beziehungen dem intensiven Berufsleben geopfert worden waren, als dass er sich der Gefahr einer Entfremdung nicht bewusst gewesen wäre.

Er legte den Arm um ihre Schultern. »Kann ich verstehen, würde selbst am liebsten kneifen. Gerade eben hatte ich darüber nachgedacht, ob …« Er zuckte mit den Schultern.

»Du willst die Reise absagen? Aber der Termin ist doch wichtig!«

»Nein, ich muss nach New York, da führt kein Weg dran vorbei. Aber ich überlege, ob ich mich nicht langsam zurückziehen sollte. Wir haben ausgesorgt, warum sich weiter aufreiben?«

»Ausgesorgt haben wir seit vielen Jahren. Wie kommst du so plötzlich darauf?«

»Eigentlich … ist das gar nicht so plötzlich. Ich spiele schon länger mit dem Gedanken.«

Sie lehnte sich an ihn. »Das höre ich zum ersten Mal. Aber mir gefällt die Idee. Wir könnten endlich alles so anlegen, wie wir es geplant haben.« Sie zeigte zum Garten hinunter, der eher zweckmäßig als schön war. Er wurde von einer hohen Mauer umgeben – was nicht wirklich in die Umgebung passte. Aber Hofstetter war dieser Schutz wichtig, genauso wie die Alarmanlage und die Videokameras. Als ehemaliger Vorstandsvorsitzender und jetziger Aufsichtsratsvorsitzender eines DAX-Konzerns konnte er nicht einfach leben wie jedermann.

Er löste die Arme von seiner Frau. »Lass es uns besprechen, wenn ich zurück bin. Von heut auf morgen geht es nicht, aber vielleicht zum Ende des Jahres. Die Nachfolge muss … passen.«

»Du willst sicherstellen, dass Torsten deinen Posten bekommt.« Sie lächelte und strich ihm über den Kopf, dessen Haare er ihr zuliebe radikal kurz hielt, sodass es wie eine Vollglatze wirkte. Er sah aber ein, dass dies vorteilhafter aussah als ein Kranz aus spärlichen braunen Haaren.

Er nahm die Brille ab und putzte die dicken Gläser mit seinem Pyjamaoberteil. »Ich hab viel Energie in die Firma reingesteckt, und da will ich nicht, dass irgendein Hallodri alles zunichtemacht. Torsten ist der ideale Kandidat – selbst wenn das nicht jeder einsieht. Jetzt muss ich mich aber beeilen!«

Dusche und Frühstück fielen kurz aus, und da er seinen Koffer schon gepackt hatte, glitt das Rolltor dreißig Minuten später zur Seite. Als er mit seinem Firmenwagen aus der Zufahrt fuhr, winkte er seiner Frau zu, die ihm vom Balkon aus nachsah. Das Fenster ließ er unten, um den Frühling ins Wageninnere wehen zu lassen. Die Straße führte zunächst an den von ihm aufgekauften Wiesengrundstücken vorbei. Dann machte sie eine Kehre in ein Waldstück, und die Bäume verhinderten einen freien Blick aufs Wasser.

Hofstetter pfiff vor sich hin, dann fiel ihm ein, dass er vergessen hatte, seiner Frau von einer Einladung für das kommende Wochenende zu berichten. Die linke Hand ließ er am Lenkrad, während die rechte seine Tasche auf dem Beifahrersitz nach dem Handy durchstöberte. Plötzlich zuckte er zusammen und drückte die Bremse durch. Aus einem Waldweg kam ein Mountainbiker herausgeschossen. So früh am Morgen hatte Hofstetter noch nicht mit einem dieser Adrenalinjunkies gerechnet. Fluchend betätigte er die Hupe, worauf der Radfahrer das Gleichgewicht verlor und auf der anderen Straßenseite vom Rad stürzte. Erschrocken brachte Hofstetter seinen Wagen zum Stehen und stieß die Tür auf. Neben dem Straßenrand befand sich ein Abhang, der in einen Graben mündete. Darin lag der Mann neben dem Fahrrad und hielt sich stöhnend das Bein.

»Geht es Ihnen gut?«, rief ihm Hofstetter zu. »Soll ich einen Notarzt rufen?«

»Ich … weiß es nicht. Wahrscheinlich ist alles okay«, klang es matt zurück.

Hofstetter stieg vorsichtig über den Blätterteppich zu ihm herunter. »Mensch, Mensch, Mensch!«, schimpfte er. »Wieso kommen Sie mit so einem Affenzahn angerast? Um ein Haar hätte ich Sie überfahren!«

Er sah auf die Armbanduhr. Wenn er auf das Eintreffen eines Notarztes warten musste, wurde es knapp. Immerhin dürfte die Autobahn Richtung München gerade wenig befahren sein, dann musste er eben entgegen seiner Gewohnheit alles aus dem Wagen herausholen. Er näherte sich dem Verletzten und beugte sich über ihn.

»Haben Sie sich …?« Mitten im Satz stockte er. Blitzschnell hatte der Mann eine Pistole unter sich hervorgezogen und richtete sie auf Hofstetters Stirn. Die Zeit schien auf einmal still zu stehen, er konnte keinen klaren Gedanken fassen. Auch das Geräusch eines sich nähernden Fahrzeugs nahm er nicht wahr. Erst als ihm von hinten ein dunkler Sack über den Kopf gezogen wurde, dachte er an Gegenwehr, doch ein Schlag gegen die Schläfe stoppte dieses Vorhaben, bevor er es nur ansatzweise umsetzen konnte. Fest wurde er umklammert, dann spürte er einen Stich im Nacken. Er bekam noch mit, dass er unter den Schultern gepackt und über den Boden geschleift wurde. Dann schwanden ihm die Sinne.

Das rechte Auge war gerötet, es tränte und brannte. Fluchend startete Steven einen letzten Versuch, die verrutschte Kontaktlinse herauszufummeln. Als es ihm endlich gelungen war, sah das Auge aus, als wäre es mit Schmirgelpapier bearbeitet worden. Steven klappte die Sonnenblende mit dem Spiegel zurück, schloss die Lider und wartete auf ein Abklingen der

Reizung. Dann zog er das Brillenetui aus seiner Umhängetasche und verließ den Wagen.

Sonntagsmorgens herrschte auf dem Parkplatz des BKA wenig Betrieb, aber eigentlich war es selten schwierig, eine freie Bucht zu finden. Im Inneren des Geländes gab es weitere Stellplätze, diese waren aber für Führungskräfte und die Einsatzfahrzeuge reserviert. Abwartend lehnte er sich gegen die Fahrertür und öffnete die obersten Knöpfe seines Karohemdes. Laura hatte angekündigt, in fünf Minuten vor Ort zu sein. Sie kam nur gelegentlich mit dem Auto, sonst legte sie die Strecke mit dem Rad zurück. Die derzeitige Ermittlung unterschied sich jedoch vom Alltag, jede Minute zählte.

Er überlegte, seiner Freundin eine SMS zu schicken, nachdem er sie am Vorabend mit dem Verweis auf einen dringenden Arbeitseinsatz versetzt hatte. Das schlechte Gewissen in Verbindung mit seinem erschöpften Zustand hatte es ihm unmöglich gemacht, persönlich mit ihr zu sprechen. Jetzt, im Sonnenlicht, sah er alles nicht mehr so düster. Außer Laura kannte seine Freundin niemanden beim BKA. Sollten Berichte über den nächtlichen Aufenthalt bei seiner Exfrau die Runde machen, war es so gut wie ausgeschlossen, dass sie bis zu ihr drangen. Er verfasste eine – wie er fand – charmante Guten-Morgen-Nachricht und sendete sie ab. Dass er sich mit ihr wie geplant den morgigen Rosenmontagszug würde ansehen können, war indes unwahrscheinlich. Mussten irgendwelche Spinner ausgerechnet jetzt einen Vorstandsvorsitzenden entführen und Konrad Hentschel vor einen Zug legen? Nicht nur für die Ur-Kölner, auch für Steven bedeutete der Karneval den Höhepunkt des Jahres. Diesmal musste er ihn wohl an sich vorbeiziehen lassen.

Motorengeräusch näherte sich, dann kam Lauras roter Polo in Sicht. Sie parkte neben ihm, und er öffnete ihr die Tür.

»Heute mit Brille?« Sie ordnete ihre Haare und stieg aus. »Ein ungewohnter … mein Gott, was ist mit deinem Auge los?«

»Die Kontaktlinse war verrutscht.« Steven musterte sie. »Du siehst aber auch nicht besonders frisch aus.«

»Danke, deine direkte Art ist umso erfrischender.« Sie beugte sich ins Wageninnere und zog einen Kaffeebecher aus der Halterung. »Das Familientreffen hat sich in die Länge gezogen. Und nachts … ich hab die ganze Zeit auf das Klingeln des Handys gewartet.«

Steven schüttelte den Kopf. »Stell es halt auf die höchste Lautstärke, dann kannst du es nicht überhören. Du hast also kaum geschlafen?«

»Liegt nicht nur am Job«, erklärte sie. »Erspar mir also deine Lebensweisheiten zu gesundem Abstand und so.«

»Aha, also weiter Probleme mit Filip. Und gestern war auch noch die ungeliebte Schwiegertochter dabei.« Er grinste. »Hast du die Drachenmutter raushängen lassen?«

»Blödmann.« Sie knallte die Tür zu, stellte den Kaffeebecher aufs Autodach und lehnte sich neben ihn. Dann drehte sie den Kopf zur Sonne und schloss die Augen. »Ganz im Gegenteil, ich war richtig nett zu ihr. Und sie ist … eigentlich ganz okay. Ein Ökomädchen, aber das ist ja kein Problem.«

»Was dann?«

»Die beiden passen nicht zusammen.« Es war so mild, dass Laura die Wildlederjacke auszog und neben den Kaffeebecher legte. »Filip lässt sich von ihr unterbuttern.«

Steven zog die buschigen Augenbrauen hoch. Er kannte Lauras Sohn seit gut zehn Jahren und mochte ihn trotz des etwas verschrobenen Charakters – oder vielleicht gerade deswegen. »Wie äußert sich das?« Als sie ihm die äußerlichen Veränderungen beschrieb, schmunzelte er. »Das stört dich? Hast doch selber versucht, ihn zu einem gepflegteren …«

»Er war nie ungepflegt«, wies sie Steven zurecht. »Das allein ist es auch nicht. Stimmt, ihr Einfluss ist nicht negativ. Ich mag es aber nicht, ihn so … in der Defensive zu sehen. Fremdbestimmt. Du weißt, wie sensibel er ist.«

»Befürchtest du, dass sie ihm das Herz bricht?«

»Sie ist vier Jahre älter als er. Lebenslustig, unternehmungsfreudig, offen. Was glaubst du, wie lange sie Filip interessant finden wird?«

Steven stieß sich vom Wagen ab und schlenderte zum Eingangstor. »Dann hat er eben zum ersten Mal Liebeskummer. Gehört auch dazu.«

Laura griff sich Becher und Jacke und folgte ihm. »Das zweite Mal. Vor anderthalb Jahren war er in eine Mitschülerin verknallt. Die wollte aber nichts von ihm wissen.«

»Ich erinnere mich, wir haben damals lange Männergespräche geführt.«

»Ja, er …« Laura berührte ihn am Arm. »Du bist wie ein Onkel für ihn, weißt du das? Er schaut zu dir auf. Wahrscheinlich … ihm hat der Vater gefehlt. Ich hab eben nicht ausgereicht.«

Steven blieb stehen und wandte sich zu ihr um. »Hör auf, dir so einen Blödsinn einzureden! Sicher hätte ihm ein Vater gutgetan. Klar. Aber das ist nicht deine Schuld, du hast dir nichts vorzuwerfen. Du warst und bist eine fantastische Mutter. Kapiert?«

»Er sieht das offensichtlich anders.« Müde winkte sie ab.

»Soll ich mal mit ihm reden?«

»Wäre einen Versuch wert. Aber es darf nicht so wirken, als hätte ich dich auf ihn angesetzt.«

»Ich komme mal zum Computerspielen vorbei. Geht's dir jetzt besser?«

»Ja. Ich frag mich aber, ob es wirklich so eine gute Idee war, meine Eltern aus ihrer Umgebung zu reißen und hierher zu verpflanzen.«

Ihre dunkle Stimme klang erschöpft, und Steven betrachtete sie eingehender. Er war schon lange der Meinung, dass Laura sich zu viel auflud. Sie hatte hohe Ansprüche an sich und eine eiserne Disziplin. Aber wie sah es hinter der kontrollierten Fassade aus? Steven war wohl einer der wenigen, die zumindest ein bisschen dahinter blicken konnten. Er betrachtete sich nicht nur als beruflicher Partner, sondern genauso als Freund, auch wenn sie sich nur selten privat verabredeten.

Obwohl Steven längst die Versuche eingestellt hatte, ihr Männer aus seinem Bekanntenkreis vorzustellen, hielt er ihren fortwährenden Singlezustand dennoch für verschwendete Zeit und Lebensqualität. Dabei mussten Flirts für sie mit dem leicht melancholischen Ausdruck in ihren großen braunen Augen eigentlich ein Kinderspiel sein. Zugleich konnte er ihre strengen Auswahlkriterien verstehen. Schließlich war sie seiner Meinung nach eine der besten Partien weit und breit. Mit ihrem sportlichen Körper und dem legeren Kleidungsstil wirkte sie jünger als zweiundvierzig, selbst ohne Hilfsmittel. Schmuck trug sie fast nie, und Spuren von Kosmetika fehlten – oder sie war so geschickt in der Anwendung, dass Steven es nicht bemerkte. Bedeutend wichtiger fand er, dass sie eine ehrliche Haut war, unternehmungslustig und zuverlässig. Irgendetwas trug sie allerdings mit sich herum, dessen war er sich sicher. Sie hatte einen Reinlichkeitswahn, der sich nicht nur in der Häufigkeit von Duschen und Zähneputzen äußerte, sondern auch in zu viel Parfum und einem hohen Kaugummikonsum. Wie er bemerkt hatte, trug sie immer eine Reisezahnbürste in ihrer Tasche. Zudem plagten sie Schlafprobleme und Kopfschmerzen. Und dann diese Sucht nach Bewegung! Allein das reichte für Steven aus, um verborgene Persönlichkeitsprobleme zu vermuten. Er selbst hielt Bewegung eher für ein notwendiges Übel, zumindest wenn sie sportlicher Natur war.

»Du hast deinen Eltern doch nur den Vorschlag gemacht«, sagte er nun.

»Nüchtern betrachtet – ja. Aber das hat sie zum Umzug bewogen. Dabei waren sie in Ilmenau verwurzelt. Hier kennen sie niemanden.«

»Dafür haben sie dich und Filip ganz in der Nähe.«

»Ich kann aber nicht ständig nach ihnen sehen, und Filip scheint gerade wenig Lust auf regelmäßigen Kontakt zu haben. Nur kommt mein Vater nicht allein durch den Tag. Irgendwann wird es für meine Mutter zu viel, dann kann ich mich nicht entziehen … und will es auch gar nicht – nicht nur, weil ich ihm das schuldig bin. Er war immer für mich da. Nahm sich Zeit, wenn ich ihn brauchte. Ob es passte oder nicht.«

Steven nickte. »Da kann ich froh sein, dass meine Eltern in Australien hängen geblieben und mir nicht zurück nach Deutschland gefolgt sind.«

»Das andere Extrem. Würde ich genauso wenig wollen. Fehlen sie dir nicht?«

»Du kennst sie nicht, ist besser so. Wir sollten uns jetzt aber beeilen, der Knopf hasst Unpünktlichkeit.«

Tatsächlich saß Irene Knopf bereits in ihrem minimalistisch eingerichteten Büro und erwartete das Ermittlerduo. Da sie drei Minuten zu früh eintrafen, blieb ihnen ein Rüffel erspart. Anders erging es dem Kollegen Oliver aus der Nachtschicht, der in Vertretung für Laura und Steven die Koordination übernommen hatte und zehn Minuten verspätet eintraf. Er war aber nicht nur äußerlich eine robuste Erscheinung, sondern besaß auch ein unerschütterliches Gemüt. Er zwängte sich an Laura vorbei und warf sich auf den letzten freien Stuhl am Besprechungstisch.

»Ihr habt wenig verpasst«, begann er die Übergabe. »Es gab Rückmeldungen aus der Spurensicherung und Rechtsmedizin, der Nutzen ist aber überschaubar. Die Arbeit der Spurensicherung ist an allen relevanten Orten abgeschlossen, also Lauras Joggingstrecke, Flughafen samt Parkplatz und See. Genauso der Parkplatz vorm Fitnessstudio in Hannover und das Wohnhaus von Stevens Ex. Auch die Zeugenbefragungen sind weitestgehend durch.«

Steven war Oliver für den neutralen Ton dankbar, aber es blieb ein Ärgernis, dass die On-Off-Beziehung zu Rita indirekt Bestandteil der Ermittlung war. »Was ist rausgekommen?«, fragte er.

»Taschentücher, Zigaretten und ähnlicher Kleinkram wurden eingesammelt. Wahrscheinlich ist nichts davon den Tätern zuzuordnen, da sie offenkundig bemüht sind, keine Spuren zu hinterlassen. So auch bei dem Umschlag mit dem Foto, der an Frau Knopfs Wagen klebte. An der Uferstelle, wo der Chauffeur wieder zu sich kam, gab es aber Spuren von Schuhen. Der Zeitpunkt, als sie entstanden sein müssen, passt.«

»Was für Schuhe?«

»Welche mit Sportsohlen. Hier seht ihr die möglichen Modelle.« Er legte entsprechende Fotos auf den Tisch. »Schuhgröße siebenunddreißig und dreiundvierzig. Deutet darauf hin, dass Jochen Müller von einer Frau und einem Mann abgelegt wurde.«

»Dann waren die Entführer mindestens zu dritt, denn am Flughafen sind zwei Männer aufgefallen. Darunter der mit dem holländischen Akzent. Hat niemand beobachtet, was an dem See passiert ist?«

»Nein, aber der Van fiel einem Mitarbeiter des nahe gelegenen Geflügelhofes auf, als er vom See zurückkam. Gegen zehn Uhr fuhr der Angestellte mit einem Transporter vom Hof und wunderte sich, was ein VIP-Shuttle in dieser Gegend zu suchen hat. Auf die Insassen hat er nicht geachtet, zumal die hinteren Scheiben getönt waren. Bis zur Autobahn folgte er dem Van, dann trennten sich die Wege. Der gesuchte Wagen bog auf die Zufahrt zur A46 ein. Richtung Osten.« Oliver legte einen Kartenausschnitt des betroffenen Gebiets neben die Fotos.

»Hilft kaum weiter.« Steven tippte mit dem Finger auf ein nahes Autobahnkreuz. »Dort kann der Van auf die A3 gewechselt haben. Osten, Norden, Süden, fast alle Richtungen sind also denkbar. Bei unserem Gewirr an Autobahnen würde ich nicht mal den Westen ausschließen.«

»Ich sag's ja, der Erfolg dieser Nacht ist überschaubar. Die Fahndung hat nichts ergeben, wahrscheinlich wurde der Wagen schnell ausgetauscht.«

»Liegt das Untersuchungsergebnis zu Jochen Müllers Blut vor?«, fragte Laura.

»Ja. Er wurde mit rasch wirkenden und hochkonzentrierten K.-o.-Tropfen ausgeschaltet. Hatten wir aufgrund seiner Schilderung ja schon vermutet. Gespritzt entfaltet diese Zusammensetzung innerhalb von Sekunden ihre Wirkung. Gesundheitlich übrigens nicht unbedenklich. Kann zu einem Kreislaufschock und Atemlähmung führen. Also akute Lebensgefahr.«

»Gibt es Anzeichen, dass auch der Eigentümer des schwarzen Herzens diesen Cocktail gespritzt bekam?«

»Schließt Petersmännchen aus. Zumindest nicht in den Stunden vor seinem Tod.«

Erstmals stellte auch die Referatsleiterin eine Frage. »Wurden die Vermisstenanzeigen weiter abgeglichen?«

»Ja. Aber da wir nicht wissen, woher das Opfer stammt, müssen wir deutschlandweit suchen. Mehr als elftausend Menschen gelten als vermisst. Grenzt man den Zeitraum auf die letzten beiden Wochen ein, hat es über zweitausend Meldungen gegeben. Die Hälfte hat sich schon als Fehlalarm herausgestellt. Das Übliche eben. Es bleiben gut tausend Vermisste übrig, davon sind dreihundertzwölf bis fünfunddreißig Jahre alt.«

»Steht irgendjemand von denen in Verbindung zu Hentschel oder Stiegler?«, hakte sie nach.

»Zumindest nicht auf den ersten Blick. Das Foto mit Stiegler, das Sie an Ihrem Kofferraum gefunden haben, ist übrigens tatsächlich eine Fotomontage. Eigentlich stand er bei dieser Aufnahme nicht an einer Mauer, sondern vor einer Halle mit einer neu eingeweihten Produktionsstraße in Tschechien. Das war vor einem halben Jahr. In der Hand hielt er eine gerahmte Urkunde, die er dem Betrieb übergeben hat. Irgendwas mit exzellentem Arbeitsschutz.«

»Widmen wir uns den Tätern.« Irene Knopf schlug die Beine übereinander. »Was gibt es für Erkenntnisse aus dem extremistischen Bereich?«

Oliver streckte sich und gähnte. »Tschuldigung. Also, vorsichtshalber wurden nicht nur die Aktivitäten der links-, sondern auch der rechtsextremistischen Szene ausgewertet. Es gibt keine Anhaltspunkte oder Gerüchte, dass sich eine neue Einheit gegründet hat und erst recht keine Hinweise auf geplante Entführungen. Auffällige Geldtransfers oder Waffengeschäfte und ungewöhnliche Reisebewegungen gab's auch nicht – alles spielte sich zuletzt im normalen Bereich ab. Hausdurchsuchungen bei bekannten Gewalttätern brachten ein paar Nazi-Devotionalien ein, das war's aber auch schon. Alle V-Leute wurden sensibilisiert.«

»Danke.« Irene Knopf stand auf und wandte sich dabei an Laura und Steven. »In einer halben Stunde werde ich mit dem Präsidenten besprechen, ob wir die Öffentlichkeit einbinden oder …« Lauras Smartphone klingelte, und ihre Chefin machte eine auffordernde Handbewegung, das Gespräch anzunehmen.

An der Mimik seiner Kollegin konnte Steven ablesen, dass sie gerade äußerst relevante Informationen erhielt. Schweigend hörte sie zu und starrte auf einen Nagel an der Wand.

»Verstehe«, sagte sie schließlich. »Schickt es mir, Steven und Frau Knopf sofort per Mail.«

Sie steckte das Handy weg und sah ihre Vorgesetzte an. »Ob die Öffentlichkeit informiert werden soll, müssen wir nicht mehr entscheiden.«

»Ist es schon durchgesickert?«

»Durchgesickert ist das falsche Wort. Es ging eine offizielle BKA-Pressemitteilung raus. Besser gesagt, sie kam nur vermeintlich von uns, denn unsere Presseabteilung wurde davon genauso überrumpelt wie die Redaktionen. Wir bekommen den Text gleich zugemailt. Offenbar enthält er sogar Hinweise, wo der Körper mit dem fehlenden Herz zu finden ist. Dazu gibt es noch ein Foto von Hagen Stiegler, und … weitere Entführungen werden erwähnt. Offenbar sind nicht nur die *DAW* mit der Konzerntochter *Sinus* das Ziel, sondern die gesamte Automobilindustrie ist im Visier.«

Das Regierungsviertel in Berlin glich an diesem Sonntag einem Jahrmarkt der Absurditäten. Zumindest kam dieser Vergleich Paul Schink in den Sinn, als er aus dem Autofenster auf die Menschenmenge blickte. Bunte Transparente und Luftballons verschiedener politischer Spektren wurden herumgeschleppt, einige Demonstranten waren verkleidet, immer wieder erklangen Sprechchöre. In Berlin gab es ständig Aufmärsche diverser Interessengruppen, gefühlt jeden Tag. Tatsächlich waren es im Durchschnitt sogar zwölf pro Tag, damit hielt die Hauptstadt den bundesdeutschen Rekord. Der Großteil der Demonstrationen hatte dabei eine überschaubare Teilnehmerzahl, heute war der Anblick dagegen beeindruckend.

Die Sorge, sich bald keine Wohnung mehr leisten zu können, hatte nach Polizeiangaben zwanzigtausend Menschen auf die Straße getrieben, die Veranstalter sprachen von fünfzigtausend. Manche hatten sich auch aufs Wasser der Spree begeben und forderten von ihren Flößen und Booten ein Verbot von Luxussanierungen, eine wirksame Mietpreisbremse oder einen umfangreicheren sozialen Wohnungsbau. Die Abschlusskundgebung sollte am Brandenburger Tor stattfinden, momentan marschierte der Protestzug vom Bundeskanzleramt zum Reichstag und von dort weiter in Richtung Pariser Platz.

Mehrere Polizisten stoppten die Demonstranten, um eine Schneise für die Wagenkolonne zu schaffen. Sofort wurde es lauter, da in den Limousinen zu Recht Vertreter der Bundesregierung vermutet wurden. Paul Schink hatte mit den Politikern eine Stunde lang über Unterstützungsmöglichkeiten mit Blick auf die asiatischen Märkte gesprochen. Eine Delegation der Regierung flog noch am selben Tag nach China und damit zu den Herrschern eines der wichtigsten Weltmärkte. Konkrete Zusagen waren Schink nicht gemacht worden, aber das wäre bei einem Verhandlungspartner wie der Kommunistischen Partei Chinas auch allzu gewagt gewesen. Seine Sorge war dennoch gering, denn auf die Funktionsfähigkeit des inoffiziellen Bündnisses zwischen Bundesregierung und Automobilindustrie konnte man traditionell bauen – was sich nicht zuletzt bei diversen Affären der Vergangenheit gezeigt hatte, die sich dadurch nie zu einer echten Gefahr für die Branche entwickelt hatten. Er selbst würde erst am nächsten Tag nach Peking fliegen und im Idealfall auf bereits geöffnete Türen stoßen.

Als der Durchlass breit genug war, gab sein Fahrer Gas und rollte zwischen den Demonstranten hindurch. Am Hauptbahnhof trennten sich dann die Wege. Während die Kolonne aus gepanzerten Limousinen und Polizeimotorrädern zum Flughafen weiterfuhr, lenkte Schinks Fahrer den Wagen westwärts in Richtung Spandau. Schink sah die Blaulichter hinter einer Kurve verschwinden und lehnte sich zurück. Auch er selbst bewegte sich nur noch mit Security in der Öffentlichkeit.

Einer der begleitenden Männer saß auf dem Beifahrersitz, der andere neben ihm auf der Rückbank.

Dass sich manche seiner rangähnlichen Kollegen nur bei besonderen Anlässen Schutz einkauften, hielt Schink für fahrlässig. Allerdings gab es in seiner Vergangenheit ein Erlebnis, das ihn neu über die eigene Sicherheit hatte nachdenken lassen. Seit er mit seiner Frau von einer Horde aufgebrachter Exilkurden eingekesselt worden war, reichte ihm die Überwachung seines Wohnsitzes nicht mehr aus. Wenigstens hatte die Bundespolizei schnell einschreiten können, da sich der Vorfall an einem Flughafen ereignet hatte. An einem anderen Ort hätte die Konfrontation schlimmer enden können. Um die fünfzig Leute hatten gegen die Abschiebung eines kurdischen Asylbewerbers demonstriert, einer von ihnen hatte Schink erkannt.

Dem Konzern *Heßler,* bei dem Schink als Vorstandsvorsitzender fungierte, war eine verwerfliche Nähe zur türkischen Regierung unterstellt worden, da man deren Fuhrpark komplett erneuert hatte. Generell hatte sich Schink mit der dort herrschenden Klasse gut gestellt, schließlich war die Türkei kein uninteressanter Markt. Eine eigene Automarke gab es nicht, und westeuropäische Fahrzeuge genossen hohes Ansehen. Schink hatte sich für den Abbau von Handelshemmnissen eingesetzt und im Gegenzug den Bau einer Fabrik in Aussicht gestellt. Von verschiedenen Seiten hatte es dafür Kritik gehagelt. Er verhelfe einem Despoten zu einem Prestigeobjekt, überschreite seine Befugnisse, habe keine Moral und so weiter und so weiter. Die Kurden am Flughafen hatten in dasselbe Horn gestoßen, es war äußerst ungemütlich gewesen.

Heute lag ein entspannter Termin vor ihm, der im völligen Kontrast zu den damaligen Vorwürfen stand. *Heßler* produzierte massenkompatible Autos und präsentierte eine breite Palette wohltätiger Engagements. Schink bewertete dies als ein notwendiges Investment, das die Gesellschaft nun mal voraussetzte. Zudem rentierten sich die überschaubaren Beträge: Das Image profitierte, man konnte Marketingbotschaften schmücken und galt als attraktiver Arbeitgeber. Oft besaßen diese Organisationen einflussreiche Schirmherren, deren Wohlwollen durch eine Spende keinen Schaden nahm. Sogar zum Netzwerken taugten die Aktivitäten, wenn auch nicht an diesem Tag. In der Zitadelle Spandau würde Paul Schink nicht auf Politiker oder andere Wirtschaftsvertreter treffen, sondern auf einen pädagogischen Förderverein.

Den Termin nahm er nur wahr, weil er sich ohnehin gerade in Berlin aufhielt und die Marketingabteilung einen neuen Gag ersonnen hatte. Seit Tagen wurde er von einem Kamerateam in diversen Situationen gefilmt: im vertrauten Gespräch mit Arbeitern, während einer inszenierten Vorstandssitzung, im Flugzeug – und gleich in der Zitadelle Spandau vor einer riesigen Kinderschar. Man wollte dem Vorstandsvorsitzenden ein menschliches und bodenständiges Antlitz geben. Kinder zogen in diesem Kontext immer, insofern war die Wahl der Veranstaltung naheliegend.

Als er wenig später den Innenhof der Zitadelle betrat, waren die Hauptpersonen schon an verschiedenen Stationen mit Basteleien und Experimenten beschäftigt. Die Initiative wollte den Nachwuchs früh für Naturwissenschaften begeistern, heute war zu diesem Zweck ein Kindercampus errichtet worden. Höhepunkt sollte die Konstruktion eines Fahrzeugs sein, und amüsiert registrierte Schink, dass an der Karosserie das Logo seines Unternehmens prangte. Als sich das Kamerateam an seine Fersen heftete, entfernte er schnell mit einem Stofftaschentuch den glänzenden Schweiß aus Nacken und Gesicht. Nur kurz dachte er daran, dass ihm seine Frau ständig in den Ohren lag, endlich sein Gewicht zu reduzieren. Dann verwickelte er eine Mädchengruppe in ein Gespräch, zog ein paar Schrauben fest und ließ sich die Funktionsweise eines selbst gebastelten

Windrades erklären, das tatsächlich Strom erzeugte und eine Modelleisenbahn im Kreis fahren ließ.

Im Anschluss an ein paar Pressegespräche wurde er auf die Bühne gebeten und überreichte einen Scheck über fünfzigtausend Euro. Nachdem er noch eine halbe Stunde am Büfett verbracht hatte, war er der Meinung, der Pflicht Genüge getan zu haben. Mit einem Kopfnicken gab er seinen beiden Begleitern ein Zeichen, dass es Zeit zum Aufbruch war.

Die Zitadelle war eines der ältesten Bauwerke Berlins und wurde vom Wasser der Havel umgeben. Vom Torhaus führte ein Damm mit befestigtem Weg zur Straße *Am Juliusturm*. Während des kurzen Spaziergangs telefonierte einer der Sicherheitsmänner mit dem Fahrer, um Schink den Fußmarsch bis zum Parkplatz zu ersparen.

»Wo bleibt der Kerl?«, murrte der Vorstandsvorsitzende, an das Geländer einer Brücke gelehnt, als die Minuten verstrichen.

»Ich ruf noch mal an.« Der Sicherheitsmann zog sein Handy aus der Tasche, als der Wagen plötzlich in Sicht kam. Mit hohem Tempo raste er heran, sodass Schink irritiert ein paar Schritte zur Seite trat. Direkt vor ihm wurde scharf gebremst, dann flogen beide Hintertüren auf. Zwei schwarz gekleidete Personen sprangen heraus. Schink stand regungslos da, als er die Pistolen bemerkte. Er blickte zum Lenkrad und erkannte, dass der Fahrer seinem Chauffeur so gar nicht ähnelte. Sein Magen zog sich zusammen. Hatten sie Herbert erschossen? Zusammengeschlagen? Und noch wichtiger: Was hatten sie mit ihm vor? Am helllichten Tag mitten in Spandau mit gezogenen Pistolen aufzutauchen, das war … All diese Gedanken wirbelten in Sekundenbruchteilen durch sein Gehirn. Dann wurde er schlagartig wieder ins Hier und Jetzt befördert.

»Du da, Fettsack!« Eine Hand deutete auf Schink. »Einsteigen! Sofort!« Die Stimme klang rau und befehlend, aber auch aufgeregt.

Übergangslos kam Bewegung in die Männer an Schinks Seite. Gleichzeitig wurden sie aktiv – in unterschiedlicher Ausprägung. Der größere der beiden baute sich vor Schink auf, während sich der andere auf eine der maskierten Personen warf. Ein dumpfes Geräusch ertönte, als deren Kopf gegen die Karosserie schlug. Ihr Komplize fuhr herum und richtete die Pistole auf den Personenschützer. Ein Schuss löste sich, gefolgt von einem Schrei. Auf Anhieb konnte Schink erkennen, dass der Securitymann am Arm getroffen worden war. Ausgerechnet die rechte Seite, dort, wo er selbst eine Waffe in der Hand hielt! Klappernd fiel sie auf den Asphalt.

Doch auch sein Kollege hatte mittlerweile eine Waffe gezogen und richtete sie auf den Mann, der Schink zum Einsteigen aufgefordert und den Schuss abgefeuert hatte. Wieder schien die Zeit stillzustehen, während auf der nahen Straße der Verkehr vorbeiströmte. Aus dem Wageninneren erklang ein Ruf, den Schink nicht verstand. Der Mann zielte mit der Pistole erneut auf ihn, stöhnend rappelte sich sein Komplize auf die Beine und umrundete den Wagen.

Genauso schnell, wie sie aufgetaucht waren, verschwanden sie wieder, stiegen hastig ins Fahrzeug, knallten die Türen zu, und mit durchdrehenden Reifen fuhr das Auto rückwärts zurück zur Hauptstraße. Schinks Knie gaben nach, als er beobachtete, wie sein Wagen quer gestellt wurde und dann mit aufheulendem Motor davonschoss. Um Haaresbreite war er davongekommen, die nicht unerheblichen Überweisungen an das Sicherheitsunternehmen hatten sich bezahlt gemacht. Nun blieb nur zu hoffen, dass sein Chauffeur den vereitelten Angriff nicht mit dem Leben bezahlt hatte.

Fassungslos sahen sich Laura und Steven an, nachdem sie den Text der vermeintlichen BKA-Pressemitteilung gelesen hatten. Sie beinhaltete erheblich mehr Sprengstoff, als sie erwartet hatten. Die relevanten Passagen hatten ihnen die Kollegen farblich markiert, und Laura deutete auf den ersten Abschnitt.

»Hier wird behauptet, dass eine Guerilla-Organisation namens die *Zeugen Justitias* mehrere deutsche Topmanager in ihre Gewalt gebracht hat. Hagen Stiegler, den Vorstandsvorsitzenden der *Deutschen Automobil Werke*; Christian Herzberg, Vorstandsmitglied im selben Konzern; Emil Hofstetter, Aufsichtsratsvorsitzender von *Faber;* Paul Schink, Vorstandsvorsitzender von *Heßler.*«

»Alles Autobosse.« Wie erschossen hing Steven auf seinem Stuhl. »Was auch Konrad Hentschel bis vor einem Jahr war. Bei *Sinus*, einem Tochterunternehmen der *Deutschen Automobil Werke*. Und vom Verschwinden von Herzberg, Hofstetter und Schink wissen wir noch gar nichts.«

»Was bedeuten könnte, dass sie noch nicht entführt wurden.« Irene Knopfs Gesicht wies hektische Flecken auf. »Die Information zu Stieglers Entführung kam auch vorab. Die Männer müssen gewarnt werden!«

Laura hob den Telefonhörer ab und erteilte entsprechende Anweisungen.

»*Das BKA kann zu den Motiven und genauen Hintergründen noch keine Angaben machen*«, zitierte Steven derweil eine andere Textpassage. »Warum teilen sie die Forderungen nicht einfach mit? Die wollen uns vorführen, das ist doch offensichtlich.«

»Jetzt erklärt sich, weshalb sie von Stieglers Assistentin den Presseverteiler verlangt haben«, nickte seine Chefin. »Und mit der Zurückhaltung ihrer Forderungen erzeugen sie eine Dramaturgie. Die verstehen, wie man das Volk elektrisiert. Das halbe Land wird rätseln, wer die *Zeugen Justitias* sind und was für Ziele sie verfolgen. Aber dass sie sogar eine BKA-Pressemeldung fälschen …«

»Und das ziemlich gut.« Steven überflog den Text ein weiteres Mal. »Der Sprachstil passt, und die E-Mail-Adresse klingt glaubhaft: info@bka.de.«

Irene Knopf scrollte auf dem Bildschirm bis zu einem Foto von Stiegler. Er saß auf dem Boden und war gefesselt. An seinen Schienbeinen lehnte ein Schild mit dem Text: *Seit einem Tag Gefangener der Zeugen Justitias.* Er wirkte unversehrt, von dem verstörten Gesichtsausdruck und dem zerknitterten Anzug abgesehen.

»Die Vorgehensweise orientiert sich tatsächlich an der RAF«, erinnerte sie sich an eine frühere Einschätzung von Laura. »Die Wirkung, die dieses Bild erzielen soll, ist klar. Jeder wird an die Fotos mit Hanns Martin Schleyer denken.«

»Im Hintergrund ist dieselbe Wand wie auf dem ersten Foto zu sehen.« Laura hatte ihr Telefonat beendet. »Entweder erneut eine Montage, oder Stiegler befindet sich jetzt tatsächlich davor. Sieht wie eine Fabrikmauer aus.«

»Unsere Spezialisten müssen sich das genau ansehen und prüfen, ob sich Rückschlüsse daraus ziehen lassen.« Steven tippte mit dem Finger auf einen gelb markierten Textabschnitt. »Neben dem Check, ob sich Herzberg, Hofstetter und Schink in Sicherheit befinden, sollten wir uns hierauf konzentrieren. *Die Guerilla-Organisation hat bereits einen Menschen getötet, weshalb das BKA sie als gewaltbereit und gefährlich einstuft. Das Opfer wurde von Spaziergängern auf einer Waldlichtung in der Nähe der Steinbachtalsperre bei Bad Münstereifel gefunden. Der Mann starb an einem Kopfschuss, bevor ihm post mortem das Herz entfernt wurde.*«

Seine Chefin massierte sich die Schläfen. »Hat jemand geschludert? Ist irgendwo die Meldung hängen geblieben, dass Spaziergänger eine Leiche mit fehlendem Herz gefunden haben?«

»Kann ich mir nicht vorstellen«, antwortete Laura. »Wir haben bundesweit alle Behörden informiert. Ich gehe eher davon aus, dass man uns zur Leiche führen will.«

»Das Gebiet muss sofort abgesperrt und durchkämmt werden, bevor Schaulustige dorthin pilgern«, erwiderte Steven. »Wurde diese Pressemitteilung schon von irgendwelchen Medien veröffentlicht?«

Laura nickte. »Von einigen. Seitdem steht das Telefon nicht mehr still. Der Innenminister sieht sich genötigt, eine Pressekonferenz abzuhalten.«

»Dann stellen wir uns jetzt diesem Sturm.« Irene Knopf erhob sich. »Ich übernehme die Koordination hier vor Ort. Sie beide schließen sich den Einsatzkräften an, die nach der Leiche bei der Talsperre suchen. Bad Münstereifel ist nur eine halbe Stunde entfernt. Sofern die Behauptung stimmt, hat die Leiche die ganze Zeit fast vor unserer Haustür gelegen.«

Das Telefon auf ihrem Schreibtisch klingelte. Sie hob den Hörer ab und hörte schweigend zu. Ihre Wangenmuskeln traten hervor, ihre Zähne spielten mit der Unterlippe. Kommentarlos legte sie dann auf.

»Christian Herzberg und Emil Hofstetter sind nicht zu erreichen. Das lässt nichts Gutes ahnen. Wir kreisen ihre letzten bekannten Aufenthaltsorte ein und leiten eine groß angelegte Suche ein. Im Fall von Paul Schink ist das zum Glück nicht nötig. Er ist in Berlin-Spandau vor wenigen Minuten nur knapp einer Entführung entkommen. Anders als Herzberg und Hofstetter hat er stets Personenschützer um sich, einer von ihnen wurde angeschossen. Er selbst ist unverletzt geblieben.«

»Was für eine Scheiße!«, brachte es Steven auf den Punkt. »Aus dem Nichts taucht diese Gruppierung auf und tötet einen Menschen – wenn nicht sogar zwei, falls sie Hentschel das Insulin absichtlich verweigert hat. Dann entführen sie drei weitere Topmanager und scheitern knapp bei einem vierten. Das

Ganze geschah in unterschiedlichen Ecken Deutschlands. Den Vergleich mit der RAF finde ich nicht unpassend.«

»Alle Topmanager müssen unter Bewachung gestellt werden.« Laura verfiel in ein altes Verhaltensmuster und lief hin und her. »Zumindest alle aus der Autobranche. Denn die ist ganz offensichtlich das Ziel.«

»Wie gesagt, darum kümmere ich mich gemeinsam mit Ihren Kollegen.« Irene Knopf kam um den Schreibtisch herum. »Klare Zuständigkeiten sind jetzt wichtig. Und ein kühler Kopf. Sie beide konzentrieren sich zunächst auf die Bergung der Leiche, wir tauschen uns aber regelmäßig aus. Ich sorge dafür, dass wir alle Ressourcen bekommen, die wir brauchen.«

Der Sack über Christian Herzbergs Kopf war schwarz und schluckte sämtliches Licht. Der Stoff roch vertraut. Benzin? Es fühlte sich beklemmend an, blind und mit auf dem Rücken gefesselten Handgelenken vorwärts gestoßen zu werden. Zu schreien und Fragen zu stellen hatte er inzwischen aufgegeben. Es kamen ohnehin keine Antworten, und Hilfe schien sich nicht in der Nähe zu befinden. Andernfalls wäre er sicher auch noch geknebelt worden.

Plötzlich wurde er festgehalten, sodass er stehen bleiben musste. Er vernahm das Geräusch eines Schlüssels, dann öffnete sich eine Tür. Der Geruch nach Benzin wurde stärker, als er wieder nach vorn geschoben wurde. Danach, ohne Vorwarnung, wurde er auf den Boden gedrückt. Zum ersten Mal seit Stunden hörte er eine Stimme.

»Setz dich!«

Herzberg gehorchte, was hätte er anderes tun sollen? Der Boden war kalt und fühlte sich wie Beton an. Er spürte einen Luftzug am Hals, dann verschwand der schwarze Stoff vor seinem Gesicht. Helles Licht blendete ihn, er musste den Kopf abwenden und die Augen schließen. Als er die Augen wieder aufschlug, erblickte er eine bekannte Person. Völlig überrumpelt blieb sein Mund offen stehen.

»Hagen! Was … ist passiert?«

Hagen Stiegler war blass und wirkte in seinen Fesseln derart deplatziert, dass Christian Herzberg an seiner Wahrnehmung zweifelte. Stiegler, unter dem er seit vielen Jahren arbeitete, der ihn gefördert und bis weit in die Konzernspitze geschleust hatte, war immer der Inbegriff von Selbstsicherheit gewesen. Allein durch seine Körpergröße, die gepflegten grauen Haare und die stets durchgedrückten Schultern hatte er Autorität ausgestrahlt. Eine Autorität, die, sobald er das Wort ergriff, noch weiter zunahm. Nun sah er wie ein kranker alter Mann aus.

»Ich weiß wahrscheinlich nicht mehr als du«, beantwortete Stiegler verzögert die Frage. »Du solltest besser die da fragen.« Mit einer Kopfbewegung machte er Herzberg auf zwei Gestalten aufmerksam. Beide waren schwarz gekleidet und trugen Sturmhauben. Nur die Augen waren zu erkennen. Mit verschränkten Armen standen sie vor den beiden Gefangenen. Reglos wie Statuen.

Herzberg fröstelte, und er sah sich genauer um. Viel gab es nicht zu entdecken. Ein Raum ohne Fenster, in der Mitte stand ein Tisch mit vier Stühlen. In einer Ecke ein feuchter Fleck, von dort schien der Geruch nach Benzin zu kommen. Die Wände waren roh verputzt, der Boden bestand aus Beton und war schmutzig. Eine Deckenlampe gab es nicht, das Licht stammte von einem Baustrahler, der neben dem Tisch stand und genau auf die beiden Manager gerichtet war.

»Was haben Sie mit uns vor?«, rang er sich ab. »Geht es um Lösegeld? Wie viel wollen Sie? Ich kann mit meiner Bank …«

»Halt die Schnauze, du wirst alles früh genug erfahren.« Die linke Gestalt war der Stimme nach also ein Mann. Er löste die verschränkten Arme und zog ein Springmesser hervor. Mit einem schnappenden Geräusch brachte er die Klinge in ihre

Arbeitsposition. Herzberg und Stiegler keuchten auf und rückten unwillkürlich enger zusammen.

»Denkt ihr, ich will euch abstechen?« Jetzt klang die Stimme amüsiert. »Wär *etwas* zu billig, findet ihr nicht? Nein, nein. Ihr müsst euch nicht in die Hosen scheißen. Ich schneide ihm«, er deutete auf Stiegler, »nur die Fußfesseln durch, dann könnt ihr euch an den Tisch setzen. Es gibt was zu trinken und zu essen. Sind wir nicht nett?«

Während er das Seil durchsäbelte, zog die andere Person einen Rucksack von den Schultern, stellte ihn auf einen der Stühle und packte den Inhalt aus. Dass es sich dabei um Sandwiches und Wasserflaschen handelte, erkannte Herzberg erst, als er sich mit wackligen Beinen erhob. Neben ihm wurde Stiegler in den Stand gezogen, offenbar war er längere Zeit gefesselt gewesen. Er war so unsicher auf den Beinen, dass er zum Tisch geführt werden musste. Zögernd folgte ihm Herzberg. Das war doch absurd! Passierte das alles wirklich?

Als ihre Handgelenke befreit wurden, griff Stiegler sofort zur Flasche.

»Guten Appetit«, sagte eine helle Stimme mit spöttischem Unterton.

Ruckartig drehte Herzberg den Kopf. »Du … bist die Studentin aus Salzgitter! Aus dem Audimax!«

»Fast richtig, denn ich studiere dort gar nicht.« Sie beugte sich zu ihm hinunter, ihre Stimme wurde zu einem Flüstern. »Hast gedacht, dass ich eine leichte Eroberung bin? Dass dir keine Frau widerstehen kann, weil du so ein Schönling bist? Herrje, wie erbärmlich. In Wahrheit warst *du* ein leichtes Opfer. So einfach in die Falle zu locken! Ein wenig die Triebe aktivieren, und schon zappelst du im Netz.«

Herzberg erinnerte sich an ihre enge Jeans und den verlockenden V-Ausschnitt des Shirts – was war er für ein Trottel gewesen! Heute wurde ihre sportliche Figur von einer weit geschnittenen Hose und einem Kapuzenpulli verborgen. Und wenn er sich nicht täuschte, waren die Augen hinter den Schlitzen nun braun und nicht blau wie bei ihrer ersten Begegnung. »Wozu …?« Mehr fiel ihm nicht ein.

»Wart's ab.« Sie richtete sich wieder auf. »Esst jetzt! Ihr habt fünf Minuten, dann pack ich alles wieder ein.«

Sie und der Mann zogen sich zurück und setzten sich auf den Boden. Ihre Blicke blieben auf den Tisch gerichtet, aber sie wirkten entspannt. Herzberg bemerkte, dass sein Chef die Flasche schon fast leer getrunken und das Sandwich zur Hälfte verschlungen hatte. Augenscheinlich hatte er länger auf Nahrung verzichten müssen.

»Seit wann bist du hier?«, fragte er und biss ebenfalls zu.

»Kann ich dir nicht sagen. Mir wurde die Uhr abgenommen, und ich hab jedes Zeitgefühl verloren. Sie haben mich am Flughafen in Düsseldorf geschnappt.« Knapp schilderte er, wie er in die Fänge der Entführer geraten war. Die beiden vermummten Gestalten schienen nichts dagegen zu haben, dass sie sich unterhielten. Vielleicht fanden sie es sogar interessant.

»Hast du eine Ahnung, wer sie sind?«, fragte Herzberg.

»Nein. Wo haben sie dich überwältigt?«

»Auf einer Landstraße zwischen Salzgitter und Wolfenbüttel. Ich war als Gastredner an der FH. Nahm danach gutmütig eine Studentin mit, um sie in Wolfenbüttel abzusetzen. Unterwegs wurde ihr schlecht … das heißt, sie spielte es wohl nur. Bat mich, an einem Waldweg anzuhalten. Sie sprang raus und stürzte zu einem Busch. Vor mir stand ein Transporter. Als ich ausstieg, um nach ihr zu sehen … keine Ahnung. Ich bekam einen Schlag gegen den Kopf … dann ein Stich … Als ich zu mir kam, muss ich in einem Wagen gelegen haben. Gefesselt und mit einem Sack über dem Kopf. Irgendwann wurde ich rausgezogen und … bin jetzt hier.«

»Du wirst nicht der Letzte sein«, klang es von der Wand herüber.

»Wer denn noch?«

»Gute Bekannte von euch. Wie ihr seht, sind noch zwei Plätze frei. Sobald ihr vollzählig seid, machen wir ein Gruppenfoto. Dann fängt der Spaß erst richtig an.«

»Was glaubst du?«, murmelte Herzberg seinem Mitgefangenen zu. »Wen wollen sie noch verschleppen?«

»Kommt auf ihre Ziele an.« Stiegler trank das restliche Wasser aus der Flasche. Ein Teil davon lief über sein Kinn und landete auf dem weißen Hemd, das inzwischen staubig und eher grau aussah. »Lass uns später weiterreden.« Er drehte sich nach hinten und sprach lauter. »Ich muss auf Toilette.«

»Ach wirklich? Ist aber kein Hotel hier.« Die Frau erhob sich, und Stiegler machte ebenfalls Anstalten aufzustehen. »Bleib sitzen!«, fuhr sie ihn an.

»Und wenn nicht?«

Sie griff nach hinten in den Hosenbund. »Dann knall ich dich ab. Das gilt für euch beide: Wenn ihr irgendetwas versucht, Angriff, Flucht oder was auch immer euch Weicheiern einfällt, seid ihr fällig. Es gibt keine Gelbe Karte, sondern direkt die Rote. Ihr habt keine Chance, ab jetzt bestimmen wir die Spielregeln.«

Sie öffnete die Tür, und Herzberg versuchte, etwas auszumachen, was ihm Aufschluss über den Aufenthaltsort geben würde. Er konnte aber nichts erkennen. Das Licht des Strahlers verhinderte einen Blick hinaus, wo es aber ohnehin dunkel zu sein schien.

»Wir sind jetzt zwei gegen einen«, wisperte er Stiegler zu.

»Aber sie sind bewaffnet. Lass es!«

»So eine Chance bekommen wir vielleicht nicht wieder. Und ich bin kein Schwächling.«

»Es ist keine Chance!« Stiegler legte ihm eine Hand auf den Arm. »Spiel nicht den Helden, Christian. Das macht es nur noch schlimmer.«

Herzberg schnaubte aus. »Was soll denn noch schlimmer werden?«

»Wie ihr eben gehört habt«, sagte da eine Stimme dicht hinter ihm. Unbemerkt hatte sich der Mann genähert. »Die Rote Karte, *die* ist wirklich schlimm. Hör also besser auf deinen Kumpel.«

Als er kaltes Metall an seinem Nacken spürte, beschleunigte sich Herzbergs Puls. Es bedurfte keiner großen Vorstellungskraft, um zu wissen, was ihm da gerade gegen die Haut gedrückt wurde.

»Peng!«, sagte der Mann und lachte.

Die Pistole verschwand, und Herzberg versuchte das Zittern seiner Hände unter Kontrolle zu bekommen.

Die Tür öffnete sich wieder, die Frau trug einen Plastikeimer herein. »Eure Toilette. Bringt es hinter euch, dann binden wir euch wieder fest.«

»Das ist nicht euer Ernst!«, rief Herzberg.

»Was denn, auf einmal so verklemmt? Mir hättest du deinen Schwanz doch sowieso gezeigt, wenn alles wie geplant gelaufen wäre. Brauchst dich jetzt nicht zu schämen, ich bin eh nicht dran interessiert. Sonst auch keiner. Wobei, wer weiß.« Sie zeigte auf Stiegler. »Gibt ja so Gerüchte über dich.«

Irritiert bemerkte Herzberg, dass Stiegler errötete. War da etwa was dran? Das hielt er eigentlich für ausgeschlossen, aber andererseits … damals auf der legendären Dienstreise nach Prag … Er schluckte. Wahrscheinlich würde er noch ausgiebig Gelegenheit haben, seinen Mentor besser kennenzulernen, als ihm lieb war. Es fing damit an, dass er mitverfolgen musste, wie der Vorstandsvorsitzende der *Deutschen Automobil Werke* verschämt seine Anzughose herunterzog und den Darm entleerte.

An der Steinbachtalsperre herrschte ein derartiges Polizeiaufgebot, dass sich die Sonntagsausflügler verschreckt, aber durchaus neugierig, an den Rand des Parkplatzes verdrückten. Er lag unterhalb des Waldfreibades, das zu dieser Jahreszeit noch geschlossen war. Das Gasthaus mit dem angrenzenden Waldgebiet lockte aber aufgrund des schönen Wetters auch im März einige Spaziergänger an. Aus der Luft war das Geräusch eines Hubschraubers zu hören, der die Suche nach dem Leichnam unterstützte.

Laura und Steven hatten sich gerade mit dem Einsatzleiter besprochen, der zwei Hundertschaften dirigierte. Ein dichtes Wegenetz durchzog den Forst, aber es war zugleich ein großes Gebiet mit vielen Lichtungen und Wiesen. Die größte Hoffnung setzte Laura daher auf den Helikopter, der das Gelände in geraden Bahnen überflog. Ihre Nerven waren angespannt, und dass sie in der zurückliegenden Nacht kaum ein Auge zugetan hatte, trug nicht gerade zu einem klaren Kopf bei. Zu allem Überfluss war sie – als sie doch einmal für eine Stunde weggedämmert war – wieder in die Fänge eines Albtraums geraten. Vergangenheit und Gegenwart hatten sich dabei mit Fantasie durchmischt, und das Bild, wie das kleine Mädchen sein eigenes, schwarz eingefärbtes Herz verspeiste, ließ sie nicht los.

»Geht's dir gut?«

Steven musste sie schon eine Weile beobachtet haben. Über die Jahre hatte er sie zu lesen gelernt, sodass ihm selten etwas entging. Doch trotz der langen Zusammenarbeit und des freundschaftlichen Verhältnisses wusste er bestimmt weniger über Laura, als er dachte. Es war eine Notwendigkeit, ihn in Bezug auf manche Dinge unwissend zu halten, auch wenn Laura manchmal meinte, platzen zu müssen. Nicht mal den wenigen alten Freunden vertraute sie sich an. Nur ihre Eltern wussten über ihre dunkelsten Lebenskapitel Bescheid, und manchmal wünschte sie sich, dass auch sie in ihrer Tochter nur die alleinerziehende, bewegungssüchtige und schwer zu durchschauende BKA-Beamtin sahen, wie so viele andere.

»Hallo?« Stevens bärtiges Gesicht schob sich dicht vor ihre Sonnenbrille.

»Entschuldige.« Laura strich sich die braunen Locken aus der Stirn. »Ich hab über das Vorgehen der selbst ernannten Guerilleros nachgedacht. Ein Mord, vielleicht noch ein zweiter, und vermutlich mehrere Entführungen. Warum haben sie mindestens eine Person getötet, während die anderen verschleppt worden sind?«

»Das werden wir vielleicht herausfinden, wenn wir endlich wissen, wer der Tote mit dem fehlenden Herz ist.«

»Trotzdem passt es nicht richtig zusammen!«

»Vielleicht hat er sich gewehrt, als er überfallen wurde.«

»Und warum wurde ihm das Herz herausgeschnitten und schwarz eingefärbt? Klingt nach Bestrafung. Und nach einer Botschaft. Ich glaube, dass uns der Tote mehr über die Motive der Gruppe verraten kann als die Entführten.«

»Vielleicht sind die auch längst tot.« Steven spuckte das Nikotinkaugummi auf den Boden.

»Belastet dich die Situation eigentlich gar nicht?«

»Doch, natürlich. Aber das müssen wir ausblenden. Tatsächlich ...«, er rang sichtlich mit sich, »hat sich der Knopf vorhin erstaunlich professionell präsentiert.«

»Sie ist mir nie unprofessionell vorgekommen.«

»Dafür mit Stock im Arsch. Jetzt, wo es drauf ankommt, packt sie allerdings richtig an und verfällt nicht in blinden Aktivismus. Na ja, warten wir die nächsten Stunden ab. Vielleicht ist es nur heiße Luft.«

In diesem Moment kam der Einsatzleiter angerannt. »Die Hubschrauberbesatzung hat die Leiche gefunden. Zwischen unserem Standort und Bad Münstereifel. So wie in der Pressemitteilung beschrieben. Eine männliche Leiche auf einer Lichtung. Oder genauer gesagt zwei Leichen.«

Laura starrte ihn an. »Zwei?«

»Die andere ist eine Hirschkuh. Der Tote liegt halb auf dem Tier. Kommt mit!« Er zeigte auf ein Geländefahrzeug. »Spurensicherung und Rechtsmedizin sind schon unterwegs.«

Kapitel 6

Fliegen stoben davon, als Steven einen Schritt nach vorn machte und in die Hocke ging. Eine von ihnen umschwirrte seinen Kopf, schnell verscheuchte er das Insekt. Kurz zuvor hatte es den Rüssel noch in der Schusswunde des Toten versenkt, weshalb Steven den Kontakt unbedingt vermeiden wollte. Es war ein bizarrer Anblick, der sich ihm bot, fast schon mit einem künstlerischen Effekt: ein Jäger, dessen Gewehr neben ihm im Gras einer Waldlichtung liegt, ruhend auf seiner Beute – der rechte Arm am Hals des Tieres, wie in einer nicht enden wollenden Liebkosung. Die Augen der Hirschkuh waren geöffnet, die des Mannes geschlossen. Wären nicht das Loch mitten auf seiner Stirn und die deutlichen Anzeichen von Fäulnis sowie Verwesung zu sehen gewesen, hätte er wie ein Schlafender gewirkt.

Der Tote hatte ein Durchschnittsgesicht und einen normalen Körperbau. Wäre Steven ihm in der Stadt zweimal kurz hintereinander begegnet, hätte er sich danach kaum an ihn erinnert. Und doch musste er sich irgendwie von der Masse abheben, sonst würde er jetzt nicht hier liegen. Das Blut an der Einschussstelle war getrocknet, genauso wie Teile der Hirnmasse, die am Hinterkopf des Mannes klebten. Steven betrachtete die Wunde nur oberflächlich, anders als seiner Kollegin bereitete ihm ein derartiger Anblick stets Magenzwicken – und da im vorliegenden Fall schon Zersetzungsprozesse in vollem Gang waren, erst recht. Laura stand dicht neben ihm, er konnte ihre Atemgeräusche hören. Ihre Augen bewegten sich hektisch hin und her, und Steven hielt sich zurück. Sie befand sich im Aufnahmemodus, prägte sich jedes Detail ein, um es bei Bedarf wieder abrufen zu können. Er vermutete, dass sie neben ihrem ausgezeichneten Konzentrationsvermögen über ein fotografisches Gedächtnis verfügte, anders ließ sich ihre Gabe nicht schlüssig erklären.

Auch die anderen Anwesenden wechselten keine Worte. Stille lag über der Wiese, auf der sich gut zwanzig Personen aufhielten. Steven richtete sich auf und scannte die Umgebung. Die Lichtung maß ungefähr hundertfünfzig mal zweihundert Meter. In der Nähe musste sich ein Wasserlauf befinden, ein leises Gurgeln war zu hören. Auf allen Seiten war die Wiese von Mischwald umgeben, das Hellgrün der frischen Blätter strahlte im Sonnenlicht. Der nächste Weg war fußläufig in fünf Minuten zu erreichen, ein abgestelltes Auto war bislang nicht entdeckt worden. Am Waldrand dem Fundort gegenüber stand ein Hochsitz, und als Steven gegen das Sonnenlicht anblinzelte, erkannte er, dass sich dort gerade ein paar Kollegen umsahen.

Er bewegte sich zu Peter Petersmann, der dann und wann Kommentare in ein Diktiergerät sprach. Der Rechtsmediziner war mit dem Hubschrauber gekommen, der noch immer mitten auf der Wiese stand.

»Eine erste Einschätzung?«, fragte Steven leise. Irgendetwas hinderte ihn daran, laut zu sprechen. Ein leichter Windhauch umwehte ihn, und er nahm den süßlichen Geruch von Verwesung deutlich wahr.

Peter Petersmann steckte das Diktiergerät weg. Obwohl Steven nicht zu den groß gewachsenen Männern gehörte, musste der Rechtsmediziner zu ihm aufsehen. »Der Tod liegt mindestens eine Woche zurück. Genauer festlegen kann ich mich erst nach einer eingehenden Untersuchung. An der frischen Luft verwest eine Leiche besonders schnell, wie man hier auch an der marmorierten Hautfärbung erkennen kann. Dieser Körper ist zudem bereits durch Fäulnisgase aufgebläht. Wir werden uns aber auch noch die Insekten genauer ansehen müssen.«

»Aha?«

»Insekten und ihre Larven besiedeln einen toten Körper in einer bestimmten Reihenfolge. Wenn wir diese Besiedlung zusammen mit den Bedingungen hier vor Ort und dem Verwesungs- sowie Fäulnisfortschritt betrachten, können wir den Todeszeitpunkt ausgesprochen eng eingrenzen. Die Fäulnis beginnt immer im Inneren des Körpers, bei der Verwesung ist es umgekehrt. Sie arbeitet sich von außen nach innen vor. Temperatur oder Luftfeuchtigkeit sind weitere Faktoren, die …«

Für Steven waren dies genug Hintergrundinformationen. »Denkst du, das Gewehr gehört dem Toten?«

»Würde ich mal von ausgehen. Nach seiner Kleidung zu urteilen, war er Jäger. Wahrscheinlich hat er zuerst die Hirschkuh geschossen und wurde dann selbst abgeknallt. Der Zustand des Tieres deutet darauf hin, dass es am selben Tag wie dieser Mann starb.«

»Wurde er mit seiner eigenen Waffe erschossen?«

»Ausgeschlossen. Dann würde seine Wunde anders aussehen. Die Kugel müsste aber irgendwo zu finden sein, denn sie ist am Hinterkopf wieder ausgetreten. Es wird eine Pistole gewesen sein, wenn wir die Munition finden, lässt sich die Marke bestimmen.«

»Kampfspuren?«

Petersmann schüttelte den Kopf mit den weißen Haarbüscheln und rückte die Hornbrille zurecht. »Allerdings muss ich ihn noch nackt betrachten. Meine erste Vermutung ist, dass er aus der Distanz getroffen wurde. Und zwar aus dieser Richtung.« Sein Finger zeigte zum Hochsitz.

»Was ist mit seinem Herz?« Laura hatte sich zu ihnen gesellt.

»Im Inneren des Toten brodeln Fäulnisgase und verflüssigtes Gewebe, ich werde ihn daher sicher nicht hier aufschneiden.« Petersmann schmunzelte, als hätte sie einen guten Witz gemacht. »Aber vermutlich liegt sein Herz schon in unserem Kühlfach. Seht mal her!« Er ging zum Leichnam und schob das Hemd auf Brusthöhe auseinander. »Eine frische Narbe. Der Brustkorb wurde über dem Herzen geöffnet und wieder zugenäht. Fachmännisch.«

»Das hattest du schon wegen dem Zustand des Herzens vermutet«, erinnerte sich Steven. »Wie schnell trat der Tod ein?«

»Bei der Hirschkuh wohl nicht so rasch, bei dem Mann aber sofort. Besser kannst du einen Schuss nicht platzieren.«

»Was bedeutet …«, Laura deutete zum Waldrand, »dass der Täter nicht nur über medizinische Fähigkeiten verfügt, sondern auch ein geübter Schütze ist. Es sei denn, es war ein Glückstreffer. Ich glaube, nicht mal ich hätte aus der Distanz die optimale Stelle getroffen.«

Steven nickte, denn Laura stellte auf dem Schießstand regelmäßig alle in den Schatten. Sie wollte mit ihrer Aussage nicht angeben, sondern bloß einen Beitrag zur realistischen Einschätzung liefern. Anders als noch vor einer halben Stunde war sie wieder in Topform. Steven kannte das schon, aber es faszinierte ihn jedes Mal aufs Neue, wie Laura während einer Ermittlung aufblühte. Es gab dann kein links und rechts mehr, sondern nur noch den Weg zum Ziel. So direkt und schnell wie möglich.

Ein Kollege der Spurensicherung näherte sich und präsentierte einen durchsichtigen Beutel. Darin befand sich ein aufgeklapptes Portemonnaie. »Drüben auf dem Hochsitz haben wir einen Rucksack gefunden. Außerdem eine Thermosflasche und das hier.« Er wies auf den Beutel. »Die Identität des Opfers ist damit gelüftet.«

»Florian Beck.« Aufgrund des Fotos auf dem Personalausweis erkannte Steven sofort, dass er dem Mordopfer gehörte. »Zweiunddreißig Jahre alt, geboren in Koblenz.«

»Und derzeit wohnhaft in Köln.« Der Kollege drehte die Plastiktüte herum und deutete auf die Rückseite des Ausweises.

»Sagt jemandem sein Name was?«, fragte Steven. »Nicht, dass er auch ein Topmanager ist, von dem ich noch nie was gehört habe.«

Laura hielt ihr Smartphone hoch. »Glaub ich nicht. Hab den Namen gegoogelt, da kommen keine entsprechenden Treffer. Davon abgesehen scheint er mir dafür zu jung.«

»Und doch muss er in irgendeiner Verbindung zu den Autobossen stehen«, vermutete Steven. »Eine Pistole wurde nicht zufällig gefunden?«

»Nein«, lautete die Antwort des Kollegen. »Auch die Kugel noch nicht. Aber etwas anderes, das uns weiterhelfen kann. An der Leiter zum Hochsitz steht ein Nagel hervor, an dem jemand hängen geblieben ist. Blut klebt daran und die Fasern eines schwarzen Stoffs.« Er deutete auf das Mordopfer. »Er hat schon mal nichts Schwarzes an.«

»Sonstige Spuren?«

»Rund um den Hochsitz ist der Waldboden fest, aber man muss ja erst mal dorthin kommen. Wir erweitern den Suchradius sukzessive. So wie ich es sehe, wurde der Mann zunächst von dieser Seite hier beobachtet.« Er deutete zu dem nahe gelegenen Waldrand, der sich dem Hochsitz gegenüber befand. »Hinter einem Busch haben wir platt getretenes Gras entdeckt, und Schuhabdrücke zwischen den Bäumen dahinter. Vielleicht näherte sich der Täter aus dieser Richtung und umrundete dann die Lichtung, um zum Hochsitz zu gelangen.«

Laura hatte währenddessen die Daten des Toten an die Zentrale gemeldet. Sie beendete ihr Telefonat und kaute nachdenklich auf der Unterlippe herum. »Florian Beck ist eine von den mehreren Hundert Personen, die in den letzten Tagen in Deutschland als vermisst gemeldet wurden. Konkret am Freitagabend letzter Woche von seiner Freundin.«

»Hatte sie keine Ahnung, dass er auf der Jagd war?«, fragte der Kollege.

»Offenbar nicht. Die Hintergründe müssen wir noch herausfinden.« Sie nickte Steven zu. »Lust auf einen Hinterbliebenenbesuch?«

»Kann mir nichts Schöneres vorstellen.« Er seufzte. »Ergibt aber Sinn, dass wir das übernehmen. Wenigstens können wir unterwegs irgendwo einen Happen essen. Liegt eigentlich das Handy des Mannes in seinem Rucksack?«

»Ja«, antwortete der Kollege von der Spurensicherung. »Ist aber ausgeschaltet. Wir bringen gleich alles für eine genaue Analyse in die Zentrale.«

»Ich fordere schon mal die Aufschlüsselung seiner Verbindungsdaten an.« Laura hielt sich erneut ihr Smartphone ans Ohr.

Auch Stevens Handy verlangte brummend nach Aufmerksamkeit. Er zog es heraus – zwei SMS. Die aus der BKA-Zentrale las er zuerst. »Ich habe die Kennzeichen von Becks Autos bekommen«, teilte er mit. »Er besitzt zwei, eins ist ein Land Rover. Passt ja, wenn er öfter auf der Jagd war. Waldwege, Straßen und Parkplätze müssen danach abgesucht werden.«

Der Einsatzleiter tippte sich die Kennzeichen ab, dann öffnete Steven die andere SMS. Sie kam von seiner Freundin. Ein Adrenalinstoß durchfuhr ihn, als er ihre Antwort auf seine morgendliche Nachricht las: *Klar, könnten wir eigentlich machen, ich hab heute Abend nichts vor. Aber was sollte deine erste Nachricht?*

Wenn es das ist, was ich vermute, brauchst du dich nicht mehr blicken zu lassen!

Mit einem Fingerwisch wurde Stevens Befürchtung zur Gewissheit. Unmittelbar über seinem Vorschlag, den Abend zusammen zu verbringen, stand noch ein anderer Text. Sätze, die für seine Exfrau bestimmt gewesen waren, die er aber versehentlich an seine Freundin geschickt hatte. Dummerweise waren sie an Eindeutigkeit nicht zu überbieten.

Die Räder drehten sich in der Luft weiter, und ein herunterhängender Ast hätte Filip bei seinem Sprung fast vom Sattel des Mountainbikes gefegt. Der Hügel, den er als Rampe genutzt hatte, erwies sich als regelrechtes Katapult, sodass der Neunzehnjährige nur mit Mühe das Gleichgewicht halten konnte. Dicht hinter ihm fuhr der Grund für seinen Übermut, allerdings hatte Inga den Erdwall links liegen gelassen.

»Feigling!«, rief er, und sie antwortete etwas, das er nicht verstand.

Im Slalom kurvte er um die Bäume, dann erreichte er wieder den Weg, der sich vom Petersberg ins Tal schlängelte. Früher war er auf den Wald- und Schotterpisten des Siebengebirges oft mit seiner Mutter unterwegs gewesen, nicht selten hatte sie ihn abgehängt. Irgendwann hatte er den Spaß daran verloren, zumal ihn Lauras Leistungswille nervte. Selbst im Urlaub war Entspannung selten, stattdessen standen anstrengende Wanderungen, endlose Kanu- oder Kajaktouren und ähnlich Anstrengendes auf dem Programm. Nach einer vierzehntägigen und tausend Kilometer langen Radtour an der französischen Atlantikküste entlang hatte Filip schließlich entschieden, dass die Zeit der gemeinsamen Reisen vorbei war.

Er reduzierte das Tempo, sodass Inga zu ihm aufschließen konnte. Sie hatte sich das Rad seiner Mutter ausgeliehen – beziehungsweise hatte Filip es ihr einfach zur Verfügung gestellt. Laura war eigen, was ihr Sportgerät anging, und da sie die Nutzung ohnehin nicht bemerken würde, war es ihm logischer vorgekommen, gar nicht erst zu fragen.

»Macht's Spaß?«, fragte er. »Du musst das Rad mal richtig freigeben, statt ständig an den Bremsen zu ziehen.«

Sie lachte. »Ich will nicht riskieren, dass deine Mutter es nicht wiedererkennt. Ausgerechnet jetzt, wo sie mich endlich zu akzeptieren scheint.«

Sein Gesicht verfinsterte sich. »Ist mir egal, was sie von dir hält.«

»Mir aber nicht. Ich mag sie, und außerdem ist es so unkomplizierter. Was wirfst du ihr eigentlich vor?«

Er beobachtete, wie die Schatten ihrer Körper dicht vor den Fahrrädern dahinglitten. »Ich kann's nicht richtig ausdrücken. Dieses … alles muss perfekt sein. Man darf sich nicht hängen lassen und … sie ist ein Kontrollfreak. Sieht einfach nicht ein, dass ich schon erwachsen bin.«

»Besonders erwachsen hast du eben aber nicht ausgesehen.« Inga kniff ihm in einer betont mütterlichen Geste in die Wange.

Derartige Anwandlungen hatte sie immer mal wieder, und Filip hasste es. »Bist bloß neidisch, dass du nicht mithalten konntest!«

»Schwachsinn!« Ihre bernsteinfarbenen Augen leuchteten, und sie deutete auf einen Pfad, eine Abkürzung zu dem Forstweg unter ihnen. »Wer zuerst unten ist!«

Beherzt trat sie in die Pedale, und Filip tat es ihr nach kurzem Zögern nach. Eigentlich hatte er ihr noch mehr erzählen wollen. Bei seinem letzten Besuch in Ilmenau hatte er ein Gespräch zwischen seinen Großeltern unabsichtlich mitgehört. Seitdem wusste er, dass ihn seine Mutter seit seiner Kindheit zu einem wichtigen Thema anlog und es irgendein dunkles Geheimnis in ihrer Vergangenheit gab, über das sie nie ein Wort verloren hatte.

Er verließ den Weg und folgte seiner Freundin den Berg hinunter. Sie hatte schon einen Vorsprung herausgefahren, die langen braunen Haare wehten im Fahrtwind. Er selbst war deutlich windschnittiger, noch immer fühlte sich der Kurzhaarschnitt, zu dem ihn Inga überredet hatte, ungewohnt an. In diesem Augenblick drehte sie sich zu ihm um.

»Wer ist jetzt der Feigling?«, schrie sie triumphierend.

Filip streckte ihr die Zunge heraus. Er hatte Inga an der Uni kennengelernt, wo er Informatik studierte. Mit einer Gruppe älterer Studierender hatte sie sich um die Erstsemester gekümmert. Anfangs war er gehemmt gewesen. Angesichts ihres attraktiven Aussehens und der selbstbewussten Energie war er sich wie ein Schuljunge vorgekommen. Einer, für den sich nie auch nur irgendeine Mitschülerin interessiert hatte. Nach ein paar Tagen hatte ihm einer seiner Kommilitonen gesteckt, dass sie offensichtlich mehr wollte, als ihm einen guten Einstieg in die Uni zu ermöglichen. Filip hatte es als Schwachsinn abgetan. Inga war zu jedem nett, und er hatte sich keine lächerlichen Illusionen machen wollen.

Dass tatsächlich mehr hinter ihren regelmäßigen Treffen steckte, hatte er erst realisiert, als sie ihn in einer Mittagspause am Rheinufer geküsst hatte. Es war wie eine Offenbarung gewesen und hatte sein Leben auf den Kopf gestellt. Doch noch immer trug er die Angst in sich, dass sie ihn schon bald gegen einen attraktiveren Mann austauschen könnte – und in den Blicken seiner Mutter sah er, dass sie das Gleiche befürchtete. Es war eine Kränkung, die größer kaum ausfallen konnte.

»Übertreib's nicht!«, rief er Inga hinterher, die den Abstand weiter vergrößert hatte.

»Was ist?« Sie drehte sich erneut zu ihm um – und das war eine schlechte Idee.

Filip wollte ihr eine Warnung zubrüllen, da traf ihr Vorderrad bereits auf die herausragende Wurzel. Das Hinterrad schleuderte nach oben, kopfüber stürzte Inga über den Lenker. Nach einem Salto krachte das Mountainbike dicht neben ihr auf den Boden. Auch sie selbst hatte sich mehrfach überschlagen, nun lag sie regungslos neben einem Baumstumpf.

Sekunden später stellte Filip sein Rad quer und kam schlitternd zum Stehen. Achtlos warf er es von sich und stürzte zu ihr. Erleichtert hörte er ein leises Stöhnen. Ihre Augen waren geschlossen und die Miene verzerrt, als er sich über sie beugte.

»Inga, alles in Ordnung?«

»Ja, nein, ich weiß nicht.« Ihre langen Wimpern zitterten, dann öffnete sie die Augen. Sie hatte Schrammen und Erde im Gesicht, auf ihrem Handrücken entdeckte er einen blutigen Kratzer. Wie es um ihren restlichen Körper stand, konnte er nicht einschätzen, da beide lange Trainingsklamotten trugen. Er fasste sie unter den Schultern und half ihr, sich im Sitzen gegen den Baumstumpf zu lehnen.

Sie betastete ihre Beine. »Sieh dir mal meinen linken Knöchel an. Hoffentlich ist der nicht gebrochen!«

Behutsam streifte er ihr Hosenbein nach oben.

»Aua!« Sie biss die Zähne aufeinander. »Sei vorsichtiger!«

»Vorsichtiger geht's nicht.« Er band den Schnürsenkel auf und lockerte die Lasche, bevor er den Fuß vom Schuh befreite und die Socke auszog. Wie die Fingernägel waren auch die Zehennägel schwarz lackiert. Meist verzichtete Inga auf Make-up, den Lack hatte sie einmal aufgetragen, um Filip zu schockieren. Da es ihm aber gefallen hatte, war die schwarze Farbe zu einem Dauerzustand geworden.

Filip legte ihren Fuß auf die Erde. »Der Knöchel wird schon dick, hast du ihn dir beim Sturz eingeklemmt oder …?«

»Keine Ahnung, darauf hab ich nicht geachtet!«, fuhr sie ihn an, presste sich dann aber mit schmerzverzerrter Mimik eine Hand an die Rippen.

»Tut's da auch weh?« Er verlagerte seine Aufmerksamkeit auf ihren Oberkörper und zog erst den Pulli und dann das Shirt nach oben. Ihr flacher Bauch war nach dem Winter noch weiß, der Brustkorb hob und senkte sich in rascher Folge. Beschämt bemerkte er, dass ihn der Anblick erregte. Sie schliefen nicht oft miteinander, und jedes Mal hatte er das Gefühl, dass sie etwas anderes von ihm erwartete. Mehr von … er wusste nicht was. Um sich Anregungen zu holen, hatte er sogar Pornos konsumiert – ohne spürbaren Effekt.

»Wahrscheinlich nur geprellt«, vermutete er. »Trotzdem solltest du es röntgen lassen.«

»Dazu muss ich erst mal aus dem Wald raus. Gibst du mir bitte meine Trinkflasche?«

Als er die Flasche aus der Halterung zog, erkannte er, dass ihm heute noch Ärger drohte. An Lauras Rad waren beide Felgen verbogen, und ein Pedal war abgebrochen. Während Inga kleine Schlucke aus der Flasche nahm, schätzte er die Situation ein. Der Wanderweg lag fünfzig Meter entfernt, von dort waren es gut dreißig Gehminuten bis Königswinter.

»Meinst du, dass du dich mit dem rechten Fuß auf ein Pedal von meinem Fahrrad stellen und den Weg runterrollen kannst?«

Ein Eichhörnchen sprang in ihre Nähe, verharrte dann und schien die Unglücksstelle zu inspizieren. Inga zog sich an dem Baumstumpf in den Stand und belastete das rechte Bein. »Ja, könnte gehen. Oh nein!« Erst jetzt bemerkte sie den Zustand des Mountainbikes. »Das war's dann wohl mit der Sommerzeit zwischen deiner Mutter und mir.«

»Quatsch! Sie wird froh sein, dass dir nichts Schlimmeres passiert ist.«

Für Lauras erste Reaktion dürfte das sogar zutreffen, die zweite Welle dürfte aber weniger verständnisvoll ausfallen und allein ihren Sohn treffen. Auf dem Forstweg angekommen, hängte er sich das beschädigte Rad auf die Schulter, während

Inga auf seinem Sattel saß und mit angezogenen Bremsen neben ihm her rollte. Filip musste grinsen. Das war in der Tat die einfachere Variante und zeigte mal wieder, wie er tickte. Während Inga – ähnlich wie seine Mutter – Umwege scheute, dachte er sich umständlich um mehrere Ecken ans Ziel.

»Der Schmerz lässt schon nach«, meinte sie. »Den Arztbesuch kann ich mir sparen.«

»Auf keinen Fall, lass es abchecken!«

»Heut ist Sonntag, da müsste ich zum Notdienst. Das dauert ewig! Vergiss nicht, dass wir nachher meine Schwester und meinen Bruder treffen.«

Dieses Treffen hatte Filip fast verdrängt. Er war alles andere als erpicht, der Familie vorgeführt zu werden. Genau genommen waren Berit und Leon Ingas Halbgeschwister, was der engen Bindung aber keinen Abbruch tat. Inga war das Nesthäkchen und blickte unverkennbar zu den beiden auf. Umso angespannter sah Filip dem Abend entgegen, schließlich war durchaus vorstellbar, dass Berit und Leon ein wenig schmeichelhaftes Urteil über ihn fällen würden.

Statt der angepeilten dreißig Minuten benötigten sie fast eine Stunde, bis sie durchs Gartentor traten. In der Ebene war Inga nur langsam vorangekommen, sodass Filip das beschädigte Rad schließlich abgelegt und sie nach Hause geschoben hatte. Nun humpelte sie zu der Sitzbank, die seine Großeltern vor gut fünfzehn Jahren zum Einzug geschenkt hatten. Es war nicht zu übersehen, dass sie seitdem keinen Tropfen Farbe abbekommen hatte.

»Hoffentlich kracht das Ding nicht unter dir zusammen«, meinte er. »Ich stelle mein Rad in den Schuppen, und dann hol ich das von meiner Mutter.«

»Okay, ich warte hier.« Inga zog den Pullover aus, an dieser windgeschützten Stelle wurde die Luft von der Sonne angenehm aufgewärmt.

Filip stieß die Tür zum Schuppen auf und hängte das Rad an zwei Haken. Dann stutzte er. An der Stelle, wo normalerweise das Mountainbike seiner Mutter stand, lag ein brauner DIN-A4-Umschlag auf dem Boden. Als er mit Inga losgeradelt war, hatte dort noch nichts gelegen, es wäre ihm zwangsläufig aufgefallen. Er bückte sich und hob ihn auf. Der Umschlag war nicht zugeklebt und hatte einen weißen Aufkleber. *Support für die Ermittlung,* las er.

Zögernd klappte er den Verschluss auf. Im Inneren befanden sich drei Plastikkärtchen von der Größe einer Kreditkarte. Und ein Blatt Papier. Auf der oberen Hälfte prangte eine Schwarz-Weiß-Zeichnung. Sie sollte Justitia darstellen, das war offensichtlich – auch wenn sie anders aussah als üblich. Filip begann zu lesen, und als er fertig war, zitterte das Papier zwischen seinen Fingern. Er legte Umschlag und Zettel auf die Werkbank, die seine Mutter zum Umtopfen verwendete. Dann rannte er nach draußen, um sein Handy zu holen und sie anzurufen.

Nicht nur das Gesicht war Furcht einflößend, Gleiches galt für die restliche Aufmachung. Dort, wo sich normalerweise Haare oder zumindest eine Schädeldecke befanden, zeigte sich ein frei liegendes Gehirn, das in seinen Verschlingungen dem Darm nicht unähnlich war. ›Vielleicht haben manche deshalb so viel Scheiße im Kopf‹, dachte Steven und nahm sich vor, sich diesen Spruch für eine passende Gelegenheit zu merken. Der blutbesudelte Verband endete dicht über den Augen, die aufgrund der roten Iris zu glühen schienen. Die Wangen waren von Narben überzogen, und der weit aufgesperrte Mund ließ erkennen, dass die wenigen verbliebenen Zähne ausnahmslos angefault waren. Darunter trug die als Zombie verkleidete Frau einen zerrissenen Dress, der ursprünglich wohl die Tracht einer Krankenschwester hatte darstellen sollen.

Als dieser Albtraum auf zwei Beinen zwischen den anderen Kostümen untertauchte, war Steven dankbar. Stoisch ertrug er es, dass ihm jemand viel zu nah und viel zu laut ins Ohr trötete, während ihm von hinten Konfetti ins Haar gestreut wurde. Der momentane Ausnahmezustand gehörte zu Köln nun mal dazu, und der eigentliche Höhepunkt stand erst noch bevor. Doch obwohl Steven ein ausgewiesener Karnevalist war, stimmte er Laura zu, dass das bunte Treiben in der Innenstadt gerade ausgesprochen unpassend wirkte. Aber war es für die Betroffenen von Schicksalsschlägen nicht immer so? Rundherum drehte sich das Karussell des Lebens unbeeindruckt weiter und legte noch nicht mal eine kurze Anstandspause ein. Niemand schien zu bemerken und keinen kümmerte es wirklich, dass für manche gerade die Welt zusammengebrochen war.

Die Freundin des erschossenen Florian Beck wohnte im dritten Stockwerk eines der wenigen erhaltenen Altbauten. Das Gebäude war innen und außen aufwendig saniert worden. Über die Höhe eines realistischen Quadratmeterpreises dachte Steven nur kurz nach, als Laura und er durch einen hellen Flur in ein asketisch eingerichtetes Wohnzimmer geführt wurden. Der Raum war so groß wie Wohn- und Schlafzimmer seiner eigenen Behausung zusammen, hatte aber nur die Hälfte des Mobiliars. Wenn überhaupt.

Er quetschte sich in einen Sessel, der so eng war, dass ihm die Lehnen links und rechts an seine Hüften drückten. Oder hatte er schon wieder zugenommen? Florian Becks Freundin hatte derartige Sorgen definitiv nicht, sie war so schlank, dass Steven Magersucht vermutete. Bisher hatte sie erst wenige Worte gesprochen und schien zu spüren, dass unangenehme Minuten vor ihr lagen. Sichtlich nervös ging sie zum Küchenblock und hantierte mit Gläsern und einer Karaffe.

Laura beugte sich zu Steven und zupfte ihm einen Rest Konfetti aus dem Haar, das meiste hatte er schon während des

Treppenaufstiegs herunterrieseln lassen. Dann nahm sie unauffällig ein Kaugummi aus dem Mund und wickelte ihn in ein Taschentuch. Mit durchgedrücktem Rücken und ernster Miene saß sie auf dem weißen Leder eines Stuhls, der nur wenig bequemer als Stevens Sessel aussah. Verstohlen betrachtete er sie. Er selbst schob sich Nikotinkaugummis in den Mund, Laura beschränkte sich auf Pfefferminzaroma. Häufiger als er selbst kaute sie auf der weichen Masse herum, ging der Nachschub aus, wurde sie unruhig. Es war ein merkwürdiger Tick, genauso wie ihr Faible für Parfums. Auch heute ging wieder ein Duft von ihr aus, der zwar nicht unangenehm war, aber dezenter hätte eingesetzt werden sollen. Aufgefallen war ihm das schon oft, darauf angesprochen hatte er sie nie. Es hätte sich wie eine Grenzüberschreitung angefühlt.

Er bemerkte, dass er sich abzulenken versuchte, aber das Unausweichliche rückte näher. Es kam selten vor, dass sie als BKA-Beamte Todesnachrichten überbrachten, aber jedes Mal war es Stevens Job, nicht Lauras. Nach einer Ausnahme ganz am Anfang ihrer Zusammenarbeit hatte sie selbstkritisch analysiert, dass Steven erheblich feinfühliger vorging. Dummerweise hatte sie damit recht. Er hatte längst akzeptiert, dass sie die Rolle der distanzierten und zuweilen kühl wirkenden Ermittlerin einnahm, während er selbst den empathischen und kumpelhaften Lebemann verkörperte. Ein Gutes hatte die Sache: Beide mussten sich nicht verstellen.

Heute fiel ihm die Überbringung der Hiobsbotschaft weniger schwer als sonst. Dies sorgte zwar für ein schlechtes Gewissen, aber so war es eben. Fea Riederer – wer kam eigentlich auf die Idee, seine Tochter Fea zu nennen und wie hatten die Standesbeamten das durchwinken können? – war zwar, von dem dürren Körper abgesehen, eine Augenweide, aber sie berührte ihn nicht. Das kam selten vor und lag vermutlich daran, dass er ihren Charakter nicht greifen konnte. Selbst als sie nach seinen ersten Sätzen schluchzend die Hände vors Gesicht schlug, konnte er sich des Eindrucks nicht erwehren, dass sie dies tat, weil sie davon ausging, dass man es in einer derartigen Situation so tun musste.

Er unterstellte ihr keine falsche Trauer, denn dass sie völlig durch den Wind war, konnte er nicht übersehen. Aber sie wirkte wie eine Kunstfigur in einer völlig künstlichen Umgebung, sodass Stevens Beschützerinstinkt nicht ansprang. Der Kontrast zu Laura war augenfällig, unterschiedlicher hätten zwei Frauen kaum sein können. Hier die BKA-Beamtin, die kaum Zeit vor dem Spiegel verbrachte und dennoch anziehend wirkte, dort diese puppenhafte Erscheinung, die an eine Gestalt aus einem japanischen Manga erinnerte. In der Wohnung roch es durchdringend nach Zitrusfrüchten, auf mehreren Sideboards entdeckte er Fläschchen mit Raumduft.

Ein paar mitfühlende Worte später, die Steven eher routiniert aneinandergereiht hatte, sagte auch Laura etwas. »Sind Sie in der Lage, uns Fragen zu beantworten? Je früher wir die Hintergründe kennen, umso leichter tun wir uns bei der Jagd nach dem Täter.«

»Eigentlich …«, mit den Fingerspitzen fuhr sie sich langsam über die schmalen Augenbrauen, dann straffte sie sich. »Ja, das verstehe ich. Was müssen Sie wissen?«

Einige Informationen zu Florian Beck hatten die Ermittler schon zusammengetragen. Er war Einzelkind und stammte aus einer wohlhabenden Familie. Seine Eltern waren früh verstorben, weshalb er mit acht Jahren in ein Kinderheim eingezogen war. Gut bekommen war ihm dieser frühe Verlust offenbar nicht, denn in seiner Jugendzeit hatte er sich mehrere Anzeigen wegen Sachbeschädigungen und Gewalt eingefangen. Dann musste er die Kurve gekriegt haben, zumindest war er in den Polizeiakten nicht mehr aufgetaucht. Studiert hatte er an einer Privatuniversität in England, Fachrichtung Maschinenbau. Und danach wurde der Lebenslauf interessant, denn schon sein erster Arbeitgeber war ein bekannter Autokonzern gewesen. Nach anderthalb Jahren hatte er zu einem Konkurrenten gewechselt, bei dem er schnell eine steile Karriere hingelegt hatte. Eine Führungskraft dieser Konzerne war einer Gefangenschaft der *Zeugen Justitias* knapp entkommen, zwei Vorstandsmitglieder des anderen Unternehmens waren weniger erfolgreich gewesen. Entsprechend zielgenau war Lauras erste Frage.

»Kennen Sie Paul Schink, Hagen Stiegler und Christian Herzberg?«

»Nein, wer soll das sein?«

»Diese Männer sitzen im Vorstand von *Heßler* beziehungsweise der *DAW*.

»Ach!« Sie beugte sich vor. »Die beiden von den *DAW* … sind das die, die entführt worden sind?«

Steven und Laura nickten. Natürlich war nicht zu vermeiden gewesen, dass einige Redaktionen die vermeintliche BKA-Pressemitteilung schon veröffentlicht hatten. Manche vielleicht sogar in dem Glauben, die Meldung sei authentisch. Letztlich spielte es keine Rolle, denn durch die Pressekonferenz des Innenministers waren die Entführungen ohnehin in aller Munde. Die *Zeugen Justitias* waren momentan *das* beherrschende Thema, insbesondere die Spekulationen zu ihren Zielen.

Eine Weile war nur das Geräusch des Geschirrspülers zu hören. Fea Riederer knetete ihre Hände, als warte sie auf eine Fortsetzung. Dann ergriff sie selbst das Wort. »Was hat … Florian damit zu tun?«

»Entführt hat er sie nicht«, erwiderte Laura, »aber …«.

»Oh mein Gott!« Die junge Frau hielt sich eine Hand vor den Mund. Ihre Augen waren weit aufgerissen. »Es war auch die Rede von einem Opfer! An einem Stausee. Ist das … war das …?«

»Vermutlich.« Steven beschloss, wieder einzuspringen. »Wissen Sie, was er in dem Wald gemacht haben könnte?«

»Natürlich! Er hat dort ein Jagdrevier gepachtet. Ich wusste aber nicht, dass er jagen wollte. Dachte, dass er in Berlin ist.«

»Wieso das?«

»Wegen eines Termins. Er arbeitet für einen Branchenverband der Automobilindustrie.«

»Also als Lobbyist?« Für Außenstehende klang Lauras Stimme neutral, doch Steven kannte sie. Florian Beck hatte gerade Sympathiepunkte verloren.

»Ja. Was genau seine Aufgaben sind, kann ich Ihnen aber nicht sagen.«

Konsequent benutzte Fea Riederer die Gegenwartsform, und Steven überlegte, ab dem wievielten Tag sie wohl die korrekte grammatikalische Formulierung wählen würde. Die Ausdrucksweise war immer ein Beleg dafür, wie sehr die Hinterbliebenen den Tod realisiert und verarbeitet hatten. Er erinnerte sich an eine Witwe, die sich noch nach Jahren so ausgedrückt hatte, als würde ihr Ehemann weiterhin sein Frühstücksei mit ihr löffeln. Bei Fea würde es sicher nicht so lange dauern, im weiteren Gesprächsverlauf kristallisierte sich immer stärker heraus, dass sie eine stark ichbezogene Persönlichkeit war.

Sie war sechsundzwanzig Jahre alt und wie ihr Freund in eine wohlhabende Familie geboren worden. Die Eltern bewohnten eine Stadtvilla bei den Rheinauen von Niederkassel – eine der gehobenen Düsseldorfer Wohngegenden, wie Steven von den Besuchen bei seiner Exfrau wusste. Ihre berufliche Tätigkeit umschrieb sie als Influencerin, auf ihren Social-Media-Kanälen habe sie über hunderttausend Follower. Steven nahm sich vor, ihre Seiten in den nächsten Tagen immer mal wieder zu besuchen. Es interessierte ihn, ob und wie sie den Tod ihres Partners zu Geschäftszwecken einsetzen würde.

Sie waren erst seit sieben Monaten zusammen gewesen und hatten noch in getrennten Wohnungen gelebt. Florian Becks Apartment befand sich zehn Minuten entfernt und wurde gerade von der Spurensicherung untersucht. Im Anschluss an Fea Riederers Vernehmung wollten sich Laura und Steven dort auch einen eigenen Eindruck verschaffen.

Dass ihnen die Frau zuvor nützliche Informationen liefern würde, daran zweifelten die Ermittler mit jeder Minute mehr. Besonders viel konnte sie über Florian Becks Vergangenheit nicht sagen. Die Namen von Geschäftspartnern oder Kollegen kannte sie nicht, lediglich ein paar Freunde fielen ihr ein. Wer von der Jagdleidenschaft des Zweiunddreißigjährigen gewusst hatte, konnte sie ebenso wenig einschätzen wie die Möglichkeit etwaiger Feindschaften. Ihre Schilderungen klangen nach einer oberflächlichen Beziehung, bei der man sich zwei- oder dreimal in der Woche traf, ab und zu telefonierte und ansonsten sein eigenes Ding durchzog. Unwillkürlich dachte Steven dabei an seine Freundin, mit der es in den letzten Wochen ganz gegensätzlich gelaufen war. Vielleicht hatte er jetzt mit einem einzigen Fehler alles zunichtegemacht.

Als er die Befragung schon beenden wollte, weckte eine von Fea Riederers Aussagen doch noch sein Interesse. »Ab Anfang Februar schlief er mit dem Jagdgewehr neben dem Bett? Aus welchem Grund?«

»Es gab zuletzt viele Einbrüche. Florians Haus sieht man an, dass dort wohlhabende Leute wohnen. Deshalb legte er sich ein Bankschließfach zu und sperrte seine wichtigsten Unterlagen darin ein.«

»Was für Unterlagen?«

»Keine Ahnung. Wahrscheinlich Kontoinformationen, Urkunden und so was.«

»Kam er Ihnen in letzter Zeit verändert vor? Vielleicht sogar verängstigt?«

Erstmals zeigte sie den Anflug eines Lächelns. Wehmütig, melancholisch und traurig. Es war ein Moment der Offenheit. »Florian war nie ängstlich. Hab nie einen selbstbewussteren Mann getroffen. Das hat ihn ja ausgemacht, verstehen Sie? Er war so … stark.«

Sie selbst wirkte bei dieser Aussage eher verloren und zerbrechlich. Steven ahnte, wie es hinter ihrer Fassade aussah und weshalb sie sich zu Beck hingezogen gefühlt hatte. Diese Erkenntnis führte dazu, dass er bei der Verabschiedung zu einem ehrlich mitfühlenden Händedruck und aufmunternden Worten in der Lage war. Noch im Treppenhaus rief er die Zentrale an, schließlich musste schnellstmöglich herausgefunden werden, bei welcher Bank sich Becks Schließfach befand. An anderer Stelle war man schon weiter. Wie Steven erfuhr, war der Land Rover des Mordopfers gefunden worden. Zu Fuß waren es von dem Hochsitz bis zum Parkplatz Schleyertal gut fünfzehn Minuten. Er lag abseits von bewohntem Gebiet an einer quer durch das Waldgebiet verlaufenden Straße und wurde von Wanderern benutzt. Das Fahrzeug war für eine genaue Untersuchung abtransportiert worden, auf den ersten Blick befand sich nichts Außergewöhnliches darin.

Bei Becks Telefonanbieter hatte Steven schon eine detaillierte Verbindungsübersicht für die letzten Wochen angefordert, Gleiches galt für die Automanager. Stück für Stück wollte er sich mit Laura einen Überblick über ihre Lebensumstände und die Orte verschaffen, an denen sie zuletzt gesehen worden waren. Mehrere Landeskriminalämter waren dabei einzubinden. In Nordrhein-Westfalen war Konrad Hentschel vom Zug erfasst und Hagen Stiegler entführt worden. Christian Herzberg war in Niedersachsen verschwunden, Emil Hofstetter in Bayern, und Paul Schink war in Berlin gerade noch so davongekommen. Von seinem Fahrer und einem der Sicherheitsmänner ließ sich das nur bedingt behaupten. Zwar waren beide am

Leben, Letzterer hatte aber einen Streifschuss am Arm abbekommen, während der Chauffeur mit den bereits bekannten K.-o.-Tropfen ausgeschaltet worden war. Das Fahrzeug blieb – genauso wie der Düsseldorfer VIP-Shuttle und der Wagen von Christian Herzberg – unauffindbar. Offenbar gingen die Täter auf Nummer sicher, um keine Spuren zu hinterlassen. Allerdings hatten sie es trotzdem getan. Bei der Attacke von Paul Schinks Personenschützer auf einen der Angreifer musste er den Mann verletzt haben. Kleinste Hautspuren hatten sich unter seinem Fingernagel befunden, die DNA-Analyse erwarteten alle mit Spannung.

Steven bedankte sich für das Update und bemerkte, dass Laura stirnrunzelnd ihr Handy wegsteckte. »Was ist los?«

»Filip hat mich drei Mal angerufen und mir eine Nachricht geschickt, dass ich ihn unbedingt zurückrufen soll. Ich erreiche ihn aber nicht.«

Steven zuckte nur mit den Schultern und informierte sie über die Neuigkeiten. »Becks Leiche wird in wenigen Minuten obduziert«, fügte er hinzu. »Danach wissen wir, ob das schwarze Herz tatsächlich von ihm stammt.«

»Ich bin vor allem gespannt, was sich jetzt stattdessen in seinem Brustkorb befindet«, meinte Laura.

»Wie kommst du darauf, dass da was reingesteckt wurde?«

»Weshalb wäre er sonst wieder zugenäht worden?«

Steven schwieg. Da war was dran, Laura übersah mal wieder nichts. Am liebsten wäre er sofort zurückgefahren, um Petersmännchen über die Schulter zu blicken. Auch wenn es Schöneres gab, als in einen aufgeschnittenen Körper zu sehen.

Obwohl der fensterlose Raum mittlerweile drei Gefangene beherbergte, musste irgendetwas schiefgegangen sein. Diese Einschätzung Hagen Stieglers teilten Emil Hofstetter und Christian Herzberg, denn das Verhalten der Entführer hatte sich geändert. Ihr Ton war ruppiger geworden, auch untereinander schien die Harmonie gestört. Besonders offensichtlich war dies vor wenigen Minuten gewesen, als die Frau – bei der es sich laut Herzberg um die Studentin aus Salzgitter handelte – ihnen befohlen hatte, sich für ein Foto nebeneinander an die Wand zu setzen. Unterdessen hatte das Handy ihres Begleiters geklingelt, schweigend hatte er es sich an die Sturmhaube gehalten und zugehört. Anschließend hatte er seine Komplizin in eine Raumecke gezogen, und dann war ein erregtes Tuscheln zu hören gewesen. Das Foto war nicht gemacht worden.

Nun saßen die drei Manager am Tisch, ihre Bewacher hatten sich nach draußen verzogen. Die Fesseln waren ihnen abgenommen worden, sie konnten sich frei bewegen. Mehrere Wasserflaschen standen vor ihnen, daneben lagen ein paar Chipstüten. Es knisterte lautstark, als Christian Herzberg eine öffnete und den nach Paprikapulver riechenden Inhalt herausfischte. Üblicherweise mied er derartige Lebensmittel, da sie sein persönliches Körperideal gefährdeten. Weiterhin fand sich der Jüngste in der Runde nicht damit ab, alles einfach über sich ergehen zu lassen.

»Jetzt sind wir zu dritt und haben die Hände frei!« Auffordernd sah der Dreiundvierzigjährige die anderen an. »Wir könnten sie an der Tür überraschen. Ihnen zum Beispiel die Stühle auf den Kopf schlagen.«

»Und uns eine Kugel einfangen?« Stiegler griff ebenfalls nach den Chips. »Du vergisst, dass dort oben eine Kamera hängt.«

»Dann zerstören wir die Kamera, sodass sie unsere Vorbereitung nicht mitbekommen.«

Emil Hofstetter war bislang schweigsam gewesen, der Siebenundfünfzigjährige war erst vor einer Stunde hereingezerrt worden und hatte noch sichtlich Mühe, die neue Situation als Realität anzuerkennen. So wie er in Unternehmerkreisen bekannt war, verhielt er sich aber auch jetzt: besonnen und vorsichtig. Eine Hand fuhr über seine nahezu kahle Kopfhaut, mit der anderen strich er sich über seinen grau-braunen Vollbart.

»Lasst uns in Ruhe die Optionen abwägen. Sobald du dich an der Kamera zu schaffen machst, wird ein Trupp hier reinstürmen. Die sind bewaffnet und wild entschlossen.«

»Wir haben keine Chance«, stimmte Stiegler zu. »Bis jetzt wurde unser Leben noch nicht bedroht, und die Polizei wird alles daransetzen, um uns zu finden. Schließlich sind wir nicht irgendwer! Im Zweifel wird man die Lösegeldforderung erfüllen, statt unseren Tod zu riskieren.«

»Da wär ich mir nicht so sicher.« Herzberg spülte den Chips Wasser hinterher. »Wer sagt dir überhaupt, dass es hier um Lösegeld geht?«

»Um was denn sonst?«

Herzberg verschränkte die Arme. »Die kommen mir nicht wie Kriminelle vor, die auf Geld scharf sind. Eher …«

»… ideologisch getrieben«, vervollständigte Hofstetter nickend den Satz. »Ist auch mein Eindruck.«

»Dann sind zwei Hintergründe denkbar«, griff Herzberg den Faden wieder auf. »Entweder nehmen sie allgemein die Wirtschaft ins Visier. Oder aber … sie wissen Bescheid. Dafür spricht ihre zielgenaue Auswahl. Es fehlt nur noch Paul, dann wären wir komplett. Würde mich nicht wundern, wenn er uns bald Gesellschaft leistete.« Er deutete auf den freien Stuhl.

»Woher sollten sie davon wissen?«, fuhr Stiegler ihn an. Eine Strähne seiner für gewöhnlich sorgsam frisierten, nun aber struppigen grauen Haare fiel ihm in die Stirn. »Jeder hat ein persönliches Interesse, die Klappe zu halten.«

»Mancher will sein Wissen zu Geld machen. Hat die Vergangenheit gezeigt.«

»Du spielst auf Florian Beck an.« Emil Hofstetter sah zu Stiegler. »Den Tag, an dem du diesen Kerl auf mich losgelassen hast, würde ich am liebsten aus meinem Leben streichen.«

»Damals warst du froh darüber.«

»Hinterher ist man immer schlauer.«

»Was hatten wir denn für eine Wahl?«, echauffierte sich Stiegler. »Es war alternativlos, das wisst ihr genauso gut wie ich.«

»Völlig richtig«, stimmte Herzberg zu. »Ändert aber nichts daran, dass Florian ein Hallodri ist.«

»Ich hab ihn im Griff, verlasst euch drauf.« Stieglers Stimme klang nicht vollends überzeugend, sodass die beiden anderen sich einen misstrauischen Blick zuwarfen.

»Wann hattest du zum letzten Mal mit ihm zu tun?«, hakte Herzberg nach.

Stiegler befeuchtete seinen Zeigefinger und polierte damit die Spitzen seiner Lederschuhe. »Vor drei Wochen hat er mal wieder Geld gefordert. Florian führt einen Lebensstil, als gäbe es kein Morgen. Eigentlich eine Verschwendung von Talent. Seine Erfolge in Berlin sind auch überschaubar, weil er sich dort kaum blicken lässt. Ich musste mir deshalb vom Verband schon kritische Fragen gefallen lassen.«

»Wie viel wollte er?«

»Fünfundsiebzigtausend. Ich habe das geregelt, ohne euch damit zu belästigen. Davon abgesehen ergibt es keinen Sinn, dass er irgendwelchen linken Spinnern alles gebeichtet hat. Mit denen kann er genauso wenig anfangen wie wir. Florian ist nur an Geld interessiert, was er von denen sicher nicht bekommt. Er würde sich nur selbst in den Schlamassel reiten, und so blöd ist er nicht.«

»Ganz so sicher bin ich mir da nicht.« Bedächtig rückte Hofstetter seine Brille zurecht. »Fachlich mag er ein Genie sein, charakterlich ist er aber fragwürdig.«

»Er war unsere Rettung, da ist mir sein Charakter scheißegal.« Stieglers Gesichtsfarbe hatte einen rötlichen Schimmer angenommen. »Jetzt haben wir ein anderes Problem, aber jeder Mensch ist käuflich. Statt über aussichtslose Fluchtversuche zu diskutieren, sollten wir uns ein gutes Angebot überlegen. Ich möchte mich nicht darauf verlassen, dass die Regierung oder mein Unternehmen das regelt.«

»Vielleicht wenden sich die Entführer auch an unsere Familien«, erwiderte Hofstetter. Seine charakteristischen Lachfalten standen in heftigem Widerspruch zu dem bekümmerten Ausdruck in seinen Augen. »Ich mache mir große Sorgen um meine Frau. Hoffentlich tun sie ihr nichts an!«

»Meine Frau würde keinen Cent für Lösegeld rausrücken«, war Herzbergs Einschätzung. »Sollte ich draufgehen, erbt sie alles. Säße ich allein hier, würde ich glatt sie als Drahtzieherin vermuten.«

»Du lieferst ihr mit deinen Weibergeschichten auch genügend Munition«, lautete Stieglers Kommentar.

»Halt dich mal zurück!«, brauste Herzberg auf. »Was war das eigentlich für eine Andeutung, dass du an Männern interessiert bist?«

»Dummes Zeug. Völlig irrelevant. Emil, du hast als Einziger von uns ein Gesicht gesehen. Kam dir der Radfahrer bekannt vor?«

Hofstetter verneinte. »Ich kann ihn nicht mal richtig beschreiben. Vielleicht wenn ich ein Foto gezeigt bekomme, aber … es ging so schnell, ich war erschrocken, und dann … war schon jemand anderes da und spritzte mir irgendwas.«

Sie kamen nicht mehr dazu, sich eine gemeinsame Linie zurechtzulegen, da in diesem Moment das Geräusch eines Schlüssels zu hören war. Diesmal traten vier Personen in den Raum, alle waren bewaffnet und trugen schwarze Kleidung sowie Sturmhauben. Zwei von ihnen stellten sich neben der Tür auf, die beiden anderen näherten sich dem Tisch.

»Welchen Betrag verlangt ihr, damit wir das hier beenden können?« Stiegler wollte seine Idee offenkundig auch ohne Abstimmung mit den anderen Gefangenen weiterverfolgen. Auf einmal wirkte er wieder so selbstbewusst und überzeugend, als säße er in einer Geschäftsverhandlung. »Wir können uns sicher schnell einigen.«

Die Vermummten blieben stehen, ein Frauenlachen erklang. Der Mann neben ihr zog mehrere Kabelbinder aus der Tasche.

»Ihr könnt euch nicht freikaufen«, erklärte er. »Und auch sonst niemand. Aber natürlich denkt ihr, dass es um Geld geht. Was anderes übersteigt eure Vorstellungskraft.«

»Was wollt ihr stattdessen?«

»Wir haben verschiedene Forderungen. An den Staat, an eure Firmen, an die Polizei – und ein paar auch an euch. Aber alles zu seiner Zeit.«

Die Frau warf drei schwarze Stoffbeutel auf den Tisch. »Ihr seid jetzt vollzählig. Zieht euch das über den Kopf und legt die Hände auf den Rücken. Wir bringen euch zur Endstation. Dort werdet ihr erfahren, was wir von euch persönlich wollen. Die übrigen Forderungen senden wir raus an den Rest der Welt. Mal sehen, was ihr den Mächtigen wert seid.«

Die Daumen der Gefangenen wurden hinter ihren Rücken mit den Kabelbindern aneinandergebunden, dann wurde der Sitz der Stoffhüllen über den Gesichtern überprüft. Anschließend wurde jeder am Arm gepackt und hinausgeführt. Der vierte Entführer nahm die Kamera ab und zog den Stecker des Baustrahlers heraus. Der Raum versank in Dunkelheit. Nur die angebrochenen Chipspackungen, Wasserflaschen und der Eimer mit den menschlichen Exkrementen wiesen darauf hin, dass an diesem Ort Menschen gefangen gehalten worden waren.

Kapitel 7

Die zehn Einstichstellen waren noch gut zu erkennen, als der hindurchgezogene schwarze Faden längst auf dem Tablett neben dem Stahltisch lag. Dass er seine eigentliche Funktion nicht hatte erfüllen können, zeigte sich an den auseinanderstehenden Wundrändern. Totes Gewebe wuchs eben nicht wieder zusammen. Verwässern und verkleben konnte es aber durchaus, sodass Peter Petersmann als Nächstes nach dem funkelnden Skalpell griff.

Während der Rechtsmediziner die Klinge vorsichtig in die Wunde führte, setzte er sein Gemurmel fort, das eher wie ein Monolog klang, obwohl es an die Referatsleiterin Irene Knopf gerichtet war. »Die Naht wurde mit einem Chirurgenknoten verschlossen. Sauber platzierte Stiche, da gibt's nichts zu meckern. Aber resorbierbares Nahtmaterial. Merkwürdig.«

»Warum merkwürdig?« Mit den Händen in den Taschen ihres Businesskostüms verfolgte Irene Knopf seine Arbeit.

Es klapperte, als Petersmann das Skalpell zur Seite legte. Dann nahm er einen Wundspreizer in die Hand. »Weil es wenig Sinn macht, so ein Material bei einer Leiche zu verwenden. Üblicherweise wird es an schwer erreichbaren Stellen eingesetzt oder in besonders sensiblen Bereichen, da der Faden vom Körper selbst abgebaut wird. Die Dauer dieses Prozesses hängt von der Menge des Körperwassers und der Dicke des Fadens ab.«

»Wer das hier zu verantworten hat, wird sich über die Zersetzungsfähigkeit des Fadens wenig Gedanken gemacht haben«, merkte Irene Knopf an und atmete weiter durch den Mund. Der Leichnam war gereinigt und die ausgetretenen Flüssigkeiten entfernt worden, sodass der Geruch von Desinfektionsmitteln überwog. Dennoch hatte sich süßliches Verwesungsaroma in dem fensterlosen Raum festgesetzt und ließ sich selbst mit den stärksten Putzmitteln nicht völlig vertreiben. »Vielleicht kam er grad an keinen anderen Faden ran.«

»Oder er hat ihn aus Gewohnheit eingesetzt. Könnte auf Innere Chirurgie hindeuten, Kindermedizin oder Ähnliches. Ich wollte es nur erwähnt haben.«

»Verstanden.« Sie trat hinter ihn, als er den Wundspreizer seine Aufgabe erledigen ließ. Da sie deutlich größer als der Mediziner war, hatte sie freie Sicht auf das Innenleben des Toten.

Es war das erste Mal, dass sie in einen offenen Brustkorb blickte, aber sie war schon bei genügend anderen Obduktionen dabei gewesen, als dass sie jetzt schwache Knie bekommen hätte. Fünf Jahre als Mordermittlerin in Frankfurt hatten sie abgehärtet. Den Anblick des rohen – sich teils schon im Verwesungsstadium befindlichen – Fleisches hatte sie erwartet, doch auffälliger waren die weißen Knochen, die anders aussahen als gedacht.

»Sind das die Rippen?«

»Klar.«

»Hängen die immer so komisch zur Seite?«

Es war tatsächlich ein Schmunzeln, das über Petersmanns faltiges Gesicht zog. »Wohl kaum, denn das liefe ihrem Zweck völlig zuwider. Wir haben zwölf Rippenpaare, die oberen sind fest mit dem Brustbein verbunden. Der Rippenkorb hat eine

Schutzfunktion für alles, was sich darin befindet. Wie zum Beispiel das Herz. Um an es heranzukommen, muss man sich also erst mal zu ihm durchwühlen.«

»Indem man die Rippen bricht? Geht das so einfach?«

»Sie mussten wohl noch nie lebenserhaltende Maßnahmen durchführen? Sonst wüssten Sie, wie schnell so was«, sein Zeigefinger tippte auf eine Rippe, »schon bei einer wirksamen Herzmassage bricht.«

»Hab davon gehört.« Als der Rechtsmediziner seinen Worten Taten folgen ließ und sich weiter vorarbeitete, vergrößerte sie den Abstand wieder. Zumal sie anders als Petersmann keinen schützenden Kittel trug. Eine Auffälligkeit war ihr dennoch nicht entgangen. »Was glitzert da?«

»Etwas, was da nicht hingehört. Wir werden gleich sehen, was es ist.«

Das *gleich* zog sich über drei Minuten hin. Petersmann war dafür bekannt, äußerst behutsam vorzugehen, um keine Spuren zu zerstören. Immer wieder unterbrach er die Obduktion, um ein Foto zu machen. Schweigend verfolgte Irene Knopf die Prozedur. Als er schließlich mit einer Fasszange einen silbernen Gegenstand hervorzog, fiel ihr sofort die besondere Form auf. Es war ein Herz.

»Gibt's ja nicht«, raunte sie. »Haben wir es mit einem Ritualmord zu tun?«

»Vielleicht, aber ich vermute etwas anderes.« Petersmann rieb mit dem Handschuh über das Herz und streckte es ihr dann entgegen. »Erkennen Sie die schmale Linie?«

Irene Knopf nickte.

»Das Herz besteht aus zwei Metallhälften«, erklärte er. »Innen ist es hohl, und …«, er schüttelte es leicht, sodass ein Scheppern ertönte, »darin befindet sich etwas.«

»Öffnen Sie es!«

»Sicher?«

»Wird schon keine Bombe sein.«

»Schon klar, aber ich möchte zunächst gern überprüfen, ob an dem Metall noch Spuren oder sogar Fingerabdrücke haften.«

»Dann legen Sie mal los! Ich telefoniere in der Zwischenzeit.«

Sie ging hinaus in den Gang, was sich dann doch besser anfühlte, als sich weiter in diesem Raum mit dem vielen Stahl und dem penetranten Geruch aufzuhalten. Sie lehnte sich an die graue Wand und schloss die Augen. Die Koordination der Einsatzkräfte, Ermittlergruppen, verschiedenen Landeskriminalämter, Suchtrupps und Analysten wuchs ihr allmählich über den Kopf. Fünfzehn verpasste Anrufe zeigte das Display an, und sie selbst hatte eine eigene Liste an Personen im Kopf, mit denen sie unbedingt sprechen musste. Obwohl sie zunächst nur die Telefonate mit der größten Dringlichkeit erledigte, blieb sie länger als geplant im Gang.

Als sie den Obduktionsraum wieder betrat, war sie dafür um einige Erkenntnisse reicher. Becks Telefonverbindungen lagen vor, und eins fiel sofort ins Auge: In den letzten Wochen hatte er mehrfach mit Hagen Stiegler telefoniert. Meist sehr kurz, einmal für zehn Minuten. Zudem hatte er ihm eine SMS geschrieben: *Ich warte nur noch einen Tag!*

Auch die Telefonverbindungen der Automanager waren übermittelt worden, aber die Listen waren so lang, dass die Unterscheidung zwischen relevant und irrelevant einige Zeit in Anspruch nehmen dürfte. Keines der Handys war zu orten, was vielleicht auffällig, aber nicht verwunderlich war. Immerhin war bekannt, mit welchen Funkmasten sie zuletzt verbunden gewesen waren und wann der Kontakt abgebrochen war.

Außer bei Hagen Stiegler ließ sich der Ablauf besonders gut bei Emil Hofstetter rekonstruieren. Sein Auto stand auf einer Nebenstraße, die von seinem Wochenendhaus hinunter zum Ort und weiter zum Tegernsee führte. Was ihn zum Anhalten veranlasst hatte, war dagegen unklar. Hatten ihn die Terroristen mit vorgehaltener Waffe zum Aussteigen gezwungen? Allerdings war sein Wagen extra gesichert, zwar nicht vergleichbar mit dem von Politikern, aber immerhin. Wieso hatte er nicht einfach Gas gegeben? War die Straße von einem anderen Auto versperrt worden?

Das Fazit der Spurensicherung zum Fundort von Florian Becks Leichnam ließ ebenfalls Fragen offen. Außer den Fußspuren, dem platt getretenen Gras sowie dem Blut und den Stofffasern an dem Nagel des Hochsitzes war immerhin noch die Kugel gefunden worden, die ihn mitten in die Stirn getroffen hatte. Ihr Fundort und die Position der Leiche legten nahe, dass er von seinem eigenen Hochsitz aus erschossen worden war. Der Analyse des Blutes und der Stofffasern sah Irene Knopf daher mit größter Ungeduld entgegen.

Peter Petersmann hatte sich wieder über den toten Körper gebeugt. Er sah nicht auf, als sie sich näherte. »Ich hab schon mal weitergemacht. Der Mann hatte vor seinem Tod keine Auseinandersetzung, falls Sie das interessiert. Zumindest keine körperliche.«

»Mich interessiert vor allem, was in dem Metallherz steckt.«

»Ach, eher unspektakulär.« Er zeigte auf eine Schale.

Mit drei Schritten stand sie davor. »Ein USB-Stick! Und das finden Sie unspektakulär?«

»Ich weiß ja nicht, was drauf ist.«

»Wird kaum unwichtig sein. Deshalb sind wir wohl überhaupt zu dem Opfer geführt worden.«

»Sie können sich schnell Klarheit verschaffen. Nehmen Sie das Ding mit. Ich hab es untersucht, da sind keine fremden Spuren dran.«

»Ich bringe es den IT-Experten. Wann bekomme ich Ihren Bericht?«

»Bis heute Abend. Sofern ich nicht noch auf unerwartete Funde stoße. Dann bin ich bereit für den nächsten Hingerichteten.«

»Beschwören Sie es bloß nicht herauf!«

Er winkte ab. »Um meinen Arbeitsplatz zu sichern, muss ich gar nichts heraufbeschwören. Der Nachschub ist auch ohne mein Zutun gewährleistet.«

»War das der Grund für Ihre Berufswahl?«

Er lachte. »So abgebrüht bin ich als junger Kerl nicht gewesen. Eigentlich wollte ich Chirurg werden, weil damals ein Kunstfehler meine Großmutter das Leben gekostet hatte. Aber je mehr ich im Studium lernte, umso größer wurde meine Angst, selbst einen kapitalen Fehler zu begehen. Nur hatte ich da schon viele Semester studiert und … tja, der menschliche Leib an sich ist durchaus faszinierend. Was tote Körper erzählen können, ist sogar spannender, als in noch zuckendem Gewebe herumzustochern. Finden Sie nicht?«

»Mich reizt beides nicht. Noch viel Erfolg und schon mal Danke für den Bericht.«

Sie ließ ihn seine Faszination allein ausleben und verfiel im Flur in einen Laufschritt, was aufgrund der Absatzschuhe an versuchte Selbstverletzung grenzte. Ständig kreiste dieselbe Frage durch ihren Kopf: Aus welchem Grund haben die Täter direkt mit dem BKA kommuniziert? Dass es kein Einzeltäter war, lag nicht nur aufgrund der Zeugenaussagen, sondern auch wegen der Distanzen zwischen den Entführungen auf der Hand. Was konnte das Motiv für diese generalstabsmäßige Durchführung gewesen sein, die detailliert und unauffällig vorbereitet worden sein musste? Weshalb ließen sich die *Zeugen Justitias* weiter Zeit, ihre Forderungen zu stellen? Früher oder später würde es aber dazu kommen, und Irene Knopf wusste nicht, ob sie wegen der dann herrschenden Klarheit darauf hinfiebern oder sich davor fürchten sollte. Sie ahnte, dass beide Empfindungen berechtigt waren.

Rot schimmerte der Felsen unter der Burgruine Drachenfels, die sich hoch über den Weinbergen aus dem Wald erhob. Blendete man den modernen Anbau und die Häuser im Flusstal aus, hätte man tatsächlich jeden Moment einen gigantischen Drachen auf dem Felsen erwarten können, der den Hals in den Himmel reckte und dann seine Flügel ausbreitete, um über das Land zu fliegen. Passend zu dieser Vision war unterhalb noch die Silhouette der Drachenburg zu sehen, sie wirkte wie ein Märchenschloss. Laura erinnerte sich an den magischen Anblick, als die Drachenburg vor wenigen Wochen beim *Schlossleuchten* in bunte Farben getaucht worden war. Hin und wieder stand sie nach Einbruch der Dunkelheit dort oben und ließ das Lichtermeer von Bonn bis Köln auf sich wirken.

Heute war sie von derart andächtigen Empfindungen weit entfernt. Der Nachmittag war in den Abend übergegangen, als sie und Steven von der Fähre rollten, die Königswinter mit der anderen Rheinseite verband. Filip hatte genau in dem Moment zurückgerufen, als Laura eine Nachttischschublade von Florian Beck aufgezogen und über eine beachtliche Sammlung von Porno-DVDs gestaunt hatte. Befriedigte Becks Generation ihre Triebe nicht längst online? Das, was ihr Sohn zu berichten gehabt hatte, war aber so spektakulär, dass sie sich nicht näher mit den sexuellen Neigungen des Mordopfers beschäftigt, sondern Steven zu einem sofortigen Aufbruch gedrängt hatte.

Außer Hinweisen auf Florian Becks Lebensumstände hatte die Wohnung ohnehin nicht viel Erhellendes geboten. Anders als seine Freundin war er kein Liebhaber des Minimalismus gewesen, sondern hatte Wert auf eine hochexklusive und zugleich gemütliche Einrichtung gelegt. Allein für das Wohnzimmermobiliar wäre wohl mindestens ein Jahresgehalt von Laura draufgegangen. Das Apartment hatte er vor anderthalb Jahren gekauft und ohne Kredit bezahlen können. Neben dem Land Rover hatte er noch einen Bugatti Veyron Super Sport besessen, der Rennwagen stand in der Tiefgarage und musste selbst im gebrauchten Zustand einen siebenstelligen Betrag gekostet haben. »Fehlt nur noch die Jacht in Monaco«, hatte Steven gemurmelt, und Laura wäre nicht verwundert gewesen, sollte noch eine auftauchen.

Hintergrund des Wohlstands war die Erbschaft seiner Eltern, die ihm mit Vollendung des achtzehnten Lebensjahres zugefallen war. Etwas anderes kam Laura hingegen merkwürdig vor: Laut seiner Freundin hatte sich Beck vor Einbrechern gefürchtet, was angesichts des Reichtums durchaus verständlich war. Nicht nachvollziehbar war hingegen, warum er in dem erwähnten Bankschließfach nicht die Zugänge zu seinen Konten und ähnlich sensible Unterlagen weggesperrt hatte. Sogar PIN-Nummern zu Bank-Accounts hatte sie in einem Ordner gefunden. Was hatte er als wichtiger eingestuft? Noch wussten Laura und Steven nicht, bei welcher Bank er ein Schließfach besaß, obwohl sie sämtliche Institute abgeklappert hatten, bei denen er nach Durchsicht seiner Unterlagen Konten führte.

Zeitgleich mit ihnen trafen auch Kollegen der Spurensicherung an Lauras Haus ein. Sie ließen ihnen den Vortritt und gingen dann zu Filip und Inga, die im Wohnzimmer auf sie warteten. Beide waren sichtlich aufgeregt, und Laura konnte nicht anders – sie schloss ihren Sohn in die Arme. Dass sich die Terroristen sogar auf ihr Grundstück geschlichen hatten, setzte ihr zu und machte sie wütend.

»Hängt das mit den letzten Nachrichten zusammen?«, fragte Filip mit roten Wangen. »Gehören die entführten Männer zu diesem Fall von … von dir und Steven?«

»Nicht nur von uns.« Steven klopfte Filip zur Begrüßung auf die hageren Schultern. Es fehlte nicht viel, dass er sich für diese kumpelhafte Geste auf die Zehenspitzen hätte stellen müssen. »Hat sich in Windeseile zu einer komplexen Ermittlung entwickelt.«

Laura hatte sich zum Esstisch begeben, auf den Filip den Briefumschlag gelegt hatte. Ohne ihn anzufassen, beugte sie sich über den danebenliegenden Zettel. »Endlich lässt diese Gruppierung die Hosen herunter. Zumindest ein wenig.«

Steven trat neben sie. Nachdem er ihr den Nachmittag über bedrückt und abwesend vorgekommen war, strahlte er nun wieder Präsenz aus. Beide schwiegen und widmeten sich dem Text.

Der erste Teil unserer Operation ist abgeschlossen. Diejenigen, die ihr als Opfer sucht, sind in Wahrheit kriminelle Täter. Alle haben schwere Schuld auf sich geladen und wurden dennoch vom Rechtsapparat verschont. Die Zeugen Justitias sind somit aus der Unfähigkeit und Korruption der herrschenden Klasse geboren worden. Ab sofort ist die Zeit der Bauernopfer vorbei, denn wir lassen uns nicht länger mit inhaltsleeren Phrasen aus Politik und Wirtschaft abspeisen. Wir können nicht mehr warten, bis die Vernunft endlich über Gier und Machtstreben triumphiert. Unser Gegenschlag hat begonnen, unterschätzt nicht unsere Entschlusskraft. Wir haben bereits bewiesen, wozu wir fähig sind.

Es gibt für euch nur eine Möglichkeit, das Leben unserer Gefangenen zu retten: Schließt die Beweiskette, und legt die kriminelle Energie dieser feinen Herren offen. Das, was wir dazu beitragen können, befindet sich in dem Herzen. Alles Weitere übersteigt unsere Möglichkeiten, während ihr über die nötigen Instrumente verfügt. Beweist endlich, dass der Staat mit seinem Überwachungs- und Spionageapparat diejenigen vertritt, für deren Schutz er zuständig ist. Euch bleibt nur wenig Zeit, um den Verbrechern die Maske herunterzureißen. Ansonsten übernehmen wir das für euch, indem wir einen nach dem anderen liquidieren. Das Zeitalter der Gerechtigkeit hat begonnen. Die Zeugen Justitias.

Laura beendete das Lesen als Erste. »Das muss von Sprachexperten analysiert werden. Könnte Hinweise auf ihren Hintergrund liefern.«

»Analphabeten sind es schon mal nicht.« Stevens Blick glitt noch über die letzten Zeilen, während er sich mit Daumen und Zeigefinger die krumme Nase massierte – ein Zeichen für höchste Konzentration. »Die Ausdrucksweise ist gewählt. Spricht für gebildete Menschen.«

»Zumindest, was den Verfasser angeht.«

»Und sie fühlen sich ideologisch überlegen. Kein Wunder, dass sie sich in der Pressemitteilung als Guerilla bezeichnet haben. Nach diesem Text steht wohl endgültig fest, dass unsere Abteilung zuständig ist. Mit großer Sicherheit fahnden wir nach Linksextremisten.«

Laura nickte. »Ich frage mich nur, auf was für ein Verbrechen konkret angespielt wird. Dass die Männer Autos bauen lassen? Geht es um Luftverschmutzung allgemein oder um den zurückliegenden Skandal dieser Branche? Alle betroffenen Firmen waren darin verwickelt.«

»Die Message ist eindeutig. Uns bleibt wenig Zeit, es herauszufinden, sonst werden die drei Manager umgebracht. Sofern es nicht noch mehr Gefangene gibt.«

»Alle relevanten Personen wurden unter Schutz gestellt, und es gibt keine passenden Vermisstenmeldungen.« Laura deutete auf den ersten Satz. »Klingt so, als hätten sie die Leute, die sie haben wollten. Von Paul Schink mal abgesehen. Er konnte knapp entkommen.«

»Was ist mit dem Rest, der im Umschlag war?«, fragte Filip.

Fast hatte Laura vergessen, dass er und Inga sich noch im Raum befanden. Sie streifte sich Handschuhe über und kippte den Inhalt aus. »Die Personalausweise der Entführten. Soll wohl der Beweis sein, dass man sie tatsächlich in der Gewalt hat.«

Ein Kollege der Spurensicherung trat ein. »Am Schuppen wieder das gewohnte Bild. Die Terroristen achten penibel darauf, keine Spuren zu hinterlassen. Alles, was wir gefunden haben, stammt vermutlich von euch. Zum Gegencheck brauchen wir die Fingerabdrücke und DNA von deinem Sohn.«

Von Laura benötigte die Spurensicherung keine Probe, da zu ihr – wie von allen BKA-Mitarbeitern, die mit Tatorten in Berührung kommen konnten – bereits ein DNA-Profil vorlag. Auf diese Weise sollten Trugspuren vermieden werden, die in der Vergangenheit immer wieder für Verwirrung gesorgt hatten.

»Von ihr ebenfalls.« Laura nickte in Ingas Richtung.

»Ich war nicht im Schuppen«, erwiderte sie.

»Es geht aber auch um Spuren im Garten oder vorn am Tor«, erklärte Laura.

»Okay … wenn's sein muss.« Wohl schien sich die Dreiundzwanzigjährige nicht zu fühlen, aber das konnte auch an den Nachwirkungen ihres Sturzes liegen. Laura hatte über das demolierte Fahrrad noch kein Wort verloren. Angesichts der neuen Entwicklungen war das eine Lappalie.

»Ist der Nachbarschaft was aufgefallen?«, erkundigte sich Steven.

Der Mann von der Spurensicherung zuckte mit den Schultern. »Eure Kollegen gehen gerade noch von Haus zu Haus. Am frühen Nachmittag soll draußen auf der Straße ein dunkler Transporter geparkt haben. Mit einer Delle an der rechten Seite. Hat ein kleiner Junge erzählt, er fuhr mit dem Dreirad herum. Ein Mann sei mit einem Paket zu eurer Haustür gegangen. Kam aber wenig später wieder damit zurück. Seine Beschreibung ist leider ungenau.«

»Kann ein Paketdienst gewesen sein«, meinte Steven. »Erwartest du eine Sendung?«

»Nein. Du, Filip?«

Ihr Sohn schüttelte den Kopf. »Außerdem ist heute Sonntag«, sagte er. »Da werden keine Pakete ausgeliefert.«

Laura und Steven sahen sich an, beide mussten lächeln. Filip hatte recht, aber manchmal sah man den Wald vor lauter Bäumen nicht.

»Wann seid ihr losgeradelt?«, fragte Steven.

»Gegen eins. Nach dem Mittagessen.«

»Und wann wart ihr zurück?«

»Halb fünf.« Er umfasste die Hand seiner Freundin, die neben ihm auf dem Sofa saß. »Aber wir haben niemanden gesehen.«

»Wie geht's jetzt weiter?«, fragte Inga. »Filip und ich müssen eigentlich gleich los.«

»Was habt ihr denn vor?«

»Essen mit meinen Geschwistern.«

»Aber wenn das jetzt schlecht ist, lassen wir es natürlich bleiben«, fügte Filip hinzu.

Laura rang mit sich. Eigentlich hätte sie Filip lieber in ihrer Nähe gewusst, aber es gab keine stichhaltigen Gründe, ihn von seinem Abendprogramm abzuhalten. Eine persönliche Drohung gegen die Ermittler oder ihre Angehörigen lag nicht vor, lediglich die Aufforderung – oder besser gesagt Erpressung –, was auch immer ans Licht zu zerren.

»Fahrt ruhig«, erwiderte sie. »Nachdem die Fingerabdrücke und DNA-Proben abgenommen wurden. Wann kommst du zurück?«

Ihr entging nicht, dass Filip von ihrer Antwort enttäuscht wirkte. Ein Grund, das Treffen platzen zu lassen, wäre ihm offensichtlich nicht unrecht gewesen.

»Ich übernachte bei Inga«, sagte er. »Morgen früh wollten wir sowieso was unternehmen, dann spar ich mir den Weg.«

»Okay.« Laura machte mit ihrem Smartphone eine Nahaufnahme von dem Zettel, dann steckte sie alles zurück in den Umschlag und reichte ihn dem Kollegen der Spurensicherung. »Nimm du es mit, Steven und ich fahren heute nicht mehr zum BKA raus.«

»Was machen wir stattdessen?«, fragte ihr Partner.

»Bist du nicht mit deiner Freundin verabredet?«

»Hm. Das hat sich wohl … erledigt. Also … nicht nur heute Abend, sondern generell.«

»Ist nicht dein Ernst!« Entgeistert starrte sie ihn an. »Etwa wegen deiner Exfrau? Bist du völlig …«

»Natürlich nicht.« Verlegen sah er zu Filip und Inga hinüber, die aber gerade erklärt bekamen, wie ihre Fingerabdrücke abgenommen werden sollten. »Nur indirekt wegen Rita. Die vorletzte Nacht ist aufgeflogen.«

»Wer hat dich verpetzt?«

Steven seufzte. »Ich mich selbst.« Er öffnete eine App auf seinem Handy und zeigte Laura das Display.

»*Tut mir leid, dass unser Wiedersehen so im Chaos endete*«, las sie leise. »*Danke für die tolle Nacht, auch wenn wir das nicht wiederholen sollten. Eigentlich führe ich gerade eine gute Beziehung, die ich nicht riskieren will.*« Lauras Blick glitt nach oben. »Warum hast du das an deine Freundin geschickt?«

»Ist mir im Morgentran passiert. Natürlich hat sie sofort kapiert, dass die Nachricht nicht für sie bestimmt war.«

Lauras Mitleid hielt sich in Grenzen. Irgendwann hatte Steven einfach mal auf die Fresse fallen müssen, vielleicht hatte es ja sogar einen heilsamen Effekt. Sie wog die verschiedenen Optionen ihrer eigenen Abendgestaltung ab. Doch noch zurück ins BKA? War nicht nötig, da andere die Schicht übernommen hatten und sie am nächsten Morgen ausgeruht sein musste. Es half niemandem, wenn die zuständigen Ermittler nächtelang kein Auge zumachten. Ihre Eltern besuchen? Stevens geknickter Gesichtsausdruck gab den Ausschlag.

»Kannst hierbleiben, ich koch uns Pasta. Beim Essen können wir alles noch mal durchsprechen. Aber komm bloß nicht auf die Idee, Sitzfleisch zu entwickeln. Ich bin todmüde!«

Das stimmte zwar nicht, denn ihr Adrenalinspiegel war längst noch nicht auf Normalniveau gesunken. Aber sie ahnte, dass dies in Kürze völlig anders sein würde. Und noch etwas wurde ihr bewusst: Trotz der Sorge um das Leben der Entführungsopfer löste diese Ermittlung eine Art Euphorie in ihr aus. Steven und sie standen vor einer Herausforderung, die sie reizte. Nur gab es einen gewaltigen Haken: Es war kein Spiel.

Knapp drei Stunden nachdem die Gefangenen auf die Ladefläche eines Siebeneinhalbtonners gestoßen worden waren, wurde der Motor wieder abgestellt. Jeder war mit einem Handgelenk an eine eiserne Öse fixiert, nun wurden ihnen die schwarzen Beutel vom Kopf gezogen und die Kabelbinder an den Daumen durchtrennt. Normal bewegen konnten sie sich aufgrund der Handschellen zwar nicht, mit der freien Hand aber Essen und Trinken zu sich nehmen, wie ihnen die Stimme der Studentin anbot. Ihr Gesicht stand wie festgefroren vor Christian Herzbergs innerem Auge. Sobald alles vorüber war, musste sie sich warm anziehen! Er konnte sie so genau beschreiben, dass die Polizei sie sogar in der Karibik würde aufspüren können.

Von Rachegelüsten getrieben, bekam er kaum mit, was um ihn herum geschah. Erst als sich die Ladeklappe mit einem Surren herabsenkte und ihre beiden Bewacher auf den Boden sprangen, erfasste er die veränderte Situation. Der Lastwagen schien in einer Halle zu stehen – zumindest vor einer Backsteinwand, an der sich ein Graffiti der Justitia befand. Neben seinen Füßen lag eine offene Sporttasche, darin befanden sich Flaschen und Müsliriegel. Einen knappen Meter entfernt stand ein Stativ mit einer daraufgeschraubten Handkamera.

In dem leichten Luftzug, der von der heruntergelassenen Laderampe hereinwehte, bemerkte Herzberg eine Bewegung über sich. Er sah nach oben auf eine schwarze Stoffbahn, die quer über den Gefangenen hing. Auch dort war in weißer Farbe eine Justitia abgebildet, an deren Aussehen ihn irgendetwas irritierte. *Die Zeugen Justitias* stand darunter. Herzberg machte seine Mitgefangenen darauf aufmerksam.

»Schon mal was davon gehört?«, fragte er leise.

»Nein.« Stieglers kantiges Gesicht war bleich. »Eine extremistische Organisation?«

»Keine Ahnung. Aber die Anspielung auf Justitia macht mir Sorgen.«

»Völlig zu Recht.« Ein groß gewachsener Mann war zu ihnen heraufgeklettert. Stimme und Statur waren Herzberg unbekannt. Er musste neu zu den anderen dazugestoßen sein oder hier auf sie gewartet haben. Auch er verbarg sein Gesicht hinter einer Sturmhaube. »Eure Gefangenschaft und diese Kamera dienen der Wahrheitsfindung. Und der Veränderung. Ihr habt euch selbst reingeritten und könnt auch selbst wieder aus dem Morast rauskriechen – sofern ihr offenlegt, welche Schweinereien eure Unternehmen begangen haben und was ihr davon wusstet. Denn natürlich seid ihr über alles im Bilde gewesen. Jedem, der einigermaßen bei Verstand ist, muss das klar sein. Nur beweisen konnte man euch nichts. Bis jetzt.«

»Aber ihr meint, etwas beweisen zu können?«, fragte Stiegler. »Was denn?«

»Du wirst dich wundern. Wir sind euch schon seit einiger Zeit auf den Fersen, und die fehlenden Puzzleteile werdet ihr uns noch liefern. Und zwar so stichhaltige, dass sie euch selbst dann das Genick brechen, wenn ihr das von uns gefilmte Geständnis widerrufen solltet.«

Christian Herzberg registrierte, dass der Mann fehlerfreies und gewähltes Deutsch sprach, auch wenn ihn sein Akzent klar als Niederländer auswies. Beeindruckt war er davon nicht. »Ich werde kein Geständnis zu was auch immer abgeben«, stellte er klar.

»Das siehst du im Augenblick so. Sobald dir die Luft ausgeht, wirst du anders darüber denken. Ohne Geständnis werdet ihr nämlich sterben. An der gleichen Rezeptur, der ihr uns jeden Tag aussetzt. Kohlendioxid, als Anheizer des Klimawandels. Kohlenmonoxid, das die Sauerstoffaufnahme im Blut blockiert und so das Herz-Kreislauf-System belastet. Stickoxide, schädlich für Atemwege, Herz und Kreislauf sowie Auslöser von saurem Regen. Feinstaub, der tief in die Lunge eindringen kann und ebenfalls Atemwegserkrankungen auslöst oder Herzleiden, Schlaganfälle und Krebs. Kohlenwasserstoffe, giftig und krebserregend. Aber das wisst ihr ja alles.«

»Beeindruckender Vortrag. Und dieser Lkw hier fährt auf Wasserbasis, oder was?«, ätzte Stiegler. »Alle schimpfen auf uns, aufs Auto verzichten will aber niemand.«

»Das rechtfertigt noch nicht eure kriminellen Machenschaften. Ihr habt eure Kunden belogen und eiskalt massive Umweltschäden in Kauf genommen. Wird Zeit, dafür endlich die Quittung zu bekommen.« Er ging zu der Wand, die hinter der Fahrerkabine lag, und schob ein Brett aus einer Halterung. »Der Lastwagen ist von uns optimiert worden. An diesem Loch endet ein Lufttransportschlauch. Nur wird er nicht Luft, sondern Abgase hier hereinblasen. Die Inhaltsstoffe habe ich euch gerade aufgezählt, und die Konzentration können wir je nach Bedarf anpassen. Damit wären die Rahmenbedingungen wohl ausreichend veranschaulicht.«

Er gab einer Person außerhalb des Lastwagens einen Wink. Die Laderampe fuhr langsam nach oben und klappte schließlich zu. Der Mann aktivierte die Kamera, dann stellte er sich vor sie.

»Es ist Sonntag, der achte März. Hinter mir befindet sich Hagen Stiegler, Vorstandsvorsitzender der *Deutschen Automobil Werke*, seit einem Tag in der Gewalt der *Zeugen Justitias*. Wir verlangen Klarheit über seine Rolle bei der Manipulation von Abgastests, Behinderung alternativer Antriebstechnologien, Beeinflussung politischer Entscheidungsprozesse und Fälschung wissenschaftlicher Untersuchungen. Da die Ermittlungsbehörden mit dieser Wahrheitsfindung überfordert sind, in ihrer Arbeit behindert oder gar politisch ausgebremst werden, übernehmen wir jetzt die Gerichtsbarkeit und beginnen mit der Beweisaufnahme.«

Als gäbe es keinen nächsten Morgen mit einer Lagebesprechung um acht Uhr, hatte Steven so viele Bierflaschen geleert, dass Laura schon befürchtete, ihm das Gästesofa anbieten zu müssen. Immerhin war seine Laune mit jedem geleerten Glas gestiegen, ohne dass seine Kombinationsfähigkeit darunter gelitten hätte. Während der gesamten Mahlzeit hatten sie sich über ihre Ermittlung ausgetauscht, wobei sie selbst nach einer halben Stunde heimlich zu alkoholfreiem Weißbier gewechselt hatte. Mittlerweile fühlte sich ihr Magen aber dermaßen voll an, dass sie nur noch dann und wann am Glas nippte.

Sie stand vom Esstisch auf, um die Teller und die Schüssel mit den Nudelresten – wovon es aufgrund von Stevens Appetit nicht viel gab – in die Küche zu tragen. Bei dem Versuch, ihr behilflich zu sein, stieß er sein Bierglas um, worauf sie ihn nachdrücklich wieder auf den Stuhl drückte. Aus dem Küchenschrank nahm sie eine Migränetablette und füllte sich ein Glas mit Wasser. Sie griff nur selten zu Medikamenten, obwohl sie immer wieder von Attacken geplagt wurde – anders als die meisten Migränepatienten überwiegend in stressarmen Phasen, nämlich dann, wenn sie zu viel Zeit zum Grübeln hatte. Momentan mangelte es nicht an Stress, vermutlich hätte sie jedoch dem Alkohol ganz entsagen sollen.

Zurück am Tisch, wischte sie die Bierpfütze mit einem Lappen auf. Steven hatte sich eine neue Flasche geöffnet und das Licht gedimmt. Laura war es recht, so war das Chaos nicht ganz so auffällig. Eigentlich hatte sie am Wochenende aufräumen wollen, dieser Vorsatz war aber von den *Zeugen Justitias* vereitelt worden. Filip hatte ebenfalls keinen Finger krumm gemacht, wie nicht anders zu erwarten gewesen war. Bis vor wenigen Monaten hatte er sich noch an die vereinbarte Aufgabenverteilung gehalten. Ein klärendes Gespräch war überfällig, dafür wollte Laura aber einen Moment abwarten, in dem sie sich mental besser gerüstet fühlte.

»Wenn du jetzt noch eine Kerze anzündest, mach ich mir Sorgen um meine Sicherheit.« Sie setzte sich Steven gegenüber.

Spitzbübisch hob er die Augenbrauen. »Das Wissen um deinen schwierigen Sohn hält mich von übereilten Maßnahmen ab. Sonst hätte ich längst den Kampf um dich aufgenommen.«

»Eine herausfordernde Mission. Um über deine verbogene Nase, die ungeraden Zähne, diesen flauschigen Vollbart und deine Altkleidersammlung hinwegzusehen, müsstest du einiges an Überzeugungskraft aufbieten. Außerdem steh ich nicht auf stark behaarte Männer. Vor allem nicht, wenn sie an den falschen Stellen wachsen und an den richtigen fehlen.« Vielsagend blickte sie auf seinen Kopf.

Steven grinste. Noch immer trug er eine Brille, und Laura hoffte, dass er morgen wieder seine Kontaktlinsen einsetzen würde, denn das Gestell war violett und hatte viel zu große Gläser.

»Ist das deine Karnevalsverkleidung?«, fragte sie und wies dabei auf seine Brille. »Hat dir schon mal jemand gesagt, dass du mit dem Ding tuntig aussiehst?«

»Ja, du. Jedes Mal, wenn ich sie trage.« Dann verdüsterte sich sein Gesicht. »Karneval fällt für uns wohl aus.«

»Du hast echt Sorgen! Mich beschäftigen gerade ganz andere Dinge.«

»Weil du Karneval nicht magst. Dabei würde es dir helfen, mal aus dir rauszugehen.«

»Jeder hat andere Vorlieben.«

»Sicher.« Steven stieß auf. »Tschuldigung. Trotzdem könntest du deine eiserne Disziplin hin und wieder ablegen. Deine Hobbys sind genauso verbissen wie dein restlicher Alltag.«

»Was immerhin dafür sorgt, dass ich nicht zwanzig Kilo zu viel mit mir rumschleppe.«

»Zwölf. Aktuell sind es bloß zwölf.«

Sie zeigte ihm den Vogel. »Weil du das Idealgewicht völlig falsch einschätzt. Aber mach dir ruhig weiter was vor. Wenigstens hast du Tomatensoße auf dein Holzfällerhemd gekleckert und damit ein paar Kalorien gespart.«

Jedes Mal, wenn sie sich privat trafen – was nicht allzu häufig vorkam, denn Laura hielt acht Stunden Zusammenarbeit am Tag für ausreichend – glitten sie früher oder später in eine Frotzelei ab, die auf Außenstehende gehässig wirken mochte. Zwar spielten sie dabei tatsächlich auf vorhandene wunde Punkte an, überschritten aber nie die Grenze zu echter Boshaftigkeit. Sobald es diesbezüglich gefährlich zu werden drohte, trat einer von ihnen auf die Bremse. Heute war es Laura, indem sie das Gespräch zurück auf die *ZJ* lenkte, wie die *Zeugen Justitias* mittlerweile von den Ermittlern abgekürzt wurden.

»Viel interessanter als dein Kampf gegen den Speck ist für mich, weshalb die *ZJ* ausgerechnet uns als persönliche Empfänger auserkoren haben. Und weshalb sie überhaupt eine derartige Kommunikationsform wählen.«

»Das sind durchgeknallte Idealisten. Da kannst du lange nach Logik suchen.«

»Wer weiß. Warum haben sie nicht gleich alles der Presse zugespielt?«

»Sind halt zwei verschiedene Druckpunkte. Führt einer nicht zum Ziel, dann …«

»Warte mal.« Laura hob die Hand. »Deine besoffene Rübe hat gerade einen schlauen Gedanken zustande gebracht. Es sind *verschiedene* Druckpunkte. Du hast völlig recht.«

Steven stierte sie an. Der Blick aus seinen blauen Augen war trüb.

»Wir haben sozusagen Hintergrundinfos bekommen«, erklärte Laura. »Was ja eigentlich kontraproduktiv ist. Aber: Die *ZJ* wollen etwas von uns. Wir sollen herausfinden, welches die Verbrechen der Entführten sind. Entweder, weil ihnen selbst dazu die Möglichkeiten fehlen oder weil sie nur über begrenzte Informationen verfügen.«

»Wusste gar nicht, dass wir jetzt Aufträge von Terroristen annehmen.«

Laura zuckte mit den Schultern. »Uns wird nichts anderes übrig bleiben. Wir müssen zweigleisig fahren: die Guerilla und ihre Entführungsopfer finden, aber auch deren Hintergrund durchleuchten. Letzteres könnte für einen Erfolg von Ersterem die Voraussetzung sein. Steht ja auch so in dem Brief, den Filip gefunden hat.«

Steven schwieg einen Moment. »Die Täter wollen uns also für ihre eigenen Ziele einspannen. Und was soll die Presse für sie erledigen?«

»Den Druck auf uns erhöhen. Sondersendungen im TV, reißerische Schlagzeilen auf den Titelblättern – es gibt kaum noch ein anderes Thema. Auch die Regierung fordert lautstark Ermittlungserfolge. Und das kann noch heftiger werden, je nachdem, welche Infos diese Gruppe verbreitet oder welche Forderungen noch kommen. Lösen wir die Krise nicht innerhalb der nächsten Tage – oder besser Stunden –, wird das BKA als unfähiger Beamtenapparat dastehen.«

»Könnte auch sein Gutes haben: Dann gibt's 'ne neue Referatsleitung.«

Laura seufzte. »Wir reden morgen weiter, wenn du wieder nüchtern bist.«

»Gute Idee, schließlich befinden wir uns außerhalb der Arbeitszeit. Aber du kennst diese Trennlinie ja nicht.«

»Stimmt überhaupt nicht.«

»Womit hast du dich denn sonst in den letzten Tagen beschäftigt? Außer Sport, Hausarbeit, Streitereien mit Filip und Sorgen um deine Eltern?«

»Ich hab zum Beispiel über meinen Sommerurlaub nachgedacht. Auf Filip muss ich keine Rücksicht mehr nehmen, der wird sicher was mit Inga machen.«

Steven grinste so breit, dass Laura die Kräuter der Tomatensoße zwischen seinen ungeraden Zähnen hätte zählen können. »Verständlich, sie ist nett und auch … hm … hübsch. Außerdem behandelt sie ihn fast schon fürsorglich, wie ich vorhin beobachtet habe.«

Laura wurde bei diesen Worten nachdenklich. »Jetzt, wo du es sagst. Ich überlege schon länger, was sie an Filip so reizt. Also bestimmt nicht, dass er … versteh mich nicht falsch! Aber vielleicht hat sie einen ausgeprägten Beschützerinstinkt und fühlt sich deshalb von ihm angezogen.«

Steven schmunzelte. »Diese Frage lässt dich wohl einfach nicht los. Aber was auch immer ihr Antrieb sein mag, ich kann verstehen, dass Filip lieber mit ihr verreisen will. Davon abgesehen hast du schon früher nicht unbedingt Rücksicht auf ihn genommen.«

»Na hör mal! Was ich ihm geboten habe, hat kaum jemand von seinen Mitschülern erlebt. Wo wir überall gewesen sind, was wir alles gesehen und erlebt haben, während sich die anderen tagelang nur am Strand gewälzt haben!«

»Jeder hat andere Vorlieben«, bekam sie ihr eigenes Zitat um die Ohren geworfen. »Und Teenager …«

»Schade, dass du keine Kinder hast.« Ihre Stimme wurde schärfer. »Du weißt offenbar ganz genau, was in welcher Lebensphase für sie das Richtige ist. Hätte ich mit Filip etwa die Full-Moon-Partys auf Ko Pha-ngan besuchen sollen?«

Steven verließ den gefährlichen Bereich. Sobald es um Filip ging, reagierte Laura schnell emotional. »Du weißt, dass ich dich für eine tolle Mutter halte. Also, was planst du?«

Laura ließ ihm den Rückzieher durchgehen. »Ich will schon länger mit dem Rad an der südamerikanischen Atlantikküste entlangfahren und Chile von Nord nach Süd durchqueren.«

»Klingt für deine Verhältnisse erstaunlich harmlos.«

Laura schmunzelte. »Sieh mal auf die Weltkarte. Chile hat eine Nord-Süd-Ausdehnung von rund viertausenddreihundert Kilometern.«

»Und das … willst du abstrampeln?«

»Nicht alles. Die geplante Route hätte gut dreitausend Kilometer.«

Steven öffnete den Mund, Laura sah ihm an, dass er rechnete. »Das bedeutet … sag mal, wie viel Urlaubstage stehen dir denn zu?«

»Ich bräuchte Sonderurlaub. Hab drei Monate veranschlagt und darüber schon mit der Chefin geredet.«

»Die dich sofort rausgeworfen hat.«

»Gar nicht. Sie war selbst mal ein halbes Jahr mit dem Rucksack in den Anden unterwegs.«

Steven glotzte sie an. »Der Knopf? Wahrscheinlich um zu zeigen, was für … liegt ja voll im Trend, solche vermeintlich alternativen Individualreiseabenteuer, die einen … ach, hör auf!«

»Dafür, dass du in Australien groß geworden bist, klingst du ganz schön engstirnig. Wer faselt denn immer vom Loslassen und von Lockerheit?«

»Es gibt 'n Unterschied zwischen locker und bekloppt. Kann ja verstehen, dass dich als Ossi die weite Welt und der Duft nach Freiheit anziehen. Manchmal frag ich mich aber, wem du eigentlich was beweisen willst.«

»Sagst ausgerechnet du mit deinen Weibergeschichten! Und hör mit diesem Ossi-Gelaber auf. Als die Mauer fiel, war ich elf.«

»Hattet ihr eigentlich wegen eures Nachnamens Probleme?«, überging er die Aufforderung. »Wer als Ostdeutscher Westermann hieß, war bestimmt automatisch im Visier der Stasi.«

»Du bist betrunken.« Laura schüttelte den Kopf. Neben Filip gab es eine weitere Thematik, bei der sie dünnhäutig reagierte. Die DDR hatte sie nur als Kind erlebt, doch auch wenn viele Erinnerungen verschwommen waren, so standen ihr gewisse Erlebnisse noch gestochen scharf vor Augen. Manche besuchten sie in ihren Albträumen, aber darüber gesprochen hatte sie seit einer Ewigkeit nicht mehr. Seit … Sie bemerkte, dass Steven schon weiterbrabbelte und zum ursprünglichen Thema zurückgekehrt war.

»Abenteuer, schön und gut. Aber als Frau allein … gibt's dort nicht irgendwelche Partisanen? *Leuchtender Pfad* und so?«

»Du redest von Peru. Der *Leuchtende Pfad* hat aber sowieso längst … ach, was soll's. Chile ist auf jeden Fall nicht Afghanistan. Wer sagt überhaupt, dass ich das allein machen will?«

Steven verschluckte sich fast an einem Schluck Bier. »Du hast also endlich wieder einen Mann an dich rangelassen! Wer ist der Glückliche? Ein Triathlet?«

»Du liegst völlig falsch. Aber vielleicht willst *du* ja mit?«

»Eher würde ich den Kilimandscharo besteigen.« Er wischte sich Schaum vom Bart. »Da fällt mir ein … ich muss meinen Urlaub stornieren! Hab wenig Lust, auf Kreta allein im Doppelbett zu liegen. Vielleicht sollte ich besser eine Singlereise buchen.«

Laura kicherte. »Nimm halt deine Exfrau mit.«

»Das war gemein.«

»Mitleid gibt's nicht, du bist selbst schuld. Hast du mit deiner Freundin gesprochen?«

Steven pustete gegen den Bierschaum, bevor er sich zu einer Antwort bequemte, die aus Kopfschütteln bestand.

»Warum nicht?«

»Weil mir nichts einfällt. Keine plausible Lüge, aber auch keine …« Hilflos hob er die Hände.

»… keine Erklärung für deine absurde Abhängigkeit von Rita«, vollendete Laura. »Da wirst du auch keine finden, weil es keine gibt.«

»Du hast leicht reden.«

»Dann macht's halt wenigstens richtig! Kommt wieder zusammen, probiert es noch mal!«

»Du hast leicht reden«, wiederholte er und stand schwankend auf. »Ich geh auf Toilette, dann mach ich mich vom Acker. Rufst du bitte ein Taxi?«

Laura rang nur kurz mit sich. »Du kannst dich aufs Sofa legen. Aber erwarte keinen gedeckten Frühstückstisch. Mein Part war das Abendessen, morgen früh bist du dran. Vorn an der Kreuzung gibt es einen Bäcker, der hat ab sechs Uhr offen.«

»Hm.« Angesichts dieser Aufgabenverteilung schien Steven zu überlegen, ob eine Taxifahrt nach Köln nicht die attraktivere Variante war. Doch schon zehn Minuten später lag er laut schnarchend auf dem ausgeklappten Sofa, während Laura leise die leeren Bierflaschen einsammelte und sich auf eine Dusche freute.

Das Geräusch von Martinshörnern näherte sich, Blaulicht flackerte über die Häuserwände, bevor der Polizeiwagen über die rote Ampel raste und hinter einer Kurve verschwand. Am Nachthimmel zeigte sich der Mond, während nur vereinzelte Sterne mit bloßem Auge erkennbar waren. Die Metropolregion Rhein-Ruhr leuchtete, was die Stromnetze hergaben – eine gigantische Lichtglocke hing über dem Areal von siebentausend Quadratkilometern. Richtig dunkel wurde es eigentlich nur, wenn schwere Wolken aufzogen und ihre Fracht sintflutartig entleerten.

Filip stand schon eine Weile am Fenster und blickte nun nach oben. Es war weit nach Mitternacht, hinter sich hörte er Ingas Atemgeräusche. Er dachte an einen Sommerurlaub, in dem er mit seiner Mutter eine Kajaktour auf dem Yukon River unternommen hatte. Es lag zwar schon drei Jahre zurück, aber er erinnerte sich noch gut an das erhebende und doch auch erdrückende Gefühl, als sie auf dem Rücken liegend ins Universum gesehen hatten. Er war sich groß und winzig zugleich vorgekommen und hatte – angeregt von diesen Empfindungen – nächtelang mit seiner Mutter philosophiert. So nah wie damals waren sie sich nie mehr gekommen. Vielleicht hatte Laura zu Recht gemeint, dass die Menschen viel zu selten nachts an einem dunklen und stillen Ort einfach nur zum Himmel schauten.

Hier, mitten in Köln, hatte der Blick zum Nachthimmel jedoch nicht diese Wirkung auf Filip, und er fühlte sich auf einmal fremd und verloren. Unwillkürlich tauchte das wettergegerbte Gesicht seines Großvaters vor ihm auf. Die kompakte Zivilisation in dieser Gegend war der Hauptgrund für dessen Zaudern gewesen, von Thüringen an den Rhein zu ziehen. Schon bei seinen früheren Besuchen hatte er über die schädliche Lichtverschmutzung geschimpft. Zugvögel würden die Orientierung verlieren und vom Kurs abkommen, nachtaktive Lebewesen in ihrem Rhythmus gestört, und das Insektensterben werde verstärkt. Sogar der menschliche Hormonhaushalt sei betroffen, da Licht die Produktion von Melatonin hemme, was wiederum das Tumorwachstum beschleunige. Seit diesen Vorträgen schlief Filip nur noch bei geschlossenen Rollläden.

Früher hatten ihn die Klagen seines Großvaters noch belustigt, aber entweder hatten sie ihn mit der Zeit doch überzeugt, oder Filip war auf anderem Wege zu der Erkenntnis gelangt, dass tatsächlich einiges aus dem Lot geraten war. Mit Inga tauschte er sich häufig dazu aus, und er bewunderte ihre starke Haltung und Konsequenz. Schlechtes Gewissen stieg in Filip auf. Seinen Opa hatte er immer vergöttert, und dennoch machte er sich auch ihm gegenüber rar. Er konnte nicht vergessen, dass sich seine Großeltern an Lauras jahrelangen Lügen beteiligt hatten.

Dass überhaupt etwas verheimlicht wurde, hatte Filip zufällig erfahren. Richtig schlau war er aus dem mitgehörten Gespräch seiner Großeltern zwar nicht geworden, aber eins war sicher: Sein Vater war gar nicht tödlich verunglückt, sondern hatte seinen Sohn nur deshalb nicht aufwachsen sehen, weil Laura ihm jeden Kontakt untersagt hatte. Filip gegenüber hatte sie den unbekannten Mann stets in leuchtenden Farben präsentiert, rückblickend fast wie Superman persönlich. Erst heute fiel ihm auf, dass sich viele ihrer Erzählungen widersprachen. Früher hatte er dies nie infrage gestellt. Wie hätte er auch ahnen sollen, dass sie ihn anlog? Ausgerechnet sie, die solchen Wert auf Ehrlichkeit und Moral legte! Mit einer Penetranz, die ihn mit dem neuen Wissen nicht mehr nur nervte, sondern abstieß.

Daneben musste es noch eine andere Geschichte geben, die wie ein Fluch über der Familie hing. Ein düsteres Geheimnis, in das nicht nur seine Mutter, sondern genauso Oma Helga und Opa Bernd verstrickt sein mussten. Die Worte von Lauras Mutter konnte er schließlich kaum fehlinterpretieren: »Wir sind genauso schuldig wie Laura. Irgendwann wird sie alles herauslassen müssen. Ich kenne sie. Sie zerbricht sonst daran.«

»Sie ist stark«, war die zögernde Antwort ihres Mannes gewesen.

»Sie *gibt* sich stark, das ist nicht dasselbe. Reibt sich für die Polizeiarbeit auf, um die Schuld abzutragen. Erkennst du das nicht?«

Die Erwiderung war im Klingeln des Telefons untergegangen, aber seitdem betrachtete Filip seine Mutter in einem anderen Licht. Ihre Neurosen, was die Hygiene anging. Ihre Albträume, die ihm schon als Kind Angst gemacht hatten. Ihre Migräne, die sie fast nie mit Tabletten dämpfte. Und ihre aufrechte Fassade, mit der sie all das zu überspielen versuchte.

Ihm war bewusst, dass seine Trotzhaltung destruktiv war. Seine Mutter oder seine Großeltern ansprechen wollte er aber auch nicht. Er hatte Angst vor der Wahrheit oder dass sie alles abstreiten würden. Vielleicht sollte er doch Inga einweihen? Er drehte sich um. Ihr Mund stand leicht offen, sie hatte volle Lippen, die ihn schon vor dem ersten Kuss angezogen hatten. Eine Strähne ihrer hellbraunen Haare lag über dem Gesicht und bewegte sich bei jedem Atemzug. Filip ging zum Bett und betrachtete die schwarz lackierten Fußnägel. Dann zog er die Decke zurecht, sodass ihre Füße nicht mehr freilagen. Er schmunzelte, als er die Verfärbung an den Sohlen bemerkte. Inga liebte es, barfuß zu laufen, der Frühling dürfte bald für eine noch dunklere Farbe sorgen.

Entgegen seiner Befürchtung hatte er das abendliche Treffen gut gemeistert. Leon war vierundzwanzig und Berit siebenundzwanzig Jahre alt. Ingas Bruder wirkte ein wenig draufgängerisch, aber Filip hatte gespürt, dass Berit die eigentliche Antreiberin in der Familie war. Sie hatte eine starke Präsenz, war noch scharfzüngiger als ihre vier Jahre jüngere Schwester und so attraktiv, dass sie Filip zunächst eingeschüchtert hatte. Während die Ähnlichkeit zwischen Berit und Leon frappierend war, hätte man in Inga kaum ein Mitglied der Familie vermutet. Der Grund dafür war gestern Abend eher beiläufig herausgekommen: Die beiden waren ihre Stiefgeschwister aus einer Patchworkfamilie. Sofern sich Inga ein Urteil von ihnen hatte einholen wollen, dürfte Filip die Prüfung bestanden haben. Anschließend war sie nämlich regelrecht euphorisiert gewesen und hatte ihm nach dem Sex erstmals das Gefühl vermittelt, ihren Erwartungen entsprochen zu haben.

Sanft strich er mit dem Zeigefinger über einen Kratzer, den der Fahrradunfall auf ihrem Arm hinterlassen hatte. Glückshormone durchströmten ihn. Diese Frau war tatsächlich seine Freundin! Alles fühlte sich richtig an, und gemeinsam würden sie auch das Rätsel um seine Familienvergangenheit lösen. Er stand auf, um zur Toilette zu gehen. In dem engen Flur ihrer Studentenwohnung blieb er vor dem Spiegel stehen und strich sich über die Haare. Gut, dass er auf Inga gehört und sie abgeschnitten hatte! Vorher war er ein Teenager gewesen, jetzt sah er endlich wie ein Mann aus!

Er straffte die Schultern und zeigte seinem Spiegelbild den erhobenen Daumen. Da bemerkte er auf einem Regal einen geöffneten Briefumschlag, abgesendet von einer Anwaltskanzlei. Filip zögerte, dann lugte er in den Umschlag. Als er den Betreff entzifferte, spürte er einen Kälteschauer. *Weitere Vorgehensweise im Strafverfahren wegen Hausfriedensbruch und Gewaltanwendung.* Was zur Hölle hatte Inga ausgefressen? Er wollte den Brief schon herausziehen, als er ihre Stimme aus dem kombinierten Wohn- und Schlafzimmer hörte.

»Filip? Was machst du?«

Er schluckte, bevor er antworten konnte. »Muss aufs Klo.«

»Beeil dich, mir ist kalt.«

Filip betrat die kleine Kammer und setzte sich auf die Toilette. Natürlich konnte es eine halbwegs harmlose Erklärung geben, aber angesichts von Hausfriedensbruch und Gewalt war dies eher unwahrscheinlich. Weshalb hatte sie nichts davon erzählt? War die Anklage zu schwerwiegend, oder vertraute sie ihm nicht? Filip war es nie leichtgefallen, sich anderen Menschen zu öffnen, und sogar Inga gegenüber war dies ein langsamer Prozess. Als er die Spülung betätigte, beschloss er, zunächst doch allein Nachforschungen zu der Vergangenheit seiner Familie anzustellen. Genauso wie zu seiner Freundin.

Kapitel 8

Nach einer Stunde wurde die Luft im Besprechungsraum derart stickig, dass Steven auf seinem Stuhl einzuschlafen drohte. Der Montag hatte mit üblen Kopfschmerzen begonnen, und es dürfte Mühe erfordern, ihn einigermaßen würdevoll zu überstehen. Während er Laura erfolgreich etwas vorzumachen hoffte, gab er vor sich selbst zu, sich am Vorabend unverantwortlich verhalten zu haben. Schließlich hing gerade das Leben dreier Menschen von der Funktionsfähigkeit der Ermittler ab. Inzwischen hatte dieses Team eine kaum noch zu überblickende Größe angenommen, zumindest fiel es Steven in seinem verkaterten Zustand schwer, die Verantwortlichkeiten und einzuhaltenden Berichtslinien abzuspeichern.

Was er aber verstanden hatte: Laura und er waren dazu auserkoren worden, den Forderungen der Terroristen nachzugeben und die Entführten auf strafrechtliche Vergehen abzuklopfen. Mit der konkreten Auswertung etwaiger Indizien würden sich Experten der Wirtschaftskriminalität befassen, ihnen sollten die beiden zuarbeiten. Mit der zeitgleichen Suche nach Tätern und Opfern waren zunächst andere Kollegen beauftragt, und für diese Aufgabenverteilung war er mehr als dankbar. Es stand außer Frage, welches Versagen die schlimmeren Konsequenzen hätte und auf wem somit der größte öffentliche Druck lastete. Nicht nur die Boulevardpresse, auch seriöse Redaktionen stürzten sich auf die Entführung hochrangiger Wirtschaftsvertreter – nachvollziehbarerweise vermuteten viele einen Bezug zu dem zurückliegenden Skandal um geschönte Abgaswerte.

Erwartungsgemäß hatten daneben auch Politiker jeglicher Couleur die neue Terrorgefahr aufgegriffen – und größtenteils für eigene Deutungen oder politische Forderungen instrumentalisiert. In solchen Momenten war Steven dann doch froh, dass er bei der Besetzung der Referatsleitung zugunsten von Irene Knopf übergangen worden war. Dass er sich überhaupt beworben hatte, war nicht mal Laura bekannt gewesen. Zum einen hatte er bei ihr selbst entsprechende Ambitionen vermutet und ihr zum anderen nicht das Gefühl vermitteln wollen, sich für fähiger zu halten als sie. Das tat er auch nicht, sogar im Gegenteil.

Laura hatte er es zu verdanken, dass während des Meetings die wichtigsten Informationen bis zu ihm durchdrangen. Den morgendlichen Weg zum Bäcker hatte sie ihm doch erspart, stattdessen war er von Kaffee- und Brötchenduft geweckt geworden. Auf dem Sofatisch hatte er dankbar ein Glas Wasser sowie Tabletten ertastet, mit denen er den Nachwirkungen seiner Disziplinlosigkeit die Spitzen genommen hatte. Sogar den Tomatensoßenfleck hatte sie aus seinem Karohemd herausgerubbelt, sodass er nicht im Unterhemd das Haus hatte verlassen müssen. Nur zum Duschen war er nicht mehr gekommen, weshalb er heimlich eines ihrer Parfums benutzt hatte. Zu spät hatte er bemerkt, dass es ein ausgesprochen femininer Duft war, aber während der gesamten Autofahrt schien es ihr nicht aufgefallen zu sein. Andere im Konferenzraum hatten ihm allerdings schon irritierte Blicke zugeworfen.

Das vor ihnen liegende Bündel an Herausforderungen hatte Irene Knopf in *tasks* unterschiedlicher Priorität eingeteilt. Dass sie die Methoden des Projektmanagements einsetzte, war mittlerweile bekannt, dass sie es so offensiv tat, dagegen neu. Ob dies daran lag, dass auch ihre eigenen Vorgesetzten an dem Meeting teilnahmen? Steven vermutete es, musste aber zugeben, dass die Komplexität und die Abhängigkeiten der verschiedenen Ermittlungsstränge durch diese Methodik strukturierter und greifbarer wurden. Aber im Grunde hatte das BKA schon immer auf zumindest ähnliche Weise gearbeitet, nur hatte das Kind da noch einen anderen Namen gehabt. Der Knopf präsentierte Althergebrachtes lediglich in neuen Kleidern.

Bei dieser Überlegung kehrten seine Gedanken zum eigentlichen Thema zurück. Florian Becks Identität war inzwischen bestätigt, da Fea Riederer ihn formal identifiziert hatte. Auch den Ablauf seines Todes konnte der Rechtsmediziner Peter Petersmann inzwischen nachvollziehen.

»Das Opfer wurde am vorletzten Freitagmorgen gegen halb acht Uhr von der tödlichen Kugel getroffen«, referierte er. »Sein Herz wurde aber erst fünfzig bis sechzig Minuten später entnommen. Kampfspuren habe ich nicht gefunden, auch keine Rückstände von K.-o.-Tropfen. Letzteres muss aber nichts heißen, denn angesichts des Verwesungsstadiums hätten sich Rückstände wohl längst verflüchtigt.«

»K.-o.-Tropfen wären bei einer Ermordung aus der Distanz sowieso überflüssig«, merkte Laura an.

»Sicher. Trotz des schon angesprochenen Zustands der Leiche konnte ich aber eine andere Substanz finden: Kokain! Die Analyse legt nahe, dass Beck sich noch auf dem Hochsitz eine Linie gegönnt hat. Reste davon befanden sich außerdem auf einem Geldschein, in einem Beutelchen und an seinem Ausweis.«

Für Steven passte der Kokainkonsum in das Bild, das er sich von dem Zweiunddreißigjährigen bislang gemacht hatte. Ob dies zugleich eine ermittlungsdienliche Information darstellte, bezweifelte er jedoch. Hilfreich war hingegen ein Name, der

Laura beim Durchwühlen von Florian Becks Leben aufgefallen war: Richard Haberkorn. Er galt als der beste Freund des Toten, Laura und Steven würden ihn noch am Vormittag aufsuchen.

Zuvor mussten sie jedoch die Inhalte des USB-Sticks näher beleuchten, der sich im Inneren des Metallherzens befunden hatte. Am Sonntag war mit der Auswertung schon begonnen worden, und es schien vier Bereiche zu geben, in denen die *Zeugen Justitias* den Autobossen nicht nur verwerfliches Verhalten, sondern Gesetzesverstöße vorwarfen: Manipulation von Abgaswerten, Behinderung der Entwicklung alternativer Antriebstechnologien, Beeinflussung politischer Entscheidungsprozesse sowie Fälschung wissenschaftlicher Untersuchungen. Kein einziger dieser Vorwürfe kam Steven unplausibel vor. Beweise dafür zu finden, war aber wenig aussichtsreich, wie entsprechende Fehlschläge der zurückliegenden Jahre zeigten.

Zwar verfügte das BKA über Experten für Wirtschaftskriminalität, aber vermutlich war auch die Hilfe von Wissenschaftlern nötig, denn zumindest für Steven präsentierten sich die angeblichen Beweise der *Zeugen Justitias* als wenig verständliches Fachchinesisch. Dass Florian Beck eine Rolle bei den Machenschaften der Autobosse gespielt haben musste, war nach Stevens Meinung ein vielversprechender Ansatz. Vor allem auf das Bankschließfach setzte er große Hoffnungen, bei der Suche danach waren sie einen Schritt weitergekommen. Auf den Kontoauszügen, die sich in Becks Wohnung befunden hatten, waren Geldeingänge von ihm selbst vermerkt – von einem Konto, zu dem es überhaupt nichts zu finden gab. Bei der Bank, die dahinterstand, hatte Laura schon die Herausgabe weiterer Informationen beantragt, zunächst aber nur ein nichtssagendes Antwortschreiben der Hausjuristen erhalten.

Alles andere als nichtssagend, sondern geradezu spektakulär war ein Ergebnis der Spurensicherung und DNA-Forensiker.

Dies galt weniger für die am herausstehenden Nagel des Hochsitzes gefundenen Stofffasern – sie stammten von einem Kleidungsstück, einem schwarzen Wollpullover oder Schal. Bei der Analyse der ebenfalls gefundenen Blutreste gab es dagegen einen Durchbruch. Einerseits waren sie Florian Beck zuzuordnen, aber es musste noch jemand anders an dem Nagel hängen geblieben sein. Eine Person, die sich bereits in der vom BKA betriebenen DNA-Analyse-Datei befand. Nur der Name fehlte. Drei Mordopfer waren aber mit dieser DNA-Spur mutmaßlich in Verbindung zu bringen, zwei davon stammten aus dem kriminellen Milieu, das dritte war ein Anwalt.

Die Identität hinter der DNA ließ sich theoretisch noch genauer einengen, denn moderne Analysemethoden erlaubten mit hoher Treffsicherheit auch Aussagen zu Augen-, Haut- und Haarfarbe sowie biogeografischer Herkunft und Alter. Die deutsche Strafprozessordnung ließ dies jedoch – im Gegensatz zu anderen Ländern – nicht zu, sie genehmigte neben der Überprüfung, ob sich das DNA-Profil bereits in der Analyse-Datei befand, nur die Bestimmung des Geschlechts sowie den Abgleich, ob zwei Personen – insbesondere Täter und Opfer – miteinander verwandt waren. Im vorliegenden Fall traf dies nicht zu, das Geschlecht hatten die Analytiker mit männlich angegeben.

Noch eine weitere Untersuchung war zwischenzeitlich abgeschlossen worden, wie Irene Knopf gerade darlegte. »Die Spuren unter dem Fingernagel des Personenschützers in Berlin stammen ebenfalls von einer männlichen Person.«

»Identisch mit der DNA vom Hochsitz?«, fragte Laura.

»Leider nein. Es gab weder in unserer DNA-Analyse-Datei einen Treffer noch in den Datenbanken anderer europäischer Länder. Im Moment ist es also eine tote Spur.«

Da aber allein in Deutschland jeden Monat um die fünfzehntausend Spuren- oder Personendatensätze neu eingespeist und den über eine Million Datensätzen hinzugefügt wurden, konnte sich dies jederzeit ändern. Nicht umsonst waren DNA-Analysen mittlerweile die erfolgreichste Methode zur Täteridentifizierung und Zuordnung von Tatspuren.

Warum das so war, zeigten die Ergebnisse der unzähligen Zeugenbefragungen. Sofern überhaupt jemand etwas Relevantes zu beobachten geglaubt hatte, waren die Beschreibungen entweder unscharf oder widersprachen denen anderer Zeugen. Die meisten Aussagen gab es zu dem Vorfall am Düsseldorfer Flughafen, sie waren aber nicht erhellender als die Videoaufnahmen. Immerhin hatte sich die Frau am Informationsschalter erinnert, dass der Gesuchte einen Bart sowie schwarze Ringe in den Ohrläppchen getragen habe und Niederländer sein könne. Die Kollegen des Nachbarlandes waren von Steven längst um Amtshilfe gebeten worden und durchforsteten ihre linksautonome Szene.

Rund um den Elbsee gab es keine neuen Berichte, die über die Aussage des Geflügelhof-Angestellten hinausgingen, der dem VIP-Shuttle bis zur nahen Autobahn gefolgt war. Zu der Bedrohung von Stieglers Assistentin auf dem Parkplatz des Hannoveraner Fitnessstudios fanden sich überhaupt keine Zeugen. Ihre Beschreibung des dunklen Kleinbusses deckte sich aber mit einer Beobachtung vom Tegernsee. Am Sonntagmorgen war jemandem im Ort unterhalb von Emil Hofstetters Wochenendhaus ein derartiges Fahrzeug aufgefallen. Die genannte Uhrzeit passte, denn nur eine halbe Stunde später war Hofstetters Smartphone nicht mehr zu orten gewesen. Laut der Zeugin hätten vorne im Van eine Frau und ein Mann gesessen, beide könne sie wegen der Sonnenbrillen und Baseballkappen allerdings nicht näher beschreiben. Auf das Kennzeichen habe sie nicht geachtet.

In Berlin hatte es zwar eine direkte Konfrontation mit den Terroristen gegeben, da sie aber maskiert gewesen waren, konnten die Betroffenen nur Aussagen zu Stimmlagen und Körperumrissen machen. Ausnahmslos schlanke Männer seien es gewesen, sie hätten jung gewirkt – und nicht besonders abgebrüht. Was angesichts der ansonsten souveränen Vorgehensweise eine erstaunliche Erkenntnis war. Handelte es sich um einen Täterkreis, der in der Theorie brillierte, im Nahkampf aber unerfahren war?

Die klarste Beschreibung einer potenziellen Täterin stammte aus Niedersachsen. Nach Rekonstruktion von Christian Herzbergs Tagesablauf war er im Audimax einer Fachhochschule im Ortsteil Salzgitter-Calbecht zum letzten Mal gesehen worden. Dort hatte er sich angeregt mit einer Studentin unterhalten, und die Zeugen gaben übereinstimmend an, dass die junge Frau anschließend in das Auto des attraktiven Managers gestiegen sei. Auf halber Strecke zwischen Salzgitter und Wolfenbüttel war dann zwanzig Minuten später der Kontakt zu seinem Mobiltelefon abgebrochen.

Die junge Frau war offensichtlich nicht an der Fachhochschule eingeschrieben, keiner hatte sie zuvor schon einmal gesehen. Aufgrund der Beschreibungen war ein Phantombild erstellt und veröffentlicht worden. Sie trug die blonden Haare kurz, hatte eine Brille und eine sportliche Figur. Den Schätzungen nach musste sie um die 1,70 Meter groß sein, mit Jeans und rotem T-Shirt bekleidet. Die Augenfarbe war mit braun angegeben worden, auffällig seien die vollen Lippen gewesen. All diese Merkmale nahm Steven mit Vorsicht zur Kenntnis. Die Veröffentlichung des Bildes lag zwar erst wenige Stunden zurück, doch dass es noch keinerlei zielführende Hinweise gab, konnte darauf hindeuten, dass die junge Frau ihr Aussehen für den Auftritt im Hörsaal stark verändert hatte.

Ein kompletter Fehlschlag war bislang die Fahndung nach den diversen Fahrzeugen, die von den Tätern benutzt worden waren. Weder der VIP-Shuttle noch die Autos von Paul Schink und Christian Herzberg oder der dunkle Transporter waren irgendwo aufgefallen, geschweige denn gefunden worden.

»Geht das so weiter, hat diese Bande bald einen beeindruckenden Fuhrpark«, murmelte Steven in Lauras Richtung.

Sie saß neben ihm und verfolgte die Ausführungen der Kollegen wesentlich aufmerksamer als er selbst. »Und beeindruckende technische Fähigkeiten«, flüsterte sie zurück.

Steven nahm den Pfefferminzgeruch in ihrem Atem wahr und fragte sich, wonach sein eigener wohl gerade roch. Wenn er die Heiserkeit seiner Stimme als Maßstab nahm, eher weniger angenehm. »Warum?«

»Hast du nicht zugehört, wie sie bei der gefälschten BKA-Pressemitteilung vorgegangen sind?«

»War mir zu technisch.«

Die Falte zwischen ihren Augenbrauen vertiefte sich. »Eben. Als Absenderadresse info@bka.de zu nutzen und sich praktisch nicht zurückverfolgbar zu machen, das kriegt nicht jeder hin. Die Kombination von Remailern und Tor-Netzwerken war so geschickt, dass unsere ITler wahrscheinlich nie herausfinden werden, wer diese E-Mail abgeschickt hat.«

»Ich bin auch nicht davon ausgegangen, dass wir es mit Dummköpfen zu tun haben. Zeigt ja die Sprachanalyse des Textes, den Filip in eurem Schuppen gefunden hat.« Ganz abwesend hatte er dem Meeting auch nicht beigewohnt. Die Experten tippten auf eine Frau, die eher jünger als älter war, über eine gehobene Bildung verfügte und deren Muttersprache Deutsch war. Viel mehr konnten sie nicht herauslesen, da der Text nicht handschriftlich, sondern auf dem Computer verfasst worden war. Die Verfasserin sei überzeugt von ihrer Motivation, aber darauf wäre Steven angesichts der Handlungsweise auch ohne die Einschätzung der Fachleute gekommen.

Der Brief hatte daneben noch einen Hinweis ganz anderer Art geliefert. Ausgedruckt worden war der Text auf einem haushaltstypischen Gerät, auch das Papier war eine handelsübliche Sorte. Darauf hatten die Ermittler aber Spuren gefunden, die weder von Menschen noch von der Produktion herrührten: Winzige Bestandteile von Pollen, genauer von Tulpen. Ob dies eine der Ermittlung dienliche Information war, würde sich erst noch zeigen – auch wenn die Tulpenpollen natürlich zur Zeugenbeschreibung eines holländischen Akzents passten. Sollte der Text tatsächlich von einem Niederländer ausgedruckt worden sein, wäre das Klischee voll erfüllt.

Soeben erhob sich der Vertreter des Gemeinsamen Extremismus- und Terrorismusabwehrzentrums, kurz GETZ, einer Kooperationsplattform von vierzig Behörden aus Polizei und Nachrichtendiensten. In Lagebesprechungen und Arbeitsgruppen tauschte man sich dort zu Trends und Entwicklungen im Bereich der politisch motivierten Kriminalität, des Terrorismus und der Spionage aus. Seine Einschätzung der aktuellen Situation wurde jedoch jäh von Irene Knopf abgewürgt. Sie hatte sekundenlang eine Nachricht auf ihrem Mobiltelefon angestarrt, nun zog sie den Laptop zu sich heran und schloss ihn an einen Beamer an.

»Offenbar hat die nächste Phase begonnen.« Ihre Stimme klang belegt. »Die *ZJ* besitzen eine eigene Webseite, das haben sie soeben per erneut gefälschter BKA-Pressemitteilung verkündet. Dort haben sie eine Forderung veröffentlicht.«

»Dann sind wir zumindest einen Schritt weiter«, meinte Stevens linker Sitznachbar.

»Das Problem ist aber …«, sie sah kurz auf, dann fuhr sie fort, eine Internetadresse einzugeben, »… dass diese Forderung nicht erfüllbar ist. Es ist sogar vollkommen ausgeschlossen, davon werden Sie alle sich gleich überzeugen können. Wird ihr aber bis heute Abend um zweiundzwanzig Uhr nicht nachgekommen, soll der erste der drei Gefangenen getötet werden.«

Von den Atemgeräuschen abgesehen, herrschte Totenstille. Innen wie außen. Kein Geräusch von Straßenverkehr, Wind oder Vögeln, und auch keine Stimmen. Die Atmosphäre in einer Gummizelle konnte nicht bedrückender sein, es war, als wäre man lebendig begraben. Ob sich überhaupt noch jemand von den Entführern bei oder in dem Lastwagen aufhielt, wusste Emil Hofstetter nicht, es war aber auch irrelevant. Dass er sich nicht allein auf der Ladefläche befand, war kein echter Trost. Sowohl zu Stiegler als auch zu Herzberg hatte er den Kontakt zuletzt reduziert. Geschäftlich waren die beiden brillant, menschlich dagegen Totalausfälle. Aber war er selbst besser?

Diese Frage nagte nicht erst seit dem Moment an ihm, als die Entführer endlich den Grund für die Gefangennahme offenbart hatten. Tief in sich empfand er die Situation sogar als gerecht, denn er hatte schon immer befürchtet, irgendwann die Quittung zu erhalten. Von Anfang an war ihm die Verwerflichkeit der Absprache bewusst gewesen, die nicht nur Stiegler, Herzberg und er selbst, sondern genauso Paul Schink getroffen hatten. Wieso befand sich dieser Scheißkerl eigentlich nicht hier? Zusammen mit Stiegler und diesem aufgeblasenen Florian Beck war er doch die treibende Kraft gewesen! Hofstetter hingegen hatte bis zuletzt mit sich gerungen, sich aber schließlich eingereiht. Wenn zwei der drei wichtigsten deutschen Autokonzerne eine derart weitreichende Kooperation vereinbarten, konnte er nicht außen vor bleiben, ohne massive Wettbewerbsnachteile in Kauf zu nehmen.

Was er sich am meisten vorzuwerfen hatte: Natürlich hatte es eine Alternative gegeben. Nicht nur für seine Frau, mit der er sich immer in wichtigen Fragen beriet, auch für ihn selbst hatte auf der Hand gelegen, dass er die anderen hätte anzeigen können, ja sogar *müssen*. Nur hätte das ebenfalls gravierende Folgen gehabt, vor deren Dimension er zurückgeschreckt war.

Je mehr Zeit seit der verhängnisvollen Abmachung ins Land gegangen war, umso mehr hatte er sich in Sicherheit gewiegt. Immer wieder fragte er sich, wo das Leck zu suchen war, das ihm diese lebensbedrohliche Lage eingebrockt hatte. Dass die Entführer keine leeren Drohungen ausstießen, hatten sie nachdrücklich unter Beweis gestellt. Nachdem die Gefangenen sämtliche Vorwürfe an sich hatten abprallen lassen, war das Verhör schnell zu Ende gewesen. Stattdessen war kurz darauf der Motor gestartet worden, ohne dass sich der Lastwagen in Bewegung gesetzt hätte. Stattdessen war der Gestank von Dieselabgasen durch die geöffnete Luke geströmt, wenn auch nur für wenige Minuten. Dann – Hofstetter hatte schon kurz vor einem Panikanfall gestanden – war der Motor wieder abgestellt und frische Luft eingeleitet worden. Seitdem warteten sie auf … irgendetwas.

Mit der Hand tastete er nach der Tasche neben sich, um die Wasserflasche herauszuziehen. Es war stockdunkel, seit Stunden schon. Noch immer meinte er, die Dieselabgase zu riechen, daneben wurde aber ein anderer Gestank stärker. Es waren nicht nur seine eigenen Ausscheidungen, im Klartext lagen alle drei in ihrer eigenen Pisse und Kacke. Es war entwürdigend und nagte an der mentalen Stabilität.

»Wir müssen durchhalten!« Stieglers Stimme kam wie aus dem Nichts. »Die Polizei wird mit Hochdruck nach uns suchen.«

»Das bedeutet aber noch lange nicht, dass sie damit auch Erfolg hat«, antwortete Hofstetter.

»Wir müssen diese Spinner hinhalten. Mit irgendwas Zeit schinden. Oder es noch mal mit Geld versuchen. Wenn wir denen mehrere Millionen anbieten, werden sie bestimmt schwach.«

»Versuch es«, sagte Hofstetter nur.

Eine Hinhaltetaktik klang in seinen Ohren nicht nur utopisch, sie war auch hochriskant. Denn selbst wenn dies gelingen sollte, geriet Hofstetter mit jeder weiteren Stunde in größere Lebensgefahr. Seit Jahren musste er aufgrund einer chronischen Herzinsuffizienz regelmäßig Medikamente einnehmen. Auslöser war eine Herzmuskelschwäche, doch er hatte sie mithilfe der Medikamente und einer Anpassung seines Lebensstils gut im Griff. Bis jetzt.

Er wusste, auf welche Anzeichen er achten musste: Müdigkeit, gestörte Atmung, Appetitlosigkeit, Wassereinlagerungen. Kam es zu einem Rückstau des Blutes in die Lungengefäße, war mit Husten und Atemnot zu rechnen – Vorboten eines lebensbedrohlichen Lungenödems. Noch war nichts davon eingetreten, dennoch war er schon kurz davor gewesen, auf die Notwendigkeit seiner Medikamente hinzuweisen. Abgehalten hatte ihn die Angst, dass die Entführer diese Schwachstelle ausnutzen konnten, sobald sie Kenntnis von ihr hatten. Und so einfach besorgen konnten sie die Mittel ohnehin nicht, schließlich waren sie rezeptpflichtig. Je länger er grübelte, umso deutlicher stand der einzig mögliche Ausweg fest: Wenn es hart auf hart kam, würde er keinen tapferen Heldentod sterben, sondern sagen, was er wusste. Also alles. Selbst wenn er den geplanten Vorruhestand dadurch im Gefängnis verbringen musste. Dort würden ihm die beiden anderen dann wieder Gesellschaft leisten, genauso wie Paul Schink. Und Florian Beck sowieso.

Das Foto war gestochen scharf und an Eindringlichkeit schwer zu überbieten. Auch wenn die drei Männer unter der großen schwarzen Stoffbahn mit der Justitia-Darstellung verloren wirkten, zogen sie mühelos die Blicke auf sich. Stiegler und Herzberg trugen Anzughosen und weiße Hemden, jeweils zerknittert und befleckt. Emil Hofstetter steckte in einer braunen Cordhose und einem schwarzen Wollpullover, sah aber nicht weniger mitgenommen aus. Er war als Letzter entführt worden, schien aber am meisten unter der Situation zu leiden. Während Stiegler und Herzberg trotzig in die Kamera schauten, glänzte Hofstetters Gesicht vor Schweiß, der Mund war verkniffen. Hinter den dicken Brillengläsern wirkten die grünen Augen vergrößert, und Laura konnte an ihnen und an seiner Körperhaltung ablesen, dass er völlig verängstigt war.

Sie ließ den Blick jeweils für mehrere Sekunden auf den Männern verweilen. Das waren also drei der mächtigsten und einflussreichsten Manager des Landes. Dementsprechend gehörten sie auch zu den bestbezahlten. Bei Emil Hofstetter ließ sich ein solcher Hintergrund am wenigsten vermuten. Er war klein und wirkte mit seinem rundlichen Gesicht, dem Vollbart, den Lachfalten und dem nahezu kahlen Kopf eher wie ein gemütlicher Buchhalter. Stiegler und sein Zögling Herzberg strahlten hingegen sogar in ihrem lädierten Zustand Stärke und Dominanz aus. Der dreiundvierzigjährige Herzberg verfügte darüber hinaus über einen Sex-Appeal, der durch das schmutzige Hemd und die verstaubten dunklen Haare noch verstärkt wurde. Sympathie verspürte sie aber nur für den Ältesten in der Runde. Hofstetter wurde in der Presse als sanftmütiger Unternehmenslenker beschrieben, der sich nicht zu schade war, auch mal ein paar Worte mit der Putzfrau zu wechseln. Stiegler und Herzberg eilte dagegen der Ruf voraus, hart durchzugreifen, Verfehlungen lautstark anzuprangern und blinden Gehorsam einzufordern. Ähnliches war auch Konrad Hentschel zu seinen aktiven Zeiten nachgesagt worden.

Das Foto der Gefangenen füllte fast den gesamten Bildschirm von Lauras Tablet aus, das sie auf den Tisch eines kleinen Besprechungszimmers gelegt hatte. Der Raum befand sich gut hundert Kilometer vom BKA entfernt in einer Fertigungsanlage im Norden von Düsseldorf. Wie Laura und Steven mittlerweile wussten, war entgegen landläufiger

Meinung ein Großteil der Automobilindustrie im Rheinland beheimatet. Insbesondere Zulieferer, deren Namen wohl nur Experten etwas sagten. In genau so einem Betrieb warteten sie gerade auf Richard Haberkorn, den besten Freund von Florian Beck. Wo er sich momentan aufhielt, hatte die Assistentin nicht gewusst, sich aber auf die Suche nach ihm begeben.

Ein Blick aus dem innen liegenden Fenster auf den Produktionsbereich ließ vermuten, dass diese Suche nicht allzu lange dauern würde. Zwar war es eine große Halle, besonders viele Menschen konnte Laura darin aber nicht entdecken. Dafür gab es zahllose Maschinen, die ihre Arbeit völlig autark verrichteten. Ein beständiges Surren erfüllte die Luft. Was diese Roboter konkret taten, erschloss sich ihr selbst bei genauerer Betrachtung nicht, sodass sich Laura wieder der Webseite der *Zeugen Justitias* widmete.

Auf dem Schild vor den Gefangenen wurde ihr Status knapp beschrieben: *Gefangene der Zeugen Justitias.* Die eigentliche Forderung befand sich unterhalb des Fotos: *Hagen Stiegler, Christian Herzberg und Emil Hofstetter sind persönlich für Todesfälle, Gesundheitsschäden und Klimaverbrechen von ungeheurem Ausmaß verantwortlich. Nachgewiesen werden konnte ihnen angeblich nichts, außer dass sie – gesellschaftlich und politisch akzeptiert – Verbrennungsmotoren für salonfähig halten. Wir aber wissen, dass sie durch Manipulationen, Bestechungen, Falschmeldungen und fragwürdige Lobbyarbeit weitere Schuld auf sich geladen haben. In einem ersten Schritt verlangen wir, dass der Konzern DAW bis heute Abend um zweiundzwanzig Uhr weltweit die Produktion in sämtlichen Fabriken einstellt. Die DAW haben jegliche Legitimation für eine Fortführung ihrer Tätigkeit verloren. Sofern diese Forderung unerfüllt bleibt, werden wir den Vorstandsvorsitzenden Hagen Stiegler nach Ablauf des Ultimatums erschießen. Die Zeugen Justitias.*

»Die müssen doch wissen, dass diese Forderung nicht erfüllt wird«, sagte Laura zum wiederholten Mal. »In der Kürze der Zeit schon gar nicht!«

»Natürlich wissen sie das.« Steven sah inzwischen wieder einigermaßen vorzeigbar aus, obwohl seine Kleidung ähnlich zerknittert war wie die der entführten Manager. »Damit wollen sie bloß Aufmerksamkeit erzeugen und den Druck erhöhen. Vor allem auf uns, damit wir ihren Forderungen an das BKA nachkommen.«

»Deiner Meinung nach setzen sie darauf, dass wir wie gefordert die Beweiskette schließen und die Autobosse dadurch in den Knast wandern? Verlassen würde ich mich darauf nicht.«

»Hoffentlich müssen wir nicht herausfinden, wie ernst sie es meinen. Ob sie sich wirklich als Nachfolger der RAF betrachten, also als eine *Grüne Armee Fraktion*. Wie sollen wir innerhalb weniger Stunden einen Betrug aufdröseln, an dem sich Staatsanwälte und Ermittler seit Jahren schon die Zähne ausbeißen? Die Führungsriege versteht es doch immer, mit blendend weißer Weste dazustehen und andere Köpfe rollen zu lassen. Hat auch Konrad Hentschel so gelöst. Wieso wird der eigentlich von den *Zeugen Justitias* nicht erwähnt?«

»Versteh ich auch nicht«, antwortete Laura. »Vielleicht suchen sie die Sympathie der Bevölkerung. Im Moment *drohen* sie nur mit einer Ermordung, ein bereits toter Manager würde ein anderes Bild hinterlassen. Uns bleibt nichts anderes übrig, als alles zu versuchen, um Dreck am Stecken der Manager zu finden.«

Diesbezüglich sah es gar nicht mal so düster aus, denn die Dateien, die sich auf dem USB-Stick befanden, bargen durchaus Sprengkraft. Und sie stützten die These, dass die Guerilla-Gruppe auf einen echten IT-Spezialisten, wenn nicht gar Hacker, zurückgreifen konnte. Insofern dürfte es schwierig bis unmöglich sein, die Urheberschaft ihrer Webseite herauszufinden und sie abschalten zu lassen. Ein Informatiker aus den Reihen des BKA hatte das Problem verdeutlicht: »Das Abschalten wäre in Nullkommanichts erledigt, würde der Provider in Deutschland sitzen. Tut er aber nicht, sondern er befindet sich in Pakistan. Außerdem vagabundiert der Inhalt der Webseite schon über Server auf der ganzen Welt und wird über mehrere Anbieter immer wieder umgeleitet. Diese Leute beherrschen nicht nur das Einmaleins des Internets, sie sind echte Experten.«

Gestützt wurde diese Einschätzung dadurch, dass sich unter den Dateien des USB-Sticks zahlreicher Mail-Verkehr und interne Dokumente befanden, an die man bei Weltkonzernen nicht ohne Weiteres kam. Es gab vier Themenbereiche: Verfälschung von Abgaswerten, Behinderung alternativer Antriebe, politische Einflussnahme und Beauftragung von befangenen Wissenschaftlern, die den Autokonzernen gefällige Gutachten ablieferten. Das Problem war aber überall das gleiche: Die Informationen reichten nicht aus, um strafrechtliche Konsequenzen nach sich zu ziehen. Teilweise zielten sie sogar lediglich auf unmoralisches Agieren ab, so insbesondere bei der politischen Einflussnahme und dem Umgang mit alternativen Antrieben. War es aber wirklich verwerflich, sich bei Politikern für seine Interessen einzusetzen? Das taten andere Gruppierungen genauso. Zumindest fanden sich auf dem Stick keine belastbaren Vorwürfe einer direkten Bestechung. Und ob man auf traditionelle oder neuartige Motoren setzte, unterlag der unternehmerischen Freiheit.

Am zielführendsten war sicherlich die Frage, inwieweit die Konzernlenker in die Manipulation von Abgaswerten verstrickt waren oder ob sie diese sogar – wie von den *Zeugen Justitias* behauptet – angeordnet hatten. Der Hintergrund dieser Vorwürfe war Laura noch sehr präsent, schließlich hatte der in jüngster Zeit größte Wirtschafts- und Umweltskandal immer weitere Kreise gezogen. Sie teilte die vorherrschende Meinung der Medien und der Öffentlichkeit, dass es kaum vorstellbar war, dass die Konzernführungen von dem Betrug nichts gewusst haben sollten. Bislang waren nur Manager der mittleren Ebene belastet worden – es entsprach dem Klischee und war dennoch das übliche Spiel, das sich in Politik und Wirtschaft immer wieder beobachten ließ.

Natürlich hatte es Durchsuchungen und Befragungen in den Zentralen der betroffenen Konzerne gegeben. Vermutlich war den daran beteiligten Ermittlern aber von Anfang an klar gewesen, dass es sich eher um Alibimaßnahmen handelte. Wer einen Betrug von derartiger Dimension aufzog, wusste auch, dass er keinerlei Spuren hinterlassen durfte. Ein paar bislang unbekannte Erkenntnisse hatten die *Zeugen Justitias* aber dennoch zusammengetragen. So hatten sie ein Dokument ergattert, in dem das Krisenmanagement geregelt war, falls der Konzern *Faber* mit Manipulationsvorwürfen konfrontiert würde. Verfasst worden war es noch vor Ausbruch des eigentlichen Skandals von Florian Beck, gefunden hatte man es angeblich auf den privaten Rechnern sämtlicher Entführten – und bei Paul Schink.

Am beeindruckendsten war indes eine Palette von Dokumenten, die die *Zeugen Justitias* laut eigenen Angaben von Florian Becks Laptop gefischt hatten. Sofern dies zutraf, war er der Erfinder der konkreten Manipulationsmöglichkeit. Überprüfen ließ sich der Wahrheitsgehalt noch nicht, denn bislang war besagter Laptop von Florian Beck nicht gefunden worden.

»Was ich nicht verstehe«, sagte Laura zu Steven, »ist die Vorgehensweise der *ZJ*.«

»Warum sie nicht einfach alles veröffentlichen?«

»Nein, das nicht. Denn wie sie selbst schreiben, ist die Beweiskette lückenhaft. Wer aber in der Lage gewesen wäre, diese Lücken zu füllen, ist Florian Beck. Warum haben sie ihn also ausgeschaltet?«

»Weil sie bei ihm die Hauptschuld sehen oder weil sie doch nicht ganz so clever sind. Statuierten ein Exempel, ohne zu überreißen, dass …«

»Oder sie waren es gar nicht.«

Steven furchte seine Stirn. »Aber in seinem Brustkorb befand sich der USB-Stick der *ZJ*.«

»Ergibt trotzdem keinen Sinn, dass sie ihn erschossen und die anderen entführt haben. Es gab keine Kampfspuren, also kann Becks Tod auch nicht das Ergebnis einer eskalierten Konfrontation gewesen sein.«

»Ich verstehe, worauf du hinauswillst. Aber im Zusammenhang mit ideologisch motivierten Tätern muss nicht alles Sinn ergeben.«

Laura war nach wie vor nicht überzeugt. »Sie mögen ideologisch motiviert sein, agieren aber sehr überlegt. Diese Aktion wird von langer Hand geplant worden sein. Wenn sie Florian Becks Mörder sind, dann muss es dafür einen besonderen Grund geben. Genauso rätselhaft ist für mich Konrad Hentschels Tod. Vielleicht scheint es nur so, als würde er mit den anderen Entführungen in Verbindung stehen.«

»Und weshalb haben die *ZJ* dann seinen Personalausweis durch Ritas Türschlitz geworfen? Außerdem stand er mit *Sinus* zu den Hochzeiten des Skandals im Rampenlicht – wie alle anderen auch.«

»Ihm konnte aber keine persönliche Beteiligung nachgewiesen werden.«

»Na und? Den anderen auch nicht.«

»Auf diesem Stick gibt es aber Hinweise, dass sie sehr wohl persönlich beteiligt waren. Nur Konrad Hentschel wird mit keinem Wort erwähnt.«

»Er war eben besser im Vertuschen.« Steven machte eine Kopfbewegung zum Fenster hin. »Vielleicht erfahren wir von ihm etwas, durch das wir alles besser einschätzen können.«

Der Raum lag erhöht am Rande der Fertigungshalle, und durch einen Gang kam gerade die Assistentin zurück. In ihrem Schlepptau lief ein Mann, der leicht hinkte und Mühe hatte, mit ihr Schritt zu halten. Laura klappte das Tablet zu, steckte sich noch schnell ein Kaugummi in den Mund und lehnte sich dann auf dem Stuhl zurück. Genau wie die Produktionshalle strahlte der Raum eine funktionale und hochmoderne Sterilität aus. Das Mobiliar hätte aus einem Science-Fiction-Film stammen können, war aber bequem.

Richard Haberkorn hätte man sich dagegen eher in einem Western vorstellen können. Das lag nicht nur an seinen Lederstiefeln, der Jeans und dem Flanellhemd. Gesicht und Hände des Dreiunddreißigjährigen waren braun gebrannt, und er war unrasiert, sodass die längliche Narbe auf seiner Wange kaum zu sehen war. Auch ohne Cowboyhut bot er den verwegenen Anblick eines Westernhelden. Nur seine geringe Körpergröße entsprach nicht dem Stereotyp, sein Verhalten dafür umso mehr. Nachdem er den Ermittlern die Hand geschüttelt hatte, warf er sich derart lässig auf einen Stuhl, dass nur noch gefehlt hätte, dass er die Füße auf den Tisch legte. Laura war schon immer der Meinung gewesen, dass gute Manieren nicht hoch genug zu bewerten waren. Doch nicht nur deshalb verzichtete sie auf einen zurückhaltenden Gesprächseinstieg. Die Zeit zerrann ihnen zwischen den Fingern, und zudem war sie auf eine Information gestoßen, nach der man Richard Haberkorn nicht nur als Zeugen einstufen sollte.

»In welchem Zusammenhang stehen Sie mit Hagen Stiegler von den *DAW* in Kontakt?«

»Äh … Hagen Stiegler? Vorstandsvorsitzende zählen nicht zu meinen üblichen Geschäftskontakten.«

Innerlich grinste Laura. Schlagartig war seine Lässigkeit verschwunden. Ein guter Schauspieler war er schon mal nicht. »Sie arbeiten hier als …?«

»Ich bin Diplom-Ingenieur für Maschinenbau.«

»Und Ihre konkrete Aufgabe?«

»Teamleiter des Supply-Chain-Management.«

Laura versuchte gar nicht erst, sich Genaueres darunter vorzustellen, sondern preschte – bevor er sich eine passende Rechtfertigung zurechtlegen konnte – weiter vor. »In dieser Funktion gibt es in der Tat wohl kaum Gesprächsbedarf mit dem Vorstandsvorsitzenden eines Ihrer Kunden.«

»Nein … also, vorkommen kann es schon. Außerdem unterstütze ich seit ein paar Wochen den Vertrieb.«

»Mit Hagen Stiegler stehen Sie aber seit mindestens fünf Monaten in Kontakt. Auf seinem Handy gab es drei Anrufe von Ihnen, und einmal hat er Sie angerufen. Überdies haben Sie ihm zwei SMS gesendet.«

Mittlerweile waren seine Finger ineinander verkrampft. »Was spielt das überhaupt für eine Rolle?«

»Verfolgen Sie keine Nachrichten?«, nahm nun auch Steven an der Vernehmung teil.

»Doch. Ich weiß, dass er entführt wurde. Genauso wie … Sie denken hoffentlich nicht, dass ich irgendwas damit zu tun habe?« Sein Lachen sollte wohl ungläubig wirken, klang aber lediglich nervös.

»Eher nicht«, erwiderte Steven. »Natürlich werden wir überprüfen, wo Sie sich während der Entführungen aufgehalten haben. Aber eigentlich hat uns etwas anderes hierhergetrieben.«

»Die Ermordung von Florian.« Haberkorn nickte. »Fea hat mich gestern angerufen, genauso wie heute irgendwelche … Kollegen von Ihnen. Ich kann's noch gar nicht glauben.«

»Besonders unter Schock stehen Sie aber nicht«, sagte Laura.

»Doch, ich … heute Nacht hab ich fast nicht geschlafen.«

»Weshalb wurde ihm wohl eine Kugel in den Kopf gejagt? Sie sollen einer seiner besten Freunde gewesen sein. Was ist Ihre Idee?«

»Keine Ahnung.« Sein Blick war auf die Knie gerichtet, die abstehenden Ohren waren gerötet. »Er hatte keine Feinde oder so was.«

»Natürlich hatte er die, sonst würde er jetzt nicht in der Rechtsmedizin liegen.« Laura nahm einen Zettel zur Hand. »*Der Presseverteiler ist schon vorbereitet.* Das haben Sie Herrn Stiegler vor vier Wochen per SMS geschickt. Eine Woche später dann: *Na also, jetzt sind wir wieder Freunde.* Womit hatten Sie ihm gedroht?«

»Gedroht?« Sein Gesicht verfärbte sich, auf der Stirn glänzte Schweiß. »Weshalb sollte ich ihm drohen?«

»Genau das war meine Frage.«

»Es ging um …«, er fuchtelte mit den Armen, »… was Privates. Ich hab ihn über Florian kennengelernt. Die beiden arbeiteten lange zusammen.«

»Ist uns bekannt. Florian hat ihm zudem wohl die brillante Idee geliefert, wie die *DAW* die strengeren Abgasnormen erfüllen konnten. Zumindest auf dem Prüfstand. Korrekt?«

Richard Haberkorn entgleisten die Gesichtszüge. »Ich … keine Ahnung … wovon reden Sie?«

Steven warf Laura einen unauffälligen, aber unmissverständlichen Blick zu. Sie wusste, was er damit ausdrücken wollte. Haberkorn war der erbärmlichste Lügner, der ihnen seit Langem untergekommen war. Und damit die vielversprechendste Figur, um doch an die nötigen Beweise für die persönliche Schuld der hochrangigen Automanager zu kommen. Ab sofort musste der Mann unter Beobachtung gestellt werden. Vielleicht …

»Haben Sie Zugang zu dem Bankschließfach Ihres Freundes?«, fragte sie.

»Nein.« Diesmal klang die Stimme fester.

»Aber Sie wissen, dass er eins hat?«

»Hm … ja«, wand er sich.

»Was befindet sich darin?«

»Wertgegenstände, Urkunden, Zeugnisse … so was.«

»*So was* liegt aber schon haufenweise in seiner Wohnung rum«, sagte Steven.

»Darüber haben wir nicht gesprochen.«

»Bei welcher Bank befindet sich das Schließfach?«, bohrte Laura nach.

»Weiß ich nicht.«

»Egal, das finden wir schon noch heraus.« Laura stieß Steven unter dem Tisch mit einem ihrer Boots an, woraufhin er die Gesprächsführung übernahm. Sie selbst griff nach dem Handy und forderte per SMS eine sofortige Observierung des Mannes sowie eine Telefonüberwachung an. Angesichts der aktuellen Gefahrensituation würde die richterliche Genehmigung sicher kurzfristig erteilt werden. Ob das auch für ihr weiteres Ersuchen nach einer Überprüfung seiner Kontobewegungen galt, würde sich zeigen.

Sie verfolgte nur mit halbem Ohr, wie sich Steven erfolglos bemühte, Richard Haberkorn konkretere Aussagen zu entlocken. Mittlerweile versuchte der Maschinenbau-Ingenieur gar nicht mehr, irgendwelche Ausflüchte zu erfinden, stattdessen verweigerte er immer wieder die Aussage. Laura machte eine kaum sichtbare, begütigende Geste mit den Händen in Stevens Richtung, als Zeichen, dass er es nicht übertreiben sollte. Steven tendierte dazu, jemand schnell in Untersuchungshaft zu nehmen, und vielleicht hätte dies in Haberkorns Fall sogar eine zungenlockernde Wirkung. Laura wollte sich aber die Chance auf neue Spuren nicht entgehen lassen und war brennend daran interessiert, welche Aktivitäten der Mann im Anschluss an das Verhör an den Tag legen würde.

Sie zogen die Befragung so weit in die Länge, bis Laura ihrem Kollegen signalisierte, dass die Überwachung genehmigt und angelaufen war. Dann erhielt sie noch eine weitere Nachricht – und dabei fiel ihr fast das Handy aus der Hand. Um die Spuren in Lauras Schuppen richtig zuordnen zu können, waren am Vortag nicht nur DNA-Proben, sondern auch Fingerabdrücke von Inga und Filip genommen worden. Andere als deren und Lauras eigene Spuren waren dort nicht zu finden gewesen, und trotzdem hatte das System einen Treffer angezeigt. *Inga Maurers Fingerabdrücke sind vor vier Jahren erstmals erfasst worden,* schrieb der Kollege, *und der Grund dürfte dir nicht gefallen.* Mit dieser Vermutung lag er völlig richtig.

Kapitel 9

Mit bloßem Auge war das Fluggerät kaum zu erkennen, dennoch drängten sich Hunderte Schaulustige auf der Besucherterrasse des Frankfurter Flughafens. Ein Teil von ihnen saß buchstäblich auf gepackten Koffern, während andere ihr Gepäck bereits aufgegeben hatten. In den Abfertigungsbereichen herrschte noch größerer Trubel, und es dürfte Stunden dauern, bis ein geregelter Betrieb wieder gewährleistet war. Das Geräusch der Flugzeuge wirkte ungewohnt gedämpft, da die Maschinen hoch über den Köpfen Warteschleifen drehten. Selbst der Geruch nach Kerosin war schwächer als üblich.

Seit zweiunddreißig Minuten waren sämtliche Starts und Landungen eingestellt worden. Immer mehr Flugzeuge stauten sich im Luftkorridor, ein Teil wurde zu benachbarten Flughäfen umgeleitet. Allerdings wurde es dort ebenfalls eng, denn neben dem größten Airport Deutschlands war der reguläre Flugbetrieb auch in München und Düsseldorf fast simultan zum Erliegen gekommen – und damit auf den nach Passagierzahlen drei größten Flughäfen des Landes. Ein Pilot hatte beim Landeanflug auf Frankfurt bemerkt, dass eine Drohne in etwa einhundert Metern Höhe vor der Landebahn schwebte, kurz darauf gab es ähnliche Meldungen von den anderen Airports. In Frankfurt waren alle vier Start- und Landebahnen betroffen.

Immer wieder hatte es in den vergangenen Jahren Drohnensichtungen über Flughäfen gegeben, so war es bei einem englischen Airport zu tausend Flugausfällen gekommen. Ein Flugobjekt in die anderthalb Kilometer reichende Verbotszone zu steuern, stellte einen gefährlichen Eingriff in den Luftverkehr und damit eine Straftat dar, die empfindliche Gerichtsurteile nach sich ziehen konnte – sofern man der Piloten habhaft wurde, was nur selten gelang. Doch obwohl es jährlich zu über hundert Vorfällen kam, gab es noch immer keine Abwehr, mit der man die Fluggeräte sowie das Steuerungselement orten und die Drohnen durch Störung der Funkverbindung zum Absturz bringen konnte. Technische Lösungen lagen zwar vor, aber Flughafenbetreiber, Polizeibehörden und Deutsche Flugsicherung schoben sich gegenseitig die Verantwortung zu.

Wer hinter der konzertierten Aktion stecken mochte, war der Inhalt fast sämtlicher Diskussionen auf der Besucherterrasse. Zugleich kursierten zahllose Vorschläge, wie man die Drohnen ausschalten, abschießen oder anderweitig entfernen könnte. Ähnliche Debatten fanden innerhalb des Krisenstabes hinter verschlossenen Türen statt. Üblicherweise tauchten Drohnen mal kurz auf, zum Beispiel um die Flugzeuge aus nächster Nähe zu filmen, verschwanden dann aber recht schnell wieder. Dass schon einmal gleich mehrere wie festgenagelt über den Pisten gehangen hätten, daran konnte sich niemand erinnern.

Gerade wurde die Möglichkeit diskutiert, die Flugobjekte über Störsender zu kapern und dann zum Absturz zu bringen. Allerdings würden dann auch die Mobilfunknetze außer Betrieb gesetzt werden. Da sich die Drohnen nicht bewegten, einigte sich die Runde schließlich darauf, dass ein Abschuss die schnellste und effektivste Lösung darstellte.

Während rund um den Flughafen die Suche nach den Verantwortlichen auf Hochtouren lief, konnten die Schaulustigen beobachten, wie die Kräfte eines Spezialeinsatzkommandos vom

Vorfeld des Flughafens zu den Start- und Landebahnen gebracht wurden. Unter ihnen befand sich jeweils ein Scharfschütze, der darin ausgebildet war, ein Ziel aus großer Entfernung zu treffen. Sofern die Drohnenpiloten die Aktivitäten mitbekamen, blieben sie unbeeindruckt. Die Fluggeräte verharrten an ihrem Platz, die Propeller drehten sich weiter.

Den Grund erfuhr die Leiterin des Einsatzes über Funk. Die erste Fernbedienung war gefunden worden. Sie lag zweieinhalb Kilometer vom Flughafen entfernt hinter einem Busch – vom Eigentümer fehlte jede Spur. Aufgrund dieser Reichweite stand fest, dass es sich nicht um Hobby-Fluggeräte handeln konnte, sondern um hochpreisige Exemplare. Langsam näherte sich die Drohne, die mit der gefundenen Fernbedienung gesteuert wurde, dem Boden, nachdem die Einsatzkräfte ihre Funktionsweise herausgefunden hatten. Ein Abschuss war in diesem Fall nicht mehr nötig, während bei den anderen Objekten nicht auf den Fund der Steuerung gewartet wurde. Dreimal knallte es, dann waren auch die An- und Abflugschneisen der anderen Bahnen wieder frei.

Im Laufschritt näherte sich die Einsatzleiterin der etwas unsanft gelandeten, aber unbeschädigten Drohne. Sie streifte sich Handschuhe über, hob das Gerät vom Boden auf und drehte es herum. An der Unterseite heftete ein Briefumschlag mit einer ungewöhnlichen Darstellung der Justitia. Ihr war sofort klar, wer diesen Eingriff in den Luftraum zu verantworten hatte. Das Logo der *Zeugen Justitias* kannte mittlerweile jeder Bundesbürger, der auch nur halbwegs Anteil am aktuellen Weltgeschehen nahm.

Sie öffnete den Umschlag und zog ein bedrucktes Papier heraus. Wenngleich sie selbst nicht in die Fahndung nach den Terroristen eingebunden war, wusste sie doch, dass die Dringlichkeit eines Ermittlungserfolges soeben weiter angestiegen war.

Die Automafia war erst der Anfang. Nach und nach knöpfen wir uns die anderen Klimakiller vor. Zuerst die Bosse der Luftfahrtindustrie, denn: Fünf Prozent der Erderwärmung gehen auf das Konto des Luftverkehrs, obwohl neunzig Prozent der Menschen noch nie ein Flugzeug von innen gesehen haben. Fliegen ist günstig wie nie, auch weil Kerosin nicht besteuert wird. Sollte sich dies nicht bis zum kommenden Samstag, um vierundzwanzig Uhr, ändern, werden wir Köpfe rollen lassen. Ihr habt es selbst in der Hand. Die Zeugen Justitias.

Krachend schlug das Tablett auf dem Boden auf, Spritzer der Bratensoße landeten an der Wand und auf Filips Hosenbein. Eine Entschuldigung murmelnd, stürzte er zum Tresen der Mensa, die auch in der vorlesungsfreien Zeit geöffnet hatte. Mit einem Stapel Papierservietten kam er zurück und beeilte sich, das Malheur zu beseitigen. Da er Konfrontationen möglichst weiträumig aus dem Weg ging und sich der korpulente Student, den er versehentlich angerempelt hatte, nicht beruhigen wollte, übernahm Inga seine Verteidigung. Sie benötigte eine halbminütige Diskussion mit ansteigender Intensität sowie einen Fünf-Euro-Schein, dann hielt es der Kommilitone für das Klügste, den Disput zu beenden und sich erneut vor der Essensausgabe anzustellen.

Filip stopfte Servietten und Scherben in einen Mülleimer, dann streckte er Inga fünf Euro hin. »Danke! War wirklich ungeschickt von mir.«

Lachend sah sie zu ihm auf. »Um den Braten war's nicht schade. Hättest es als Tierschutzaktion verkaufen sollen.«

»Hast du ja für mich übernommen«, grinste er. »Deine Beschreibung vom Leben des Schweins hat ihn schnell vertrieben.«

»Trotzdem bestellt er sicher noch mal das Gleiche. Das Arschloch kam mir nicht besonders reflektiert vor. Anders als du.« Ihr Blick glitt über Filips Tablett, auf dem sich eine Gemüselasagne mit Salat befand. »Aber du musst echt an deinem Auftreten arbeiten! Vor so einem Würstchen darfst du nicht buckeln! Und auch vor sonst niemandem.«

»Würstchen? Der war bestimmt zwei Meter groß und hat über hundert Kilo gewogen.«

»Na und? Ich lebe ja auch noch. Woher kommt eigentlich dein unterwürfiges Verhalten?«

Er zuckte mit den Schultern, und sein Gesicht rötete sich, als er ihr zu einem freien Tisch folgte. An seiner Mutter lag es wohl nicht, sie kannte dieses Defizit ebenfalls und hatte es sogar mit Konflikttraining zu beheben versucht. So gesehen war es zumindest ein Fortschritt, dass er ihr gegenüber alles andere als unterwürfig auftrat. Zuletzt erst vor zwanzig Minuten. Er hatte draußen auf Inga gewartet, als Laura ihn angerufen hatte. Sie war in voller Fahrt gewesen, doch der Auslöser ihrer Empörung hatte ihn eher erleichtert als erschreckt.

»Ingas Fingerabdrücke sind in unserem System«, hatte sie ihn ohne Begrüßung angeschnauzt. »Sie ist vorbestraft und hat gerade wieder ein Gerichtsverfahren laufen.«

Filip hatte sich sofort an das Anwaltsschreiben in Ingas Flur erinnert. »Was für eine Vorstrafe?«

»Hundertzwanzig Tagessätze, weil sie und andere Leute Fleischprodukte aus einem Supermarktregal geräumt und auf einen großen Haufen geworfen haben. Alles wurde mit roter Farbe überschüttet, dazu gab's Rangeleien mit Angestellten. Ab neunzig Tagessätzen gibt es einen Eintrag ins Führungszeugnis. Offenbar hatte der Richter die Geduld mit ihr verloren, weil sie schon mehrfach mild bestraft worden war. Hausfriedensbruch, Sachbeschädigungen und Widerstand gegen die Staatsgewalt. Alles wegen irgendwelcher Tierschutzaktivitäten.«

»Und das findest du schlimm?«

Ihre Stimme war lauter geworden. »Ist die Frage ernst gemeint? Gesetze sind keine Empfehlungen, sondern verbindliche Regeln einer Gesellschaft.«

»Aber, es ist für eine gute …«

»Wer entscheidet denn, was eine gute Sache ist? Nazis meinen auch, dass sie für das Richtige eintreten. Genauso wie radikale Abtreibungsgegner oder religiöse Fanatiker.«

»Das kannst du doch nicht vergleichen!«

Kurz war es still gewesen, dann hatte sie durchgeatmet. »Das aktuelle Verfahren ist keine Lappalie. Inga droht eine Gefängnisstrafe! Die Reifen von zwanzig Tiertransportern wurden zerstochen, Lkw mit Graffiti beschmiert, Scheiben des Unternehmens eingeworfen und drei Angestellte verprügelt. Die Polizei wurde auch beschimpft und angegriffen. Inga zählte zu denen, die am aggressivsten auftraten.«

»Aha. Und was soll *ich* jetzt deiner Meinung nach tun?«

»Das musst du selbst wissen, aber …« Im Hintergrund war Stevens Stimme zu hören gewesen, bevor sie weitergesprochen hatte. »Ich muss Schluss machen, es hat sich gerade eine neue Spur aufgetan. Wir reden heute Abend.«

Angesichts dieser Ankündigung hatte Filip eine weitere Übernachtung bei Inga in Erwägung gezogen. Dummerweise hatte er aber keine Wechselklamotten mehr. Studentenapartments waren zwar teuer, aber war es nicht an der Zeit für eine eigene Wohnung? Er könnte natürlich mit Inga zusammenziehen! Ob sie sich das vorstellen konnte? In wenigen Monaten endete ihr Studium, also bestand die Gefahr, dass sie aus Köln wegzog. Und dann?

»Hast du Magenschmerzen?«, hörte er jetzt ihre Stimme. »Vergiss doch den Typen von eben!«

»Nee, darum geht's nicht.« Er nahm Teller und Glas von dem Tablett und lehnte es an das Tischbein. Die Mensa füllte sich, der Geräuschpegel stieg. Der Nachbartisch war aber noch unbesetzt, sodass er ihr von Lauras Anruf berichtete.

»Ich hab's befürchtet«, stöhnte sie. »Verdammte Fingerabdrücke! Wieso mussten die *Zeugen Justitias* den Umschlag ausgerechnet in euren Schuppen legen? Bei deiner Mutter bin ich jetzt wohl endgültig unten durch. Wie gewonnen, so zerronnen.«

»Sie wird sich wieder einkriegen. Kann halt nicht aus ihrer Polizistinnenhaut. Eigentlich findet sie Umweltschutz wichtig, nur hält sie nichts von militanten Aktionen.«

»Es gibt immer zwei Versionen einer Geschichte. Die Angestellten haben nämlich *uns* angegriffen, wir haben uns bloß verteidigt. Und die Polizisten haben Pfefferspray und Knüppel eingesetzt. Ja, ich hab einen als ›Arschloch‹ bezeichnet. Weil er mich eine ›durchgedrehte Ökozicke‹ genannt und an den Haaren gezogen hat. Davon steht in der Anklage natürlich nichts.«

»Mit was für Leuten warst du unterwegs?«

»Eine Splittergruppe von PETA. Es gab interne Streitigkeiten, seitdem machen wir unser eigenes Ding. Und deine Mutter hat schon recht: Infostände in der Fußgängerzone sind nicht so mein Fall.« Sie musterte ihn aufmerksam. »Schockiert?«

»Gar nicht«, versicherte er. Tatsächlich war sie in seiner Achtung sogar noch mal gestiegen. In erster Linie war er aber erleichtert, dass nichts anderes hinter ihrem Gerichtsverfahren steckte. Sorgen bereitete es ihm trotzdem. »Droht dir wirklich eine Gefängnisstrafe?«

»Mein Anwalt hält es für unwahrscheinlich, dass die Staatsanwaltschaft damit durchkommt.«

»Vielleicht kann meine Mutter irgendwo ein gutes Wort für dich einlegen.«

»Blödsinn, so läuft das nicht. Also … nett von dir, aber sie kann da gar nichts machen. Und ich muss bei den nächsten Aktionen vorsichtiger sein, denn auf Knast hab ich wirklich keine Lust. Wenn du willst … kannst du beim nächsten Mal mitkommen.«

»Ich?« So absurd ihm die Vorstellung im ersten Moment vorkam, umso verruchter und attraktiver erschien sie ihm beim weiteren Nachdenken.

Ingas Zeigefinger rollte eine Haarsträhne auf und ab. »Lust hättest du, das seh ich dir an. Und dummerweise rüttelt man die Menschen nur mit krassen Aktionen auf.«

Filip nickte. »Das sehen die *Zeugen Justitias* wohl genauso. Hast du die letzten News gehört?«

»Nein, was war denn?«

Er berichtete von der Stilllegung des Flugbetriebs durch Drohnen. Besonders schockiert wirkte Inga nicht. »Ist ja niemand zu Schaden gekommen, und die Auswirkungen des Fliegens sind jetzt Topthema.«

»Vielleicht kommt aber noch jemand zu Schaden. Sie haben Autobosse entführt und bedrohen jetzt die Manager der Airlines.«

»*Drohen* und *machen* sind verschiedene Sachen.«

»Du bewunderst sie.« Auch Filip war ein guter Beobachter.

»Na ja, Mut haben sie definitiv. Und ihre Ziele finde ich richtig.«

»Aber Menschen dafür umzubringen …«

»… ist keine Option, klar. Wahrscheinlich sind es auch bei den *Zeugen Justitias* nur leere Worte.«

»Hoffentlich. Immerhin ist meine Mutter an der Fahndung nach ihnen beteiligt.«

Sie legte ihre Gabel beiseite. »Mach dir mal keine Sorgen. So wie ich Laura kennengelernt habe, muss sich eher diese Guerilla in Acht nehmen. Sie brennt ja für ihren Job.«

Filip strich über ihre schwarz lackierten Nägel. »Sie hat hohe Ansprüche an sich. Will immer alles perfekt machen.«

»Wie ist sie ausgerechnet in der Abteilung gegen Linksextremismus gelandet?«

»Wahrscheinlich war eine Stelle frei. Außerdem spielt es für sie keine Rolle, ob Verbrechen von links oder rechts ausgeübt werden. Vielleicht hat es damit zu tun, dass sie in der DDR geboren wurde. Extreme Ansichten toleriert sie nicht.«

»Was hat sie in der DDR erlebt? Gehörte deine Familie zu den Regimegegnern?«

Filip dachte nach. Es war nicht so, dass diese Zeit totgeschwiegen wurde. Weder von seiner Mutter, die allerdings beim Mauerfall erst elf Jahre alt gewesen war, noch von seinen Großeltern. Bei den Erzählungen ging es aber immer nur um die allgemeinen Lebensumstände oder harmloses Privates, wie Urlaube und Familienfeiern.

»Ich weiß es nicht genau«, bekannte er. Zögernd fügte er hinzu: »Aber so, wie es aussieht, weiß ich so einiges aus ihrer Vergangenheit nicht.«

Anfangs hatte er noch ein schlechtes Gefühl, dann wurde sein Bericht über das belauschte Gespräch seiner Großeltern flüssiger, und er weihte sie in sein Vorhaben der Aufklärung ein. Es tat gut, sich ihr anzuvertrauen, das Gefühl der Einsamkeit, das ihn in der vergangenen Nacht nach dem Fund des Briefumschlags wieder überrollt hatte, verflüchtigte sich.

Ingas Augen glänzten. »Klingt spannend! Eine BKA-Beamtin, die selbst etwas verbirgt.«

»Pst, nicht so laut!« Am Nachbartisch hatten sich Studenten niedergelassen, die er aus Vorlesungen kannte. »Hat sicher keinen kriminellen Hintergrund«, wiegelte er ab. »Aber es klang zumindest … verwerflich. Und dass mein Vater gar nicht gestorben ist, scheint Fakt zu sein.«

»Vielleicht … hat er sie missbraucht«, überlegte sie. »Entschuldige. Das war jetzt nicht gerade feinfühlig.«

»Stimmen könnte es aber.« Er hatte ebenfalls schon in diese Richtung gedacht, und es war eine schmerzhafte Vorstellung. War er etwa das Ergebnis einer Vergewaltigung? Das könnte erklären, weshalb ihn seine Mutter manchmal so merkwürdig ansah. Erinnerte er sie an einen gewalttätigen Übergriff, den sie am liebsten verdrängt hätte?

»Wenn du die Wahrheit herausfinden willst, helf ich dir dabei«, sagte Inga. »Aber das musst du entscheiden.«

»Natürlich will ich wissen, wer mein Vater ist!«

»Okay.« Sie trank ihr Glas leer. »Lass uns zum Bahnhof fahren! Deine Mutter steckt tief in den Ermittlungen, die Gelegenheit ist also ideal.«

»Wofür?«

»Um uns bei euch zu Hause umzusehen. Wo sollen wir sonst anfangen?«

Dieser Logik konnte Filip nicht widersprechen, aber wohl fühlte er sich nicht. Einfach in den Sachen seiner Mutter rumzustöbern, war ein Vertrauensbruch. Andererseits hatte sie ihn sein ganzes Leben lang getäuscht, und das ließ ihn einen Widerspruch herunterschlucken. Rasch räumte er das Geschirr zusammen und verließ gemeinsam mit Inga die nach Bratfett stinkende Mensa.

Die rote Panzertür befand sich am Ende eines Ganges im ersten Untergeschoss. Als eine Code-Karte vor das Lesegerät gehalten wurde, glitten die Verriegelungen fast geräuschlos auf, dennoch musste der Bankangestellte kräftig ziehen, um die schwere Panzertür zu öffnen. Dahinter tauchte ein hell erleuchteter Bereich auf. Die Deckenlampen spiegelten sich auf dem grauen Boden, wodurch der Raum noch größer und trister wirkte. Reihum an den Wänden reichten die Schließfächer bis unter die Decke, es sah aus, als hätte jemand aus einem Haufen metallener Bauklötze eine Mauer errichtet.

Zum ersten Mal betrat Steven einen Tresorraum, und seine Anspannung nahm noch zu. Was hatte Florian Beck hier vor Dritten in Sicherheit gebracht? Da sich in seiner Wohnung Versicherungs- und Bankunterlagen, PINs und sogar teure Uhren befanden, hoffte Steven nicht ohne Grund auf etwas, das zu den Vorwürfen der *Zeugen Justitias* passte. Dem Schließfach war Laura auf die Spur gekommen, weil sich Florian Beck von einem Konto – zu dem keinerlei Unterlagen gefunden worden waren – erst vor zwei Wochen zehntausend Euro überwiesen hatte. Die Juristen des betroffenen Bankinstituts hatten nur kurzzeitig ein Hindernis dargestellt, nun wurde den Ermittlern nicht nur Zugriff auf das Schließfach, sondern ebenso auf das Konto gewährt.

Bei den Transaktionen war Steven sofort eine Auffälligkeit ins Auge gesprungen. Florian Beck musste noch über mindestens zwei weitere Konten verfügen. Eines bei einer Bank in Malta, das andere in Luxemburg. Sämtliche Geldeingänge stammten von dort, meist waren es Beträge im vier- bis fünfstelligen Bereich. Kontakt nach Malta und Luxemburg war bereits aufgenommen worden, eine Rückmeldung stand erwartungsgemäß noch aus, obwohl Irene Knopf zwischenzeitlich Europol eingeschaltet hatte.

Vor dem Schließfach mit der Nummer achtundfünfzig blieb der Bankangestellte stehen. Aus Sicherheitsgründen konnte es der Kunde nur mit zwei Schlüsseln öffnen. Über einen verfügte er selbst, der andere befand sich im Besitz der Bank. Florian Becks Exemplar hatte die Spurensicherung in seinem Badezimmer unter einem Sack entdeckt, der in einem Behälter für Schmutzwäsche hing. Dass er zu einem Tresor gehörte, war aufgrund der Form sofort angenommen worden, und gleich würde sich zeigen, zu was er konkret Zugang gewährte.

Doch der Schlüssel passte nicht. Steven verabschiedete sich gedanklich schon von einem Ermittlungsdurchbruch, als der Bankmitarbeiter ihn wieder herauszog und stattdessen in das Schloss des darunterliegenden Fachs steckte.

»Bingo!«, sagte er und drehte ihn herum. »Herr Beck hat nämlich zwei Schließfächer gemietet, wahrscheinlich weil die größeren alle belegt waren.«

»Und wie öffnen wir das andere Fach?«, fragte Steven. »Sie haben doch sicher einen Generalschlüssel?«

»Nein. Sonst könnten wir ja jedes Schließfach ohne Anwesenheit der Mieter öffnen. Wir werden einen speziellen Schlüsseldienst rufen müssen.«

»Sehen wir erst mal, was sich hier drin befindet.« Steven machte eine auffordernde Geste, und der Mann drehte auch den anderen Schlüssel herum.

Hinter der Tür erschien ein quadratischer Metallkasten, an dem sich vorn eine Art Schubladengriff befand. Von den Maßen hätte ein Aktenordner knapp hineingepasst – und gerade als Steven diese Einschätzung vornahm, erwies sie sich als zutreffend. In dem noch verfügbaren Zwischenraum steckten zudem ein Goldbarren und ein flaches Säckchen. Steven nahm dem Angestellten den Kasten ab und stellte ihn auf den Boden. Laura trat neben ihn, ging in die Knie und holte den Aktenordner heraus.

»Unterlagen zu weiteren Bankkonten«, sagte sie, als sie durch die abgehefteten Papiere blätterte. »Und zwar nicht nur bei Geldinstituten in Malta und Luxemburg. Schau dir mal die Beträge an.«

Steven pfiff leise durch die Zähne. »Ganz schön wohlhabend für sein Alter. Aber er hat eben reich geerbt.«

»Und dieses Erbe scheint er außer Landes geschafft zu haben. Müssen sich unsere Finanzer ansehen.«

»Die finden das sicher interessant. Ich hatte auf andere Dinge gehofft.« Steven griff nach dem Stoffbeutel. »Fühlt sich an wie … tatsächlich!« Er griff hinein und zog einen Schlüssel hervor, der dem ersten ähnelte. »Vielleicht lässt sich damit das andere Fach öffnen?«

Er winkte den Bankangestellten wieder zu sich, der sich mit betont diskretem Gesichtsausdruck in den Hintergrund verzogen hatte. Stevens Hoffnung wurde nicht enttäuscht. Fast schon gierig griff er – nachdem die Tür aufgeschwungen war – nach einem weiteren Metallkasten.

»Sehr vielversprechend«, murmelte er.

Florian Becks Laptop war aufgetaucht. Und ein weiteres Stoffsäckchen, in dem sich drei USB-Sticks befanden. Sie waren mit den Ziffern eins bis drei beschriftet.

»Das müssen wir sofort in der IT abliefern.« Lauras Atem streifte seinen Handrücken, als sie sich über den Kasten beugte. »Das erste Ultimatum der *ZJ* läuft in acht Stunden ab. Dann soll Stiegler erschossen werden.«

»Ist mir mehr als präsent.« Steven öffnete den Reißverschluss einer Tasche, um alles darin zu verstauen.

»Sie müssen mir den Empfang quittieren«, brachte sich der Bankangestellte in Erinnerung.

»Selbstverständlich.«

»Oben im Schalterraum habe ich das Formular.« Er verschloss beide Schließfächer und übergab Steven die beiden Schlüssel von Beck.

Schweigend folgten ihm die Ermittler nach oben, und während sich Steven das Formular durchlas, hing Laura mal wieder am Telefon. Als er unterschrieben hatte, steckte sie das Handy weg und zog ihn am Arm mit sich.

»Endlich gibt es eine Spur zu den Entführern«, sagte sie leise. »Der Hinweis kam von einem V-Mann, der in linksextremistische Kreise eingeschleust wurde. Wir haben einen Namen und eine Adresse. Ein SEK wurde schon losgeschickt.«

Das Ausmaß der Demütigung hatte eine neue Stufe erreicht. Auf der Ladefläche des Lastwagens war der Gestank nach Kot, Schweiß und Urin derart atemberaubend geworden, dass sich die Gefangenen mithilfe von Wassereimern und Waschlappen hatten säubern dürfen, zugleich hatte man ihnen aber auch die verschmutzte Kleidung abgenommen und durch Sträflingskleidung ersetzt, wie man sie von Karnevalsveranstaltungen kannte. Die Manager wussten mittlerweile von der Existenz der Webseite und dass dort ein weiteres Foto von ihnen – diesmal in bizarrer Verkleidung – die Sensationsgier einer breiten Öffentlichkeit stillte.

Mit gesenktem Kopf saß Emil Hofstetter nun wieder auf seinem alten Platz. Er starrte auf seine nackten Füße, die Terroristen hatten ihnen keine Socken gegeben. Sein Rücken lehnte an der Wand, eines der Handgelenke war wieder fixiert. Der vorgenommene Luftaustausch sorgte dafür, dass er klarer denken konnte, aber seine Gedanken kreisten nur um zweierlei: den fehlenden Zugang zu Medikamenten und die vermutliche Reaktion seiner Frau, sobald sie die Fotos sah. Den Entführern zufolge waren die Aufnahmen überall im Netz verfügbar, somit war es unwahrscheinlich, dass sie keines davon zu Gesicht bekam. Und die Medikamente? Inzwischen schätzte er die Gruppe als derart skrupellos ein, dass er zunächst weiter abwarten wollte, wie sich sein Gesundheitszustand entwickelte. Immer stärker befürchtete er, dass ein Zeichen von Schwäche seine Situation nur noch schlimmer machen und den *Zeugen Justitias* eine weitere Angriffsfläche bieten würde.

Anders als er selbst, hatte sich Hagen Stiegler – als die Terroristen ihnen die Webseite präsentiert hatten – auch den

Text unter den Fotos durchgelesen. Zusammen mit Christian Herzberg bot er den Entführern nach wie vor Paroli.

»Eure Forderungen sind unerfüllbar«, knallte er dem Mann hin, der sich gerade neben der Kamera im Schneidersitz niederließ, um das nächste Verhör zu beginnen. »Zum einen lässt sich die Produktion nicht von heute auf morgen abbrechen und ...«

»Warum nicht?«

»Weil es ... ach, ihr versteht doch sowieso nichts davon! Und wenn unsere Autos nicht mehr im Handel sind, werden eben andere gekauft. Aus dem Ausland. Wisst ihr eigentlich, wie viele Arbeitsplätze in Deutschland wegfallen, wenn keine Autos mehr hergestellt werden? An die fünfhunderttausend Leute arbeiten direkt bei den Herstellern, dazu kommen noch um die dreihunderttausend bei Zuliefererbetrieben.«

»Auf einmal so menschenfreundlich? Was nützen Arbeitsplätze, wenn es keine gesunde Luft mehr gibt? Oder ein lebensbedrohliches Weltklima?«

»Und was nützt saubere Luft, wenn man nichts zu beißen hat?«

Der Mann deutete auf Stiegler. Erneut war sein niederländischer Akzent herauszuhören, aber er machte keinen einzigen Grammatikfehler und drückte sich eloquent aus. »Darin seid ihr schon immer groß gewesen: Arbeitsplätze gegen Umweltschutz ausspielen. Dabei gefährdet euer Festhalten an überholter Technik ebenfalls Arbeitsplätze. Wer will denn in ein paar Jahren eure Dinosaurierschlitten noch kaufen?«

»Elektroautos bauen wir doch längst«, sprang Herzberg seinem Kollegen bei. »Wir investieren massiv in diese Technik.«

»Nachdem ihr es ewig verpennt habt.«

»Weil es keinen Markt dafür gab! Wer kauft sich schon so ein Auto, wenn es kaum Stromtankstellen gibt. Bei Erdgas oder Wasserstoff sieht es nicht besser aus.«

Der Mann erhob sich, schaltete die Kamera an und setzte sich wieder. »Das ist eine gelungene Überleitung. Wasserstoffantrieb. Vor vielen Jahren gab es bei den *DAW* eine Gruppe von Ingenieuren, die Erfolg versprechende Ansätze entwickelt hatte. Aber obwohl die Serienreife in Reichweite war, wurde die Forschung gestoppt und das Team aufgelöst. Warum?«

»Es hätte damals keinen Sinn ergeben«, erwiderte Stiegler. Sein Gesicht war grau, er hatte nicht überlesen, dass mit seiner Erschießung gedroht wurde. »Ein flächendeckendes Tankstellennetz zu schaffen, kostet Milliarden. Jede Tankstelle bräuchte Anlagen zur Erzeugung oder Speicherung von Wasserstoff. Wisst ihr überhaupt, wovon ihr redet? Wie komplex das alles ist?«

»Gerade weil es so komplex ist, war es ein Fehler, nicht mit Hochdruck zu investieren. Ihr habt aber die Kosten und Risiken von Fehlschlägen gescheut und lieber weiter satte Profite eingestrichen. Warum irgendwas ändern, wenn es doch so super läuft? Euch interessieren nur die kurzfristigen Gewinne. Dass ihr gleichzeitig das Klima und die Gesundheit von Millionen Menschen ruiniert, lässt euch kalt.«

»Wenn der Staat nicht bereit ist …«

»Schieb die Verantwortung nicht ab! Wenn es eine Branche gibt, die keinen Geldmangel hat, dann seid ihr das! Die Turbulenzen, in denen sich eure Konzerne jetzt befinden, sind selbst verschuldet. Durch Betrug und veraltete Technik. Der Skandal mit den dadurch ausgelösten Strafzahlungen und Regressansprüchen hat Milliarden gekostet. Dieses Geld hättet ihr mal besser in die Entwicklung neuer und sauberer Techniken gesteckt.«

Stiegler schüttelte den Kopf. »Wenn man keinen blassen Schimmer hat, lässt sich natürlich altklug daherreden.«

»Dann erklär mir deine Sicht!«

»Jedes Unternehmen hat nun mal das Ziel, Geld zu verdienen«, begann Stiegler in einem Ton, als säße er einem Grundschüler gegenüber. »Es gehört zum Einmaleins des Wirtschaftslebens, Investitionen sorgfältig abzuwägen. Besonders bei hohen Kosten ohne Erfolgsgarantie – wie bei der Entwicklung neuer Antriebstechnologien. Und selbst wenn sich der Erfolg einstellt, gibt es noch ein weiteres Risiko: Der Rest der Branche kopiert die Lösung, während man die Forschungskosten allein schultert. Dann noch die fehlende Infrastruktur, egal ob es um Wasserstoff, Gas oder Strom geht. Das haben wir selbst gar nicht in der Hand.«

»Ihr verfügt über einen ausreichend großen Einfluss auf die Politik. Hättet ihr euch zusammengeschlossen und großflächig auf neue Antriebsformen gesetzt, wäre die Regierung niemals untätig geblieben. Stattdessen habt ihr abgesprochen, dass keiner vorprescht.«

»Es gehört zur unternehmerischen Freiheit, sich für oder gegen etwas zu entscheiden.«

Der Mann schnaubte. »Gehört zu dieser Freiheit auch die Entscheidung, schamlos einen Betrug durchzuführen? Was rechtfertigt denn euren Betrug mit den Abgaswerten?«

Stiegler und Herzberg kniffen die Lippen zusammen, während Emil Hofstetter den Kopf hob. »Wir hatten keine Wahl«, sagte er leise. »Die geltenden Abgaswerte konnten wir nicht einhalten. In Europa und den USA hätten wir Probleme mit der Zulassung bekommen.«

»Halt die Schnauze!«, fuhr Herzberg ihn an. Seine hellblauen Augen verengten sich zu Schlitzen.

»Ich hab ja nicht gesagt, dass wir es angeordnet haben«, erwiderte Hofstetter. »Aber unseren Entwicklungsabteilungen stand die Herausforderung genauso vor Augen wie uns selbst. Alle wussten, dass eine Lösung hermusste. Das Überleben der Unternehmen hing davon ab.«

»Wie schön.« Die Stimme des Maskierten klang belustigt. »Für das kurzfristige Überleben eurer Konzerne riskiert ihr das Überleben der Menschheit. Ein Teilschuldeingeständnis, ihr macht Fortschritte.« Sein Blick ruhte auf Emil Hofstetter. »Offenbar bist du der Vernünftigste von euch. Überzeuge deine Kollegen in den nächsten Stunden, ein volles Geständnis abzulegen. Sonst könnt ihr wieder Dieselluft schnuppern. Und für ihn hier«, er deutete auf Stiegler, »wird es heute eh noch richtig eng.«

Er erhob sich mit einer geschmeidigen Bewegung aus dem Schneidersitz und schaltete die Kamera ab. Aus den Augenwinkeln erkannte Hofstetter, dass ihn die beiden anderen abschätzig musterten. Seine Hoffnung, sie zu einem Geständnis zu bewegen, war gering. Sollte nur er selbst reinen Tisch machen, würde dies den Entführern sicher nicht reichen, das hatten sie wiederholt zum Ausdruck gebracht. Jeder von ihnen musste eine umfassende Beichte ablegen, ansonsten drohte der Erstickungstod. Sofern man nicht schon vorher erschossen wurde und es sich nicht bloß um eine leere Drohung handelte. Doch es darauf ankommen lassen wollte Emil Hofstetter auf keinen Fall. Der Preis für eine Fehleinschätzung war schließlich sein eigenes Leben.

Kapitel 10

Dreihundert Tonnen Süßigkeiten regneten auf die Kölner Straßen, was dem Gewicht einer Herde von fünfzig afrikanischen Elefanten entsprach – sofern man ausgewachsene und männliche Exemplare auf die Waage trieb. Der Regen aus Bonbons und Schokolade verteilte sich auf eine immense Anzahl von Schaulustigen. Die frühlingshaften Temperaturen lockten eine Million Zuschauer zum Rosenmontagszug, und sofern jeder etwas mit den Händen oder einem umgeklappten Regenschirm ergattern konnte, blieben pro Nase durchschnittlich dreihundert Gramm Zuckerware hängen.

So farbenfroh das Spektakel auch war und so einfallsreich die Mottowagen das politische Geschehen aufs Korn nahmen, Steven hatte noch keinen sehnsüchtigen Blick auf den Fernseher geworfen, der die Liveübertragung mit abgeschaltetem Ton wiedergab. Stattdessen betrachtete er einen anderen Bildschirm, auf dem ihnen ein Kollege aus der Abteilung für Wirtschaftskriminalität einen Einblick in das verschachtelte System internationaler Bankkonten und Briefkastenfirmen zu geben versuchte. Um es bis ins letzte Detail zu verstehen, hätte wohl nicht mal ein entsprechendes Wirtschaftsstudium ausgereicht. Ein Fazit konnte Steven dennoch ziehen.

»Florian Beck hat in jungen Jahren einen Betrag von netto knapp drei Millionen geerbt, dazu Sachwerte in doppelter Höhe. Die Erbschaftssteuer konnte er nicht umgehen, da seine Eltern mit keinem vorzeitigen Ableben rechneten und daher die Werte nicht im Ausland in Sicherheit hatten bringen können.«

»Fast richtig«, antwortete der Experte – ein Mann, der so jugendlich rüberkam, dass Steven ihn sich auch als einen vom Ehrgeiz getriebenen Hedgefonds-Manager hätte vorstellen können. »Einen Teil haben seine Eltern durchaus …«

»Ist im Gesamtkontext aber nicht der Rede wert«, winkte Steven ab. »Relevanter ist, dass er zuletzt über erheblich mehr Vermögen als zum Zeitpunkt seiner Erbschaft verfügte. Obwohl er einen kostspieligen Lebenswandel führte, wie die Kontobewegungen zeigen.«

»Richtig, allerdings stoßen wir nicht bis zu allen Konten vor. Bei Offshore-Banken wird es bekanntermaßen schwierig. Wir können lediglich erkennen, dass er hohe Beträge dorthin und Teile wieder zurück transferiert hat.«

»Wie viel er dort liegen hat, interessiert mich gar nicht besonders.« Laura blickte auf ihre Notizen. »Dafür aber Folgendes: In den letzten Jahren hat er immer wieder Geld an seinen Freund Richard Haberkorn überwiesen. Alles in allem gut einhunderttausend Euro.«

»Was im Vergleich zu einer anderen Summe Kleingeld ist«, führte Steven die Zusammenfassung fort. Herzhaft biss er in ein Salamibrötchen und redete mit vollem Mund weiter. »Florian Beck erhielt nämlich seinerseits immer wieder Zahlungseingänge von Hagen Stiegler. Zuletzt vor drei Wochen. Fünfundsiebzigtausend Euro. Womit wir bei einem Gesamtbetrag landen, der bei …?« Fragend sah er den Kollegen an.

»Insgesamt kommen wir auf mindestens zwei Millionen«, erklärte dieser.

»Mindestens?« Steven spülte dem Brötchenhappen einen Schluck Limonade hinterher.

»Hagen Stiegler hat im Vergleich zu Florian Beck ein erheblich komplexeres Finanzkonstrukt aufgebaut.«

»Die Komplexität von Florian Becks Finanzwelt fand ich eigentlich schon ganz beeindruckend«, erwiderte Steven und wischte sich Limotropfen aus dem Bart.

»Ach, die ist noch relativ harmlos. Stiegler hat dagegen offenbar Profis engagiert. Er besitzt nicht nur Offshore-Konten, sondern hat auch Offshore-Gesellschaften gegründet, von denen einige bestimmt nur über einen Briefkasten verfügen. Das Gebilde ist so unübersichtlich, dass sich damit fast jede Geldspur verwischen lässt. Wenn ich mehr Zeit bekomme, um das Ganze zu entwirren, könnte die Einschätzung von Florian Becks Vermögen auch höher ausfallen. Es gibt nämlich ein paar Geldeingänge bei ihm, die ich noch nicht zuordnen konnte.«

»Vielleicht stammen die nicht von Stiegler, sondern von Herzberg, Hofstetter oder Schink«, spekulierte Laura. »Oder gar von Hentschel.«

»Denkbar. Leider steht die Genehmigung aus, Zugriff auf deren Konten zu verlangen.«

Dass dies im Fall von Hagen Stiegler anders war, lag an den nachweislich von ihm an Florian Beck getätigten Zahlungen. In Verbindung mit den Dokumenten auf dem USB-Stick, der in Becks Leiche gefunden wurde, legten sie nahe, dass Stiegler diesen für die Entwicklung der für den Abgasbetrug nötigen Lösung über die Jahre fürstlich entlohnt hatte. Allerdings hofften die Ermittler, schon bald auch tiefere Einblicke in die Finanzen der anderen Automanager zu erhalten. Derzeit wurden die in Becks Schließfach gefundenen USB-Sticks sowie der Laptop untersucht – beziehungsweise waren Experten noch damit beschäftigt, die Verschlüsselung zu knacken. Dass dies gelingen würde, stand außer Frage, offen war nur, wie lange es dauerte. Sollten dann fundiertere Informationen auftauchen, als sie die *Zeugen Justitias* bislang geliefert hatten, würden sich den Ermittlern neue Türen öffnen. Ein erstes Indiz, dass die Anschuldigungen der Guerilleros nicht haltlos waren, gab es aber schon jetzt.

Der Wirtschaftskriminalist zog einen Ausdruck hervor und deutete auf eingekreiste Transaktionen. »Zwei Mal erhielt Stiegler einen Betrag von einer halben Million Euro auf ein Konto in Liechtenstein. Das geschah vor fünf Jahren. Wie wir heute wissen, war das kurz vor Beginn des Betrugs. Im Juni dann noch mal ein Geldeingang in dieser Höhe. Einen kann ich schon zuordnen. Er stammt von Emil Hofstetter.«

Laura zog das Papier zu sich heran. »Die anderen beiden Überweisungen kommen von zwei verschiedenen Unternehmen. Können da Schink, Herzberg oder Hentschel dahinterstecken? Besitzen die vielleicht irgendwelche Scheinfirmen?«

»Weiß ich noch nicht, würde das Bild aber abrunden. Schink, Hofstetter, Herzberg und Hentschel haben ihren Anteil an Stiegler bezahlt, der hat dann alles an Florian Beck überwiesen. Später ging übrigens noch mal eine Zahlung von Hofstetter bei Stiegler ein. Kurz bevor der seinerseits wieder eine Tranche an Beck überwies.«

»Auch wenn sich in meinem Kopf allmählich alles dreht – mir drängt sich ein Verdacht auf.« Laura wandte sich Steven zu. »Beck hat die Möglichkeit zur Manipulation der Abgaswerte erfunden. Damals arbeitete er unter Stiegler und präsentierte ihm die Details. Der war davon so angetan, dass er Becks Idee zu Geld machen wollte. Wobei, so richtig ergibt das keinen Sinn. Hentschel gehörte als Vorstandsvorsitzender von *Sinus* wie Stiegler zum Gesamtkonzern DAW, aber die anderen? Wieso hat Stiegler die Konkurrenz mit an Bord geholt?«

»Weil dann alle im selben stinkenden Kahn saßen«, erwiderte Steven. »Die gesamte deutsche Autoindustrie hatte das gleiche

Problem. Man drohte, international den Anschluss zu verlieren. Stiegler könnte das Misstrauen der Zulassungsbehörden und der Konkurrenz befürchtet haben. Wenn auf einmal nur seine Autos so gute Abgaswerte aufgewiesen hätten, wäre das ziemlich auffällig gewesen. Lieber teilte er den Kuchen, als am Ende allein am Pranger zu stehen. Diese Strategie ging ja im Grunde auch auf. Wie schon die Bankenkrise wurde auch die Krise der Autoindustrie als systemrelevant dargestellt. Hunderttausende Arbeitsplätze hängen an den Unternehmen. Sie stellen einen zu großen Wirtschaftsfaktor dar, um sie einfach über die Klinge springen zu lassen. Sieh dir das Herumgeeiere der Politik doch an, das ist anders nicht zu erklären. Es sei denn, du denkst an Korruption.«

»Du solltest dich bei den *ZJ* als Pressesprecher bewerben«, frotzelte Laura.

»Wieso? Konnte doch jeder sehen. Autoindustrie und Politik sind seit jeher eng verzahnt. Ist ein Fakt, keine Weltanschauung meinerseits.«

»Spielen wir es weiter durch.« Laura wurde wieder ernst. »Beck ist also bezahlt worden. Dann kam alles ans Licht und fiel in sich zusammen. Beck blieb aber genauso unbehelligt wie die Konzernlenker, um deren Überleben wir gerade kämpfen. Vermutlich haben sie das Ganze so geschickt organisiert, dass bei Auffliegen des Betrugs irgendjemand als Bauernopfer hergehalten hätte.«

»Beck konnten sie natürlich nicht ans Kreuz nageln, der hätte sie mit ins Fegefeuer gezogen.« Steven nickte. »Also hat man ihn bei der Autolobby entsorgt. Stiegler und die anderen hatten da bestimmt ihre Möglichkeiten. Dort wurde Beck sehr gut bezahlt, ohne dass er mit Leistung glänzen musste. Zufrieden war er damit aber nicht.«

»Nein«, fuhr Laura fort. »Er hat die Manager erpresst. Dazu passen die ständigen Überweisungen. Genauso die SMS, die wir gelesen haben. Richard Haberkorn unterstützte ihn dabei und bekam einen Teil ab.«

»Vielleicht war Haberkorn sogar von Anfang an dabei. Er hat nämlich früher schon mit Beck unter Stiegler gearbeitet. Oder er bekam Wind von der Sache und erpresste seinerseits seinen Freund Florian.«

»Wie auch immer es gelaufen sein mag, involviert ist er auf jeden Fall. Hoffentlich liefern uns Becks Laptop und seine USB-Sticks Beweise für unsere Vermutungen.«

»Selbst dann sind wir nicht am Ziel.« Stevens Handy brummte – eine E-Mail. Mit dem Daumen wischte er über das Display, während er weitersprach. »Unser Hauptjob ist, die Entführten zu befreien, und nicht, sie einer Straftat zu ...« Er kam ins Stocken.

»Was ist?« Laura beugte sich zu ihm, um einen Blick auf das Smartphone zu werfen.

Schnell schaltete er das Display aus. »Erklär ich dir gleich.« Er stand auf und streckte dem Kollegen am Schreibtisch die Hand entgegen. »Danke für die Hilfe. Wie schnell können wir mit weiteren Erkenntnissen rechnen?«

»Kommt drauf an, ob und wann ich mich in die Finanzen der anderen Manager wühlen darf. Aber im Moment hab ich eh genug damit zu tun, Stieglers Gewirr aufzudröseln. Wer weiß, auf was ich dabei noch stoße.«

»Klingt nach einer spannenden Herausforderung.« Steven packte Brötchen und Limonadenflasche in eine Tüte und zog dann Laura mit sich aus dem Raum. »Wie man an einer solchen Aufgabe Freude haben kann, ist mir ein Rätsel«, meinte er draußen. »Aber wahrscheinlich übersteigt es einfach meinen Intellekt.«

»Was hast du für eine SMS bekommen?«

Er grinste. »Du lässt dich nicht ablenken. Es war eine Mail.«

»Von wem?«

Er wartete mit der Antwort, bis drei Kolleginnen an ihnen vorbeigegangen waren. »Ein Freund von mir arbeitet am rechtsmedizinischen Institut.«

»An der Uni Köln? Dort wurde die DNA-Probe vom Hochsitz analysiert.«

»Genau. Aber wie du weißt, dürfen sie uns nicht alles mitteilen, was sie aus der Probe ablesen können. Informell hingegen …« Er verstummte vielsagend.

»Verdammt, Steven!«, zischte sie. »Wenn das rauskommt …«

»Du musst halt die Klappe halten. Also, das Blut an dem Nagel stammte zum einen von Florian Beck und zum anderen von einem unbekannten Mann, der sich aber in der DNA-Analyse-Datei befindet.«

»Das ist nichts Neues.«

»Stimmt. Neu ist, dass dieser Mann Mitte vierzig ist, schwarze Haare hat und aus der kirgisischen Region stammen dürfte. Zumindest vom Stammbaum her. Ob er dort auch geboren wurde, lässt sich nicht sagen. Die Augenfarbe ist braun.«

»Interessant. Dummerweise dürfen wir diese Information nicht nutzen. Wir können sie nicht mal mit den Kollegen teilen.«

»Trotzdem kommt vielleicht der Moment, in dem sie uns weiterhilft. Wir beide werden dann glänzen, weil wir einen Zusammenhang erkennen, den die anderen gar nicht sehen *können.*«

»Ob wir glänzen oder nicht, ist mir völlig schnuppe. Wichtig ist nur, dass wir am Ende das Leben der Entführten retten.«

»Ein wenig Glanz wäre aber ein nützlicher Nebeneffekt. Ich stehe beim Knopf nämlich auf der Abschussliste.«

»Woher willst du das wissen?«

»Weil ich von einer zuverlässigen Quelle gehört habe, dass sie mich in eine andere Abteilung abschieben will. Im Austausch gegen Alexander.«

Laura trat einen Schritt zurück. »Ist nicht dein Ernst! Der ist zwar ein fähiger Ermittler, aber ein absolutes Arschloch. Was er bei der Weihnachtsfeier abgezogen hat, grenzte an sexuelle Belästigung.«

»Das grenzte nicht nur daran, das *war* sexuelle Belästigung. Ich hatte dir nicht ohne Grund zu einer Meldung geraten.«

Laura fuhr sich mit den Händen durch die braunen Haare und stöhnte. »Wär eh im Sand verlaufen, und ich hätte den Stempel *empfindliche Zicke*, die nicht mal angeheiterte Kollegen aushalten kann. Was treibt unsere Chefin bloß, ausgerechnet diesen …«

»War wohl nicht gerade schädlich, dass er in einer internen Ermittlung für sie ausgesagt und ihr den Arsch gerettet hat«, entgegnete Steven trocken. »Vielleicht macht sie das also gar nicht freiwillig. So wie auch Stiegler nicht mit freudiger Erregung ständig Geld an Florian Beck überwiesen haben dürfte.«

Lauras Gesichtsausdruck veränderte sich. Steven erkannte sofort, dass sie einen ihrer Geistesblitze hatte, die entweder genial oder voll daneben waren. Dazwischen gab es nichts. Und obwohl er auch schon die eine oder andere Bauchlandung hatte miterleben müssen, war er neugierig, was diesmal wohl die steile Stirnfalte zwischen den Augen hatte entstehen lassen. Aber Laura hatte sich schon umgedreht und rannte zu dem Büro zurück, das sie soeben erst verlassen hatten.

Die Sonne stand schon tief, als das Spezialeinsatzkommando vor der Industriebaracke Stellung bezog. Geplant war die zeitgleiche Stürmung von vier verschiedenen Gebäuden im Göttinger Stadtgebiet sowie eines Einfamilienhauses in einem Dorf nahe Aachen. Schon länger war Göttingen eines der niedersächsischen

Zentren der linksextremistischen Szene, die Ursprünge lagen in den Achtzigerjahren, als nicht nur friedliche Demonstranten, sondern auch Autonome gegen Atomanlagen gekämpft hatten. Im Fokus hatten damals Wackersdorf, Brokdorf und Gorleben gestanden, genauso wie die Startbahn West des Frankfurter Flughafens. Zugleich war der Häuserkampf geführt worden, bei dem leer stehende Gebäude und Wohnungen besetzt worden waren.

Schon immer hatte es im linken Spektrum verschiedene Ausprägungen gegeben, von absoluter Gewaltfreiheit über die Tolerierung einer härteren Gangart bis hin zu aktiver Gewaltanwendung gegen Gegenstände oder Personen. Schätzungen zufolge waren derzeit zwei- bis dreihundert Angehörige der autonomen Göttinger Szene dem gewaltbereiten Flügel zuzuordnen. Sie führten die Tradition ihrer Vorgänger fort, konzentrierten sich aber auf antifaschistische und antirassistische Ziele. Genauso war es Tradition, dass der Verfassungsschutz der Stadt besondere Aufmerksamkeit widmete. Zuletzt war im Jahr 2018 ein V-Mann des niedersächsischen Verfassungsschutzes aufgeflogen, derartige Aktivitäten reichten aber bis in die Siebzigerjahre zurück. Ob man sich dabei stets auf die richtigen Zielsubjekte konzentrierte oder nicht auch harmlose Aktivisten ausspähte, dazu gab es – je nachdem, welche Seite gefragt wurde – sehr unterschiedliche Aussagen.

Im konkreten Fall erwies es sich jedoch als überaus hilfreich, dass sich ein V-Mann im Umfeld einer Organisation bewegte, die sich selbst als gewaltfrei bezeichnete, aber Kontakte zu sämtlichen Strömungen unterhielt. Dazu zählten somit nicht nur Vertreter des demokratischen Protests, sondern ebenso Leute aus dem gewaltorientierten Spektrum, die von der Öffentlichkeit eher selten, dann aber umso nachdrücklicher als Schwarzer Block bei Demonstrationen wahrgenommen wurden.

Dem V-Mann war nicht entgangen, dass nach der Phantombild-Veröffentlichung der Studentin aus Salzgitter Unruhe in der Göttinger Szene ausgebrochen war. Sollten die Gerüchte zutreffen, handelte es sich bei ihr um die zweiundzwanzigjährige Lisa Probst, die an der Universität Göttingen den Studiengang Forstwissenschaft und Waldökologie belegte. Seit vier Jahren lebte sie in der Stadt und hatte sich von Anfang an politisch engagiert. Dabei war eine Sprunghaftigkeit in Bezug auf die Themen und Organisationen zu verzeichnen. Mal hatte der Umweltschutz sie angetrieben, dann die Flüchtlingshilfe, genauso aber auch die Schattenseiten des Kapitalismus.

Soweit bekannt, hatte sie die Grenze zwischen zivilem Ungehorsam und Gewalt nie überschritten, zumindest gab es keine entsprechenden Gerichtsverfahren. Seit einem halben Jahr hatte sie sich aus der Szene weitestgehend zurückgezogen und dies mit dem anstehenden Bachelor-Abschluss begründet. Dennoch schien sie zu einigen Gleichgesinnten Kontakt gehalten zu haben. Aber bei dem Versuch, genauere Informationen zu erhalten, war der V-Mann auf eine verdächtig massive Mauer des Schweigens gestoßen.

Der Einsatzleiter nahm erneut das Phantombild und ein etwa drei Monate altes Foto der Frau in Augenschein. Die Ähnlichkeit war unverkennbar, doch es gab auch erhebliche Unterschiede. Wenn tatsächlich Lisa Probst das Audimax in Salzgitter aufgesucht hatte, dann musste sie ihr Aussehen kräftig verändert haben. Die eigentlich braunen, bis über die Schultern reichenden Haare waren auf dem Phantombild am Kinn abgeschnitten und blondiert. Die braunen Augen dürfte sie mit gefärbten Kontaktlinsen in blaue verwandelt und zusätzlich mit einer Brille verfremdet haben. Zudem musste sie irgendetwas mit dem Mund angestellt haben. Die Lippen waren voller als auf dem Foto und vielen Zeugen im Gedächtnis geblieben. Auch ihre Oberweite war beeindruckender geschildert worden.

Ein Blick auf die Uhr, und der Einsatzleiter griff zum Funkgerät. Noch immer lag keine Bestätigung vor, dass man an den anderen Orten startklar war. Dazu zählten Lisa Probsts Elternhaus bei Aachen, ein alternatives Zentrum in der Göttinger Innenstadt, die Wohnung der Studentin und eben die Industriehalle, deren mit Graffiti verzierte Fassade von der Sonne gerade rötlich angestrahlt wurde. Offiziell wurde das Gelände von einem Künstlerkollektiv besetzt, inoffiziell hatte sich die Gruppe längst mit dem Besitzer auf die Zahlung einer überschaubaren Miete verständigt. Lisa Probst beschäftigte sich wider Erwarten nicht mit Holz, stattdessen stellte die Forstwissenschaftsstudentin Keramikgefäße her. Offenbar von so vorzeigbarer Qualität, dass sie diese deutschlandweit auf Kunstmärkten verkaufen und von dem Erlös zum Teil ihr Studium finanzieren konnte.

Alle Orte, an denen sie einen Großteil ihrer Zeit verbrachte, waren damit abgedeckt, darüber hinaus war sie europaweit zur Fahndung ausgeschrieben. Das konkrete Interesse von fünfzig schwer bewaffneten Einsatzkräften richtete sich momentan aber auf ein längliches Gebäude, das früher eine Lagerhalle gewesen war und sich in einem Industriegebiet zwischen der Göttinger Innenstadt und der A7 befand. Noch hielten sich alle Polizisten im Innern der Fahrzeuge auf, die sich soeben wieder in Bewegung setzten und in Richtung Einfahrt rollten.

Als aus der Kommandozentrale die Freigabe erfolgte, beschleunigten die Fahrer und beendeten damit die verdeckte Vorbereitungsphase. Mit aufheulenden Motoren jagten zehn Vans auf den Vorplatz der Halle zu, wo sie eine abrupte Vollbremsung hinlegten. Die Türen wurden aufgerissen, und die Beamten stürmten ins Freie. Alle waren dunkel gekleidet, trugen Schutzwesten, Sturmhauben und Helme. Manche waren mit Maschinenpistolen bewaffnet, andere hielten Sturmgewehre, einfache Pistolen oder Repetierflinten in den Händen, mit deren Hilfe man verschlossene Türen öffnen konnte. Ein Teil war auch mit Schutzschilden ausgestattet, und alle standen über Funk mit der Einsatzleitung in Verbindung.

Der martialische Anblick riss mehrere Menschen von ihren Sitzsäcken, die neben der Eingangstür unter einem Sonnensegel lagen. Sie hatten sich noch nicht von ihrem Schrecken erholt, als sie bereits zur Seite geführt, an die Hauswand gestellt und durchsucht wurden. Andere Einsatzkräfte folgten unterdessen weiter der festgelegten Vorgehensweise. Das Geräusch eines Hubschraubers näherte sich, und während er die Situation aus der Luft kontrollierte, schwärmten die Polizisten am Boden um das Gebäude herum aus. Es gab einen Haupteingang und vier Fluchtwege. Wie meist bei derartigen Einsätzen wurde auf eine Minimierung von Materialschäden verzichtet – immerhin war nicht auszuschließen, dass die entführten Automanager hier gefangen gehalten wurden und eine bewaffnete Gegenwehr der Geiselnehmer erfolgte.

Fast simultan rumste es viermal, dann waren die Notausgänge aufgesprengt, während die Polizisten durch den geöffneten Haupteingang müheloser eindringen konnten. Der Einsatzleiter hörte über Funk mit, wie die Bereiche der Halle nach und nach als gesichert klassifiziert wurden. Fünfzehn Minuten später betrat er selbst das Gebäude, und schon der erste Eindruck verdeutlichte, weshalb sich die Stürmung hingezogen hatte. Der Innenbereich umfasste eine Fläche von ungefähr tausend Quadratmetern und war eingeschossig. Die Luft roch nach einem Mix aus Sägespänen, Metallstaub, Farbe und weiteren undefinierbaren Aromen. Sämtliche Fenster befanden sich auf einer Höhe, die man ohne Leiter nicht erreichen konnte. Die ehemalige Lagerhalle war wabenartig in größere und kleinere Abschnitte eingeteilt, sodass sich die Einsatzkräfte wie in einem Haus von Zimmer zu Zimmer – oder in diesem

Fall: von Künstlerwerkstatt zu Künstlerwerkstatt – hatten vorarbeiten müssen.

Ob es sich dabei um Nischen von Künstlern oder doch eher von talentfreien Sinnsuchern handelte, war dem Einsatzleiter herzlich egal, als er die teils kuriosen Gegenstände und Einrichtungen bemerkte. Sein Interesse galt allein dem Areal von Lisa Probst. Dieses befand sich ganz hinten und war im Vergleich zu den übrigen Einheiten kleiner geschnitten und nüchtern eingerichtet: ein metallenes Regal mit Tonklumpen, Farben und anderem Töpferzubehör, ein verschlossener Glasschrank mit fertigen Produkten, ein Werktisch, ein Brennofen sowie zwei Töpferscheiben mit Stühlen davor. An der Wand stand ein wackliger Schreibtisch, auf dem sich ein paar Zettel, ein Laptop und ein Drucker befanden.

Der Einsatzleiter ließ seinen Blick über die fertiggestellten Kunstgegenstände gleiten. Lisa Probst war ohne Zweifel alles andere als talentfrei, ihre getöpferten Werke waren nicht klobig, sondern geradezu filigran. Sie wirkten nicht wie aus dem Mittelalter importiert, stattdessen modern und leicht. Nur war die Frau, die solche Fingerfertigkeit und Kreativität besaß, leider nicht anwesend.

»Laptop und Drucker nehmen wir mit«, ordnete er an. »Außerdem … sind das Tulpen?« Die Frage war überflüssig, denn selbst ein Laie konnte erkennen, dass die verwelkten Blumen, die längst alles Wasser aus der Vase gesaugt hatten, noch vor kurzer Zeit orangefarbene Prachtexemplare gewesen waren. »Packt das Grünzeug auch ein, auf einem Bekennerschreiben wurden Tulpenpollen gefunden.«

Eine ältere Frau wurde in den von Stellwänden abgetrennten Bereich geführt, sie stellte im Nachbarbereich Möbel aus dickem Draht her. Genauso gewöhnungsbedürftig wie ihre Werke war auch ihr Äußeres. Sie war grell geschminkt, in ein buntes Gewand gehüllt, stank nach kaltem Rauch und hatte zwei Zahnlücken.

»Haben Sie eine Ahnung, wo sich Lisa Probst derzeit aufhält?«, fragte der Einsatzleiter.

Ihr eingeschüchterter Gesichtsausdruck verstärkte sich. »Nein. Was hat sie denn …«

»Wann war sie zuletzt hier?«

»Kann ich nicht sagen. Ich komme nur einmal in der Woche her. Immer montags.«

»Wie gut kennen Sie Frau Probst?«

»Geht so. Sie arbeitet seit 'nem Dreivierteljahr hier, manchmal haben wir draußen oder im Gemeinschaftsraum gesessen und uns unterhalten. Sie studiert und …«

Je länger die Befragung dauerte, umso offensichtlicher war es, dass die Frau keine Freundin, sondern nur eine Bekannte war. Etwas Hilfreiches hatte sie dann aber doch noch mitzuteilen.

»Frau Probst töpfert hier nicht allein, sondern mit einem Partner?«, vergewisserte sich der Einsatzleiter.

»Ja, von ihm hat sie wohl viel gelernt. Johan Verhoeven heißt er. Er ist Holländer, spricht aber perfekt Deutsch. Ist ein paar Jahre älter als sie …« Sie zwinkerte verschwörerisch, offenbar war der Schreck aus ihren Gliedern entwichen. »Na ja, ist ja auch ein ansehnlicher Kerl! Meiner Meinung nach aber Kommunist oder so was.«

»Können Sie ihn genauer beschreiben?«

»Puh. Ich bin schlecht in so was. Aber vorn bei der Kaffeemaschine, da hängt ein Gruppenfoto vom letzten Herbst. Wir hatten einen verkaufsoffenen Sonntag. Auf dem Bild ist er auch drauf, ich kann's Ihnen zeigen.«

Aufatmend streifte sich Laura im Flur die Boots von den Füßen und hängte ihre Wildlederjacke an die Garderobe. Ein überlanger Arbeitstag lag hinter ihr, sodass sie nicht die Kraft gehabt hatte, den Ablauf der Frist um zweiundzwanzig Uhr im BKA abzuwarten. Tun konnte sie im Augenblick eh nichts, die Zeit anhalten schon gar nicht. Sie schaltete das Licht ein und streifte sich den Pullover über den Kopf, während sie zum Schlafzimmer ging, um sich frische Kleidung zu holen. Filip war offensichtlich nicht zu Hause, das Wohnzimmerfenster war dunkel gewesen, die Tür zu seinem Zimmer stand offen.

Ihre Gedanken glitten zu Steven, der an diesem Abend zwischen der Jagd nach Terroristen und Wirtschaftsverbrechern sowie dem bangen Blick auf das endende Ultimatum tatsächlich auch noch sein privates Problem lösen wollte. Laura bezweifelte, dass ihm dies gelingen würde. Er plante, seiner Freundin reinen Wein einzuschenken, und so wie Laura die Frau kennengelernt hatte, war das Beziehungsende damit besiegelt. Aus ihrer Sicht vollkommen nachvollziehbar. Sie verstand ohnehin nicht, warum die Frauen Steven so zu Füßen lagen. Dass er einem Model mit eigentlich keiner Körperpartie ähnelte, war nebensächlich, aber sosehr sie ihn als Kollegen und Freund schätzte, so ausgeschlossen war es, ihn sich als Lebensgefährten vorzustellen. Für Laura galten Verlässlichkeit und Seriosität als unverzichtbare Beziehungsbasis, und in dieser Hinsicht war Steven ein Totalausfall.

Vor ihrem Schrank angekommen, zog sie die restliche Kleidung aus. Mit einem Stapel frischer Wäsche verließ sie den Raum und ging zum Badezimmer. Als knarzend eine Tür aufgestoßen wurde, schrie sie erschrocken auf und hätte fast das Kleiderbündel fallen lassen. Zwischen dem Zimmer ihres Sohnes und dem Bad führte rechter Hand eine Treppe ins Dachgeschoss, das einer Rumpelkammer glich. Üblicherweise war die Tür dorthin verschlossen, da laut Filip der muffige Geruch unerträglich sei. Nun stand er auf der letzten Stufe hinter Inga, die – die Klinke noch in der Hand – auf der Schwelle stehen blieb.

»Mama!« Filip lief rot an. »Wieso läufst du nackt durch die Wohnung?«

Laura spürte, dass sie ebenfalls errötete. Einen Teil der Wäsche hielt sie sich vor die Hüfte, den anderen vor die Brüste. »Weil ich duschen möchte. Woher sollte ich wissen, dass ihr hier seid? Alles war dunkel. Wieso wart ihr überhaupt auf dem Dachboden?«

Filips Gesicht und Ohren waren inzwischen dunkelrot. »Weil ich was … gesucht habe.«

»Was denn?«

»Mama! Kannst du jetzt bitte erst mal ins Badezimmer gehen?«

Sein Gesichtsausdruck löste die Anspannung. Laura prustete los, und Inga stimmte in das Lachen ein. Nur Filip sah weiter peinlich berührt zu Boden.

›Was hab ich nur für einen verklemmten Sohn‹, dachte Laura. ›So schlimm ist es doch auch wieder nicht.‹

Länger als unbedingt nötig wollte sie sich seiner jungen Freundin aber nicht nackt präsentieren. Inga und Filip traten in den Flur und steuerten das Wohnzimmer an, während Laura schnell ins Bad schlüpfte und die Tür hinter sich zuzog. Ihr Blick fiel auf eine Messlatte in Form einer Giraffe, die noch immer neben der Tür hing. Es war ihr einfach nicht möglich, dieses Überbleibsel aus Filips Kindheit abzuhängen. Schwarze Striche zeigten, welche Körpergröße er in welchem Alter gehabt hatte – sie konnte sich noch an die Freude und den aufgeregten Stolz des kleinen Kerls erinnern, sobald eine neue Markierung hinzugekommen war. In diesem Moment wünschte sie sich nichts sehnlicher, als in einer Zeitmaschine zurückzureisen.

Nur halb erfolgreich verscheuchte sie ihre melancholischen Gedanken und trat ans Waschbecken. Der Gewohnheit folgend, putzte sie zuerst die Zähne, dann stieg sie unter die Brause. Das abendliche Duschen war ein Ritual für sie und nicht nur bei intensiven Ermittlungen unverzichtbar. Während das Wasser an ihr herunterrann, zogen die Eindrücke des zurückliegenden Tages an ihr vorbei.

Als Steven sie über die Merkmale des Mannes informiert hatte, dessen Blut an dem Hochsitz gefunden worden war, hatte sich in ihr wieder eine Vermutung gemeldet, die sie schon einmal geäußert hatte. Die Ermordung von Florian Beck passte nicht zur Vorgehensweise der *Zeugen Justitias*, da sich mehr und mehr herauskristallisierte, dass der Weg zu wirklich belastendem Material über ihn führte. Wieso sollte man einen derart wertvollen Täter und Zeugen ausschalten, wenn man doch angeblich den Sumpf trockenlegen und die wahren Zusammenhänge ans Licht befördern wollte?

Für die *Zeugen Justitias* war Florian Beck wertvoll, für andere dagegen gefährlich. Ganz konkret für die Manager in Geiselhaft – und vermutlich auch für Paul Schink. Hatten die Autobosse, zu denen auch der tote Konrad Hentschel zählte, Beck loswerden wollen, um einer andauernden Erpressung zu entkommen? Dann wäre ein Auftragskiller die naheliegendste Lösung gewesen, und so jemand musste bezahlt werden. Bisher hatte der Kollege, der sich mit den Finanzen der Autobosse auseinandersetzte, keinen entsprechenden Hinweis gefunden, aber er verfügte auch bei Weitem noch nicht über das vollständige Bild. Mit jeder weiteren Stunde dürfte er allerdings eine klarere Sicht bekommen, denn inzwischen lag die Genehmigung vor, nicht nur Stieglers Konten, sondern auch die seiner Mitgefangenen auszuwerten. Genauso wie die von Paul Schink und Konrad Hentschel.

Schink selbst lehnte weiterhin jeden Kommentar zu den Vorwürfen ab und empörte sich, dass er vom Opfer zum Täter gemacht werden sollte. Sämtliche Anfragen seien an seinen Anwalt zu richten, und der erwies sich als sein Geld wert. Doch selbst ihm dürfte es immer schwerer fallen, seinen Mandanten abzuschotten, denn vor einer Stunde waren endlich die Verschlüsselungen von Becks Laptop geknackt worden, bei den USB-Sticks war dies jedoch noch nicht gelungen.

Angesichts der Datenmenge würde sich die Auswertung wohl die gesamte Nacht hinziehen. Auf der Festplatte gab es nämlich noch einen separat geschützten Bereich, den man bisher erfolglos versucht hatte zu betreten. Dass sich Florian Beck hatte absichern wollen, war bereits jetzt offensichtlich. Sämtliche bislang gefundenen Dokumente wiesen darauf hin, dass er die Planung und Umsetzung des Betrugs penibel protokolliert hatte. Die Namen von Stiegler, Hofstetter, Herzberg und Schink tauchten des Öfteren auf, ein Anwalt konnte dies aber weiterhin als nicht beweiskräftige Behauptung eines Einzelnen zurückweisen. Auffällig war, dass Konrad Hentschel auch von Florian Beck kein einziges Mal erwähnt worden war.

Nicht nur in der BKA-Zentrale ging es vorwärts, in Niedersachsen hatten die Spezialeinsatzkommandos und die zahlreichen Vernehmungen ebenfalls Ermittlungsfortschritte bewirkt. Lisa Probst war zwar an keinem der durchsuchten Orte angetroffen worden – und angeblich wussten nicht einmal ihre Eltern, wo sie sich gerade aufhielt –, aber der Verdacht, dass sie Herzberg im Audimax angesprochen und später in sein Auto gestiegen war, hatte sich massiv erhärtet. In ihrer Wohnung hatte man ihr Handy gefunden, das in den letzten Monaten allerdings kaum benutzt worden war. Eine WhatsApp-Nachricht von Johan Verhoeven ließ darauf schließen, dass sie noch über ein Zweitgerät – vermutlich mit anonymer Prepaidkarte – verfügte: *Check mal schnell die andere Nummer.*

Überhaupt, Johan Verhoeven! Mittlerweile war fest davon auszugehen, dass er der Mann mit dem niederländischen Akzent sein musste, der der Frau am Informationsschalter in Erinnerung geblieben war. Er hatte blonde, an den Seiten abrasierte Haare, die oben lang nach hinten führten und in einem

Männer-Dutt endeten. Diese auffällige Frisur hatte er am Flughafen unter einer Wollmütze verborgen, doch der blonde Bart und die großen schwarzen Ringe – sogenannte Flesh Tunnel –, die er in den Ohrläppchen trug, waren dort zu sehen gewesen. Ein wenig erinnerte er Laura an einen Wikinger, auch wenn er nicht blau-, sondern grünäugig war, und zwar groß gewachsen, aber eher schmal gebaut. Auf dem Gruppenfoto der Göttinger Künstlerwerkstatt wirkte er fröhlich. Lisa Probst hatte sich an ihn geschmiegt, unbestreitbar waren sie ein schönes Paar. Eine Art Öko-Bonnie-und-Clyde?

Für diese Annahme sprach noch ein weiterer Fund: der Drucker in der Töpferwerkstatt und die Tulpen. Die Spezialisten waren sich sicher, dass die Botschaften der *Zeugen Justitias* auf diesem Gerät ausgedruckt worden waren, auch die Tulpenart passte. Nur der ebenfalls beschlagnahmte Laptop hatte nicht weitergeholfen, auf ihm befand sich lediglich Belangloses, wie Anmeldungen zu Töpfermärkten, Skizzen für künstlerische Werke und ähnliche Unterlagen. Sein Geld hatte der Mann zuletzt in einem privaten Krankenhaus als Krankenpfleger verdient – bis er vor vier Monaten gekündigt hatte. Arbeitslosengeld hatte er nicht beantragt, es blieb offen, womit er seinen Lebensunterhalt bestritt.

Laura hatte eine Anfrage an die niederländischen Kollegen gestellt und rasch Feedback erhalten. Johan Verhoeven war dreiunddreißig Jahre alt, Sohn einer deutschen Mutter und eines niederländischen Vaters. Erstmals war er mit achtzehn Jahren aktenkundig geworden und auch danach immer wieder aufgefallen. Meist wegen Sachbeschädigungen und Widerstandes gegen die Staatsgewalt. Zwar wurde er nicht dem Schwarzen Block zugerechnet, aber er war in radikal ausgerichteten Kreisen unterwegs gewesen. Nachdem sein Sündenregister bedrohliche Ausmaße angenommen hatte, war er – wohl um eine Haftstrafe zu vermeiden – nur noch im Hintergrund aktiv gewesen, sowohl organisatorisch als auch als Redner auf Veranstaltungen und Betreiber eines autonomen Blogs. Seine dortigen Texte waren immer subversiver geworden, weshalb ihn der niederländische Geheimdienst überwacht hatte. Er galt als charismatischer Typ, der mitreißende Reden schwingen konnte und dem es mit Leichtigkeit gelang, Sympathisanten an seiner Seite zu versammeln. Als er vor vier Jahren den Blog aufgegeben hatte und nach Deutschland gezogen war, hatte sich seine Spur verloren – woran sich mal wieder zeigte, dass der grenzüberschreitende Informationsfluss zwischen Polizeibehörden noch immer optimierungsfähig war.

Aber immerhin. Laura und Steven hatten endlich zwei Namen und konnten das gesamte Umfeld der beiden durchleuchten. Denn natürlich musste es noch weitere Beteiligte geben, man brauchte sich nur die Orte und Zeitpunkte der verschiedenen Vorfälle vor Augen zu halten. Und sofern den Schilderungen des V-Mannes aus Göttingen auch diesbezüglich zu trauen war, dann »brodelte es gerade in der Szene«. So wie er sich das Getuschel zusammenreimte, würden die Drohneneinsätze an den Flughäfen nicht die einzige Aktion bleiben. Irgendetwas sollte am nächsten Tag passieren, was Deutschland erneut den Atem anhalten lassen würde. Und noch etwas blieb Laura trotz aller Fortschritte präsent: Es waren nicht mal mehr zwei Stunden bis zum Ablauf des Ultimatums. Was würde mit Hagen Stiegler dann passieren? Dass ihn die Kollegen der Nachtschicht rechtzeitig fanden, war so gut wie ausgeschlossen.

Laura drehte das Wasser ab und fragte sich, wie sie in dieser Nacht in den Schlaf finden sollte. Beim Abtrocknen blieb ihr Blick an der Narbe auf ihrem linken Oberschenkel hängen. Im Winter fiel sie nicht besonders auf, erst bei gebräunter Haut stach sie deutlicher hervor. Lange hatte Laura nur mit Widerwillen kurze Hosen angezogen und es gehasst, wenn ein Mann mit dem Finger über das Mal gefahren war. Ob sie weniger an den … Tag zurückdenken würde, wenn die Hinterlassenschaft des Stacheldrahtzauns – an dem sie bei ihrer panikartigen Flucht hängen geblieben war – sie nicht ständig daran erinnerte? Es war müßig, darüber zu grübeln.

Als sie das Wohnzimmer betrat, saßen Inga und Filip auf dem Sofa und sahen ihr aufmerksam entgegen. Laura kam Stevens Bemerkung in den Sinn, wonach Inga sich wegen eines Beschützerinstinkts für Filip als Partner entschieden hatte. Wenn sie die beiden so betrachtete, war das wirklich eine plausible Erklärung.

Sie konnte es nicht richtig greifen, aber die Atmosphäre war merkwürdig. Nachwehen des unglücklichen Aufeinandertreffens eben im Flur? So verklemmt schätzte sie zumindest Inga nicht ein. Beide wirkten eher ertappt. Wie ein Stromschlag durchzuckte sie ein Gedanke. Sie waren oben im Dachstuhl gewesen! Aber … alles lag doch in einer verschlossenen Kiste, und … das wäre eine Katastrophe!

Sie spürte einen Anflug von Kopfschmerzen, bemühte sich aber um einen neutralen Gesichtsausdruck. »Nach was hast du denn gesucht, Filip?«

»Nach meinen alten CDs.« Die Antwort kam ohne Zögern, aber er hatte natürlich Zeit gehabt, sie sich zurechtzulegen. »Ich wollte Inga zeigen, auf was für Bands ich früher gestanden habe.«

»Zum Glück hat sich dein Musikgeschmack verändert«, schmunzelte seine Freundin. »Heavy Metal war noch nie mein Ding.«

Laura beobachtete, wie sie mal wieder eine Haarsträhne auf und ab rollte. Wieso lackierte Inga sich eigentlich die Fingernägel schwarz? »Worauf stehst du denn?«, fragte sie.

»Punkrock und Alternative. Eine Zeit lang hab ich sogar Schlagzeug in einer Band gespielt.«

»Nicht schlecht.« Laura bemühte sich weiter um einen unverfänglichen Tonfall. »Ich war mal Sängerin in einer Gruppe.«

Filip grinste. »Das war aber Volksmusik.«

»Stimmt doch gar nicht. Nur weil wir deutsche Texte hatten? Habt ihr Hunger? Ich schmier mir gleich ein Brot, wir könnten aber auch …«

»Keine Zeit.« Filip stand auf. »Wir haben außerdem längst gegessen, ist ja schon bald neun. Wir müssen gleich zum Bahnhof, damit wir den Zug nach Köln erwischen.«

»Ach so.« Laura war enttäuscht und erleichtert zugleich. Gesellschaft hätte sie jetzt angenehm gefunden, andererseits brauchte sie an diesem Abend keine weitere Konfrontation. Über die Polizeiakte von Inga wollte sie allerdings nicht einfach so hinweggehen, sondern ein klärendes und an Deutlichkeit nichts vermissendes Gespräch führen. Vielleicht verhielten sich die beiden so seltsam, weil sie genau das befürchteten?

Als die Haustür hinter ihnen zufiel, wartete Laura noch fünf Minuten und nutzte die Zeit, um sich eine Brotscheibe zu belegen. Dann eilte sie in den Flur, öffnete die Tür zum Dachboden und knipste das Licht an. Die Treppenstufen knarzten, Staub wirbelte auf. Diesen Bereich betrat sie nur selten, da das Haus über einen Keller verfügte. Oben angekommen, musterte sie den Karton mit Filips CD-Sammlung. Sie war überschaubar, schließlich gehörte er zu der Generation, die schon früh mit Streamingdiensten in Kontakt gekommen war. Der Karton war verschlossen und zugeklebt. Es sah nicht so aus, als wäre er vor Kurzem geöffnet worden.

Hastig lief sie an ausrangierten, aber erinnerungsschweren Kindermöbeln und anderem Krimskrams vorbei in den hinteren Bereich. Das Licht der Lampe war nicht hell, aber die Spuren auf dem Boden verrieten, dass Inga und Filip sich gründlich umgesehen hatten. Auch die mit einem Vorhängeschloss gesicherte Kiste hatten sie verschoben, und das Schloss wirkte zerkratzt. Laura sank auf die Knie und legte ihre Hände auf das Holz. Seit Jahren hatte sie den Deckel nicht geöffnet, aber natürlich wusste sie, wo der Schlüssel lag. Es war an der Zeit für ein neues Versteck – oder für ein prasselndes Feuer.

Völlig unerwartet tauchte die Faust im Blickfeld auf, dann explodierte der Schmerz. Zuerst in einem Bereich zwischen den Augen, Sekundenbruchteile später auch am Hinterkopf, als dieser von der Wucht des Schlages gegen eine Querstrebe geschleudert wurde. Emil Hofstetter konnte nur noch verschwommene Umrisse erkennen, sein begonnener Satz blieb unvollendet. Fahrig griff er sich an die Nase, aus der das Blut auf den gestreiften Sträflingsanzug tropfte. Sie schien nicht gebrochen zu sein, dafür war der Schlag zu schlecht gezielt gewesen. Hätte er die Brille getroffen, wäre es wohl im wahrsten Sinne ins Auge gegangen. Kurz vergaß er die Sorge um seinen sonstigen Gesundheitszustand und dass er für sich entschieden hatte, die Entführer doch auf seine Herzinsuffizienz hinzuweisen.

Genauso überrascht wie Hofstetter reagierte auch Christian Herzberg auf Hagen Stieglers Attacke. Der Jüngste in der Runde fiel seinem Förderer in den Arm, als dieser zu einem weiteren Schlag ausholte. Aufgrund seines regelmäßigen Trainings war es ein Leichtes, die Eskalation abzuwürgen. »Komm mal wieder runter, Hagen! Willst du den Terroristen die Arbeit abnehmen?«

»Wenn's sein muss!« Stieglers Wangenknochen traten in seinem mageren Gesicht noch schärfer als gewöhnlich hervor. Selbst in dem fahlen Licht der Gaslaterne, die ihnen die Entführer diesmal wieder dagelassen hatten, war es deutlich zu erkennen. »Ich lass mir mein Leben nicht von diesem Weichei versauen!«

Der Grund für seinen Wutausbruch war nicht nur, dass Hofstetter die Mitgefangenen zum wiederholten Mal zu einem

Geständnis überreden wollte, sondern dass er zudem vor einer Stunde komplett die Hosen heruntergelassen und dabei nicht nur sich selbst, sondern auch Herzberg und Stiegler massiv belastet hatte. Mehrfach hatten ihn die beiden unterbrochen, ohne verhindern zu können, dass die ganze Geschichte von der Videokamera aufgezeichnet worden war. Vollumfänglich und wahrheitsgetreu. Dennoch waren die Entführer noch nicht zufriedengestellt. Sie verlangten weiterhin von jedem Einzelnen ein Schuldeingeständnis und damit den Beleg, dass der Betrug nicht nur mit Wissen der Konzernspitzen durchgeführt, sondern von diesen auch aktiv initiiert worden war.

Hofstetter rutschte so weit in eine liegende Position, wie es der fixierte linke Arm erlaubte. Eine Gegenwehr versuchte er erst gar nicht, stattdessen konzentrierte er sich auf das Pochen seines Herzes. Ab wann würden Stress und fehlende Medikamente ihren Tribut fordern? Er hoffte, dass ihn die Geiselnehmer aufgrund seiner Beichte tatsächlich freiließen, aber solange Stiegler und Herzberg standhaft blieben, sah es düster aus. Immerhin gab es erste Risse in der Verweigerungshaltung.

»Vielleicht sollten wir es wie Emil machen und alles zugeben«, sagte Herzberg.

Stiegler drehte sich sofort in seine Richtung. »Machst du dir jetzt auch in die Hose?« Ein weiteres Mal hob er die Faust, beließ es aber bei der drohenden Geste. Sein einstiger Zögling war ein anderes Kaliber als Hofstetter.

»Mit nasser Hose hat das nichts zu tun«, erwiderte Herzberg. Er fuhr sich mit einer Hand durch die dunklen Haare – eine Geste, die er häufig zeigte und die wohl unbewusst war. »Es geht nur darum, hier mit heiler Haut rauszukommen. Vor Gericht ist unsere Aussage nicht verwertbar, weil sie in einer Extremlage entstanden ist. Wir können glaubhaft versichern, aus Angst um unser Leben alles gesagt zu haben, was die Entführer von uns hören wollten.«

Stieglers Gesichtszüge blieben verhärtet. »Kann sein, aber unser Ruf wäre trotzdem ruiniert. Und nachdem Emil so dämlich war, alles bis ins kleinste Detail …«

»Er müsste seine Aussage natürlich ebenfalls widerrufen. Bleibt nur das Problem, dass die Ermittlungsbehörden alles dransetzen werden, um unsere Schuld …«

»Faselt nicht immer von Schuld«, fuhr ihm Stiegler über den Mund. »Wir haben im Interesse aller gehandelt. Für unsere Unternehmen, die Mitarbeiter und für Deutschland als Wirtschaftsstandort. Haben dafür sogar unser eigenes Geld in die Hand genommen, das soll uns erst mal einer nachmachen! So viel zu der angeblichen Nehmermentalität der heutigen Unternehmensführer!«

»Du hast ja recht, und ich würde es heute wieder genauso machen. Ändert aber nichts daran, dass man auf Spuren stoßen könnte, die wir gut verwischt zu haben glauben. Florian ist die größte Gefahr. Seinen Namen hätte Emil nicht erwähnen dürfen!«

Zum ersten Mal seit Stunden entspannte sich Stiegler, aber sein Lächeln war kalt. »Über Florian musst du dir keine Gedanken mehr machen. Das Maß war voll, wir sind nicht länger erpressbar.«

»Was hast du …?«

»Ich hab was arrangiert. Bist du schockiert?«

»Eher erleichtert.« Herzberg klopfte ihm auf die Schulter. »Und Haberkorn?«

»Für ihn gilt dasselbe. Ich habe einen Profi auf *beide* angesetzt. Könnt euch also bei mir bedanken.«

»Du hast uns da doch erst reingezogen.« Hofstetter wischte sich Blut vom Kinn. »Aber ich kann euch beruhigen. Natürlich würde ich meine Aussage widerrufen. Ich möchte genauso wenig ins Gefängnis wie ihr. Zuerst müssen wir hier aber mit heiler Haut rauskommen.«

»Ich glaube immer noch, dass wir es mit verrückten Idealisten zu tun haben.« Stiegler musterte ihn mit verächtlicher Miene. »Die knallen uns nicht ab, dazu haben die gar nicht das Format.«

»Sei dir nicht zu sicher!«, warnte Herzberg. »Zumal du der Erste auf der Liste bist, denk an die Drohung auf der Webseite. Wie lang ist es wohl noch bis zweiundzwanzig Uhr?«

Alle schwiegen, und Stiegler war anzusehen, dass er nervöser war, als er zugab. Auf einmal waren von draußen Stimmen zu hören, dann öffnete sich die Ladeklappe. Noch immer konnten sie nur die Wand mit dem Justitia-Graffiti erblicken, der Lastwagen war seit ihrer Ankunft nicht mehr bewegt worden. Zwei schwarz gekleidete Personen stemmten sich zu ihnen hoch.

»Ihr verprügelt euch also schon gegenseitig?« Es war eine Frauenstimme, die Hofstetter unbekannt war. Also nicht die Studentin, die Christian in die Falle gelockt hatte. Wie viele waren es wohl insgesamt? Eigentlich egal, schon ein Einziger war in ihrer Lage gefährlich genug.

Die Augen hinter der Sturmhaube musterten Hofstetter. »So bist du nicht vorzeigbar. Am Ende denkt man noch, *wir* hätten dich so zugerichtet. Macht aber nichts, wir brauchen kein weiteres Gruppenfoto.«

Hofstetter setzte gerade dazu an, die Notwendigkeit einer Medikamentenversorgung anzusprechen, als sich Herzberg räusperte und ihm zuvorkam. »Doch …. denn wir haben entschieden«, er deutete auf Stiegler und sich, »dass auch wir alles zugeben. Ihr könnt die Kamera also aufstellen.«

Die Frau winkte ab, ihre Stimme klang belustigt. »Nicht nötig.«

»Aber … genau das wolltet ihr …?«

»Das, was wir wollen, haben wir bekommen.« Sie zeigte in eine der oberen Ecken des Laderaums. »Denkt ihr, dass wir euch unbeobachtet lassen? Dort befindet sich ebenfalls eine Kamera, und Mikrofone haben wir auch angebracht. Jedes eurer Worte war klar zu hören.«

Hofstetter sah in die angezeigte Richtung, konnte aber nichts entdecken. Entweder war das Gerät zu klein oder sein Blick zu verschwommen. Mühsam befeuchtete er den Mund mit Speichel. »Dann … können wir gehen?«, fragte er.

»Ganz so einfach ist es nicht.«

Sein Magen zog sich zusammen. »Aber …«

»Wir haben weitere Forderungen, falls ihr das vergessen habt. Heute haben sie sich auf die *DAW* bezogen – was ignoriert wurde. Wir werden eine neue Frist bis morgen um sechzehn Uhr einräumen. Das betrifft allerdings nur dich.« Sie deutete auf Herzberg, während hinter ihr zwei weitere Gestalten in den Laderaum kletterten. »Für dich«, sie drehte sich zu Stiegler, »ist das bedeutungslos.«

Die drei anderen Entführer lösten den Vorstandsvorsitzenden von der Verstrebung und zogen ihn nach oben.

»Was soll das werden?«, brüllte er und bäumte sich auf. Panik stand in seinen Augen, bevor ihn ein Schlag gegen die Schläfe zusammensacken ließ.

Mit rasendem Herzschlag verfolgte Hofstetter, wie Stiegler zur Laderampe geschleift wurde. Der Entschluss, von seinen gesundheitlichen Problemen zu berichten, geriet wieder ins Wanken. Wenn diese Schwachstelle bekannt war, würde ihm dies nutzen oder eher schaden?

Die Frau sah mit verschränkten Armen zu, dann richtete sie ihre Aufmerksamkeit wieder auf die verbliebenen Gefangenen. »Falls uns noch irgendjemand unterschätzen sollte, wird sich das jetzt ändern. Vielleicht bringt das ja Bewegung in die *DAW*, sodass zumindest du überlebst.« Erneut zeigte sie auf Herzberg. »Lassen wir uns überraschen. Anschließend prüfen wir, ob *Faber* ähnlich sorglos mit dem Leben einer Führungskraft umgeht.

Du hast also noch eine Galgenfrist.« Sie legte Hofstetter kurz eine Hand auf die Schulter, dann folgte sie ihren Komplizen.

»Verdammte Bastarde!«, brüllte Herzberg ihr hinterher und zerrte an seiner Fixierung.

»Beruhige dich mit der Vorstellung, dass morgen früh ein Video von euch im Internet kursiert.« Die Frau sprang von der Laderampe. »Dazu noch ein Foto von eurem Freund.«

Surrend setzte sich die Laderampe in Bewegung und klappte schließlich zu. Im Inneren des Lastwagens herrschte Schweigen, doch die Atemgeräusche der beiden Männer waren laut und schnell. Plötzlich knallte draußen ein Schuss und ließ sie zusammenzucken. Herzberg stöhnte auf, während Hofstetter Tränen über die Wangen liefen. Hagen hatte sich in seiner Einschätzung der Lage fundamental getäuscht.

Kapitel 11

Der Nachthimmel zeigte am Horizont schon einen hellen Schimmer, doch noch war der Sonnenaufgang an diesem Karnevalsdienstag eine Stunde entfernt. Inmitten von Feldern, am südlichen Rand des Grevenbroicher Stadtgebiets zwischen Köln und Mönchengladbach gelegen, ragte das Braunkohlekraftwerk Neurath aus der Landschaft. Rote Lampen an den Kühltürmen, Schornsteinen und Kraftwerksblöcken dienten der Flugsicherheit, während das Gelände am Boden von Scheinwerfern in gelbliches Licht getaucht wurde.

Der aus den Kühltürmen tretende weiße Dampf hob sich von dem schwarzblauen Himmel ab, während die Abgase dem Auge verborgen blieben. Dessen ungeachtet waren sie reichlich vorhanden, denn Neurath galt unter den europäischen Kraftwerken als das mit den zweithöchsten Treibhausgasemissionen. Zugleich war es das zweitgrößte Braunkohlekraftwerk Europas und das größte in Deutschland. Um die siebenhundertfünfzig Mitarbeiter sorgten dafür, dass die sechs aktiven Blöcke ihren Dienst taten und der sich in Sicherheitsbereitschaft befindliche siebte Block bei Bedarf hochgefahren werden konnte.

Auf der Landstraße näherte sich aus östlicher Richtung ein Kombi. Im Inneren saßen vier Arbeiter auf dem Weg zu ihrem Dienstbeginn. Nicht nur aufgrund der frühen Uhrzeit herrschte

Schweigen, drei der vier Insassen hatten darüber hinaus mit den Folgewirkungen des Rosenmontags zu kämpfen. Auch der Mann hinter dem Lenkrad hatte dem wichtigsten Ereignis der Region nicht entsagt. Trotz der morgendlichen Kühle hatte er das Fenster halb heruntergelassen, um keine Niederlage im Kampf gegen die schweren Augenlider zu riskieren.

Von einer Sekunde auf die andere war er aber hellwach. Die Bahnunterführung war noch gut fünfzig Meter entfernt, dort verliefen die Gleise der Nord-Süd-Bahn, mit der Braunkohle zwischen den Tagebauen und Kraftwerken der Region transportiert wurde. Ohne diesen ständigen Nachschub wäre ein kontinuierlicher Kraftwerksbetrieb nicht zu gewährleisten, allein Neurath bekam jeden Tag gut vierzigtausend Tonnen Kohle geliefert.

An diesem Tag würde der Nachschub ausbleiben. Instinktiv drückte der Fahrer mit dem Fuß auf das Bremspedal, als vor ihm in schneller Folge und über eine Breite von über hundert Metern mehrere Detonationen erfolgten, die nicht nur Steine, Erde und Metall in die Luft katapultierten, sondern auch die Eisenbahnbrücke zum Einsturz brachten. Ein Grasbüschel landete mit einem dumpfen Geräusch auf der Windschutzscheibe, als das Auto zum Stehen kam.

»Scheiße, scheiße, scheiße!« Der Kater des Mannes war wie weggeblasen. Mit zitternden Fingern löste er den Sicherheitsgurt, öffnete die Tür und hievte sich ins Freie. Die Straße war nicht mehr passierbar, und als er die Böschung zu den Schienen hochkletterte, erkannte er das volle Ausmaß der Zerstörung. Nicht nur an der Eisenbahnbrücke, auch weiter vorn, an der direkten Zufahrt zum Kraftwerk, waren die Gleisanlagen unbrauchbar gemacht worden.

Sein Blick glitt weiter zu einem der Kühltürme, und er kniff die Augen zusammen. An der Außenwand leuchtete in diesem Moment ein Bild auf – so, als würde ein leistungsstarker Beamer das Bauwerk anstrahlen. Die Buchstaben Z und J konnte er ausmachen, zusätzlich die Gestalt einer Frau, die Schwert und Waage in den Händen hielt. Während die Erkenntnis Einzug hielt, wer das Kraftwerk soeben von der Kohleversorgung abgeschnitten hatte, trafen seine Kollegen neben ihm ein. Mit offenem Mund starrten sie über das Chaos hinweg zum Kühlturm.

»Verdammte Terroristen!«, presste einer zwischen den Zähnen hervor, den anderen fiel gar nichts ein.

Auf dem Kraftwerksgelände setzte das Geräusch von Sirenen ein, dann gesellte sich der Schein von Blaulichtern der Betriebsfeuerwehr dazu. Einer der Männer zog ein Smartphone aus der Tasche und filmte die Szenerie.

»Fällt euch nichts Besseres ein?«, schnauzte der Fahrer, als ein anderer Kollege sein Handy ebenfalls entsperrte.

»Ich will gar nicht filmen«, sagte der. »Seht ihr das Logo auf dem Kühlturm?«

»Natürlich, kenn ich aus den Nachrichten. Das hier waren die Ökospinner, die erst die Autobosse entführt und gestern drei Flughäfen lahmgelegt haben.«

»Und heute drei Kraftwerke.« Der Mann drehte das Display herum.

»Was ist das?«

»Die Webseite von den *Zeugen Justitias*. Sie haben nicht nur uns, sondern noch zwei andere Kraftwerke angegriffen.«

Er hielt das Handy in die Mitte, sodass alle das Bekennerschreiben lesen konnten. *Fünfundachtzig Prozent der Emissionen des Stromsektors entfallen auf die Kohleverstromung. Kohlekraftwerke heizen aber nicht nur den Klimawandel an, sondern stoßen gesundheitsschädlichen Feinstaub, Schwefeldioxid, Stickstoffoxide, polycyclische aromatische Kohlenwasserstoffe und Schwermetalle aus. Lungen- und Herzerkrankungen, Nervenschäden sowie Krebs sind die Folgen. Allein das Kraftwerk*

Neurath emittiert im Jahr so viel CO_2 wie über zwölf Millionen Pkw. Aber nicht nur durch die Verfeuerung, sondern auch durch den Abbau von Kohle wird Tag für Tag Raubbau an der Natur und der Gesundheit von Mensch und Tier betrieben. Wir fordern daher die Stilllegung von den fünf größten (nach Bruttoleistung) Kohlekraftwerken in Deutschland bis zum kommenden Samstag um vierundzwanzig Uhr. Andernfalls werden wir nicht nur – wie heute früh an drei Standorten – die Schienen sabotieren, sondern Angriffe auf die Anlagen selbst vornehmen und die Verantwortlichen der Energieversorger und Politik liquidieren. Dabei können wir nicht ausschließen, dass auch einfache Arbeiter und Angestellte zu Schaden kommen. Die Zeugen Justitias.

Klappernd rauschte der hellblaue Wagen heran, der Anblick war skurril. Die Räder befanden sich oberhalb des Waggons und rollten über eine Schiene, die an einem Tragegerüst quer durch die Stadt führte. Die schräg gestellten Stützen erinnerten Steven an die gespreizten Beine einer Giraffe an einer Wasserstelle, nur dass die grüne Farbe nicht passte. Die Schwebebahn war nicht nur das Wahrzeichen von Wuppertal, sondern stand zudem unter Denkmalschutz.

Als Schmuckstück stufte der BKA-Ermittler sie dennoch nicht ein. Zwar sparte ihre Bauweise wertvolle Bodenfläche, zugleich war das wuchtige Gerüst aber nicht zu übersehen – auch nicht an optisch eigentlich ansprechenden Stellen. So überspannte der Großteil der Strecke die Wupper, was nach Stevens Meinung den Flusslauf nicht unbedingt verschönerte. Die Wuppertaler hingegen liebten ihre Bahn, wie er nach einer unvorsichtigen Bemerkung einmal in einer Kneipe hatte erfahren müssen.

Laura teilte seine kritische Meinung offenbar ebenso wenig, denn sie sah dem Gefährt sichtlich fasziniert hinterher, bevor es hinter einer Kurve verschwand. Die Ampel wechselte auf Grün, und sie gab Gas. »Krass, dass so was schon Ende des neunzehnten Jahrhunderts gebaut werden konnte«, meinte sie.

»Wieso? Ist doch im Grunde nichts anderes als eine Eisenbahn. Nur verkehrt herum. Man sieht dem Ding an, dass es aus der Zeit der industriellen Revolution stammt.«

»Streng genommen war die industrielle Revolution damals schon vorbei. Die Phase während des Kaiserreichs, das war die der Hochindustrialisierung.«

»Ist es für eine Geschichtsvorlesung nicht noch zu früh?« Steven lugte zur Uhr, es war erst halb sieben. Noch nicht einmal ein schnelles Frühstück war drin gewesen, weshalb er sich nun schon den dritten Müsliriegel gönnte.

Vermutlich wäre er fitter gewesen, wenn er sich in der Nacht überhaupt nicht mehr hingelegt hätte, denn die Diskussionen mit seiner Freundin hatten noch bis ein Uhr gelodert. Inzwischen war sie seine Exfreundin, denn wie von Laura prophezeit, war es keine beziehungserhaltende Maßnahme gewesen, die Karten offen auf den Tisch zu legen. Zudem hatte die Aussprache unter erschwerten Rahmenbedingungen stattgefunden, da Steven immer wieder mit angespannten Nerven die Webseite der *Zeugen Justitias* besucht hatte. Doch weder dort noch irgendwo anders war ein Bericht zu finden gewesen, dass die Terroristen ihre Drohung wahr gemacht und Hagen Stiegler erschossen hatten. Waren sie also weniger kaltblütig als befürchtet? Die *Deutschen Automobil Werke* jedenfalls hatten darauf gebaut und die Produktion mit Volldampf weiterlaufen lassen.

Gerade mal zwei Stunden hatte sich Steven im Bett herumwälzen können, bevor ihn ein Anruf von Laura aus der Wohnung und zur Zentrale des BKA gescheucht hatte. Zunächst hatte er befürchtet, dass Stiegler irgendwo erschossen aufgefunden worden war, aber der Grund war ein anderer gewesen: Die Nachtschicht hatte derart erfolgreich gearbeitet, dass

Irene Knopf für vier Uhr morgens eine Dringlichkeitssitzung einberufen hatte.

Die Auswertungen des Laptops und der USB-Sticks aus Florian Becks Bankschließfächern waren abgeschlossen, und hätten die Ermittler diese Gegenstände schon vor Jahren sichergestellt, befänden sich die entführten Automanager derzeit zwar nicht in Geiselhaft, dafür aber in einer staatlichen Verwahranstalt – wo ihnen der knapp einer Entführung entkommene Paul Schink Gesellschaft leisten würde. Letztlich hätte es sogar gereicht, nur den gesondert gesicherten Bereich des Laptops zu knacken – was den *Zeugen Justitias* offenbar nicht gelungen war – denn auf Becks USB-Sticks hatten sich lediglich ausgewählte Duplikate von abgelegten Dateien befunden – sortiert nach den jeweiligen Autokonzernen. Dementsprechend gab es je einen Stick mit belastendem Material zu den *Deutschen Automobil Werken*, zu *Faber* und zu *Heßler*. Was noch immer fehlte, waren Hinweise zu *Sinus*. Hatte Konrad Hentschel also stets die Wahrheit gesagt und war selbst von den aufgedeckten Manipulationen überrumpelt worden?

Abgespeichert waren Mails, Screenshots von Handynachrichten, Gesprächsnotizen, Strategiepapiere, Protokolle und sogar Tonmitschnitte sowie Videos. Florian Beck musste von Anfang an darauf geachtet haben, jeden der Manager vollständig in der Hand zu haben. Dadurch hatte er nicht nur eine Rolle als Sündenbock verhindert, sondern sich auch einen kontinuierlichen Zusatzverdienst durch Erpressung ermöglicht. Der Inhalt der USB-Sticks war so zusammengestellt worden, dass sich der betroffene Manager vor keinem Gericht hätte herausreden können, zugleich fehlten sämtliche Hinweise auf Florian Beck. Sein Part ließ sich nur mithilfe der übrigen Dateien einordnen, die er in dem separat gesicherten Bereich der Laptop-Festplatte weggesperrt hatte.

Die Vorgehensweise setzten sich die Ermittler folgendermaßen zusammen: Beck war zwar auf die Idee des Betrugs gekommen, die konkrete technische Umsetzung hatte aber insbesondere sein Freund Richard Haberkorn vorgenommen – nachdem Hagen Stiegler seine Zustimmung zum Praxiseinsatz signalisiert hatte. Beck und Haberkorn hatten eine stattliche Entlohnung erhalten und zudem die Zusicherung, bei Bedarf mit neuen Jobs versorgt zu werden. Im Fall von Beck war dies eine Stelle bei einem Verband der Autolobby gewesen, während Richard Haberkorn bei einem Zulieferer untergebracht worden war.

Der Vorschlag, die Betrugsmöglichkeit den Konkurrenten zu präsentieren, ging wohl auf Stiegler und Herzberg zurück, die Florian Beck Zugang zu den passenden Akteuren – konkret Hofstetter und Schink – verschafft hatten. Drei Mal war es sogar zu Treffen in großer Runde gekommen. Dabei waren Absprachen getroffen worden, wie man sich gegenüber den Prüfungsbehörden verhalten sollte. An dieser Stelle zeigte sich, dass zumindest in Deutschland nichts dem Zufall überlassen worden war. Laut Stiegler verfüge er selbst über einen verlässlichen Kontakt beim Kraftfahrt-Bundesamt, sodass keine Schwierigkeiten zu befürchten seien. Ein entsprechender Name tauchte in den Dokumenten jedoch nicht auf, vielleicht war er Beck gegenüber nicht erwähnt worden.

Weiterführende Erkenntnisse erhofften sich die Ermittler durch Verhöre von Paul Schink – diesbezüglich liefen bereits Abstimmungen mit der Staatsanwaltschaft – und Richard Haberkorn. Dass Laura und Steven zu dessen Wohnsitz in Wuppertal unterwegs waren, lag aber auch daran, dass in der vergangenen Nacht weitere Puzzleteile aus Stieglers Finanzwelt zusammengesetzt worden waren. Wie schon vermutet, hatte er die Bezahlung Becks geregelt und seinerseits die Anteile von Herzberg, Hofstetter und Schink erhalten. Sämtliche Konten waren mittlerweile gesperrt – zumindest soweit dies möglich war, denn bei Offshore-Banken stieß selbst das BKA an die Grenzen der Durchsetzungskraft.

Immerhin eine Bank aus Übersee hatte aber kooperiert, nachdem sich die Bundesregierung bei dem Premierminister von Barbados mit Nachdruck dafür eingesetzt hatte. Vom Financial Stability Board, einer von der OECD ins Leben gerufenen Initiative, wurde Barbados aber eben auch in der zweiten Kategorie geführt und zählte somit zu den Offshore-Finanzplätzen, die über eine einigermaßen solide Gesetzgebung verfügten und eine Zusammenarbeit mit internationalen Institutionen nicht völlig verweigerten. Dadurch war eine Spur aufgetaucht, die Lauras These über die Hintergründe von Becks Ermordung stützen konnte: Zwei Überweisungen Stieglers waren an eine Firma in Usbekistan gegangen, deren Tätigkeit angeblich Architekturdienstleistungen umfasste. Nach Einschätzung von Interpol handelte es sich dabei jedoch um eine Strohfirma, über die Drogen- und Waffengeschäfte abgewickelt wurden.

Die Überweisungen waren vor drei Wochen gemacht worden, beide mit einem Betrag von zweihunderttausend Euro. Vermerkt waren darauf *order one* und *order two*, also *Auftrag eins* und *Auftrag zwei*. Sollte Stiegler damit einen Auftragsmörder bezahlt haben, dann stand das erste Opfer wohl fest: Florian Beck. Und es war wenig Fantasie nötig, um sich den Namen der zweiten Zielperson vorzustellen. Die Kollegen, die mit der Beschattung Richard Haberkorns beauftragt waren, hatten zuletzt vor zehn Minuten Entwarnung gegeben. Der Wohnsitz sei von ihrer Position aus gut einsehbar, unbemerkt könne sich niemand nähern, und es habe keine verdächtigen Aktivitäten gegeben. Dennoch wollten ihn Laura und Steven nicht nur zum Zweck einer ausführlichen Befragung mitnehmen, sondern auch zu seinem eigenen Schutz. Der Antrag auf Hausdurchsuchung war bereits beim zuständigen Richter gestellt worden, und aufgrund der Beweislast rechnete Steven mit einer schnellen Genehmigung. Das Gebäude befand sich am nordöstlichen Rand von Wuppertal im Stadtbezirk Oberbarmen und wurde von Haberkorn, seiner Frau und der dreijährigen Tochter bewohnt. Letztere hielten sich gerade bei seinen Schwiegereltern auf, wie aus einem abgehörten Telefonat hervorgegangen war.

Das Ziel lag nur noch wenige Kilometer entfernt, und Laura beschleunigte vor einer Ampel, die gerade auf Gelb umsprang. »Immerhin ist diese Schwebebahn eine umweltfreundliche Erfindung«, sagte sie zu Steven. »Sie wird von den *ZJ* also sicher nicht gesprengt.«

»Das Ding fährt mit Strom. Und woraus wird Strom hergestellt? In Deutschland zu einem Großteil noch immer aus Kohle. Ich hab den Text der *ZJ* aufmerksam gelesen. Wusste ich aber schon vorher.«

Dass die Guerilla-Bewegung am frühen Morgen die drei größten Kohlekraftwerke per Schienensprengungen von ihrem Rohstoff abgeschnitten hatte, war ihnen dagegen erst seit einer Viertelstunde bekannt. Allerdings lagen die simultan vorgenommenen Zerstörungen auch erst dreißig Minuten zurück. Die Öffentlichkeit war diesbezüglich noch ahnungslos, sofern sie nicht zufällig oder absichtlich die Webseite der *Zeugen Justitias* besucht hatte. Alle betroffenen Kraftwerke standen in Nordrhein-Westfalen und wurden von ein und demselben Energieversorger betrieben. Auf die Unternehmenszentrale in Essen war – genauso wie auf die Kühltürme der Kraftwerke – das Logo der *Zeugen Justitias* projiziert worden. Die entsprechenden Beamer hatte die Polizei sichergestellt und ausgeschaltet. Fotos von der Aktion waren aber weiter auf der Webseite der Guerilleros zu finden und würden sicher von diversen Nachrichtenredaktionen genutzt werden.

»Cleverer Schachzug«, meinte Steven. »Die Anlagen selbst sind gut gesichert, eine Sabotage der Maschinenhäuser, Turbinen oder Umspannanlagen wäre schwierig geworden.«

Laura nickte. »Ein einfaches und zugleich effektives Anschlagsziel. Die Sprengsätze können sie unauffällig über einen längeren Zeitraum an den Gleisen installiert haben. Aber die Beamer dürften erst vergangene Nacht aufgestellt worden sein. Also bestehen Chancen, dass die Spurensicherung etwas findet oder dass es Zeugen gibt.«

»Ob uns das aber zu den gekidnappten Managern führt, bezweifle ich. Und das hat höchste Priorität, wenn ich mir das letzte Foto von ihnen ansehe.« Er präsentierte das Tablet, auf dessen Display die drei Männer in Gefangenenkleidung zu sehen waren.

Laura blickte weiter auf die Straße, sie kannte das Foto schon in- und auswendig. »Davon abgesehen, dass die Männer mit dieser Aufnahme gedemütigt werden, scheinen sie sonst gut behandelt zu werden. Keine Anzeichen von Misshandlungen.«

»Keine Misshandlungen? Und wie nennst du ihre Geiselhaft? Davon abgesehen wissen wir nicht, ob sie Stiegler nicht doch abgeknallt haben. Nur weil sie dazu noch nichts veröffentlicht haben, heißt das nicht ...«

»Du weißt genau, was ich meine. Die Terroristen könnten sich an ihnen abreagieren, aber das tun sie offenbar nicht. Und das macht mir Hoffnung, dass sie ihr ursprüngliches Versprechen halten.«

»Versprechen?«

»Sie hatten ganz am Anfang behauptet, dass wir die Männer retten können, wenn wir ihr Vergehen aufdecken. Stieglers Erschießung könnte also nur zur Druckerhöhung angedroht worden sein.«

Stevens Verlangen nach einer Zigarette nahm zu, und er drückte das letzte Nikotinkaugummi aus der zerknautschten

Packung. »Hoffentlich hast du recht. Also müssen wir unser Wissen öffentlich machen, damit die *ZJ* es mitbekommen. Und was passiert dann? Fahren sie die Autobosse vors Hoftor des BKA?«

»Vielleicht teilen sie uns dann mit, wo sie zu finden sind.«

Als das Nikotin seine Wirkung entfaltete, atmete Steven durch. »Bleibt nur ein Problem: Beweismittel eines laufenden Ermittlungsverfahrens noch vor der Gerichtsverhandlung der Öffentlichkeit mitzuteilen, ist eigentlich nicht zulässig.«

»Wir haben aber keine andere Möglichkeit, außerdem müssen ja keine Details genannt werden. Es reicht die Ankündigung, dass es schwerwiegendes Beweismaterial und einen dringenden Tatverdacht gegen die Autobosse gibt. Eine Verhaftung von Paul Schink wäre ein zusätzliches starkes Signal.«

»Das wird ein medialer Paukenschlag.«

»Und hoffentlich ein Befreiungsschlag im wahrsten Wortsinn.« Laura seufzte. »Das setzt aber voraus, dass diese Terroristen kein falsches Spiel betreiben. Wenigstens sind Probst und Verhoeven in der Vergangenheit nicht durch Gewaltorgien aufgefallen. Und die Leute aus ihrer Umgebung, die abgetaucht sind, ebenfalls nicht.«

Neben den beiden Verdächtigen hatte das BKA nach dieser Nacht zehn weitere Namen auf dem Zettel, denen eine Beteiligung an den Entführungen potenziell zuzutrauen wäre. Grund für diese Annahme war bislang lediglich, dass sie dem Umfeld von Probst und Verhoeven zugeordnet werden konnten, aber nichts über ihren aktuellen Aufenthaltsort bekannt war. Es war denkbar, dass noch weitere Namen auftauchten, denn die Durchleuchtung des Hintergrundes der beiden Hauptverdächtigen war noch nicht abgeschlossen. Eine Nachtschicht reichte dafür trotz des immensen Personal- und Technikeinsatzes nicht aus.

Laura bog ab und ließ das dichter besiedelte Gebiet Wuppertals hinter sich. Der Stadtbezirk Oberbarmen gliederte sich in fünf Quartiere, und das für die BKA-Ermittler relevante lag, von Bachtälern getrennt, auf drei Höhenzügen. Die Morgendämmerung setzte ein, allerdings würde die Sonne bald von der aus dem Westen aufziehenden Wolkenwand verdeckt werden. Die Grundstücke lagen locker zwischen Wiesen, Hecken und kleinen Waldstücken verteilt. Eine Straße führte leicht bergauf, sie war schmal und an vielen Stellen geflickt. Starker Verkehr war aufgrund der überschaubaren Anzahl an Häusern nicht zu erwarten, man musste schon wissen, dass diese Siedlung noch zum Wuppertaler Stadtgebiet gehörte, sonst hätte man sich mitten auf dem Land gewähnt.

Richard Haberkorns Anwesen lag auf halber Höhe an der Straße, etwa fünfzig Meter vom nächsten Haus entfernt. Die Fenster waren dunkel. Laura fuhr langsam weiter, bis sie einen Wagen entdeckte, der am Rand eines Feldwegs parkte. Die Einschätzung der Kollegen stimmte, von hier aus hatte man das Gelände gut im Blick. Laura betätigte die Lichthupe, dann parkte sie vor der Kühlerhaube. Es erfolgte keine Reaktion.

»Wahrscheinlich sehen sie sich gerade draußen um.« Laura stellte den Motor ab.

»Oder sie sind eingepennt.« Steven öffnete die Tür. »Wäre nicht das erste Mal, dass ich Kollegen dabei ertappe.«

»So wie ich dich schon mindestens drei Mal …?«, setzte Laura an, und Steven schloss rasch die Tür. Selbst im Dunkeln sah er ihre weißen Zähne leuchten. Na, immerhin lachte sie mal wieder!

Tief sog er die Morgenluft ein und ging zu dem anderen Wagen. Hinter der Frontscheibe erkannte er zwei Gestalten. Wieso blieben die beiden einfach sitzen, anstatt … Steven hielt inne. Das Fenster auf der Fahrerseite war zersplittert, die Körperhaltung der Männer wirkte … unnatürlich. Er stürzte nach vorn, öffnete die Tür und keuchte auf. Die Polizisten hingen zusammengesackt und reglos in den Sitzen, jeder der beiden hatte ein kreisrundes Loch in der Stirn. Blut und Hirnmasse klebten an den Kopfstützen, die beim Öffnen der Tür angegangene Innenbeleuchtung ersparte Steven keine Details.

Schritte stoppten neben ihm. Er spürte, dass es Laura war. »Ruf Verstärkung!«, krächzte er. »Wann haben wir mit den beiden telefoniert?«

Als sie das Handy hervorzog, wirkte Lauras Gesicht wie eine Maske aus Wachs. »Vor zwanzig Minuten.«

»Dann sieht es für Richard Haberkorn düster aus. Aufs SEK können wir nicht warten.«

Laura nickte, auch ihre Stimme war heiser. »Jetzt müssen wir ran. Sofern es nicht schon zu spät ist.«

Es war so weit. Emil Hofstetter bemühte sich, die Anzeichen auszublenden, aber es blieb bei dem Versuch. Nicht nur, dass er in der zurückliegenden Nacht einen ständigen Harndrang verspürt hatte, deutete auf ein beginnendes Lungenödem hin. Dass er hundemüde war, konnte zwar auch daran liegen, dass er aufgrund der Situation kaum in den Schlaf fand, in Verbindung mit dem einsetzenden Husten und der Atemnot musste er aber realistischerweise eine andere Ursache vermuten. Die Herzinsuffizienz begleitete ihn nicht erst seit gestern, darum war er gut informiert.

Trotz der Dunkelheit – die Gaslaterne war mittlerweile erloschen – entging Christian Herzberg der verschlechterte Gesundheitszustand seines Mitgefangenen nicht. »Wieso hechelst du so? *Ich* bin als Nächstes dran, brauchst dir also nicht ständig in die Hose zu pissen.«

Hofstetter ging nicht davon aus, dass er allein für den Geruch nach Urin verantwortlich war, aber er sparte sich die

Luft für derartige Belanglosigkeiten. »Wenn wir nicht bald befreit werden, könnte ich trotzdem vor dir draufgehen.«

»Weshalb? Was ist mit dir?«

Stockend berichtete Hofstetter von der Herzinsuffizienz und den einsetzenden Problemen.

»Aha.« Herzbergs Stimme klang desinteressiert. »Dann frag halt nach einem Medikament. Bis morgen brauchen sie dich noch lebend.«

»Meine Medikamente …«, Hofstetter hustete. »Die kannst du nicht mal eben … aus der … Apotheke holen.« Er brauchte einen Moment, um wieder zu Atem zu kommen. »Die müssten mich freilassen. Am besten ins Krankenhaus fahren. Anders geht es nicht.«

Dafür hätte sich aber endlich jemand zeigen müssen, und das war nicht der Fall. Hunger verspürte er keinen, aber der Durst wurde immer drängender. Die Flaschen, die sich in der Tasche zu seinen Füßen befanden, waren längst leer. Erneut überprüfte er noch einmal tastend, ob er eine übersehen hatte. Dann siegte die Not über den Stolz.

»Christian!« Es kam keine Antwort. »Christian!«

»Was ist?«

»Ich hab nichts mehr zu trinken. Kannst du … hast du noch was?«

»Ja, eine Flasche.«

»Kann ich … bitte … nur einen Schluck?«

»Vergiss es!«

»Was?« Wieder musste er husten.

»Wenn ich schon sterben muss, will ich bestimmt nicht vorher stundenlang durstig sein. Wer weiß, wann diese Arschlöcher hier auftauchen.«

Wieder breitete sich Schweigen aus.

»Herrgott noch mal!«, fluchte Herzberg plötzlich los. »Wieso haben die nicht wenigstens noch eine Lampe dagelassen?«

»Warum sollten sie?« Hofstetters Atmung hatte sich beruhigt. »Das, was sie wollten, haben sie schon auf Video. Die werden uns umbringen, weshalb sollten sie es uns angenehmer machen?«

»Und die Polizei versagt auch auf ganzer Linie«, echauffierte sich Herzberg. »Wir sind doch keine C-Promis! Eigentlich müsste das ganze Land durchkämmt werden!«

»Vielleicht wird das ja getan.«

»Ach was!«

»Dann kannst du nur auf einen Produktionsstopp hoffen.«

Herzberg lachte auf. »Du weißt so gut wie ich, dass das nicht passieren wird. Wäre Hagen noch am Leben und in seinem Büro, würde er sogar höchstpersönlich dafür sorgen.«

Die Erwähnung Stieglers führte dazu, dass die beiden Männer wieder schwiegen. Ob er noch tot vor dem Lkw lag? Hofstetter erschauderte bei der Vorstellung. Wenigstens war er nicht vor ihren Augen erschossen worden, das sprach dafür, dass sie ihn weggeschafft hatten. Wollten sie ihn verschwinden lassen oder irgendwo öffentlichkeitswirksam ablegen? Er stellte sich vor, was die Entführer mit seinem eigenen Körper anstellen würden. Unwillkürlich dachte er an seine Frau und wie er am Sonntag auf dem Balkon am liebsten bei ihr geblieben wäre. Hätte er das dabei besprochene Vorhaben, sich früher als geplant in den Ruhestand zu begeben, doch nur sofort in Angriff genommen! Stattdessen ging es ihm jetzt wie dem Vorstandskollegen, der seinen kurz bevorstehenden Ruhestand aufgrund eines tödlichen Herzinfarktes nicht mehr hatte genießen können: Hofstetter blickte auf sein Leben zurück und fragte sich zum wiederholten Mal, ob es das alles wert gewesen war. Die Antwort fiel erneut eindeutig aus.

Aus dem Schornstein von Richard Haberkorns Wohnhaus stiegen dünne Rauchfäden in den Morgenhimmel, bevor sie von einer Böe zerrissen wurden. Die Wolkenwand hatte Wuppertal erreicht, Nieselregen setzte ein. Es war dämmrig, der Sonnenaufgang noch eine Viertelstunde entfernt. Laura hörte Stevens Atemgeräusche, als sie sich – von einer Hecke vor Entdeckung geschützt – dem Gebäude näherten. Es war von einem Garten umgeben, der im trüben Licht trist wirkte. Eine Schaukel bewegte sich leer im Wind, auf dem Rasen lag ein roter Ball mit weißen Punkten. Die Fensterscheiben erinnerten an schwarze Hohlräume, nirgendwo brannte Licht.

»Vielleicht ist er längst weg«, flüsterte Steven, als Laura stehen blieb.

»Oder im Haus.« In der Umgebung konnte sie weder eine Bewegung noch einen menschlichen Umriss ausmachen. »Wir brauchen Haberkorn! Nach Becks Tod ist er der Einzige, der eine umfassende Aussage machen kann.«

»Die Beweislast ist längst erdrückend«, wisperte Steven. »Hab wenig Lust, mir wegen so einem Windei 'ne Kugel einzufangen.«

»Da hättest du Finanzbeamter werden müssen.« Laura setzte sich wieder in Bewegung. Die Hecke wurde niedriger, sie musste sich ducken. Dann endete das Gestrüpp, vor ihnen lag eine Wiese, die bis zum Gartenzaun reichte. Sie untersuchte den Boden. »Hier ist niemand langgegangen.«

»Er kann ganz lässig über die Straße zum Haus geschlendert sein, nachdem er die Polizisten abgeknallt hat.« Steven packte sie am Arm. »Laura, wie es aussieht, wurde ein Berufskiller auf Haberkorn gehetzt. Für so was sind wir nicht ausgebildet! In spätestens fünfzehn Minuten ist die Verstärkung hier.«

In diesem Moment ertönte ein Knall. Nicht laut, aber vernehmbar. Laura versteifte sich. »Das kam vom Haus, eindeutig!«

»Benutzen Profikiller keinen Schalldämpfer? Ich frage mich …«

»Pst!« Laura deutete nach vorn.

Um die Hausecke kam ein Mann gestürzt, der einen Pyjama trug. Von der Statur her konnte es sich um Richard Haberkorn handeln. Er rannte am Haus vorbei zur Einfahrt, in der ein roter Kombi stand. Das Aufblinken der Lichter verriet, dass der Wagen per Fernbedienung entriegelt worden war, dann wurde die Fahrertür aufgerissen, und der Mann warf sich auf den Fahrersitz.

»Er will abhauen.« Steven zog an Lauras Arm. »Zurück zur Straße!«

»Warte!« Sie deutete auf das Haus. Hinter den Fenstern war ein Flackern zu erkennen, das sich rasch ausbreitete. »Da drinnen brennt es, und …«

Sie verstummte. Eine weitere Gestalt war aufgetaucht. Sie war schwarz gekleidet und durchquerte den Garten in lockerem Laufschritt. Dass sie bewaffnet war, konnte Laura in dem heller werdenden Licht sofort erkennen. Ein schneller Blick zu Steven zeigte ihr, dass er sich die Situation genauso zusammensetzte. Hier sollte nicht nur ein Zeuge ausgeschaltet, sondern gleichzeitig etwaiges Beweismaterial vernichtet werden. Haberkorn hatte mitbekommen, wie jemand ins Haus eingedrungen war und sich aus der Hintertür abzusetzen versucht.

»Wieso fährt er nicht endlich los?«, keuchte Steven.

»Wahrscheinlich weil sein Auto manipuliert wurde.« Lauras Gedanken überschlugen sich. Zwischen den beiden Männern lagen noch gut dreißig Meter, sie selbst und Steven waren nur unwesentlich weiter entfernt. Ihr blieb keine Zeit zum weiteren Abwägen. »Gib mir Feuerschutz!« Sie verließ die Deckung des Gebüschs und rannte über die Wiese. Je mehr Schritte sie machte, umso deutlicher erkannte sie, dass sie es nicht rechtzeitig schaffen konnte. In diesem Augenblick wurde die Fahrertür wieder aufgestoßen, und sie stöhnte auf. Stieg Haberkorn jetzt aus, war er erledigt.

»Polizei, werfen Sie die Waffe weg!«, brüllte sie und richtete ihre eigene Pistole auf den schwarz gekleideten Mann. Sein Kopf drehte sich genau in dem Moment zu ihr, als sie abdrückte. Sie war eine gute Schützin, verfehlte seine Beine aber dennoch.

»Herr Haberkorn, bleiben Sie im Wagen!«, hörte sie Steven schreien. »Und Tür zu!«

Er gab ebenfalls einen Schuss ab, während sich Laura zu Boden warf. Der Grund war ein ausgestreckter Arm, der genau in ihre Richtung zeigte. Der Schuss war kaum zu hören, also hatte der Kerl doch einen Schalldämpfer. Der vorherige Knall im Haus musste mit dem Feuer zusammenhängen. Laura hoffte, dass Steven ebenfalls Deckung gesucht hatte, und gab liegend einen weiteren Schuss ab. Holz splitterte, als die Kugel in eine Latte des Jägerzauns einschlug. Erleichtert erkannte sie, dass Haberkorn in seinem Wagen geblieben war und die Tür wieder zugezogen hatte. Hinter ihr ertönte ein weiterer Knall, Steven war also wohlauf.

Entfernt war das Geräusch von Martinshörnern zu vernehmen, woraufhin die schwarz gekleidete Gestalt, die sich in die Hocke gekauert hatte, den Kopf drehte. Dann machte sie kehrt und lief geduckt zurück in den Garten. Laura schoss erneut, wieder war der Zaun im Weg. Das Feuer im Haus hatte währenddessen an Heftigkeit gewonnen. So rasch, wie es um sich griff, musste ein potenter Brandbeschleuniger eingesetzt worden sein.

Mit einem Schnaufen warf sich Steven neben sie. »Der Typ muss hier irgendwo ein Auto stehen haben. Allein um das Benzin, oder was auch immer er entzündet hat, herzutransportieren.«

»Wahrscheinlich irgendwo da hinten.« Laura deutete nach Westen. Dort standen vereinzelt Häuser, somit gab es auch eine Straße.

»Ich kann den Hubschrauber hören«, sagte Steven, und im selben Moment registrierte Laura ebenfalls das Geräusch.

»Kümmer du dich um Haberkorn, und informier die Kollegen, in welche Richtung sie müssen. Und darüber, dass der Mann bewaffnet ist!« Aufmerksam behielt sie den mutmaßlichen Auftragsmörder im Auge, der im hinteren Bereich des Gartens neben einer Gartenhütte kniete und unschlüssig wirkte. Dann richtete er sich auf, sprang über den Gartenzaun und rannte quer über die Wiese in die Richtung, die Laura vermutet hatte.

»Los jetzt, sieh zu, dass sich Haberkorn nicht aus dem Staub macht!« Laura sprang auf und lief gebückt hinter dem Flüchtenden her. Er drehte sich nicht um, sondern schien begriffen zu haben, dass jede Sekunde und jeder Meter darüber entschied, ob er dem Zugriff entkommen konnte. Sein Vorsprung vergrößerte sich, sodass Laura ihre Vorsicht aufgab und losspurtete. Er lief in einem leichten Zickzack und bewegte dabei ständig den Oberkörper, sodass er kein gutes Ziel abgab. Diese Vorgehensweise war verständlich, kostete aber Zeit.

Lauras Kondition war schon mal besser gewesen, trotzdem holte sie Stück für Stück auf. Plötzlich drehte er noch einmal den Kopf zu ihr, und sie bereitete sich schon auf einen Hechtsprung vor, um nicht getroffen zu werden. Doch bevor sein Arm noch ganz zu ihr herumgeschwenkt war, blieb er mit dem Fuß an einem Grasballen hängen und stürzte. Laura machte noch ein paar große Schritte, dann warf sie sich ebenfalls auf den Boden. Sie richtete die Pistole nach vorn, stützte das Handgelenk, reduzierte mit Mühe die Atemfrequenz und wartete. Knapp fünfzig Meter lagen zwischen ihnen, die nächsten Häuser waren doppelt so weit entfernt. Das Geräusch des Hubschraubers kam näher. Blitzschnell sprang der Flüchtende auf und rannte wieder los. Auf diesen Moment hatte Laura gewartet, ohne zu zögern drückte sie ab.

Dass ihr ein Treffer gelungen war, wusste sie schon, bevor die Gestalt abermals zu Boden ging. Sie hatte oft genug auf dem

Schießstand gestanden, um zu wissen, wann ein Schuss saß. Im aktuellen Fall dürfte die Kugel genau dort eingeschlagen sein, wo Laura es geplant hatte: mitten ins Kniegelenk – oder zumindest irgendwo in dieser Region. Ob es ein Volltreffer war oder nicht, spielte keine große Rolle. Das Ende der Flucht war nur noch eine Frage der Zeit, weshalb Laura ihr persönliches Risiko minimierte.

Langsam und an den Boden gepresst schob sie sich zurück in Richtung Haberkorns Haus. Schweiß lief über ihr Gesicht, und die Jeans klebte an den Beinen. Über die Straße, die sie erst vor einer guten Viertelstunde mit Steven hinaufgefahren war, näherten sich Blaulichter. Auch der Helikopter war nun mit bloßem Auge zu erkennen. Als er kurz darauf die Wiese erreicht hatte, richtete sich Laura leicht auf und gab dem Piloten mit Armbewegungen zu verstehen, wo sich der Gesuchte befand. Ein Suchscheinwerfer flammte auf, obwohl es mittlerweile schon recht hell war. Als der Hubschrauber in der Luft stehen blieb und eine Lautsprecherstimme ertönte, atmete Laura tief durch.

Sie drehte sich zum Haus um und ahnte, dass es nicht mehr zu retten war. Aber das war jetzt nebensächlich, denn bis zum Auto reichten die Flammen nicht, sie konnte das Heck des Wagens gerade noch sehen. Wahrscheinlich bemühte sich Steven in diesem Augenblick darum, Richard Haberkorn aus einer Panikattacke herauszuholen, aber schon bald …

Ein ohrenbetäubender Knall ertönte, und mit offenem Mund beobachtete Laura, wie die Explosion Mauerstücke in die Luft schleuderte. Von einem Moment auf den anderen war die Hälfte des Hauses verschwunden, Trümmer regneten auf den Garten und die Zufahrt. Ihre Knie gaben nach, sodass sie sich auf den Boden sinken ließ. Von dem roten Kombi war nichts mehr zu sehen.

Gemächlich pflügte das Binnenfrachtschiff durch das Wasser, leise klang das Wummern des Motors herüber. Die Morgensonne blitzte durch ein kleines Loch in der Wolkendecke und spiegelte sich in den Glasfassaden auf der gegenüberliegenden Rheinseite. Nur ein paar frühe Spaziergänger – vielleicht waren es auch verkaterte Karnevalisten, die noch gar nicht im Bett gelegen hatten – schlenderten über die Poller Wiesen. Aufgrund des dahinterliegenden Beckens des Deutzer Hafens bildeten sie eine Halbinsel, die unter der Severinsbrücke endete, mit der die linksrheinische Seite von Köln mit der rechtsrheinischen verbunden war.

Für die meisten Touristen waren die Altstadtpromenade oder der Rheinboulevard mit seiner großen Freitreppe die beliebtesten Aufenthaltsorte am Rhein, aber Filip bevorzugte Plätze abseits des Trubels. Tagsüber war auf den Poller Wiesen zwar einiges los, aber am frühen Morgen konnte man hier ungestört seinen Gedanken nachhängen. Außerdem mochte er den Blick hinüber auf den futuristischen Rheinauhafen, eine ehemalige Hafenanlage, die inzwischen von moderner Architektur aus Stahl, Beton und Glas geprägt war. Besonders eindrucksvoll waren die Kranhäuser, drei über sechzig Meter hohe Wohn- und Geschäftsgebäude, die mit ihren Auslegern Hafenkränen nachempfunden waren.

So unrealistisch es auch sein mochte, aber seit Filip diese Bauten zum ersten Mal gesehen hatte, träumte er davon, irgendwann eine der darin entstandenen Wohnungen zu besitzen. Inga gegenüber hatte er dies nie erwähnt, sie war hinsichtlich materieller Dinge nüchtern eingestellt und kaufte den Großteil ihrer Klamotten secondhand. Sie selbst wohnte auf der anderen Seite in Poll, einem Stadtteil, in dem es sich ebenfalls gut leben ließ, sofern einen die Anwesenheit von Industrie und Gewerbe nicht störte.

Seit einer halben Stunde saß Filip auf dem Rasen, und obwohl der Wind immer frischer wurde und sich nur vereinzelte Sonnenstrahlen durch die Wolken kämpften, konnte er sich nicht losreißen. Um sich vor dem Nieselregen zu schützen, hatte er die Kapuze des Pullovers weit ins Gesicht gezogen. Erneut lag eine Nacht mit wenig Schlaf hinter ihm, und doch fühlte er sich hellwach. Immer wieder zog er sein Handy hervor, öffnete die Bildergalerie und starrte auf das Foto eines Mannes, der ein Baby im Arm hielt. Er hatte es von einer Postkarte abfotografiert, auf der sich außerdem ein ähnliches Bild von seiner Mutter befand. Auf der Rückseite der Karte waren alle drei zusammen abgebildet.

Herzlichen Dank für die netten Glückwünsche und tollen Geschenke, stand darauf. *Die stolzen Eltern von Filip, Laura und Valentin.*

Valentin also. Seine Mutter und seine Großeltern hatten immer behauptet, dass sein Vater Kuno geheißen habe. Gestorben sei er bei einem Verkehrsunfall, als Filip ein Jahr alt gewesen war. Warum hatten sie ihn angelogen? Es war das erste Foto, das er je von ihm gesehen hatte, und ihm fiel auf, dass er seinem Vater ähnlich sah. Die gleichen braunen, fast schwarzen Haare, vor allem aber die dunklen Augen. Er sah freundlich aus, und es wirkte liebevoll und beschützend, wie er das Baby in seinen Armen hielt.

Gefunden hatte Filip das Bild in einem Aktenordner, in dem seine Mutter wichtige Dokumente aufbewahrte. Eigentlich hatte er auf eine Hochzeitsurkunde gehofft, stattdessen war er auf diese Postkarte gestoßen. Und während Filip wie versteinert das Foto angesehen hatte, war Inga auch noch seine Geburtsurkunde in die Hände gefallen. Erst da hatte er realisiert, dass sich immer Laura um alle Vorgänge gekümmert hatte, bei denen man dieses Dokument benötigte – wie zum

Beispiel beim Antrag für den ersten Personalausweis. Als Eltern waren Laura Westermann und Valentin Radke eingetragen.

Die beiden waren also nicht verheiratet gewesen, womit die nächste Lüge enttarnt war. Dann hatte sich Filip an eine Kiste erinnert, in die er schon als Kind nie einen Blick hatte werfen dürfen. Seine Mutter hatte jedes Mal behauptet, darin würden sich Schmuck und alte Klamotten befinden. Gestern Abend hatte er sich dann vergewissern wollen und war mit Inga vom Dachboden nach unten gegangen, um im Keller nach einem geeigneten Werkzeug zum Öffnen des Vorhängeschlosses zu suchen. Dummerweise war ihnen dann Laura in die Quere gekommen.

Er konnte es kaum erwarten, wieder in den Zug nach Königswinter zu steigen, spätestens ab neun Uhr sollte seine Mutter das Haus verlassen haben. Inga wollte ihn erneut begleiten, die Suche nach seinem Vater reizte sie. Noch am Abend hatte sie das Foto und den Namen an ihren Stiefbruder weitergeleitet, er kenne jemanden, der gut darin sei, Identitäten zu erschnüffeln. Filip war alles recht, um mehr über seinen Vater zu erfahren, wobei ihn eine Frage am meisten interessierte: Lebte Valentin Radke noch, oder war sein Tod ebenfalls eine Lüge der Menschen gewesen, von denen er geglaubt hatte, dass sie ihm am nächsten standen und er ihnen bedingungslos vertrauen konnte?

Eine heftige Windböe riss ihn aus seiner Erstarrung. Fröstelnd stand er auf. Inga dürfte mittlerweile wach sein und sich über seine Abwesenheit wundern. Langsam joggte er los, dann blieb er wieder stehen, um ihr eine Nachricht aufs Handy zu schicken. *Bin gleich zurück, brauchte kurz frische Luft.* Ihre Antwort erreichte ihn wenige Straßenblocks von ihrer Wohnung entfernt: *Beeil dich, mein Bruder hat sich gerade gemeldet. Wie es aussieht, lebt dein Vater noch!* Filip stand stumm da und schüttelte den Kopf. Das konnte nicht wahr sein! Er hätte sich freuen müssen, doch es war ein Gefühl, als breche ihm der Boden unter den Füßen weg. Ein Schwindelgefühl ließ ihn sich an einer Hauswand abstützen, tief atmete er ein und aus, um sich nicht zu übergeben. Dann ballte er die Fäuste, schlug gegen die Mauersteine und rannte los.

Kapitel 12

Als Laura sich von der Wiese aufrappelte und zu dem zerstörten Haus rannte, fielen letzte Trümmer zu Boden. Seit dem Knall summte es in ihren Ohren. Für den Verantwortlichen dieser Explosion hatte sie keinen Gedanken mehr übrig, um ihn sollte sich die Hubschrauberbesatzung kümmern. Hektisch glitt ihr Blick hin und her, als sie Steven in dem Chaos ausfindig zu machen versuchte. Erfolglos. Von dem roten Auto war nicht viel übrig geblieben, ein Teil des Hausdachs hatte es unter sich begraben. Auch der Zaun war beschädigt, sodass sie sich durch eine Lücke zwängen konnte. Das Trümmerfeld zwang sie zu einer Temporeduzierung, und die Hitze traf ihr Gesicht, als sie an dem brennenden Haus vorbeilief.

»Steven!«, brüllte sie. »Steven?« Sie war an der Stelle angekommen, wo Haberkorn seinen Kombi geparkt und erfolglos zu starten versucht hatte. Mit bloßen Händen warf sie Mauerstücke zur Seite, sah aber schnell ein, dass schweres Gerät zum Einsatz kommen musste, um das Dachstück anzuheben. Ihr Puls raste. Blut oder Körperteile waren nicht zu sehen. Hatte Haberkorn sich geweigert, das Auto zu verlassen, und war Steven daraufhin auf der Beifahrerseite eingestiegen?

Sie rannte weiter zur Straße, auf der mehrere Einsatzfahrzeuge mit rotierenden Blaulichtern standen. Die Feuerwehr war noch nicht vor Ort, aus dem Tal war aber erneut Sirenengeheul zu vernehmen. Mehrere uniformierte Kollegen standen beisammen, einige sprachen in ihr Funkgerät.

»Steht hier nicht rum, rettet die Verschütteten!«, herrschte sie einen jungen Mann an.

»Da gehen wir nicht rein!« Er klang so, als habe sie ihn aufgefordert, freiwillig in eine Schlangengrube zu springen. »Es kann jederzeit noch eine Explosion geben, da müssen Spezialisten …«

»Aber mein Kollege liegt irgendwo da drunter!«, schrie sie und deutete auf die Zufahrt.

»Jammerschade um diesen Kollegen«, sagte eine vertraute Stimme hinter ihr. »Zumal er so ein charmanter und gut aussehender Kerl ist.«

Laura drehte sich um und schlug dem grinsenden Steven mehrmals gegen die Brust. »Du verdammter … Selten war ich so froh, dich zu sehen!«

»Und ich fand's ganz nett, mal zu erleben, wie du dir um mich Sorgen machst.« Er klopfte sich den Staub, den ihre Hände hinterlassen hatten, von seiner Leinenjacke. »Aber ich hatte Haberkorn natürlich so schnell wie möglich weggeschafft. Bei der Explosion standen wir schon auf der Straße.«

»Wo ist er jetzt?«

»Hockt da drinnen.« Steven wies mit dem Daumen auf einen Polizei-Transporter hinter sich. »Käseweiß und schlotternd.«

Laura wischte sich die Hände an der Jeans sauber. »Kennt er den Mann, der das angerichtet hat?«

»Keine Ahnung, er war noch zu keinem Wort imstande. Wie ging's auf dem Acker weiter?«

»Ich hab dem Kerl ins Bein geschossen.« Laura wandte sich ab und spähte an den Resten von Haberkorns Haus vorbei. Der Helikopter war auf der Wiese gelandet, mehr konnte sie nicht erkennen.

»Sie haben ihn.« Eine Kollegin trat zu ihnen. »Er hat noch einen Schuss auf den Hubschrauber abgegeben, dann aber eingesehen, dass er keine Chance hat.«

»Er darf noch nicht abtransportiert werden«, forderte Steven. »Wir müssen zuerst mit ihm reden.«

»Könnte schwierig werden.«

»Warum?« Alarmiert horchte Laura auf. Hatte ihr Schuss ihn doch schwerer verletzt?

»Weil er offenbar weder Deutsch noch Englisch spricht. Ihr könnt trotzdem euer Glück versuchen, sobald ihn der Notarzt versorgt hat.«

In diesem Moment traf der Krankenwagen ein, dicht gefolgt von Feuerwehrfahrzeugen. Ein paar Polizeiautos mussten auf der engen Straße umparken, um den Zugang zum Haus frei zu machen. Steven fasste Laura bei der Schulter und zog sie mit sich.

»Wir haben Haberkorn das Leben gerettet. Mal sehen, wie dankbar er uns dafür ist.«

»Seinen momentanen Zustand sollten wir ausnutzen«, stimmte sie zu. »Ich verstärke seine Angst, während du deine feinfühlige Nummer abziehst.«

Steven schmunzelte. »Mit dieser Rollenverteilung verstoßen wir mal wieder völlig gegen das Klischee.«

»Ist halt, wie es ist.« Laura war so heiß, dass sie ihre Wildlederjacke auszog und sich dann mit dem Ärmel des Pullovers den Schweiß vom Gesicht wischte. Ob sie schnell zum Wagen und das Deo aus der Tasche …? Sie bemerkte, dass Steven sie beobachtete, und schob die Schiebetür des Transporters rasch auf.

Richard Haberkorn war in eine Decke gewickelt, zwischen den Händen hielt er eine Tasse mit dampfendem Inhalt. Der Dreiunddreißigjährige trug keine Schuhe, und die Hosenbeine seines Schlafanzuges waren nach oben gerutscht. Laura erinnerte sich an sein cowboyhaftes Auftreten am Vortag. Heute hingegen wirkte er noch kleiner, als er ohnehin war – und eingeschüchtert wie ein Kind. Sie nahm ihm gegenüber auf der Bank Platz, Steven ließ sich neben ihr nieder.

»Für heute sind Sie mit einem blauen Auge davongekommen. Besser gesagt, mit einem ruinierten Haus.« Laura deutete aus dem Fenster, doch Haberkorns Blick haftete weiter an seinem Becher. »Befand sich außer Ihnen noch jemand darin?«

Stumm schüttelte er den Kopf.

»Was für ein Glück, dass Ihre Frau und Tochter gerade bei Ihren Schwiegereltern sind«, fuhr sie fort. »Beim nächsten Mal könnte es anders ausgehen.«

»Sie meinen …«, er stockte. »Meine Frau wird am Boden zerstört … sie … ist in dem Haus aufgewachsen.«

»Immer noch besser, ein Haus zu verlieren … als das Leben.«

»Woher wissen Sie überhaupt, dass meine Frau und Tochter verreist sind?«

»Wir wissen noch viel mehr. Zum Beispiel die Wahrheit über den Abgasskandal, der weltweit Wellen schlug. Ihr Freund Florian hatte alles bis ins letzte Detail dokumentiert. Inklusive Ihrer Rolle.«

»Respekt, dass Sie so lange damit durchgekommen sind«, mischte sich Steven ein. »Aber irgendwann endet jede Glückssträhne. Bei Ihnen leider auf eine besonders … explosive Art.«

»Wer sollte mich denn …«

»Jetzt stellen Sie sich nicht blöder, als Sie sind!«, fuhr Laura ihn an. »Sie können uns nicht ernsthaft vormachen, dass Sie sich nach dem Mord an Ihrem Freund nicht auch um Ihre eigene Sicherheit Sorgen gemacht haben.«

»Ich … nein, so was hab ich wirklich nicht erwartet! Sie müssen mich und meine Familie beschützen!«

»Dann sollten Sie im ersten Schritt eine umfassende Beichte ablegen«, schlug Steven vor.

»Ich war doch viel mehr … im Hintergrund als Florian. Und vor allem nicht verantwortlich! Es war seine Idee, und die Freigabe wurde von den Konzernspitzen erteilt. Ich bin nur für die Umsetzung zuständig gewesen. Florian und ich haben mehrere Monate herumgetüftelt, bis wir die perfekte Lösung hatten. Weil wir dafür im Job aussetzen mussten und Kosten hatten, wurden wir finanziell entschädigt.«

»Von wem?«

»Hagen Stiegler.«

»Er zahlte das privat?«

Haberkorn machte eine abfällige Handbewegung. »Bei seinem Gehalt spielte das doch keine Rolle! Hätte er Geld aus dem Unternehmen verwendet, wäre das viel zu auffällig gewesen. Nur weil ich eine geforderte technische Lösung entwickelt habe, wollen diese Terroristen mich jetzt … auch ermorden?«

»Wer sagt Ihnen denn, dass es die *Zeugen Justitias* sind, die hinter Ihnen her sind?« Laura beugte sich ihm entgegen. »Wir haben Sie gerade noch rechtzeitig einem Profikiller aus den Klauen gerissen! Aber da der Auftragsmord nicht erledigt wurde, dürften sich bald andere von seinem Kaliber auf den Weg zu Ihnen machen.«

Haberkorn zitterte wieder, er musste den Becher auf den ausgeklappten Tisch stellen. »Profikiller?«, hauchte er.

»So ist es.« Ungerührt lehnte sie sich zurück und verschränkte die Arme.

»Ich … habe ein … Geräusch gehört«, berichtete er stockend. »Als ich zur Toilette ging. Und es roch … Benzin war das. Dann sah ich einen Schatten hinter der Küchentür. Sie ist aus Glas. Ich hab sofort an die Terroristen gedacht und bin rausgerannt, aber … wenn Profikiller auf mich angesetzt sind … meine Frau, meine Tochter! Sind die auch in Gefahr?«

»Natürlich.«

»Allerdings«, fügte Steven Lauras knapper Äußerung hinzu, »sind beide derzeit in Sicherheit, das habe ich überprüfen lassen.«

»Weiß meine Frau schon, was hier … passiert ist?«

»Das ist jetzt völlig nebensächlich«, erwiderte Laura. »Relevant ist einzig die weitere Vorgehensweise. Wir können Sie und Ihre Familie beschützen. Ein Zeugenschutzprogramm bietet dafür die besten Rahmenbedingungen.«

»Und was …«, sein Blick wurde lauernd, »erwarten Sie dafür von mir?«

»Steckt ja schon in dem Begriff drin: Sie müssen sich als Zeuge zur Verfügung stellen. Legen Sie die Karten offen auf den Tisch, dann wird sich Ihre Gefährdungslage bald erledigt haben.«

Er schnaubte und gewann sichtlich an Selbstbewusstsein. »Weil ich dann im Knast sitze?«

»Über das Urteil entscheidet ein Richter. Es wirkt sich aber strafmildernd aus, wenn …«

»Strafmildernd heißt nicht straffrei.«

»Ja, was glauben Sie denn?«, blaffte Laura. »Sie können nicht einen Betrug von derartigem Ausmaß mitanzetteln, ohne strafrechtliche Konsequenzen befürchten zu müssen. Vor Gericht kommen Sie in jedem Fall, dafür ist die Beweislage mehr als ausreichend. Sogar erdrückend. Sie erhalten gerade die Chance, sich noch einigermaßen elegant aus dieser Affäre zu ziehen.«

»Wieso tun Sie das, wenn es sowieso genügend Beweise gibt?«

Laura atmete durch. »Weil ein Kronzeuge vieles erleichtert und die Gegenseite hochkarätige Anwälte anschleppen wird. Endlich besteht die Chance, die Führungsriege der Autokonzerne persönlich für den millionenfachen Betrug haftbar zu machen. Da möchte ich nichts dem Zufall überlassen.

Bisher hat es nur Bauernopfer gegeben. Sie könnten das nächste sein – wenn auch kein ganz unschuldiges.«

Schweigen breitete sich aus, bis Haberkorn schließlich die Decke enger um sich zog und nickte. »Eine echte Wahl hab ich wohl nicht mehr. Zu blöd, dass Florian alles dokumentiert hat. Ich selbst habe darauf geachtet, überhaupt keine Spur zu hinterlassen.«

»Hatte Ihr Freund die Erpressung der Konzernbosse von Anfang an geplant?«

»Nein, erst als der Skandal schon brodelte und sich alle Welt fragte, ob die obersten Ebenen involviert waren. Vorher war es ausschließlich als Absicherung gedacht, falls die anderen irgendwann die Schuld auf ihn abwälzen sollten. Außerdem war es keine echte Erpressung. Dank unserer Erfindung gingen die Absatzzahlen weltweit durch die Decke. Genauso die Gehälter und Boni von Stiegler und Co. Florian meinte, dass uns davon ein Anteil zustünde. Wir haben es ja erst möglich gemacht.« Im Laufe seines Berichts war seine Gesichtsfarbe gesünder geworden, die abstehenden Ohren glänzten sogar dunkelrot.

»Aha.« Laura ließ ihn nicht aus den Augen. »Interessanterweise begann die Erpressung aber zu einer Zeit, als Florian sehr flüssig war. So wie er eigentlich nie in Geldnot gewesen ist. Bei Ihnen sah es anders aus. War es nicht eher so, dass Sie ihn animiert haben, die Beweise gewinnbringend einzusetzen?«

Es war bloß ein Bluff, denn ihr war lediglich bekannt, dass Beck im Gegensatz zu Haberkorn trotz des teils extravaganten Lebensstils immer flüssig gewesen war. Seine Reaktion verriet, dass der Testschuss mitten ins Schwarze getroffen hatte. Er wies den Verdacht zwar vehement zurück, aber sie verhörte derartige Gestalten nicht erst seit gestern. Im Gesamtkontext blieb es ein unwesentliches Detail – nur insofern delikat, als Beck wegen der Erpressung erschossen worden war, während der eigentliche

Anstifter einen Deal mit der Staatsanwaltschaft aushandeln konnte.

»Also«, wurde sie konkret. »Florian Beck fand eine schmutzige Lösung, mit der die Abgaswerte lediglich auf dem Prüfstand unterhalb der Grenzwerte lagen. Gab es keine sauberen Alternativen?«

Haberkorn schüttelte den Kopf. »Davon abgesehen war Florians Lösung nicht wirklich schmutzig. Sie wirkte – aber halt nur auf den ersten zweitausend Kilometern.«

»Warum ließ sich die Reichweite nicht vergrößern?«

»Zu teuer.« Er holte tief Luft. »Das ist bei allen derzeitigen Ansätzen das Problem. Wir reden hier von Diesel. Wird er in einem Motor verbrannt, entstehen Rußpartikel und Stickoxide. Ist die Verbrennungstemperatur hoch, entstehen wenig Partikel, aber viele Stickoxide. Bei niedrigen Temperaturen ist es umgekehrt. Um das Problem einigermaßen in den Griff zu bekommen, werden mehrere Katalysatoren eingesetzt. Zuerst wird ein Großteil der Rußpartikel herausgefiltert, dann messen Sensoren die Stickoxidkonzentration im Abgas. Entsprechend dem Ergebnis spritzt die Kontrolleinheit eine Harnstofflösung in den zweiten Katalysator. Dort reagiert sie zu harmlosem Wasser und Stickstoff, man nennt das selektive katalytische Reduktion. Bis zu neunzig Prozent der Stickoxide können so entfernt werden.«

»Klingt gut«, sagte Steven. »Wo ist dann eigentlich das Problem?«

»Viele Katalysatoren arbeiten erst ab einer hohen Abgastemperatur richtig. Das Problem lässt sich mit der Kombination verschiedener Katalysatortypen umgehen – das kostet aber. Außerdem sind die Tanks für die Harnstofflösung zu klein. Um eine ausreichende Menge einspritzen zu können, müssten sie viel größer sein, oder der Kunde müsste öfter nachfüllen. Ersteres hat negative Auswirkungen auf den Fahrzeugbau, Letzteres gefällt dem Kunden nicht. Es gab

Absprachen zwischen den Konzernen, damit den Zulassungs- und Aufsichtsbehörden nichts auffällt, falls ein Hersteller auf einmal einen größeren Tank als die anderen verwendet.«

»Ich erinnere mich, dass der Skandal indirekt dadurch ausgelöst wurde«, sagte Laura. »Bei Sattelzügen entstehen für die Harnstofflösung jährlich hohe Kosten, sodass manche Lkw-Betreiber illegale Geräte einbauen. Der Bordtechnik wird vorgegaukelt, dass bereits genügend Harnstoff eingespritzt wird.«

»Korrekt.« Haberkorn verschränkte die Arme. »Ohne diesen Beschiss wäre unser Betrug gar nicht aufgefallen. Mit Abgasfernmesssystemen können diese getunten Lkw im Straßenverkehr ausfindig gemacht werden. Durch die Absorption von Lichtstrahlen in der Abgaswolke lässt sich nämlich auf die Zusammensetzung schließen, sodass zu hohe Schadstoffwerte auffallen. Dummerweise fielen dabei auch Diesel-Pkw mit unserer Lösung auf. Sozusagen als Beifang.«

»Wie kamen Sie auf die Idee?«

»Florian ist darauf gekommen. Er kannte einen Ingenieur, der mit einer Substanz experimentierte, die erheblich wirksamer als die Harnstofflösung ist. Wird der Katalysator damit beschichtet, können zuverlässig fast einhundert Prozent der Stickoxide eliminiert werden. Und das auch noch bei niedrigen und hohen Temperaturen!«

»Klingt nach einer perfekten Lösung«, erwiderte Steven. »Wirkte aber eben nur auf den ersten zweitausend Kilometern – und damit locker während der Zeit auf dem Prüfstand.«

»Es würde auch danach wirken. Nur nutzt sich die Substanz schnell ab. Der Katalysator müsste also nach zweitausend Kilometern erneut beschichtet oder ausgetauscht werden. Das wäre natürlich absolut unverkäuflich, da teuer und aufwendig. Aber als Maßnahme für den Prüfstand? Perfekt! Die Substanz fiel nicht auf – weder im aufgetragenen noch im abgenutzten

Zustand. Und wer nimmt schon nach zweitausend Kilometern eine erneute Messung vor?«

Steven schwieg, Laura nagte an ihrer Unterlippe. »Hatten Sie nie Gewissensbisse?«

»Ja … nein … also ich hielt es für eine Übergangslösung. Ich arbeite noch heute daran, es weiter zu optimieren. Das könnte die Rettung für den Dieselmotor sein.«

»Selbst wenn es Ihnen gelingt, dürfte diese Rettung zu spät kommen«, erwiderte Laura. »Bis dahin werden die Alternativen längst massentauglich sein. Nur sind dann vielleicht andere Konzerne auf der Gewinnerseite und nicht mehr die hochgelobte deutsche Autoindustrie, die sich an überholte Technik geklammert hat. Aber das ist ein anderes Thema.«

Die Tür wurde geöffnet, und ein Kollege schaute herein. »Wenn ihr den anderen noch sehen wollt, müsst ihr jetzt kommen. Er hat einiges an Blut verloren und muss ins Krankenhaus.«

Laura nickte. »Wir kommen. Herrn Haberkorn könnt ihr abtransportieren, wir führen das Gespräch in einem Vernehmungszimmer fort.«

Zusammen mit Steven lief sie zu dem Krankenwagen, in dem der gescheiterte Auftragskiller auf einer Trage lag. Klarheit über seine Identität würde es spätestens nach einer DNA-Probe geben – oder zumindest darüber, ob es sein Blut war, das am Hochsitz gefunden worden war. Dafür sprach das Äußere des Mannes, der sie aus dunklen Augen ansah. Er hatte schwarze Haare, war ungefähr fünfundvierzig Jahre alt, und dass er aus der kirgisischen Region stammte, lag ebenfalls nahe. Unbeantwortet blieb dann aber noch immer, wie und warum Florian Becks Herz zu den *Zeugen Justitias* gelangt war. Befand sich der Mörder auf einer doppelten Mission? Das ergab für Laura keinen Sinn, aber momentan gab es ein drängenderes Problem: Mit kalkweißem Gesicht drehte sich Steven zu ihr, in der Hand hielt er sein Smartphone. Als er das Display zu Laura drehte, wurden ihre Knie weich. Der endgültige Beweis, dass die *Zeugen Justitias* keine Sekunde unterschätzt werden durften, war da.

Die Narben in der Landschaft waren beeindruckend und verstörend zugleich: Gerodete Wälder und Aufschüttungen von Abraumhalden boten ein tristes Bild, das dem der Mondoberfläche nicht unähnlich war. Lärm und Staub waren allgegenwärtig, da sich riesige Schaufelrad- und Eimerkettenbagger weiter durch das Gelände fraßen. Aus der Luft erinnerte der Anblick an eine gigantische grau-braune Wunde, aus der Nähe an einen trostlosen Ort aus einem Science-Fiction-Film, an dem Maschinen die Herrschaft übernommen hatten, um dem Boden die letzten Ressourcen zu entreißen.

Der Tagebau Jänschwalde befand sich im Lausitzer Braunkohlerevier, wo die fossilen Ablagerungen seit Ende des neunzehnten Jahrhunderts gefördert wurden. Besondere Bedeutung hatte dieser scheinbar im Überfluss vorhandene Energieträger in der DDR erlangt. Bis zu dreihundert Millionen Tonnen waren pro Jahr gefördert und verwertet worden, so viel wie in keinem anderen Land. Zweihundertfünfzig Orte und achtzigtausend Menschen hatte man dafür umgesiedelt – und eine immense Umweltbelastung in Kauf genommen. Aufgrund unzureichender Filterungen hatten die Kraftwerke Unmengen an Kohlendioxid, Schwefeldioxid, Asche und Schwermetallen ausgestoßen.

Mit der Wende im Jahr 1989 hatte sich die Situation grundlegend geändert. Bis auf wenige Tagebaue und Kraftwerke war eine ganze Industrie innerhalb weniger Jahre abgewickelt worden. Die landschaftlichen Veränderungen blieben jedoch für immer, auch wenn der Oberfläche wieder ein ansprechendes Gesicht verpasst wurde: Hunderte Löcher waren geflutet und in eine Seenlandschaft verwandelt worden.

Eine derartige Renaturierung stand dem Tagebau Jänschwalde noch bevor. Hier verrichtete weiterhin die größte bewegliche Maschine der Welt ihren Dienst, eine Abraumförderbrücke vom Typ F60. DDR-Ingenieure hatten sie entworfen, sie war aus grauem Stahl, sechshundertfünfzig Meter lang und dreißig Meter hoch. Entsprechend passend war ihr Spitzname *Liegender Eiffelturm.* Über sie wurde der über dem Kohleflöz liegende Abraum transportiert, sodass die – im Vergleich zu diesem Koloss winzig anmutenden – Grubenbagger an die Braunkohle herankamen. Die Grube erstreckte sich über mehrere Kilometer, stellenweise war sie bis zu neunzig Meter tief.

Die Sonne wurde an diesem Morgen von einer grauen Wolkendecke verhüllt, sodass man sich noch stärker auf einem lebensarmen Planeten wähnte. Dies änderte sich schlagartig, als fünfzig Menschen aus nördlicher Richtung zur Abbruchkante rannten. Alle trugen weiße Overalls und wirkten neben den schweren Maschinen wie Ameisen. Mehrere von ihnen versuchten, die F60 zu erklimmen, andere hängten Transparente an die Bagger. *Lasst die Kohle im Boden!*, *Kohleausstieg jetzt!* und *Klimaschutz beginnt hier!* lasen die Arbeiter, die das Eindringen der Aktivisten teils amüsiert, teils aufgebracht beobachteten. Von einem kleineren Gerangel abgesehen blieb alles friedlich, sämtliche Arbeiten mussten jedoch gestoppt werden.

Plötzlich, als von der Förderbrücke der F60 ein großes Banner entrollt wurde, brandete Jubel auf. Dann entstanden auf einmal Diskussionen. Mittlerweile war die Nachricht, dass an drei Braunkohlekraftwerken Gleisanlagen gesprengt worden waren, bis an die Öffentlichkeit gedrungen. Die Meldung hatte dazu geführt, dass von den ursprünglich fünfundsiebzig Aktivisten fünfundzwanzig wieder abgezogen waren. Mit Terroristen wollten sie nichts zu tun haben, und es schien ihnen unpassend, ihre Aktion fast zeitgleich zu dem Sabotageakt der *Zeugen Justitias* durchzuziehen.

Da man die Presse aber vorab informiert hatte und Mitstreiter aus dem ganzen Bundesgebiet angeworben worden waren, hatte sich die Mehrheit trotzdem auf den Weg gemacht. Jetzt kamen weitere von ihnen ins Zweifeln, andere wurden zornig. Denn auf dem soeben von der Abraumförderbrücke entrollten Transparent prangte keine politische Forderung, sondern eine riesengroße Justitia mit einem zum Schlag erhobenen Schwert. Darunter verkündete ein Schriftzug, dass der friedliche Protest gerade instrumentalisiert wurde: *Gemeinsam gegen Klimakiller! Die Zeugen Justitias.*

Einige wenige jubelten weiter und reckten ihre Faust in Richtung der drei Aktivisten, die das Transparent befestigt hatten. Wer allerdings genauer hinsah, konnte erkennen, dass diese genauso überrascht auf die Abbildung starrten wie alle anderen. Zumindest war nun davon auszugehen, dass ihr Protest weit über regionale Zeitungen hinaus Schlagzeilen machen würde. Das Hauptziel war damit erreicht, wenngleich die Tonalität der Berichterstattung anders als erwartet ausfallen dürfte.

Die Wangen der Kinder glühten, ihre Augen leuchteten. Die Erkenntnis, eine wirklich bedeutsame Entdeckung gemacht zu haben, war ihnen spätestens in dem Moment gekommen, als mehrere Polizeifahrzeuge an der ehemaligen Fabrik eingetroffen waren. Das westfälische Ruhrgebiet hatte sich nach dem Zweiten Weltkrieg zu einem bedeutenden Standort der Textilindustrie entwickelt, wobei die Branche seit den Sechzigerjahren stark schrumpfte. Darum war es schon länger her, dass in dem roten Backsteingebäude Kleidungsstücke hergestellt worden waren. Nicht einmal verrostete Maschinen standen noch in der Industrieruine, die von zwei zehnjährigen

Jungs und einem zwölfjährigen Mädchen als Spielstätte auserkoren worden war.

Nachdem das Mädchen am Frühstückstisch erzählt hatte, dass in einer der Hallen drei neue Fahrzeuge standen und sie in einem dunklen Raum auf Stühle, einen Tisch und Handschellen gestoßen waren, hatte ihr Vater auf dem Weg zur Schule einen Umweg eingelegt. Er kannte die blühende Fantasie seiner Tochter, doch als er sich mit eigenen Augen vor Ort überzeugt hatte, war es ihm schon leichter gefallen, die 110 anzurufen. Zu eindringlich waren die Nachrichten der letzten Tage gewesen, als dass er sich nicht an die Zeugenaufrufe erinnert hätte, die sich unter anderem auf einen VIP-Shuttle mit Düsseldorfer Kennzeichen bezogen. Genau so ein Wagen parkte jetzt im Inneren des Fabrikgeländes vor einem Stahlpfeiler – neben zwei Oberklassefahrzeugen.

Anstatt zurück nach Bonn waren Laura und Steven von Wuppertal weiter nach Gelsenkirchen gefahren. Die Überprüfung der Kennzeichen bewies, dass es sich sowohl um den gesuchten Shuttle-Bus als auch um die Fahrzeuge von Paul Schink und Christian Herzberg handelte. Derart nah war man den Entführern noch nie gekommen – was aber nur ein kleiner Lichtblick war. Die *Zeugen Justitias* hatten ihre Frist doch nicht schweigend und tatenlos verstreichen lassen, sondern die Bombe erst am Morgen platzen lassen – fast zeitgleich zur Explosion von Richard Haberkorns Haus. Der Text auf ihrer Webseite war kurz und nüchtern formuliert: *Da die DAW unsere Forderung nach einem Produktionsstopp ignoriert haben, wurde der Vorstandsvorsitzende Hagen Stiegler gestern um zweiundzwanzig Uhr wie angekündigt von uns liquidiert. Sollten die DAW unsere Forderungen bis heute sechzehn Uhr weiterhin nicht erfüllen, sehen wir uns gezwungen, auch das Vorstandsmitglied Christian Herzberg zu erschießen. Die Zeugen Justitias.*

Das Foto des Getöteten war auf der Webseite nicht zu finden, sondern nur in den Postfächern von Laura, Steven und Irene Knopf gelandet. Abgesendet von einer Mail-Adresse, deren Eigentümer vermutlich erneut nicht zu ermitteln sein würde. Fast war Steven der Guerilla dankbar, dass sie zumindest so viel Pietät besaß, der Öffentlichkeit die Aufnahme zu ersparen. Darauf war zu sehen, wie Stiegler auf einem Betonboden lag, die Hände auf dem Rücken gefesselt – und mit einem Einschussloch an der Schläfe. Neben dem Kopf befanden sich Rinnsale von Blut, und wenn auch aufgrund der Auflösung der Aufnahme keine genaue Analyse möglich war, so gingen die Rechtsmediziner doch davon aus, dass er aus nächster Nähe erschossen worden war. Ihre Kaltblütigkeit und Entschlossenheit hatten die *Zeugen Justitias* damit untermauert, was den Druck auf das BKA weiter erhöhte. Christian Herzberg hatte im schlechtesten Fall nur noch sechs Stunden zu leben.

Inwieweit die *DAW* nun einlenken würden, wusste Steven nicht. Ihm war nur bekannt, dass auf oberster Ebene zwischen BKA, Regierung und dem Konzern Diskussionen stattfanden – und er war dankbar, darin nicht involviert zu sein. Gemeinsam mit Laura stand er stattdessen vor einer Fährte, die noch sehr frisch wirkte. Die entscheidende Frage war, wann die Terroristen das Industriegelände wieder verlassen hatten – und wohin. Antworten erhofften sie sich von der Spurensicherung, die in dem Raum, der offensichtlich als vorübergehendes Gefangenenlager gedient hatte, ihrer Arbeit nachging. Dort war auch ein Eimer mit Fäkalien zurückgeblieben, und herauszufinden, wer sich darin wann zuletzt erleichtert hatte, stellte eine zwar unappetitliche, aber machbare Aufgabe dar.

Steven und Laura hatten sich im Inneren nur kurz umgesehen, jetzt standen sie vor dem Fabrikgebäude. Es gab mehrere Produktionshallen, die Wände waren mit Graffiti beschmiert, und kaum eines der Fenster verfügte noch über Scheiben. Der Regen wurde stärker, sodass Steven die Kapuze der Jacke über den Kopf zog. In der Luft lag ein intensiver Parfumduft, Laura musste sich in einem unbeobachteten Moment eingenebelt haben. Merkte sie nicht, dass sie es übertrieb? Er trat einen Schritt von ihr weg.

»Hier war wohl der Sammelplatz«, sagte er. »Zuerst wurde Stiegler vom Düsseldorfer Flughafen hergebracht, dann Herzberg aus Salzgitter und vielleicht auch noch Hofstetter aus Bayern. Bei Paul Schink in Berlin versagten die *ZJ,* fuhren aber in seinem Wagen hierher.«

Lauras lange Haare klebten mangels Regenschutzes am Kopf, sie war sichtlich angegriffen. »Ist kein Katzensprung. Weder von Berlin oder Salzgitter und erst recht nicht vom Tegernsee. Gelsenkirchen als Sammelplatz spricht dafür, dass es von hier weiter nach Norden oder Westen ging.«

»Zum Beispiel nach Holland. Verhoeven ist ja Niederländer, könnte also passen.«

»Ist es nicht überraschend«, fragte Laura, »dass die beiden Mittelklassewagen lange Strecken zurückgelegt haben, dabei aber von keiner Kamera erfasst wurden?«

»Wahrscheinlich sind sie konsequent über Landstraßen gefahren. Außer im Fall von Hofstetter, der wurde in den Van verfrachtet. Vielleicht ist sein Wagen nicht verwendet worden, weil es viel zu lange dauert, vom Tegernsee über Land bis nach Gelsenkirchen zu kommen.«

»Dummerweise sind dunkle Kleinbusse nicht selten. Aber da wir jetzt die grobe Route kennen, können wir die Autobahnkameras eingrenzen und ihn hoffentlich identifizieren.«

»Ist schon angelaufen.« Steven hatte erst vor fünf Minuten ein längeres Telefonat mit Irene Knopf beendet. Eines hatte er dabei mal wieder anerkennen müssen: Die Frau richtete ihr Team zielgenau aus und übersah keinen Bereich. »Wohnungen und Büros aller Entführten sowie von Paul Schink sind durchsucht worden«, teilte er mit. »Wenig überraschend gab es kein Ergebnis, denn das Gleiche ist beim Aufkommen des Abgasskandals ja schon mal gemacht worden. Ohne Becks Dokumentation und die dadurch ausgelöste Auswertung der Finanztransaktionen hätten wir weiter nichts in der Hand.«

»Gibt's aus der Finanzwelt neue Erkenntnisse?«, fragte Laura.

»Ja, wird allerdings noch Tage – wenn nicht gar Wochen – dauern, bis alles aufgedröselt ist. Ein Jahr, nachdem die Entscheidung zum Betrug getroffen worden war, erhielt Stiegler drei Überweisungen. Von Herzberg, Schink und Hofstetter. Das wurde über jenes Offshore-Konto abgewickelt, auf das wir als einziges Zugriff haben. Stiegler selbst hat dann einen – vermutlich um seinen eigenen Anteil erhöhten – Betrag auf ein Schweizer Konto überwiesen.«

Laura zog die Augenbrauen hoch. »Ist der Kontoinhaber eine neue Figur?«

»Yep! Elisabeth Rode. Sie ist sogar Schweizerin, lebt aber seit dreißig Jahren in der Nähe von Flensburg.«

»Muss es jetzt bei mir Klick machen?«, erkundigte sich Laura aufgrund der vielsagenden Pause.

»Zumindest bei mir hat es sofort geklickt. In Flensburg befindet sich die Zentrale des Kraftfahrt-Bundesamtes. Und einer der damaligen Führungskräfte hieß Stefan Rode.«

»Ihr Ehemann?«

»Korrekt.«

»Wie viel hat er bekommen?«

»Dreihunderttausend Euro. Deklariert als *Rückzahlung Darlehen*. In Wahrheit war es wohl eine Belohnung, weil Rode dafür gesorgt hat, dass seine Behörde nicht allzu genau hinsah.«

»Gibt es dafür Beweise?«

Steven schüttelte den Kopf. »Es läuft ein Antrag auf Durchsuchung seiner Wohnung und der Behörde. Er selbst hält sich gerade in Thailand auf. Ist mittlerweile in Pension und verbringt das Winterhalbjahr immer in Südostasien. Wenn er von den Durchsuchungen erfährt, kommt er vielleicht gar nicht mehr zurück. Seinen Erstwohnsitz hat er in Eckernförde, in Thailand besitzt er einen Bungalow nahe Phang-nga.«

»Könnte sein Glück sein«, meinte Laura. »Denn wenn die *ZJ* von seiner Verstrickung wissen, hätte er vor Kurzem wahrscheinlich auch in diesen gelben Eimer kacken müssen.«

Sie deutete auf Kollegen, die soeben die behelfsmäßige Toilette zur weiteren Untersuchung wegbrachten.

Steven grinste gezwungen. »Man merkt, dass wir uns dem Ende der nächsten Frist nähern. Der Druck steigt, und deine Ausdrucksweise wird derber.«

»Jetzt sag bloß, dass du völlig entspannt bist. Sie haben schon Stiegler kaltblütig hingerichtet!«

Steven verzog das Gesicht. »Natürlich will ich die *ZJ* stoppen und bin nervös! Aber ich kann nicht behaupten, dass mein Mitleid mit den Managern besonders stark ausgeprägt wäre. Versteh mich nicht falsch ... bin selbst von mir erschrocken. Immerhin beruhigt mich der Gedanke, dass wir den Autobossen direkt Handschellen anlegen können, sobald wir sie gefunden haben.«

»Eben. Alle Voraussetzungen für eine Verurteilung sind gegeben. Und da will ich sie nicht auf einer Totenbahre abtransportieren müssen. Sogar die Forderung der *ZJ* wäre damit erfüllt. Zumindest ihre Forderung *an uns*.«

»Sofern deren Glaube an den Rechtsstaat genauso unerschütterlich ist wie deiner.«

»Wie *meiner*? Was ist denn mit deinem?«

Steven zuckte mit den Schultern. »Mal so, mal so.«

»Manchmal frage ich mich, welche Motivation dich jeden Tag nach Meckenheim raustreibt. Das Gehalt kann's nicht sein. Aber lassen wir das. Während du mit Frau Knopf gesprochen hast, hab ich auch ein wenig rumtelefoniert. In Essen ist ein Mann festgenommen worden, der dort mit dem Beamer das Justitia-Bild auf die Zentrale des Energieversorgers projiziert hatte. Kurz vor seiner Festnahme hat er telefoniert. Als er die Polizisten sah, warf er das Handy in einen Brunnen und lief davon.«

Begeistert klopfte ihr Steven auf die Schulter. »Mit einem geschnappten Terroristen steigen unsere Chancen erheblich! Wieso sagst du das erst jetzt?«

»Weil die Information noch ganz frisch ist. Es gab eine detaillierte Zeugenaussage, und in der Nähe des Essener Bahnhofs wurde der Kerl dann verhaftet. Sobald wir hier fertig sind, fahren wir zum Verhör. Allerdings ist es natürlich möglich, dass der Mann gar nicht zum Kern gehört. Er kann genauso benutzt worden sein wie die Aktivisten, die heute Morgen beim Tagebau in Jänschwalde eingedrungen sind.«

Die Besetzung der Kohlegrube hatte letztlich nur eine Stunde gedauert, da die Aktivisten sie freiwillig abgebrochen hatten. Angeblich konnte sich keiner von ihnen das Banner an der Förderbrücke erklären. Eigentlich hätte darauf *Schützt das Klima, rettet die Zukunft!* stehen sollen, irgendjemand müsse es ausgetauscht haben. Die drei Männer, die es an der F60 befestigt hatten, wurden gerade vernommen, ebenso wie alle anderen Teilnehmer der Protestaktion. Es waren ausnahmslos Personen, die schon früher ähnliche Gesetzesübertretungen begangen hatten, eine Nähe zu terroristischer Gesinnung lag aber zumindest nicht offen vor.

»Vielleicht ist das Ganze wie eine Zwiebel aufgebaut«, überlegte Steven. »Im Innern die, die alles organisieren und die Entführten in ihrer Gewalt haben. Drum herum gibt es Sympathisanten und Mitläufer, die Kontakte zur mehr oder weniger militanten Klimaschützerszene herstellen.«

»Oder diese instrumentalisieren.« Laura zog den Autoschlüssel hervor. »Lass uns nach Essen fahren, damit wir das Verhör schnell durchziehen können.«

Steven folgte ihr zum Wagen und hoffte, dass diese Vernehmung ertragreicher ausfallen würde als die letzte. Der Mann, der vor anderthalb Stunden Richard Haberkorns Haus angezündet und ihn selbst hatte töten wollen, hatte kein Wort gesagt, seine Identität blieb unklar. Die Feuerwehr ging davon aus, dass er die Explosion vorsätzlich mit einer Benzinspur zur Gasheizung ausgelöst hatte. Die DNA-Analyse war bereits im Gange, aber es würde noch Stunden dauern, bis das Ergebnis vorlag.

Wie Steven von Irene Knopf erfahren hatte, wurde in der Zentrale des BKA derzeit eine Pressemitteilung vorbereitet, die Öffentlichkeit und Politik noch am selben Tag erneut in Aufruhr versetzen dürfte. Eigentliche Adressaten waren jedoch die *Zeugen Justitias*. Aufgrund der ausstehenden Gerichtsverhandlungen waren der Formulierung enge Grenzen gesetzt, doch es sollte deutlich werden, dass es einen begründeten Verdacht gebe, wonach die Konzernlenker nicht nur frühzeitig von den Manipulationen der Abgaswerte gewusst, sondern diese sogar initiiert hatten. Alle Betroffenen würden per Haftbefehl gesucht – und bei Paul Schink sollten kurz vor Veröffentlichung des Textes tatsächlich die Handschellen klicken. Ob sich die *Zeugen Justitias* mit dieser Meldung besänftigen lassen und der Polizei den Aufenthaltsort der Entführten mitteilen würden? Steven blieb skeptisch.

Als er gerade zu Laura in den Wagen steigen wollte, fiel sein Blick auf eine Gruppe Jugendlicher, die mit ihren Skateboards vor dem Absperrband stand. Angesichts der Uhrzeit fragte er sich, wieso sie nicht in der Schule waren. Er warf die Tür wieder zu und ging zu ihnen.

»Seid ihr öfter hier?«, fragte er den größten der vier, einen pickligen Teenager, der um die fünfzehn Jahre alt war.

»Eigentlich nicht. Ab und zu skaten wir da drinnen in den …« Einer seiner Kumpel stieß ihn in die Seite, worauf er verstummte.

Steven winkte ab. »Ist mir völlig egal, ob ihr hier unbefugt eindringt oder nicht. Wann seid ihr zuletzt da gewesen?«

»Am vorletzten Wochenende. Wir sind aber nicht … eingedrungen oder über den Zaun geklettert. Das Tor stand immer offen.«

»Auf einmal war es dann abgesperrt, deshalb sind wir weiter zum Skatepark gefahren«, ergänzte ein Mädchen mit Zahnspange, die im Kontrast zu ihrem Gangster-Outfit stand.

»Wann war das?«

»Am Sonntag. Da hinten an der Ecke stand ein Lieferwagen, so ein Siebeneinhalbtonner. Wir dachten, dass hier vielleicht Bauarbeiten anstehen oder so was.«

»Habt ihr Leute gesehen oder Autos?«

»Nein. Was ist eigentlich passiert? Wurde da eine Leiche gefunden?«

»Eine Leiche?« Steven lächelte breit. »Ach was. Beschreibt mir mal den Laster!«

»Na ja, er sah aus, wie so ein Teil halt aussieht. Außerdem stand er weit entfernt.«

»Farbe?«

»Weiß.«

»Welche Marke?«

Fragend sah das Mädchen ihre Freunde an. »Keine Ahnung. So einer, wie man ihn für einen Umzug mieten kann. Mein Bruder hat das mal gemacht.«

»Stand der Name einer Autovermietung drauf?«

»Nee, das nicht. Er war einfach nur weiß. Auch das Führerhaus.«

»Das Kennzeichen konntet ihr nicht erkennen?« Steven erntete simultanes Kopfschütteln. »Bestand die Ladefläche aus einer Plane oder aus festen Wänden?«

»Hab nicht so genau hingesehen. Wirkte aber eher wie ein stabiler Kasten.«

»Ist euch sonst was aufgefallen?«

Wieder Kopfschütteln. Steven nickte ihnen zu und joggte zu Laura zurück.

Als sie ihn kommen sah, stieg sie aus. »Was wolltest du von den Jugendlichen?«

»Sie haben am Sonntag da drüben einen Siebeneinhalbtonner gesehen.« Rasch fasste er die Aussagen zusammen. »Die Fahndung sollte sich also nicht nur auf den dunklen Van, sondern genauso auf den Lastwagen konzentrieren«, fuhr er fort. »Irgendeine Kamera *muss* sie einfach erfasst haben!«

»Sollten sie über die Grenze in die Niederlande gefahren sein, dann definitiv«, erwiderte Laura. »Allerdings bezweifle ich das. Sie gehen so überlegt vor, dass sie das Risiko eines Grenzübertritts scheuen werden. Viel weiter hilft uns das aber nicht. Sie können an jedem verdammten Ort in Deutschland sein.«

Noch immer sickerte Blut aus der Wunde und rann von der Schläfe über die Wange. Der Sanitäter wischte mit einer Mullkompresse über das Gesicht und entschied, dass man um einen Kopfverband nicht herumkam. Seine Kollegin musste dafür die langen Dreadlocks des Aktivisten nach oben halten, während ein Polizeibeamter die Prozedur mit verschränkten Armen verfolgte. Die Verletzung war nicht infolge einer

Auseinandersetzung entstanden, stattdessen war der junge Mann beim Abstieg von der Förderbrücke mit dem Kopf auf Metall geschlagen. Eine Polizistin hatte ihn vor Schlimmerem bewahrt, indem sie sich selbst durch das Besteigen der Förderbrücke in Gefahr gebracht und den drohenden Absturz verhindert hatte. Als der Verband fixiert war, gab der Beamte dem Mann seinen Personalausweis zurück.

»Unverbesserlich, oder? Sie sind gerade auf Bewährung, der Richter wird begeistert sein.«

Martin Heller war das Musterexemplar eines linken Aktivisten, was nicht nur an den Dreadlocks und Piercings lag. Sein polizeiliches Sündenregister war so lang, dass sich die Frage stellte, wann er überhaupt Zeit zum Studieren fand. Dennoch ließ sich einer der Beamten einigermaßen neutral auf ihn ein, nicht zuletzt, weil seine sechzehnjährige Tochter gerade ähnliche Tendenzen erkennen ließ. Bis zu einem gewissen Grad tolerierte er ihr Engagement, aber er wusste, wie schnell Grenzen überschritten werden konnten. Falsche Einflüsse, eine Kettenreaktion überkochender Emotionen oder schlichter Übereifer waren nie auszuschließen. Martin Heller schien es trotz seiner beeindruckenden Polizeiakte aber immer gelungen zu sein, dieser Gefahr zu widerstehen. So auch an diesem Tag.

»Ich bin nur auf die F60 geklettert und hab ein Banner aufgehängt«, antwortete er mit demonstrativ zur Schau getragener Gelassenheit.

»Aber zuvor sind Sie unbefugt in dieses Gelände eingedrungen«, brachte der Polizist in Erinnerung, dann winkte er ab. »Was aber wesentlich relevanter ist: Sie haben das Symbol einer Terrororganisation an diesen Bagger gehängt.«

»Es ist eine Abraumförderbrücke, kein Bagger.«

»Ist mir völlig egal, was diese Maschine macht, mich interessiert nur …«

Erregt deutete Heller auf die öde Landschaft. »*Das* ist Ihnen egal? Wissen Sie, wie viel Kohle dort pro Stunde rausgeholt wird? Wie stark das Grundwasser abgesenkt werden muss, um überhaupt noch Tagebau betreiben zu können? Wie viel CO_2 in die Luft geblasen wird, wenn die ganze verbliebene Kohle verfeuert wird?«

»Meine persönliche Meinung dazu ist völlig irrelevant.« Der Polizist klopfte auf das zusammengerollte Transparent. »Warum haben Sie das Symbol der *Zeugen Justitias* benutzt?«

»Ich wusste nicht, dass das da drauf ist!«

Der Beamte schnaubte. »Haben Ihre beiden Mitstreiter auch schon behauptet. Nur, wer soll das glauben?«

»Ist aber so. Alle Banner für heute lagen in einem Regal. Mit Aufklebern, wo sie angebracht werden sollen. Das muss jemand ausgetauscht haben.«

»Wer denn?«

»Vielleicht einer von denen, die das hier zu verantworten haben.« Wieder deutete er auf den Tagebau. »Die versuchen ständig, uns zu diskreditieren.«

»Ziemlich absurde Spekulation. Wo genau lagen die Banner?«

»Im Lagerraum unserer Organisation. In Berlin.«

»Wer hat alles Zutritt?«

»Na, jeder von uns natürlich.«

»Mal angenommen, das Banner wurde tatsächlich ausgetauscht: Wer von Ihnen hegt Sympathien für die *Zeugen Justitias*?«

Martin Heller erhob sich von der Liege im Krankenwagen, sodass er nicht länger aufschauen musste. »Kann ich nicht sagen, ist ja eine ganz neue Gruppe.«

»Gruppe? Eine Terrororganisation ist das.«

»Mit der wir nichts zu tun haben. Als wir heute früh von den gesprengten Bahngleisen erfahren haben, ist ein Teil von uns sofort umgedreht.«

Der Polizist nickte. »Sie aber nicht. Warum?«

»Weil wir alles wochenlang vorbereitet haben und Leute aus ganz Deutschland angereist sind. Außerdem ist es dem Klima völlig wurscht, wer sich für seinen Schutz einsetzt.«

Eine Kollegin des Polizisten näherte sich und zog ihn zur Seite, um ihm etwas zuzuraunen. Als sich der Beamte wieder dem Aktivisten zuwandte, blieb sie neben ihm stehen.

»Sie haben eben Leute erwähnt, die sich heute Morgen spontan umentschieden haben«, sagte er. »Darunter befand sich auch ein Simon Keller?«

»Ein Simon war dabei, das stimmt. Ob er Keller heißt, weiß ich nicht. Er kam erst vor vier Wochen zu uns dazu.«

»Stammt er aus Göttingen?«

»Ja, er ist fürs Studium nach Berlin gezogen, hat wohl die Uni gewechselt. Viel mehr kann ich über ihn nicht sagen. Warum?«

Darauf erwiderte der Beamte nichts. Wie ihm seine Kollegin mitgeteilt hatte, war der vierundzwanzigjährige Simon Keller eine der Personen aus Verhoevens Umfeld, die seit Tagen nicht auffindbar waren. Weder war er in Berlin immatrikuliert, noch hatte er dort eine gemeldete Adresse. Stattdessen war anzunehmen, dass der Göttinger Student als Maulwurf in die zwar militante, aber trotz allem gewaltfreie Organisation der Kohlegegner eingeschleust worden war. Viel mehr als eine Handynummer hatten die Aktivisten über ihn zwar nicht mitteilen können, aber das war kein schlechter Anfang. Es handelte sich nämlich um eine Prepaidnummer, die bislang unbekannt war. Doch ab sofort ließ sich jedes einzelne Wort, das über sie ausgetauscht wurde, mithören.

Steven musste sich beherrschen, um nicht kräftig mit der Faust auf den Tisch des Verhörzimmers zu schlagen. Zwar hatte er Laura gegenüber nicht übertrieben, denn nach allem, was inzwischen über die Autobosse bekannt war, hielt sich sein Mitgefühl in Grenzen. Zugleich war er aber Profi – und auch menschlich – genug, um eine weitere Erschießung um jeden Preis verhindern zu wollen. Sollte dies nicht gelingen, würde das BKA endgültig in einen Hurrikan geraten. Spekulationen, ob sich eine Art Grüne Armee Fraktion gebildet hatte, gab es nicht nur in diversen TV-Talkrunden, auch seitens der Regierung stieg der Druck. Ein toter Topmanager war der denkbar schmerzhafteste Misserfolg, getoppt nur von einem toten Spitzenpolitiker.

Am ehesten galt Stevens Mitleid noch Konrad Hentschel, obwohl er den Mann zu Lebzeiten als einen der größten Unsympathen eingeschätzt hatte. Der frühere *Sinus*-Chef schien jedoch zu Unrecht ins Visier der *Zeugen Justitias* geraten zu sein, denn mittlerweile gab es so viel Beweismaterial, dass sein Name längst irgendwo hätte auftauchen müssen. Zwar war der manipulierte Katalysator auch bei *Sinus* zum Einsatz gekommen, allerdings wohl indirekt über den Mutterkonzern *DAW* durch einen Zulieferer untergeschoben worden.

Von all diesen Hintergründen hatte der Mann auf der anderen Tischseite nicht den Hauch einer Ahnung. Das behauptete er nicht nur, Steven glaubte es ihm auch aufs Wort. Schwerer nachzuvollziehen war dagegen die sonstige Unwissenheit von Wilhelm Brandt. Generell bot er eine echte Überraschung – denn es war ein Rentner, der ihnen hier Rede und Antwort stehen musste, ein neunundsechzigjähriger ehemaliger Landschaftsgärtner. Nicht nur vom Alter, auch vom Äußeren her entsprach er in keiner Weise dem Stereotyp eines Öko-Aktivisten. Die wenigen verbliebenen Haare waren kurz geschnitten, er war altmodisch gekleidet und roch tatsächlich nach Kölnisch Wasser. Alles in allem verkörperte er einen

Mann, der eher an einer Kaffeefahrt teilnahm, als dass er nachts das Logo einer Terrororganisation an der Fassade eines Energieversorgers aufleuchten ließ.

Allerdings – und diese Behauptung war nicht zu erschüttern – habe er nicht gewusst, in welcher Mission er überhaupt unterwegs gewesen war. Der Umweltschutz treibe ihn seit Jahren um, ausschweifend und überaus langatmig hatte er die Beweggründe geschildert, weshalb er Mitglied bei diversen Gruppierungen sei. Sein Engagement erstreckte sich üblicherweise von Krötenzäunen über Nistkästen bis hin zum Müllsammeln. Wenn man ihn reden hörte, stand die Apokalypse direkt vor der Tür, doch anstatt diese zu verrammeln, wollten Politik und Wirtschaft sie auch noch zu Kleinholz zerhacken.

»Auf den verbleibenden Metern wird noch mal alles ausgeschlachtet, was geht«, lautete nun sein Abschluss-Statement. »Die Reste der Regenwälder werden abgebrannt, Luft und Wasser weiter verpestet, während dem Boden der letzte Rohstoff ausgepresst wird. Man sieht den Abgrund und drückt das Gaspedal erst recht durch. Der Mensch mit seiner angeblichen Brillanz hat versagt. Unsere Intelligenz beschränkt sich auf die Befriedigung unserer Gier und das Ausblenden unbequemer Wahrheiten. Wirklich schade ist es also nicht, wenn bald nur noch Ruinen unserer Zivilisation übrig bleiben.«

Steven musste mehrfach durchatmen, während Laura ein Loch in die Wand zu stieren schien. »Und trotzdem«, sagte er schließlich, »kämpfen Sie unermüdlich gegen diesen drohenden Untergang?«

Brandt hob seine Hände, denen die lebenslange Arbeit im Freien anzusehen war. »Ich kann nicht anders. Außerdem hab ich jede Menge Zeit.«

Irritiert registrierte Steven, dass ihm der Mann verschmitzt zublinzelte. Er räusperte sich. »Nur für den Fall, dass Sie den

Ernst der Lage nicht verstehen: Sie sitzen hier, weil Sie wegen einer terroristischen Aktion festgenommen wurden.«

»Terror? Ich hab einen Beamer angestellt, aber nichts in die Luft gejagt. Obwohl es mir manchmal in den Fingern kribbelt. Aber dazu bin ich zu alt.«

»Aha.« Laura erwachte wieder zum Leben. »Aber die *Zeugen Justitias* im Rahmen Ihrer Möglichkeiten zu unterstützen, ist Ihnen also durchaus ein Anliegen.«

»Ja, theoretisch.« Er zuckte mit den Schultern. »Aber ich bin gar nicht gefragt worden.«

»Wenn Sie uns weiter so einen Blödsinn erzählen, sperren wir Sie erst mal für ein paar Tage weg«, wurde Laura lauter. »Bis die Vernunft wieder zu Ihnen zurückkehrt.«

»Ach, Sie glauben gar nicht, wie egal mir das ist«, Brandt winkte ab. »Warum soll ich Ihnen was vormachen? Meine Einstellung ändert nichts daran, dass ich ein harmloser Kerl bin. Sperren Sie mich ruhig für ein paar Tage ein, länger wird es sowieso nicht möglich sein.«

Einige Sekunden sahen sich die beiden schweigend an, und da Steven erkannte, dass Laura allmählich mit ihrem Latein am Ende war, übernahm er wieder. »Wie ist es dazu gekommen, dass Sie sich auf den Weg nach Essen gemacht haben?«

»Ganz einfach. Ich wurde gefragt, ob …«

»Eben haben Sie behauptet, dass man Sie *nicht* gefragt hat.«

»Die *Zeugen Justitias* haben mich nicht gefragt. Dafür aber ein junger Mann. Ich wohne in Hildesheim, bei einer Demonstration gegen eine Geflügelfarm haben wir uns kennengelernt. Er rief mich vor einer Woche an, weil er jemanden suchte, der unauffällig ist. An ein paar Kohlekraftwerken sollten aufsehenerregende Aktionen stattfinden, es fehle nur noch jemand, der mit einem Beamer eine Botschaft an die Fassade der Unternehmenszentrale projiziert. Da hab ich nicht gezögert.«

»Wie heißt der Mann?«

Wilhelm Brandt sah auf seine Hände. »Das weiß ich gar nicht. Hat nie eine Rolle gespielt. War ja nur ein loser Kontakt.«

Es war die erste Lüge, die er von sich gab, da war sich Steven sicher. Sie fiel dem Mann nicht leicht, auch das war nicht zu übersehen. Immerhin stand damit so gut wie fest, dass er bislang die Wahrheit gesprochen hatte – also würde das Verhör nicht viel bringen. Den Namen wollte Steven aber schon noch aus ihm herausholen.

Laura ging es nicht anders. Sie stand auf, ging um den Tisch und lehnte sich neben Brandt an die Kante. »Noch ist es möglich, ungeschoren aus der Sache herauszukommen. Sie können glaubhaft auf Unwissenheit plädieren, und die Aktion an sich war harmlos. Ganz und gar nicht harmlos ist es aber, wenn Sie Terroristen decken und dadurch weitere Morde ermöglichen. Früher oder später fliegt Ihre Lüge auf, und dann können Sie bis ans Ende Ihrer Tage Krötenzäune im Gefängnishof hinstellen oder an den Mauern Nistkästen aufhängen, die sie vorher in der Gefangenenwerkstatt zusammengeklebt haben. Die anderen Häftlinge werden dabei zusehen und sich fragen, wann sie diesem Ökofreak die nächste Abreibung verpassen können.«

»Dazu kommt noch«, ergänzte Steven, »dass gegen die Autobosse mittlerweile so viel vorliegt, dass fest mit einer Verurteilung zu rechnen ist. Der Feldzug der *Zeugen Justitias* ist also unnötig.«

»Hm.« Brandt geriet sichtlich ins Wanken, und nun setzte Laura den finalen Schuss.

»Sie haben Ihr Handy ins Wasser geworfen, aber das hält unsere Techniker nur kurzzeitig auf. Bald werden wir wissen, mit wem Sie in Kontakt gestanden haben. Nur ist dann wahrscheinlich schon die nächste Geisel tot. Nicht mal ein Topanwalt kann Sie dann noch retten.«

»Simon Keller«, presste der Rentner hervor. »Ich wusste nicht, dass er zu den *Zeugen Justitias* gehört. Er hat es mir nicht gesagt.«

»Er hat Sie benutzt«, korrigierte Laura. »Erkennen Sie das nicht? Ihm war es völlig egal, dass er Sie in ernste Schwierigkeiten bringt.«

»Ja … so kann man das natürlich auch sehen.« Es war offensichtlich, dass ihm die Zusammenhänge erst jetzt bewusst wurden.

»Wo hat er Ihnen den Laptop übergeben?«, fragte Steven.

»Er gab ihn mir nicht persönlich. Der Beamer lag in einer Tasche. Zusammen mit einem USB-Stick, auf dem das … Bild war. Er sagte mir, wie ich alles anschließen muss.«

»Wo hatte er die Tasche abgelegt?«

»Im Essener Stadtgarten. An dem See … unter einem Busch.«

»Und der Generator für den Strom?«

»Den hatte er schon an die richtige Stelle gebracht. Ich musste ihn nur anstellen, den Beamer einschalten, Stick reinschieben und … das war's. Er hat mir gesagt, um welche Uhrzeit und … dass ich danach abhauen sollte.«

Laura ging wieder zu ihrem Stuhl. »Was hat er Ihnen sonst noch mitgeteilt? Namen, irgendeinen Ort?«

»Nein … doch, ja! Kurz bevor … ich verhaftet wurde, telefonierte ich mit ihm und fragte, ob wir uns treffen können. Er war aber gerade in Brandenburg, weil dort auch eine Aktion stattfinden sollte. Erst danach wollte er nach Nordrhein-Westfalen fahren. Wegen einer Verabredung mit den Organisatoren des Ganzen habe er aber keine Zeit für mich. Dann habe ich die Polizisten auf mich zurennen sehen und aufgelegt. Übrigens hab ich das Handy nicht in den Brunnen *geworfen*, es ist mir rein*gefallen*.«

Laura und Steven sahen sich an. Sie waren längst informiert, dass Simon Keller auch beim Braunkohletagebau in Jänschwalde erwähnt worden war und seitdem überwacht wurde. Es lag auf der Hand, zu wem er sich auf den Weg gemacht hatte – mit seinen Worten: zu den *Organisatoren des Ganzen*. Würde er die Ermittler aber tatsächlich zu den anderen Terroristen führen, und vor allem: Traf er rechtzeitig vor dem Ablauf des nächsten Ultimatums ein? Es blieben nur noch vier Stunden, bis die Frist für Christian Herzberg endete.

Kapitel 13

Mit ihrem Regenschirm schob Laura das Mikrofon zur Seite und ignorierte den Reporter. Aufgrund der aktuellen Ereignisse dominierten die *Zeugen Justitias* nicht mehr nur in Deutschland die Berichterstattung, sondern weltweit. Die Pressemitteilung des BKA zu den strafrechtlichen Vergehen der entführten Autobosse markierte zudem eine spektakuläre Wendung, sodass sich ein Großteil des BKA-Parkplatzes wegen des Ansturms der Medienvertreter in ein Pressezentrum verwandelt hatte. Viel zu sehen gab es hier aber nicht, entsprechend stürzten sich die Journalisten auf jeden, der das Gelände betrat oder verließ.

Auf der Webseite der *Zeugen Justitias* hatte es mittlerweile ein Update gegeben, auf die BKA-Pressemitteilung wurde jedoch mit keinem Wort eingegangen. Stattdessen liefen dort drei Countdowns – der kürzeste mit drei Stunden bezog sich auf Christian Herzbergs Leben. Zugleich wurden die Forderungen nach einer Abschaltung der fünf größten Kohlekraftwerke und einer Kerosin-Besteuerung in Erinnerung gerufen. Da diese beiden Countdowns erst am kommenden Samstag – also in vier Tagen – endeten, hatten sie für Laura und Steven allerdings keine Priorität.

Die Besetzung des Tagebaus Jänschwalde feierte die Webseite mit einem Foto des aufsehenerregenden Banners als Solidaritätsbekundung mit sämtlichen Klimaschützern. Radikale Maßnahmen seien überfällig, Nachahmer in anderen Ländern willkommen. *Wenn wir weiter mit Kerzen in der Hand auf eine Einsicht der Politiker warten, werden diese Kerzen irgendwann mangels Sauerstoffs von allein verlöschen. Die verbleibende Zeit zum Handeln ist knapp. Radikalisiert euch, und schließt euch uns an, es geht um das Überleben unseres Planeten. Die Zeugen Justitias.*

Ein Ziel hatten die Terroristen auf jeden Fall erreicht: Auf sämtlichen Kanälen wurde über ihre Forderungen und die dahintersteckenden Krisenherde berichtet. Neu war diese Aufmerksamkeit jedoch nicht. Schließlich erweckten Umweltthemen in unregelmäßigen Abständen immer wieder das Interesse der Öffentlichkeit, meist ausgelöst durch eine Katastrophe, eine wissenschaftliche Studie oder eben eine aufsehenerregende Aktion. Genauso schnell verschwand das Interesse dann aber auch wieder.

Während sich Laura durch den Medienpulk kämpfte, fragte sie sich, wann die Wirkung diesmal verpuffen würde. Einerseits wünschte sie sich, dass die Dringlichkeit der Bevölkerung endlich dauerhaft im Bewusstsein blieb, andererseits fände sie es fatal, sollte dies einer Terrororganisation zu verdanken sein. Seit so vielen Jahren wussten doch alle über den Ernst der Lage Bescheid! Es hatte genug Forschungen, Demonstrationen, alarmierende Bilder und mahnende Stimmen gegeben. Unter Letzteren entbrannte nun eine Diskussion über die Wahl der richtigen Mittel, es gab empörte, aber auch verständnisvolle Töne. Laura selbst war der Meinung, dass alle bisherigen Politikergenerationen beim Umweltschutz erbärmlich versagt hatten – sei es aufgrund von Bequemlichkeit, Ignoranz oder irgendwelcher Verstrickungen.

Als sie mit Steven das Büro ihrer Vorgesetzten betrat, telefonierte Irene Knopf gerade. Regungslos stand die groß gewachsene Frau am Fenster und drehte ihnen den Rücken zu. Die Ermittler wollten sich schon wieder zurückziehen, doch im selben Moment beendete sie das Gespräch, wandte sich ihnen zu und deutete auf die beiden Besucherstühle. Schwer atmete sie aus, die Schultern sackten nach unten.

»Schlechte Neuigkeiten?«, fragte Laura.

»Eher vollmundige Versprechen meinerseits.« Sie rubbelte mit dem Finger über einen Fleck auf der Schreibtischplatte, dann steckte sie sich die Haare hinter die Ohren. »Wenn wir das vergeigen, bin ich wohl meinen Job los. Aber …«, sie sah zu Steven, »… selbst wenn das manchen freuen würde, soll das kein falscher Ansporn sein.«

Steven errötete bis zu seinen Geheimratsecken, schwieg aber.

»Unsere Pressemitteilung ging vor einer halben Stunde raus«, fuhr die Abteilungsleiterin fort. »Hier ist der Text.«

Sie schob den beiden einen Ausdruck zu. Der Verdacht gegen die Topmanager war nüchtern und knapp formuliert. Die Beweise seien der Staatsanwaltschaft übergeben und gegen mehrere Beteiligte Haftbefehle erlassen worden. Paul Schink befinde sich bereits in Untersuchungshaft.

»Ob das der Guerilla reicht?«, fragte Laura.

»Wird sich zeigen. Detailreicher konnten wir es nicht formulieren, sonst fliegen uns die Gerichtsverfahren um die Ohren.«

»Sofern es überhaupt einen Prozess gibt«, sagte Steven. »Tote kann man nicht verurteilen.«

»Und wie würden Sie vorgehen?«

»Ich … keine Ahnung. Sollte keine Kritik sein. Ich meine nur … Mit Stiegler haben wir schon einen verloren, und Herzberg … das wird knapp!«

»Der Ernst der Lage ist allen bewusst. Deshalb werden die *DAW* in wenigen Minuten eine Erklärung abgeben.

Leider mit einem noch unkonkreteren Text. Man werde der Forderung nach einem Produktionsstopp nachkommen, das ginge aber nicht von jetzt auf gleich. Aktuell liefen entsprechende Vorbereitungen, gleichzeitig zeigt sich der Konzern zu Verhandlungen bereit. Außerdem soll auf Pläne für sauberere Autos hingewiesen werden.«

»Ob das reicht?«, wiederholte Laura.

»Zu mehr waren die *DAW* nicht bereit. Aber wenn es uns Zeit verschafft, ist schon viel gewonnen! Herzbergs und Hofstetters Befreiung steht auch für Sie wieder im Fokus. Mit der Festnahme von Richard Haberkorn ist Ihre andere Aufgabe ohnehin abgeschlossen.«

»Mit seiner Festnahme und der vorangegangenen Rettung«, merkte Steven an.

»Keine Sorge, mir ist nicht entgangen, dass er Ihnen das Leben verdankt. Und dass Sie uns dadurch einen wichtigen Zeugen erhalten haben.«

»Er hat also ausgesagt?«, fragte Laura. Aufgrund des Abstechers nach Gelsenkirchen hatten sie an dem Verhör nicht teilnehmen können.

»Sogar umfassender als erhofft. Zusammen mit den Unterlagen aus dem Bankschließfach und den Auswertungen der Bankkonten ist die Beweislast so erdrückend, dass keiner der Beteiligten auf einen Freispruch hoffen kann.«

»Gilt das auch für Haberkorn selbst?«

»Sein Deal mit der Staatsanwaltschaft sichert ihm keine völlige Straffreiheit zu. Aber er ist nur ein Rädchen im Getriebe. Ideengeber war sein Freund, und die Entscheidung trafen die Konzernbosse.«

Steven nickte. »Nur … wie haben sie es geschafft, dass am Ende andere die Manipulationen durchführten? Wie kamen die Bauernopfer zustande? Wie wurde sichergestellt, dass keiner mit dem Finger auf die eigentlichen Verantwortlichen zeigen konnte?«

Irene Knopf winkte ab. »Wenn Sie das im Detail interessiert, lesen Sie sich das Vernehmungsprotokoll durch. Zusammengefasst lief es so ab: Allen in der Motorenentwicklung war klar, dass die immer strengeren Abgasnormen nicht einzuhalten waren. Dennoch hat der Vorstand eine Lösung verlangt. Die Angst, nicht nur Marktanteile zu verlieren, sondern den Verlust vieler Arbeitsplätze zu verantworten, war omnipräsent. Der Druck von oben soll massiv gewesen sein, eine Kultur der Angst herrschte. Scheitern war keine Option. Haberkorn stand vor einem Wechsel zu einem Zuliefererunternehmen, aber bevor er dort anfing, stellte er den Kollegen noch seinen Lösungsansatz vor. Er habe es als Abschiedsgag verpackt, der leider nicht machbar sei, da illegal. Man hoffte darauf, dass die Motorenentwickler mangels Alternativen trotzdem darauf zurückgreifen würden. Diese Hoffnung erfüllte sich.«

»Und wie wurde diese Lösungsmöglichkeit an die anderen Konzerne weitergegeben?«

»Ganz ähnlich. Entweder gab es jemanden, der die Vorgehensweise als Utopie vorstellte – und kurz darauf den Arbeitgeber wechselte – oder Gerüchte wurden gestreut, dass alle das so machen. Die Zulieferer saßen natürlich mit im Boot, denn die Katalysatoren wurden nicht direkt in den Autokonzernen hergestellt. Hierzu sind in den nächsten Wochen noch weitere Ermittlungen nötig, da Haberkorn angibt, die Namen dieser … man könnte sie wohl V-Leute nennen … nicht zu kennen. Auch Beck habe dazu nichts gewusst.«

»Ich frage mich, woher die *ZJ* Wind von der Sache bekommen haben«, sagte Steven. »Klar, sie haben einen Teil der Daten von Becks Laptop gefischt. Aber dazu mussten sie erst mal wissen, dass er eine relevante Figur ist.«

»Das ist im Moment nebensächlich«, erwiderte seine Chefin. »Priorität hat der Aufenthaltsort der Terroristen und ihrer Geiseln. Erfreulicherweise tut sich an dieser Front aber etwas. Simon Keller ist lokalisiert und wird überwacht. Noch hat er mit niemandem telefoniert, er verfolgt lediglich im Internet die Berichterstattung über die *ZJ*. Eine Übersicht über die Verbindungen seines Telefons ist angefordert. Vermutlich wird über anonyme ausländische Prepaidnummern miteinander kommuniziert.«

»Würde ich genauso machen«, stimmte Laura zu. »Wo hält sich Keller gerade auf?«

»In einem ICE, der von Berlin über Hannover nach Köln fährt. Er könnte sich auf dem Weg zu Verhoeven und den anderen befinden, oder er ist auf dem Heimweg und steigt in Hannover in Richtung Göttingen um. Sollte das so sein, brechen wir die Überwachung ab und verhaften ihn.«

»Eine Heimfahrt ist unwahrscheinlich.« Steven berichtete von Wilhelm Brandts Aussage.

Dann klopfte es an der Tür, herein trat ein breitschultriger Mann, bei dessen Anblick sich Stevens Gesichtsausdruck verdüsterte. Auch Laura runzelte die Stirn und verschränkte die Arme. Alexander Pfeiffer! Natürlich war er ebenfalls in die aktuelle Ermittlung eingebunden, so wie eigentlich jeder aus der Abteilung *Polizeilicher Staatsschutz*, egal zu welcher Untergruppe er gehörte. Eine Zusammenarbeit ließ sich nicht vermeiden, aber dass er ihr auch noch zuzwinkerte, war schon ziemlich unverfroren.

Hatte Steven recht, dass Irene Knopf dieses Arschloch tatsächlich in ihr Team holen wollte? War ihr denn nicht bekannt, wie sehr sich Alexander nicht nur bei der Weihnachtsfeier, sondern auch bei anderen Gelegenheiten danebenbenommen hatte? Angefangen hatte es mit Fragen nach einem After-Work-Bier, doch weder reizte Laura eine Vermischung von Privat- und

Berufsleben, noch war Alexander der Typ Mann, der sie auch nur ansatzweise interessierte. Mit seinem muskulösen Körper – den er gern in engen T-Shirts zur Schau stellte – hätte er in jüngerer Ausführung zwar bei den Chippendales anheuern können, aber sein Auftreten grenzwertig zu nennen, wäre eine Beschönigung.

Nach und nach waren seine Komplimente sexistischer und die Einladungen aufdringlicher geworden. Bei der Weihnachtsfeier war er dann so betrunken gewesen, dass er jede Zurückhaltung aufgegeben hatte. Mit Schwung hatte er ein Glas Wasser auf Lauras weißes Top geschüttet und das Ergebnis grinsend kommentiert: »Schade, doch ein BH darunter. Dabei bin ich sicher, dass du den nicht nötig hättest.« Laura hatte ihm eine geknallt, dann waren Steven und Oliver eingeschritten und hatten ihn vor die Tür gesetzt. Angesichts Stevens drohender Versetzung hätte sich Laura mittlerweile am liebsten selbst geohrfeigt, dass sie den Vorfall nicht gemeldet hatte.

Jetzt ging Alexander selbstbewusst zu Irene Knopfs Schreibtisch und legte eine Deutschlandkarte sowie ein Foto auf die Platte. »Ich habe höchstwahrscheinlich den Van der Terroristen identifiziert.« Seine Stimme klang ähnlich rau wie die von Steven, obwohl Laura ihn noch nie mit einer Zigarette gesehen hatte.

»Du allein?«, fragte sie.

»Traust du mir das nicht zu?«

Irene Knopf ging dazwischen. »Gib uns die Details!«

»Gern. Vier Stunden, nachdem der Kontakt zu Emil Hofstetters Telefon abbrach, wurde dieser Neunsitzer«, er tippte auf das Foto, »auf der A3 hinter Nürnberg gefilmt. Der schnellste Weg vom Tegernsee dorthin führt über die A8, dann über den Autobahnring an München vorbei hoch zur A9. Auf der gesamten Strecke wurde er von keiner der Autobahnkameras erfasst. Fährt man aber über Land, dauert es ungefähr vier Stunden.«

Laura vergaß ihre Wut auf den Kollegen. »Denen war natürlich klar, dass wir die Region um den Tegernsee auswerten. Deshalb sind sie zuerst ein längeres Stück über Landstraßen gefahren.«

»Diese Strecke müssen sie vorher ausgekundschaftet haben, denn zwischen Tegernsee und Nürnberg taucht dieser Kleinbus auch nicht im Sichtfeld von Kameras abseits der Autobahnen auf. Ab der A3 dann aber regelmäßig. Sie wechselten bei Hanau auf die A45 und folgten ihr bis Castrop-Rauxel. Dort ging es über die A42 bis nach Gelsenkirchen. Durchschnittstempo hundertzwanzig.«

Laura betrachtete das Foto. Verschwommen waren zwei Gestalten mit Sonnenbrillen und Baseballkappen hinter der Frontscheibe zu erkennen. »Gibt's kein schärferes Bild?«

»Das sind Vergrößerungen von Aufnahmen, die in erster Linie den Verkehrsfluss erfassen sollen.« Alexander Pfeiffer schmunzelte. »Hoffst du auf einen gut aussehenden Guerillero?«

»Können wir bitte sachlich bleiben?«, fuhr Irene Knopf ihn an. Ihre Stirn war so stark gerunzelt, dass das Muttermal fast verschwand. Nicht nur Alexander, auch Laura und Steven sahen sie überrascht an.

»Äh … klar.« Alexander rieb sich das glatt rasierte Kinn. »Unter dem Foto hab ich das Kennzeichen notiert, da man es auf dieser Aufnahme nicht klar erkennen kann.«

Laura warf einen Blick auf das Gekritzel. »Wurde in Wolfsburg angemeldet. Auf wen?«

»Auf niemanden. Dieses Kennzeichen existiert gar nicht. Wahrscheinlich wurde online überprüft, welche Kennzeichen noch nicht vergeben sind. Die Zulassungsstelle in Wolfsburg bietet einen solchen Service an.«

»Zeigt mal wieder, dass die *ZJ* an alles denken.« Stevens Stimme klang fast anerkennend. »Ein geklautes Nummernschild hätte eine weitere Spur gelegt.«

»*Völlig* spurlos kommt aber niemand durch unser Land«, entgegnete Alexander. »Dieses Fahrzeug wurde noch an einem anderen Ort gesehen. Zumindest mit hoher Wahrscheinlichkeit, denn der Zeuge erinnert sich an ein Wolfsburger Kennzeichen.«

»Wann und wo?«

»Dienstag und Mittwoch vergangener Woche in Eckernförde. An beiden Tagen parkte der Wagen mehrfach vor dem Grundstück der Rodes. Der Zeuge bemerkte eine Frau und einen Mann. Beide mit Sonnenbrillen und Baseballkappen.«

Die unmittelbare körperliche Nähe zu Alexander störte Laura. Sie stand auf und ging zum Fenster. Regentropfen liefen an der Scheibe herunter. »Also wissen die *ZJ* von der vermutlichen Bestechung. Woher? In den Unterlagen, die sie uns zugespielt hatten, ist Rodes Name nicht aufgetaucht. Warum haben sie das zurückgehalten?«

»Keine Ahnung.« Alexander löste sich vom Schreibtisch und trat neben sie. Vermutlich war es kein Zufall, dass er sich kurz über den rechten Oberschenkel rieb. Wie er Laura erzählt hatte, streckte von dort ein schwarzer Panther seine Pranke bis zum Bauchnabel aus, das Tattoo habe er sich bei einem Junggesellenabschied stechen lassen.

Laura ging wieder zu ihrem Stuhl. »Was ist das für ein Zeuge?«

»Einer aus der zuverlässigsten Kategorie.« Alexander setzte sich aufs Fensterbrett und ließ die Beine baumeln. »Rentner, Hundebesitzer, Leidenschaft fürs Gärtnern – und für alles, was in der Nachbarschaft passiert. Er wohnt gegenüber von den Rodes.«

»Hatte er noch mehr beizutragen?«, fragte Irene Knopf.

»Das Ehepaar verbringe seit Stefan Rodes Pensionierung das Winterhalbjahr in Thailand, aber das wissen wir ja schon.« Alexander kam zum Schreibtisch zurück und zog unter dem

Foto drei DIN-A4-Blätter hervor. »Seine komplette Aussage steht hier drauf.«

»Gibt es schon Ergebnisse der Hausdurchsuchung in Eckernförde?«

»Nein, läuft noch.«

»Okay danke, dann bleib da dran.«

Es herrschte Schweigen, Alexander kratzte sich am Ohr. »Ähm … gut. Dann also … bis später.«

Erleichtert verfolgte Laura seinen Abgang. Ihr war nicht entgangen, dass ihre Chefin den Kollegen alles andere als wohlwollend behandelt hatte. *Wollte* sie Alexander in ihr Team holen, oder erpresste er sie? Bei was genau hatte er eigentlich zu ihren Gunsten ausgesagt? Laura erkannte jedoch, dass es gerade drängendere Fragen gab, und griff nach den Zetteln mit der protokollierten Zeugenaussage.

Unterdessen klingelte das Telefon auf dem Schreibtisch, aber Laura hörte nur mit halbem Ohr zu. Ihre Aufmerksamkeit wurde endgültig abgelenkt, als sie über eine Bemerkung des Frührentners stolperte, die Alexander wohl übersehen hatte. Gerade wollte sie Steven darauf aufmerksam machen, als Irene Knopf das Telefonat mit den Worten »Mailt es mir sofort zu!« beendete.

»Ich habe hier …«, setzte Laura an, aber Irene Knopf unterbrach sie.

»Simon Keller ist in Hannover in einen IC in Richtung Köln umgestiegen. Das wäre auch das Ziel des ICE gewesen, also will er wohl an einem kleineren Bahnhof aussteigen. Außerdem hat er sein Telefon benutzt, wir bekommen gleich den Gesprächsmitschnitt. Es tut sich was bei den *ZJ*.«

»Wen hat er angerufen?«, fragte Laura.

»Er *wurde* angerufen. Von einer Nummer, die wir jetzt Lisa Probst zuordnen und ebenfalls überwachen können. Hören wir es uns an.« Mit einem Doppelklick öffnete sie den Anhang der soeben eingetroffenen Mail.

»Hi Lisa!«, ertönte eine Männerstimme.

»Glückwunsch«, antwortete eine Frau. »Lief wie geplant. Wo bist du gerade?«

»Hinter Hannover, der Zug ist pünktlich.«

»Okay, wir fahren bald los. Um fünf sammeln wir dich am Bahnhof ein, warte dort auf uns. Johan ist schon unterwegs, er konnte nicht länger bleiben.«

»Ich weiß ja nicht, was er genau vorhat, aber sollte er nicht besser ein paar Tage abwarten, bevor …?«

»Blödsinn! Läuft doch alles perfekt, und wir sind gerade in aller Munde. Bis später.«

Irene Knopf stand auf. »Um fünf treffen sie sich an einem Bahnhof. Sofern Keller den Zug nicht noch mal wechselt, kann es sich dabei nur um Bielefeld, Hamm, Dortmund oder Hagen handeln. Alle anderen Stationen werden erst nach fünf Uhr erreicht. Ich kümmere mich darum, dass der Zugriff vorbereitet wird.«

»Moment!« Laura erhob sich ebenfalls und trat neben ihre Chefin. »Darf ich?« Sie griff nach der Maus und öffnete Google Maps. Ihre Finger glitten über die Tastatur, dann zoomte sie aus dem Kartenausschnitt heraus und nagte an der Unterlippe. »Könnte passen.«

»Können Sie sich klarer ausdrücken?«

Laura deutete auf das Protokoll. »Alexander hat einen Teil der Aussage unterschlagen. Der Zeuge in Eckernförde sprach davon, dass Stefan Rode noch ein Anwesen im Rheinland besitzt. Oder besser gesagt *besaß*, da er es auf seine Tochter überschrieben hat, obwohl diese in Kanada lebt. Vielleicht um später Erbschaftssteuer zu sparen. Spielt jetzt keine Rolle.«

»Hält er sich dort regelmäßig auf?«

»Ja, sofern er nicht gerade in Thailand oder Eckernförde ist. Es ist ein ehemaliges Weingut, das sich seit Jahrzehnten im Familienbesitz befindet. Seine Vorfahren waren Winzer, diese Tradition endete aber mit seinem Vater.«

Steven beugte sich über das Protokoll. »Wo liegt das Weingut?«

»Das wusste der Zeuge nicht genau. Irgendwo am Rhein zwischen Koblenz und Bonn.«

»Es muss ebenfalls durchsucht werden! Vielleicht verbirgt Rode dort Unterlagen, die für das Verfahren relevant sind. Die genaue Adresse können wir schnell herausfinden.«

Laura nickte. »Das empfiehlt sich auch aus einem noch viel wichtigeren Grund: Es würde mich nicht wundern, wenn Lisa Probsts Handy in dieser Region geortet wird.«

»Warum?«

»Erst mal passt die Entfernung zu der Uhrzeit des Treffens mit Simon Keller. Bis hier oben«, ihr Finger fuhr über die Karte, »würde man es ab jetzt in ungefähr zwei Stunden schaffen.« Sie tippte auf ihre Uhr. »Kommt hin. Bielefeld und Hamm sind dagegen zu weit entfernt, ich tippe daher auf Hagen.«

»Verstehe.« Steven klang skeptisch.

»Denk außerdem an den Umschlag, den die *ZJ* in meinem Schuppen abgelegt haben!« Laura furchte ihre Stirn. »Die genaue Formulierung krieg ich nicht zusammen, aber sie haben quasi versprochen, dass wir das Leben der Gefangenen retten können, wenn wir die Beweiskette komplett schließen. Zu dieser Beweiskette gehört auch Stefan Rode.«

»Absolut. Ich verstehe trotzdem nicht, worauf …«

»Es ist reine Spekulation«, räumte Laura ein. »Aber irgendwie haben die *ZJ* von Rode erfahren. Vielleicht auch von dem Weingut – und dass es derzeit verwaist ist. Keine Ahnung, wie das Anwesen aussieht, aber es könnte ein geeignetes Versteck sein.«

Irene Knopf griff zum Telefonhörer. »Möglich wäre es. Finden Sie die Adresse heraus, und schicken Sie eine Spezialeinheit hin! Wenn Ihre Vermutung zutrifft, könnten sich auch die Gefangenen dort befinden. Denn eines sollten wir nicht vergessen: Das Treffen mit Simon Keller – und damit der mögliche Zugriff – soll um fünf Uhr stattfinden. Die Frist für Christian Herzberg endet aber schon vorher!«

»Mir macht noch etwas Sorgen«, antwortete Laura. »Lisa Probst hat gesagt, dass Johan Verhoeven schon aufgebrochen ist. Es klang, als hätte er irgendetwas vor. Sicher nichts, was uns gefällt.«

Knackend brach das Vorhängeschloss entzwei, doch Filip war weit von Gewissensbissen entfernt. Der Bolzenschneider gehörte Inga, sie benötigte ein solches Werkzeug hin und wieder bei einer Protestaktion. Auch wenn Filip immer neugieriger auf ihre illegalen Tätigkeiten wurde, gab es zurzeit nur ein relevantes Thema für ihn, sodass er nach dem Betreten des Hauses sofort die Treppe zum Dachboden hinaufgestürmt war. Laura war unterwegs, der Weg frei. Regen prasselte auf das schmale Dachfenster, ohne dass die verschmierte Scheibe sauber wurde. Mit eiskalten Fingern klappte Filip den Deckel der Kiste auf. Ein Gefühl der Ohnmacht traf ihn, als er ins Innere blickte.

»Fuck!« Er boxte mit einer Hand so fest gegen das Holz, dass er sich die Knöchel aufschlug. »Ich war mir so sicher, dass hier drinnen etwas liegt, was uns weiterhilft.«

Inga ließ sich im Schneidersitz neben ihm nieder, zog ein Taschentuch hervor und legte es um seine blutenden Finger. Ihre eigenen Kratzer von dem Fahrradunfall verblassten schon. »Immerhin wissen wir jetzt, dass Laura tatsächlich irgendwas vor dir versteckt.«

Er deutete nach vorn. »Die Kiste ist leer, falls du es übersehen hast.«

»Aber gestern war sie noch viel schwerer. Außerdem würde Laura keine leere Kiste abschließen. Sie hat den Inhalt gestern weggeschafft, liegt doch auf der Hand!«

»Dann ahnt sie, dass ich … also wir …«

Inga verdrehte die Augen und strich sich energisch die Haare aus dem Gesicht. »Sie ist Polizistin, was erwartest du? Dein abweisendes Verhalten und unser Besuch auf dem Dachboden: Wird für sie nicht schwer gewesen sein, eins und eins zusammenzuzählen.«

Die Enttäuschung setzte Filip zu. Ingas Schlussfolgerung war naheliegend und bedeutete, dass seine Mutter eine weitere Gelegenheit zur Aussprache hatte verstreichen lassen. Ohne sich Gedanken darum zu machen, was sie ihm damit antat. Er spürte, dass Inga ihn an den Schultern packte, und drehte ihr den Kopf zu.

»Gib nicht beim ersten Rückschlag auf!«, forderte sie. »Uns bleiben andere Möglichkeiten.«

»Welche denn?«, fragte er leise.

»Erstens: Du kannst Laura mit deinem Wissen konfrontieren.«

»Ausgeschlossen, das mach ich auf keinen …«

»Hab ich mir gedacht. Zweitens: Wir stellen das restliche Haus auf den Kopf.«

Filip winkte ab. »Was auch immer in der Kiste war, sie wird es woanders hingebracht haben. So blöd, es nur in einem anderen Raum zu verstecken, ist sie nicht.«

»Wohin dann?«

Filip zuckte mit den Schultern.

»Okay.« Inga klang jetzt genervt. »Dritte Möglichkeit: Du kontaktierst deinen Vater.«

Filip schwieg, diesen Vorschlag hatte er befürchtet. Die Idee war nachvollziehbar, aber er hatte Hemmungen. Er dachte an das alte Foto von seinem Vater, das er in der Hosentasche hatte. Er wusste sogar, wie er heute aussah – oder zumindest, wie er vor zwei Jahren ausgesehen hatte. Ausgehend von den Informationen von Ingas Stiefbruder hatte er mit Inga sofort eine Internetrecherche gestartet und die auffindbaren Valentin Radkes so erfolgreich aussortiert, dass nur einer übrig geblieben war, der infrage kam. Bei ihm passte alles: Geboren im thüringischen Arnstadt – in der Nähe von Lauras Geburtsort Ilmenau. Radkes Vater war Chemieprofessor gewesen – an derselben Universität hatte Lauras Vater gelehrt. Medizinstudium in Berlin – zur selben Zeit war Laura in die Hauptstadt gezogen. Heute war er dreiundvierzig Jahre alt – Laura war zweiundvierzig. Derzeit wohnte er in München und arbeitete bei einem Pharmakonzern.

Viele dieser Informationen stammten aus einem Interview, das er einer Fachzeitschrift vor zwei Jahren gegeben hatte. Darin wurde er als erfolgreicher Forscher beschrieben, der bereits ein bahnbrechendes Medikament entwickelt hatte und gerade an einem neuen Wirkstoff tüftelte. Neben seinem Foto befand sich ein Steckbrief, demnach war er verheiratet und Vater einer achtjährigen Tochter sowie eines fünfjährigen Sohns. Auch deshalb schreckte Filip vor einer Kontaktaufnahme zurück. Was würde er damit erreichen, außer dass er den Frieden einer Familie zerstörte?

Aber die beiden Kinder, die seine Halbgeschwister sein mussten, gingen ihm nicht aus dem Kopf, genauso wie … Denn laut dem Interview steckte Valentin Radke nicht nur berufsbedingt viel Herzblut in die Entwicklung des neuen Medikaments, da er wisse, wie sich der Verlust eines Babys anfühle. Mit Anfang zwanzig habe er eine Fehlgeburt seiner damaligen Freundin verarbeiten müssen. Sofort hatte Filip nachgerechnet. Bei seiner Geburt war der Mediziner vierundzwanzig

Jahre alt gewesen, Laura dreiundzwanzig. War sie davor schon einmal schwanger gewesen?

Der Artikel über seinen Vater beschäftigte ihn. Im Fokus hatte die Forschungsarbeit zu dem Medikament gestanden, das die Auswirkungen der Spinalen Muskelatrophie abmildern sollte. Die Schilderungen des Krankheitsverlaufs – bei dem die Muskeln schwanden und die Lebenserwartung in der schwersten Ausprägung gerade mal ein bis zwei Jahre betrug – waren schwer zu verdauen. Die Art, wie Valentin Radke über seine Arbeit und das Leid der betroffenen Familien gesprochen hatte, legte nahe, dass er ein empathischer und nachdenklicher Typ war. Nicht so kühl und reserviert wie Laura.

»Bleibt noch die vierte Möglichkeit«, durchbrach Inga die sich ausdehnende Stille. »Sprich mit deinen Großeltern.«

»Hm … weiß nicht«, rang sich Filip ab. »Sie werden meiner Mutter nicht in den Rücken …«

»Na gut.« Ingas mitfühlende Mimik verflüchtigte sich nun endgültig. Sie stand auf. »Bleibt die fünfte und letzte Variante: Klapp das Buch wieder zu, und vergiss alles.«

»Das … kann ich nicht.«

»Musst du aber, wenn du dich weiter wie ein Schlappschwanz verhältst.«

Verletzt sah er zu ihr auf. »Du hast leicht reden! Du bist es ja auch nicht, die …«

»Ich«, unterbrach sie ihn scharf, »habe als Kind meine Eltern verloren. Im Abstand von zwei Jahren. Zuerst meinen Vater, dann meine Mutter. Kurz nachdem sie wieder geheiratet hatte. Einen Freund meines Vaters, der selbst Witwer war. Daher meine Stiefgeschwister. Drei Monate später starben beide bei einem Unfall, und wir wanderten in ein Heim. So viel dazu, dass ich keine Ahnung habe. Spiel hier nicht die Drama-Queen! Du hattest dein ganzes Leben lang eine Mutter, die sich um dich gekümmert hat und … und die dich liebt!« Ihre Augen schimmerten feucht. »Auch wenn du vergessen hast, das wertzuschätzen«, fügte sie leiser hinzu.

Filip erhob sich. »Das wusste ich gar nicht.« Er griff nach ihr, aber sie entzog sich ihm.

»Was hast du denn gedacht?«, fuhr sie ihn an. »Dass ich als Waisenkind geboren wurde?«

»Nein … ich … also, dass beide … tot sind. Warum hast du nie …?«

»Weil ich damit klarkomme und mich nicht in Selbstmitleid suhle.«

Filip fiel nichts ein, betreten sah er auf die staubigen Dielen. Sekundenlang standen sie einfach nur da, dann hatte Inga sich wieder gefangen.

»Also«, sagte sie, »entweder zeigst du jetzt etwas mehr Elan, oder du kannst hier allein vor dich hin leiden. Ich … stürze mich dann aber in den Kölner Karneval.«

Filip musste grinsen. »Weil du so ein Karneval-Fan bist?«

»Immer noch besser, als mir hier weiter …«

»Schon gut!« Er hob die Hände. »Aber wir fangen damit an, uns noch mal im restlichen Haus umzusehen. Oma und Opa will ich erst mal außen vor lassen.« Er griff nach Ingas Hand und zog sie zur Treppe.

Die Luft wurde immer stickiger, obwohl keine Abgase mehr in den Laderaum geleitet worden waren. Es musste mehrere Stunden her sein, seit sich die Entführer zum letzten Mal hatten blicken lassen. Dieser Besuch hatte mit einem Schuss geendet, nun tickte die Uhr für Christian Herzberg. Wie mitgenommen der Kollege schon war, bekam Emil Hofstetter kaum mit, da er sich auf das eigene Überleben konzentrierte. Welche Forderungen die *Zeugen Justitias* an *Faber* stellen würden und wie sich Vorstand und Aufsichtsrat dazu positionieren würden, darüber dachte er kaum nach. Momentan war es wahrscheinlicher, dass er den Auswirkungen der Herzinsuffizienz zum Opfer fiel, als dass die Terroristen überhaupt noch die Chance zu einem dritten Schuss erhielten.

Immer wieder horchte er in sich hinein, aber die Anzeichen für ein Lungenödem waren sowieso nicht zu ignorieren. Die Atemnot und der Husten kamen mal stärker und mal schwächer, die Müdigkeit hingegen war kaum noch abzuwehren. Noch war der Überlebenswille stark genug, um gegen den Schlaf anzukämpfen, er ahnte, dass er sonst nie mehr aufwachen würde. Seine nackten Füße waren eiskalt, und es war dunkel. Wann lief die Frist endlich ab? Einerseits fürchtete er sich vor dem Moment, in dem sie Christian Herzberg herauszerren würden, andererseits kam dann die letzte Chance, den Geiselnehmern von seinem bedrohlichen Gesundheitszustand zu berichten. Er hatte viel zu lange damit gezögert! Aber würden sie ihn tatsächlich zu einem Arzt bringen? Noch brauchten sie ihn lebend, darauf musste er bauen.

Plötzlich ertönte ein Surren, die Ladeklappe bewegte sich. Licht fiel herein, und Hofstetter blinzelte. Neben sich hörte er Herzberg keuchen.

»Meine Fresse, stinkt das hier!« Der Stimme nach kletterte ein Mann nach oben und umrundete Hofstetters Urinpfütze. »Wenigstens *du* wirst der Sauerei nichts mehr hinzufügen können.« Er deutete auf Christian Herzberg, während hinter ihm weitere schwarz gekleidete Gestalten in den Laderaum kletterten.

»Haben die *DAW* … was haben die … wird eure Forderung …?«, stammelte Herzberg.

»Na, was denkst du wohl?« Der Mann ging vor ihm in die Hocke. »Wie hättest du entschieden, wenn an deiner Stelle jemand anderes hier liegen würde?«

»Ich hätte natürlich nachgegeben!«

»Selbst jetzt lügst du noch. Die *DAW* haben mitgeteilt, dass für den Produktionsstopp mehr Zeit nötig ist. Es ginge nicht so schnell wie von uns gefordert. Außerdem ist der Vorstand zu Verhandlungen bereit.«

»Na also!« Hoffnung und Euphorie klangen aus Herzbergs Stimme, er rappelte sich auf.

Der Mann tippte sich auf Stirnhöhe gegen die Sturmhaube. »Darauf fallen wir nicht rein! Ist der durchschaubare Versuch, mehr Zeit für die Polizei rauszuschlagen.«

»Aber … aber …«

»Du bekommst trotzdem die Chance, dass wir uns auf dieses Spiel einlassen.« Er zog ein Smartphone aus der Tasche, fummelte daran herum und richtete dann die Kamera auf den Gefangenen. »Nenn weitere Namen! Wer in den Konzernen wusste von dem Betrug?«

»Die … die … der ganze Vorstand!« Herzbergs Augen waren weit aufgerissen.

»Blödsinn. Wär viel zu riskant gewesen. Was ist mit Paul Schink?«

»Ja, natürlich! Er hat das für *Heßler* entschieden. Generell hat er alles angeleiert und uns dann mit reingezogen.«

»Ersteres stimmt, das andere ist gelogen. Wir wissen mehr, als du ahnst. Noch eine Lüge, und du hast deine Chance vertan. Was ist mit Konrad Hentschel? *Sinus* ist eine Tochter der *DAW*. War er als Vorstandsvorsitzender im Bilde oder so unwissend, wie er immer behauptet hat?«

Herzberg rang sichtlich mit sich. »Er wusste nichts davon«, gab er dann leise zu.

Der Entführer schwieg zunächst, und Hofstetter kam es so vor, als wäre ihm eine andere Antwort lieber gewesen. Immerhin schien er den Wahrheitsgehalt diesmal nicht anzuzweifeln, sondern nahm die nächsten Figuren des schmutzigen Spiels ins Visier. »Kommen wir zur Politik. Seit wann war der

Regierung klar, dass ihr richtig Dreck am Stecken habt und eure Rechtfertigungen nichts als Lügen waren?«

»Wir … denen haben wir nichts anderes gesagt als der Öffentlichkeit. Aber natürlich … die haben schon gemerkt, dass die Vorwürfe stimmen. Nur wollten sie es gar nicht so genau wissen. Nichts wurde hinterfragt, stattdessen hat man sogar unsere Argumentation übernommen. Strenge Kontrollen oder Untersuchungen wurden auch nicht veranlasst.«

»Was uns zum Kraftfahrt-Bundesamt führt.« Der Mann hielt die Handykamera weiter auf Herzberg gerichtet. »Wusste die Behörde schon vor Ausbrechen des Skandals Bescheid?«

»Wir … das heißt … Hagen hatte dort einen guten Kontakt. Er war ein hohes Tier, heute ist er in Pension. Bekam eine ordentliche Summe und hielt uns in der Behörde den Rücken frei.«

»Ihr habt nichts dem Zufall überlassen.«

»Das stimmt, aber ich … ich war nicht der Entscheider bei den *DAW*. Stand unter Hagen, und er war der Alleinherrscher. Das weiß jeder! Er duldete keinen Widerspruch, was hätte ich tun sollen?«

»Du hast also versucht, ihn abzuhalten?«

»Natürlich!« Herzbergs Gesicht war weiß, sein Blick glitt hin und her. »Ich fand es unmoralisch und gefährlich. Hab ich ihm immer wieder gesagt. Aber er hörte nicht auf mich.«

Der Mann steckte das Handy weg. »Wieder eine Lüge. Es gibt genügend Beweise, dass du ein kräftiger Fürsprecher gewesen bist. Du warst es sogar, der Florian Beck mit seiner Idee angeschleppt hat.« Er wandte sich den Personen im Hintergrund zu. »Bringen wir es hinter uns.«

»Nein!«, brüllte Herzberg, als sie ihn losmachten. »Ich bezahle! Millionen! Wie viel wollt ihr?«

»Geld interessiert uns nicht – im Gegensatz zu dir.«

»Wieso nehmt ihr nicht ihn?« Herzberg deutete auf Hofstetter. »Er ist mindestens genauso schuldig!«

»Er ist morgen dran.«

»Daraus wird aber nichts, weil er vorher draufgeht!«, brüllte Herzberg. »Seht ihn euch an! Zieht ihn vor und lasst … gebt den *DAW* mehr Zeit! Eure Forderungen werden bestimmt erfüllt!«

Erstmals richtete sich die Aufmerksamkeit der Entführer auf Hofstetter. Der Wortführer trat zur Seite und sah auf den Aufsichtsratsvorsitzenden von *Faber* hinunter.

»Gut siehst du wirklich nicht aus. Was ist los?«

Hofstetter brauchte einen Moment, bis er realisierte, dass er angesprochen worden war. Er bewegte die Lippen, aber keine Wörter kamen heraus.

»Er hat irgendeinen Herzfehler«, berichtete Herzberg hektisch. »Ohne Medikamente ist er in wenigen Stunden tot. Erschießt ihn an meiner Stelle, dann nützt er euch noch was!«

Hofstetter war zwar kurz vorm Wegdämmern, dennoch drangen die Worte zu ihm durch. ›Jetzt zeigst du dein ganzes erbärmliches Gesicht‹, dachte er, bevor er sich wieder aufs Atmen konzentrierte.

Langsam drehte sich der Mann zu Herzberg um. »Die Spielregeln bestimmen wir.« Dann beugte er sich zu Hofstetter herab. »Was für Medikamente sind das?«

Hofstetters Zunge versuchte die schwierigen Bezeichnungen zu formen, aber es gelang nicht. Schweiß brach ihm aus, er war völlig entkräftet.

Der Mann richtete sich wieder auf und machte eine Kopfbewegung zu Herzberg. »Schafft das Arschloch raus!«

Er selbst setzte sich neben Hofstetter auf den Boden, während Herzberg schreiend und um sich schlagend von der Ladefläche gezerrt wurde.

Endlich brachte Hofstetter doch noch verständliche Silben hervor. »Wass… Wasser.«

»Du brauchst Wasser?« Der Mann untersuchte die Flaschen, alle waren leer. »Okay, ich hol Wasser.«

Er stand auf und verschwand aus dem Sichtfeld. Regungslos blieb Hofstetter liegen. Abrupt endete Herzbergs Gekreische, hatten sie ihn niedergeschlagen? Dann ertönte ein Schuss, aber Hofstetter zuckte nicht mal zusammen. Es kam ihm ewig lang vor, bis die schwarze Gestalt endlich wieder auftauchte. Sie schraubte den Verschluss von einer Flasche und hielt die Öffnung an Hofstetters Lippen. Wasser lief ihm übers Kinn, er verschluckte sich und hustete so kräftig, dass er kaum noch atmen konnte. Minutenlang kämpfte er um Sauerstoff, bevor er weitertrinken konnte. Diesmal in kleineren Schlucken.

Als er die Flasche geleert hatte, waren die Entführer zu dritt. Er spürte, wie auch seine Fesseln gelöst wurden, dann wurde er hochgehoben. Willenlos ließ er es geschehen, bereit für die letzte Reise.

Als der Hubschrauber im Tiefflug dem Verlauf des Rheins flussaufwärts folgte, war das Dröhnen der Rotoren selbst im Inneren noch unglaublich laut. Regen schlug gegen die Scheiben, immer wieder schüttelten Windböen die Insassen durch. Lauras Blick folgte einem Binnenschiff, dann widmete sie ihre Aufmerksamkeit erneut dem Display ihres Tablets. Die Webseite der *Zeugen Justitias* war schlicht gestaltet, Filip hätte da etwas ganz anderes zustande gebracht. Er war schon immer ein IT-Freak gewesen und hatte sich insofern folgerichtig für ein Informatikstudium entschieden.

Ihre Gedanken drifteten zu ihrem Sohn ab, den sie zuletzt kaum noch zu Gesicht bekommen hatte. Traf ihre Befürchtung zu, dass er sich aus einem ganz besonderen Grund auf dem Dachboden herumgetrieben hatte? Interessierte ihn der Inhalt der Kiste nur generell, oder hatte er eine Ahnung, was sich darin befand? Laura wurde von einem Gänsehautschauer überfallen.

Woher sollte er etwas wissen? Hatte sie irgendwo etwas herumliegen lassen, was ihn zum Rumstöbern animiert haben könnte?

»Gruselig, oder?«, erklang eine kratzige Stimme neben ihr.

Sie drehte Steven den Kopf zu. »Was meinst du?«

Er zeigte zuerst auf die Gänsehaut an ihrem Unterarm, dem man aufgrund des dunklen Hauttons die ständigen Outdoor-Aktivitäten ansah, dann auf die Webseite. Dort hatten die *Zeugen Justitias* zwei Videos eingestellt – beide waren noch vor Stieglers Erschießung gedreht worden. Eines war heimlich aufgenommen worden und zeigte, wie sich Stiegler und Herzberg um Kopf und Kragen redeten. Steven spielte aber auf das andere Video an, in dem Emil Hofstetter einem Unbekannten Rede und Antwort stand. Der klein gewachsene Mann wirkte verstört, fahrig und verständlicherweise völlig verschüchtert, wenn nicht gar panisch. Immer wieder brach ihm die Stimme, dann nestelte er an seinem Vollbart herum, und den kahlen Kopf hielt er die meiste Zeit gesenkt. Das Schuldeingeständnis war spektakulär und nur anfangs von seinen Mitgefangenen durch Zwischenrufe gestört worden – woraufhin diese kurzerhand geknebelt worden waren.

Genau dieses Motiv füllte nun als Standbild das Display aus. Laura hatte sich das Video schon mehrfach angesehen, sodass ihr der weitere Wortlaut bekannt war. Alles, was Hofstetter von sich gab, passte zu den Erkenntnissen, die auch die Ermittler mittlerweile gewonnen hatten. Doch es war die Szene an sich, die Laura nicht losließ. In der Mitte Emil Hofstetter, mit schlaffer Körperhaltung und leerem Blick. Daneben – nur halb im Bild erkennbar – die beiden anderen Männer mit Knebeln im Mund und aufgerissenen Augen. Einer von ihnen war inzwischen tot, für den anderen endete die Frist in wenigen Minuten. Hier steckten alle noch in Gefangenenkleidung, auf den Gesichtern zeigten sich Bartstoppeln. Über ihnen hing wieder das schwarze Transparent, mit Schriftzug und Logo der *Zeugen*

Justitias in weißer Farbe. Es wirkte nicht nur wie ein Tribunal, es war tatsächlich eines. Das Bild erinnerte Laura an ähnliche Szenen aus dem islamistischen Bereich.

»Passender Vergleich«, meinte Steven, nachdem sie ihm ihre Überlegungen mitgeteilt hatte. »Der einzige Unterschied ist, dass mir die Ziele der *ZJ* sympathischer sind.«

Laura rang nur kurz mit ihrer Antwort. »Dieser Unterschied hat aber keinerlei Relevanz. Man kann sich nicht auf ein hohes moralisches Ross setzen und gleichzeitig Terror verbreiten. Davon abgesehen kann es sogar zu gegenteiligen Effekten führen: Eigentlich richtige Ziele werden diskreditiert, und friedliche Klimaschützer geraten in die Defensive.«

»Kommt mir im Moment nicht so vor«, entgegnete Steven. »Vermutlich bezeichnen sich die *ZJ* deshalb auch als *Guerilleros*. Klingt sympathischer als *Terroristen*. Hast du dir mal Kommentare auf den News-Plattformen angesehen?«

Laura schüttelte den Kopf.

»Da klingt einige Genugtuung durch, dass es diesen Bossen jetzt an den Kragen geht. Dass endlich jemand da ist, der sie zur Rechenschaft zieht. Ich sehe daher eher eine andere Gefahr: Die Gesellschaft radikalisiert sich, wenn sie erkennt, dass Gewalt eher zum Ziel führt, als wenn man sich auf Justiz und Politik verlässt.«

Laura sah aus dem Fenster und wägte ihre nächsten Worte ab. »Weißt du … es fällt mir schwer, es zuzugeben. Aber tatsächlich kann ich … versteh mich nicht falsch, ich verurteile Gewalt und …«

Steven legte ihr eine Hand auf die Schulter. »Du willst mir sagen, dass du die *ZJ* insgeheim bewunderst?«

»Auf keinen Fall, denn es ist falsch, was sie tun. Aber ich kann sie verstehen. Die Wut und der Frust sind nachvollziehbar. Und ihre Angst, dass wir sehenden Auges eine lebensfeindliche

Zukunft schaffen. Politik, Wirtschaft und … wir alle haben versagt und tun es weiter.«

»Ist halt das bewährte menschliche Muster. Kopf in den Sand stecken, dann siehst du die Probleme nicht und musst nix ändern.«

»Ist nur die Frage, wann dafür die Quittung kommt und wie heftig sie ausfällt.« Laura wandte sich wieder ihm zu. »Schlimm genug, dass jetzt schon Kinder zum Demonstrieren auf die Straße gehen müssen, um uns auf den Ernst der Lage aufmerksam zu machen. Dabei haben wir das Problem doch selbst seit langer Zeit gesehen! Ein paar Unverbesserliche mal ausgenommen, die das alles nur für Panikmache halten. Es gab genug Wissenschaftler, die uns gewarnt haben.«

»Immerhin kommen die Kids durch die Fridays for Future mal wieder an die frische Luft und daddeln nicht den ganzen Tag …«

»Steven! Das Thema ist zu ernst für billige Scherze. Selbst wenn zehn Mal so viele Schüler und Studenten demonstrieren und sich noch mehr Wissenschaftler an ihre Seite stellen als ohnehin schon: Es würde sich nicht wirklich was ändern!«

Für einen Moment war nur das Wummern des Hubschraubers zu hören, während Steven nach einer passenden Erwiderung suchte. »Und was fängst du jetzt mit dieser Schlussfolgerung an?«, fragte er schließlich. »Willst du die *ZJ* davonkommen lassen?«

»Davon abgesehen, dass das eh nicht allein in meinen Händen liegt … nein, natürlich nicht.«

»Dann schlage ich vor, dass wir uns jetzt wieder auf unseren Job konzentrieren. Wenn alles vorbei ist, kannst du dich meinetwegen bei der nächsten Demo ganz vorn einreihen. Gib mir mal das Tablet.«

Bevor sie es ihm zuschieben konnte, hatte er schon selbst danach gegriffen. Er schloss das Video und scrollte auf der

Webseite nach oben. »Hier.« Er tippte auf den aktuellsten Text. »Den Kommunikationskanal zu den *ZJ* haben wir also erfolgreich aufgebaut. Sie haben die BKA-Pressemitteilung gelesen, und das hier ist ihre Antwort.«

»Toller Kommunikationskanal. Wir geben Pressemitteilungen heraus, und die Terroristen antworten uns auf ihrer Webseite, sodass die ganze Welt mitlesen kann. Außerdem bringt uns ihre Antwort nicht weiter.« Laura hatte sie mehrfach gelesen. »Sie haben unsere Veröffentlichung lediglich für eigene Zwecke genutzt. Nach dem Motto: ›Seht her, ohne uns wäre es nie zu dem Ermittlungserfolg gekommen.‹ Damit legitimieren sie im Nachhinein ihr Handeln.«

»Auf die Botschaft der *DAW* gehen sie aber mit keinem Wort ein.« Stevens Miene verfinsterte sich.

»Und das gibt mir zu denken!« Laura massierte sich mit den Zeigefingern ihre Schläfen, erste Anzeichen von Kopfschmerzen machten sich bemerkbar. ›Bitte nicht jetzt!‹, dachte sie. »Sie werden es als das einschätzen, was es ist: Zeitschinderei. Und dem BKA misstrauen sie genauso. Halten es für möglich, dass unsere Pressemitteilung nur eine Finte ist.«

»Konkreteres können wir ihnen aber nicht geben, ohne dass wir die Gerichtsverfahren gefährden. Trotzdem bin ich optimistisch«, entgegnete Steven, seinem besorgten Gesichtsausdruck zum Trotz. »Immerhin sitzen wir nicht ohne Grund in diesem Hubschrauber. Angeblich sollen wir die Geiseln finden, wenn wir alle Zusammenhänge aufgedeckt haben. Vielleicht erlösen wir Herzberg und Hofstetter schon bald.«

Laura ließ dies so stehen und beugte sich wieder zum Fenster. Sie überflogen gerade die Reste der Brücke von Remagen, in deren Türmen heute ein Friedensmuseum untergebracht war. Ob es in wenigen Minuten friedlich bleiben würde, wenn sie bei Stefan Rodes Weingut zur Landung ansetzten? Oder käme es zu einem Feuergefecht mit schwer bewaffneten Terroristen? Mit jeder Faser spürte Laura, dass ein Showdown unmittelbar bevorstand. Ob das gut oder schlecht war, würde sich zeigen. Auf der Straße unter sich erkannte sie die Kolonne der Fahrzeuge, mit denen ein Teil des Spezialeinsatzkommandos unterwegs war. Darüber hinaus befanden sich weitere Einsatzkräfte in den drei Hubschraubern hinter ihnen auf dem Weg zum Weingut, das in diesem Moment in Sicht kam.

Kapitel 14

Der Hubschrauber hatte zunächst eine Runde über das Gelände gedreht, nun suchte der Pilot nach einer geeigneten Stelle zur Landung. Aus der Luft war erkennbar, dass auf dem Weingut größere Umbaumaßnahmen vonstattengegangen sein mussten, denn es war unwahrscheinlich, dass es bereits über einen Pool und eine ausladende Außenterrasse verfügt hatte, als hier noch Wein hergestellt worden war. Die zum Gut gehörigen Weinberge waren an andere Produzenten verpachtet, wie Laura herausgefunden hatte.

Sie hatte den Flug für ein telefonisches Update genutzt und dabei erfahren, dass Lisa Probst ihr Handy noch immer nicht eingeschaltet hatte. Als sie mit Simon Keller telefoniert hatte, war es aber mit einem Funkmast verbunden gewesen, der auch das Weingut abdeckte. Lauras Mutmaßung erwies sich somit wohl als zutreffend, aber waren die Terroristen noch vor Ort? Auch die Verbindungsnachweise zu Lisa Probsts Handy lagen vor, und sämtliche aufgeführten Nummern – allerdings gab es neben der von Keller nur zwei weitere – waren in die Überwachung aufgenommen worden. Beide dazugehörigen Telefone mussten aber ebenfalls deaktiviert sein, offenbar gab es festgelegte Zeiten, zu denen sie angestellt wurden. Nur Simon Keller hielt sich nicht daran. Er war noch immer zu orten und befand sich nach wie vor im Zug – ohne zu wissen, dass ihm längst schon Polizisten in Zivil Gesellschaft leisteten.

Einen Durchbruch hatte es auch an anderer Stelle gegeben. Zwar schwieg der vermeintliche Auftragsmörder noch immer, sodass die Hinzuziehung eines Dolmetschers Kosten ohne Ertrag produziert hatte. Doch es gab zwei handfeste Indizien, dass er – vor der vereitelten Ermordung von Richard Haberkorn – bereits Florian Beck erschossen hatte. Nicht nur seine DNA stimmte mit den am Hochsitz gefundenen Spuren überein, er hatte zudem die passende Waffe bei sich getragen – wahrscheinlich um sie erneut einzusetzen.

Laura hielt es weiterhin für ausgeschlossen, dass der Mann in Verbindung zu den *Zeugen Justitias* stand, schließlich legten die finanziellen Transaktionen von Hagen Stiegler einen anderen Zusammenhang nahe. Aber wer hatte Beck das Herz herausgeschnitten, und wie war es in den Besitz der Guerilleros gekommen? Becks Mörder war auf diese Frage zwar weiter stumm geblieben, hatte aber überrascht gewirkt. Hatten die *Zeugen Justitias* den Mord beobachtet und sich anschließend an der Leiche zu schaffen gemacht? Antworten würden wohl erst ihre Festnahmen liefern.

Mit galoppierendem Puls sah Laura aus dem Fenster, doch zumindest vom Hubschrauber aus gab es keine Hinweise, dass sich die Gesuchten derzeit in den mittelrheinischen Weinbergen aufhielten. Das Gut lag einige Hundert Meter vom nächsten Ort entfernt, es waren weder Fahrzeuge noch Menschen zu sehen. Auch sonst deutete nichts darauf hin, dass sich jemand in dem Fachwerkgebäude aufhielt. Die Fensterläden waren geschlossen, genauso das Hoftor an der Einfahrt.

Als der Hubschrauber zur Landung ansetzte, spiegelte er sich in einer riesigen Pfütze. Steven schob die Ausstiegsluke zur Seite, und Laura zog sich die Kapuze ihrer Outdoor-Jacke über den Kopf. Der Regen hatte sich verstärkt und wurde ihr vom

Wind ins Gesicht geweht, als sie hinter Steven auf den Boden sprang. Sofort zog der Pilot die Maschine nach oben und ließ die beiden auf dem überfluteten Rasenstück zurück. Einen besseren Landeplatz gab es aber nicht, und sofort näherte sich der nächste Hubschrauber, um Beamte der Spezialeinsatztruppe abzusetzen.

»Setz deine O-Beine in Bewegung, und lass uns Platz machen!« Laura zog an Stevens Ärmel. Er stand wie angewurzelt da und schien es kaum zu bemerken. »Träumst du?«

»Nein.« Langsam kam Bewegung in ihn, und er stapfte neben ihr her. »Mir ist nur gerade ein Gedanke gekommen.«

»Ein sinnvoller?« Erfolglos versuchte Laura das Eindringen von Wasser in ihre Boots zu verhindern.

»Eher ein gefährlicher. Was, wenn das hier eine Falle ist?«

»Wie kommst du darauf?«

»Könnte doch sein. Wenn wir die Tür aufbrechen, explodiert irgendwas.«

»Diese Gefahr werden die Spezialisten sicher einkalkulieren. Und die gehen vor uns rein.«

Hinter ihnen sprangen gerade einige dieser Polizisten aus dem zweiten Hubschrauber, alle steckten in Kampfmontur. Auf der schmalen Straße, die zu dem Weingut führte, rasten bereits die Fahrzeuge mit weiteren Einsatzkräften heran.

Laura stieß Steven an, der zwischen den Weinreben schon wieder langsamer wurde. »Was ist los mit dir?« Sie zwängte sich an ihm vorbei, dabei fiel ihr seine bleiche Gesichtsfarbe auf. »Jetzt sag nicht, dass du die Hosen voll hast!« Sie blieb stehen und packte ihn an den Schultern. »So kenn ich dich gar nicht!«

»Vielleicht weil … wir die meiste Zeit im Büro sitzen.«

»Heute Morgen bei Haberkorns Haus haben deine Nerven aber nicht versagt. Auch nicht in anderen gefährlichen Situationen. Weshalb jetzt?«

»Weil …« Er sah auf seine durchnässten Stoffschuhe. »Weil ich eben so was wie ein Déjà-vu hatte. Der Geruch, der Regen, die Weinberge. Als ich aus dem Hubschrauber gesprungen bin, da … kam es plötzlich über mich.«

»Was kam über dich?«

»Es gab … ich hab mal was vermasselt. War vor unserer Zeit. Wegen mir starb eine Frau. Ihr Mann hatte sich mit ihr im Haus verbarrikadiert und Sprengfallen installiert. Ich stürmte kopflos vor und löste eine Kettenreaktion aus.«

Laura nickte. Sie kannte Gerüchte, dass Steven vor vielen Jahren eine fatale Fehlentscheidung getroffen hatte. Danach gefragt hatte sie ihn aber nie, und jetzt war der falsche Zeitpunkt für Flashbacks. »Vergiss das jetzt und komm!«

Die Männer und Frauen des Spezialeinsatzkommandos hatten sie längst überholt und stürmten durch eine andere Rebenreihe auf das Anwesen zu. Laura folgte ihnen im Sicherheitsabstand, schließlich hatte sie ebenfalls keine Lust, in einen Schusswechsel zu geraten. Dafür waren andere trainiert worden. Ihr Blick blieb auf das Grundstück gerichtet, dessen Einfahrtstor in diesem Moment von einem gepanzerten Fahrzeug durchbrochen wurde. Sekunden später standen acht Einsatzfahrzeuge auf dem gekiesten Vorplatz. Auch die Hubschrauberbesatzungen liefen nun über das Gelände und verteilten sich um das Haus. Das Anwesen war von einer halbhohen Mauer eingefasst, darüber verlief ein Zaun. Laura blieb an der Einfahrt stehen und wischte sich den Regen aus den Augen. Es dauerte fast eine Minute, bis Steven neben ihr eintraf.

»Geht's wieder?«, fragte sie leise.

Er nickte. Sein Mund stand offen. Da sich die Luft abgekühlt hatte, stiegen Atemwolken auf.

»Selbst wenn wir hier nicht auf die Terroristen oder ihre Geiseln treffen, könnte sich der Ausflug lohnen«, fuhr Laura fort. Ihr war daran gelegen, ihren Partner möglichst schnell wieder in den gewohnten Zustand zurückzuversetzen. »Die Durchsuchung von Rodes Haus in Eckernförde war ein Fehlschlag. Vielleicht haben wir hier mehr Glück.«

»Wir sollten auch das Kraftfahrt-Bundesamt in Flensburg durchsuchen, bevor dort die Schredder angeworfen werden«, antwortete Steven.

»Der Antrag wurde schon gestellt, es gibt aber noch keine Entscheidung. Wahrscheinlich tut sich der Richter im Fall einer Behörde schwerer.«

Steven seufzte. »Wenn er noch länger mit sich ringt, erübrigt sich die Durchsuchung. Dann ist alles längst gehäckselt, gelöscht oder im Klo runtergespült.«

»Apropos Klo.« Erleichtert registrierte Laura, dass Steven seine Panikattacke überwunden hatte. »Erinnerst du dich an den Eimer mit Fäkalien in der Fabrik in Gelsenkirchen?«

»Hab zwar nicht genauer reingeschaut, aber ja, klar.«

»Andere haben ihren Ekel überwunden und herausgefunden, dass es Stiegler, Herzberg und Hofstetter waren, die sich in den Eimer erleichtert haben.«

»Passt doch. Die sind ja ganz dicke miteinander. Also ist endgültig bewiesen, dass sie in der alten Fabrik festgehalten wurden. Haut mich jetzt aber nicht vom Hocker, lag ja auf der Hand.«

Neben ihnen hielt ein Krankenwagen, aber die Sanitäter blieben ebenfalls auf Sicherheitsabstand. Im selben Augenblick ging der Einsatz in die entscheidende Phase. Eine Vierergruppe des SEK hatte sich zur Haustür bewegt, brach die Tür im Handumdrehen auf und verschwand im Inneren. Sofort folgten weitere Kollegen, während andere das Gebäude umstellten. Obwohl Laura an den Funkkontakt nicht angeschlossen war, wusste sie, was im Haus geschah. Zimmer für Zimmer arbeiteten sich die Einsatzkräfte vor, sicherten sich dabei gegenseitig ab und forderten bei Bedarf Verstärkung an. Kontinuierlich würden sie den aktuellen Status an die Einsatzleitung übermitteln, die draußen auf der Straße in einem Fahrzeug saß.

Unruhig wartete Laura auf einen Schuss, doch es blieb still. Erneut setzte sich eine Gruppe schwer bewaffneter Polizisten in Bewegung, sie steuerten die rechte Hausseite an und verschwanden dahinter. Hinter den BKA-Beamten erklang das Geräusch einer Autotür, die aufgeschoben wurde. Eine Frau stieg aus und näherte sich ihnen.

»Das Haus ist gesichert, niemand befindet sich darin.« Passend zu ihrer Aussage traten die ersten schwarz gekleideten Personen gerade durch die Tür wieder ins Freie. »Jetzt nehmen wir uns das Nebengebäude vor. Ist früher wahrscheinlich eine Scheune gewesen. Dort steht ein Lastwagen.«

Laura hielt es nicht mehr an ihrem Platz. Sie sah Steven an, und er gab ihr mit einem stummen Nicken zu verstehen, dass es ihm genauso ging. Gemeinsam marschierten sie los.

»Hey … halt!«, rief ihnen die Polizistin hinterher. »Wartet gefälligst, bis …«

»Sicher, dass du deine Nerven wieder im Griff hast?«, flüsterte Laura ihrem Partner zu.

»Keine Sorge. Wenn's darauf ankommt, werde ich dir den Weg freischießen.«

»Wäre eine angemessene Revanche für die drei Mal, bei denen ich dir den Hintern gerettet habe.«

Sie hatten die Hausecke erreicht und konnten das Nebengebäude sehen. Es war niedriger als das Haupthaus und aus Backsteinen erbaut. An der Außenwand rankte wilder Wein nach oben, selbst im Regen hatte das Anwesen einen romantischen Charme. Laura dagegen erinnerte sich an die ersten Fotos der *Zeugen Justitias*, auf denen eine Backsteinwand mit aufgesprühtem Justitia-Logo zu sehen gewesen war. Das Tor stand offen, und ohne zu zögern steuerte sie es an.

»Hältst du das für eine gute …«, setzte Steven an, aber Laura unterbrach ihn sofort.

»Sollten da drinnen Terroristen hocken, hätte es längst geknallt. Die sind wahrscheinlich schon weitergezogen.«

Als sie ins Innere trat, erblickte sie mehrere Polizisten, die mit gezogenen Waffen vor einem Lkw Stellung bezogen hatten. Ansonsten befand sich nicht viel in der Scheune. Ein paar Kisten, Gartenmöbel und offenbar aussortierte Einrichtungsgegenstände.

»Passt exakt zu der Beschreibung, die mir die Teenager in Gelsenkirchen gegeben haben!«, flüsterte Steven. »Ein weißer Siebeneinhalbtonner.«

»Hoffen wir, dass er nicht leer ist!« Laura trat näher, als ein Polizist den Knopf zum Betätigen der Hebebühne drückte. Zunächst glitt sie ein Stück nach hinten, bevor sie sich quälend langsam absenkte. Laura warf einen schnellen Blick zur Seite, der Lkw parkte vor einer Wand, dort war das bekannte Graffiti der Justitia zu sehen. Mehrere Waffen waren auf den Laderaum gerichtet, als die Sicht endlich frei wurde.

Erleichterung, Schreck und Überforderung fluteten gleichzeitig durch Laura hindurch. Zwei Männer befanden sich auf der Ladefläche, genau so, wie sie gehofft hatte. Beide waren an die Verstrebungen fixiert und lagen ausgestreckt am Boden. Aber etwas passte ganz und gar nicht.

Steven trat neben sie. »Was zur Hölle …«, flüsterte er. Die Schusswunde an Christian Herzbergs Schläfe war nicht zu übersehen.

Laura sah auf die Uhr. »Diese Schweine haben ihn noch vor Ablauf des Ultimatums erschossen!« Sie musste sich an der Schulter ihres Partners abstützen. »Wir haben versagt, Steven.«

»Ja«, krächzte er. »Und die letzte noch lebende Geisel haben sie mitgenommen.« Er zeigte ins Innere. Neben Christian

Herzberg hatten sie Emil Hofstetter erwartet, stattdessen lag dort Hagen Stiegler.

Laura sank in die Hocke und verbarg stöhnend das Gesicht in den Händen. Im Laufschritt trafen die Sanitäter ein, ohne dass sie aufsah. Einen Kopfschuss überlebte man nicht, jetzt musste alles darangesetzt werden, wenigstens Emil Hofstetter dieses Schicksal zu ersparen. Wo auch immer er sich gerade befand.

»Scheiße!« Steven trat gegen einen Eimer, der scheppernd gegen die Wand krachte.

»Komm mit raus, wir stehen im Weg rum.« Laura erhob sich und zog Steven mit sich. Sie war schockiert, frustriert und wütend. Aus irgendeinem Grund hatte sie angenommen, dass sie den Worten der *Zeugen Justitias* Glauben schenken konnte. Nun fühlte es sich wie ein persönlicher Verrat an, dass sie trotz rechtzeitigem Erscheinen und trotz Erfüllung der Forderung nur auf Leichen gestoßen waren. »Jetzt haben sie ihre Maske abgelegt und endgültig bewiesen, dass sie nichts als gewissenslose Terroristen sind!«

»Das haben wir doch von Anfang an gewusst«, entgegnete Steven.

»Hey, ihr beide!« An der Hausecke war die Frau erschienen, die vorhin aus dem Wagen der Einsatzleitung gestiegen war und sie auf die Scheune aufmerksam gemacht hatte.

Ergeben hob Laura die Arme, als die Polizistin vor ihr stehen blieb. »Schon gut, tut mir leid. Ich weiß, dass wir vorne hätten warten müssen.«

»Es gibt Zeugenaussagen aus dem nächsten Ort«, überging die Frau ihre Entschuldigung. »Einen Lkw hat hier niemand herfahren sehen, also ist das wahrscheinlich nachts geschehen. Dafür haben sich gleich drei Einwohner daran erinnert, dass vorhin ein schwarzer Van auf der Straße von diesem Weingut angefahren kam. Mehrere Leute sollen dringesessen haben, darunter eine Frau auf dem Beifahrersitz.«

»Wann war das?«

»Vor ungefähr dreißig Minuten.«

Steven sah auf die Uhr. »Sie wollen Simon Keller in anderthalb Stunden an einem Bahnhof einsammeln.«

»Dann hatte ich recht, und es läuft auf den Bahnhof in Hagen raus.« Laura zog das Handy aus der Tasche.

»Wen willst du anrufen?«, fragte Steven.

»Der Hubschrauber muss uns sofort abholen! Vielleicht schafft es der Pilot, uns noch rechtzeitig nach Hagen zu fliegen.«

»Hab ich mir gedacht. Ein Wechsel in trockene Klamotten wär ja auch zu viel verlangt.« Steven seufzte.

»Kommt deine Hypochondrie wieder durch? Ausgerechnet jetzt!« Fassungslos sah sie ihn an.

»Ein Schnupfen ist das Mindeste, was wir … egal, hilft ja nichts. Der Showdown ist also nicht ausgefallen, sondern nur verschoben. Dieser Einsatztrupp hier sollte uns also unauffällig begleiten.«

»Es ist sowieso schon ein SEK in Stellung gebracht«, brachte Laura in Erinnerung. »Und nach dem, was wir eben im Lkw gesehen haben, würde es mich nicht stören, wenn es in anderthalb Stunden so richtig knallt. Vorausgesetzt, dass danach die Richtigen am Boden liegen.«

Erneut kam jemand zu ihnen gerannt, diesmal ein Polizist aus der Scheune. »Kommt sofort mit zum Lkw!«, brüllte er. »Das müsst ihr euch selbst ansehen! Die *ZJ* sind noch abgebrühter, als wir vermutet haben!«

Eine Windböe erfasste das Fahrzeug, woraufhin es nach rechts schwenkte und das lang gezogene Dröhnen einer Lkw-Hupe provozierte. Regen lief an den getönten Scheiben des Neunsitzers herunter, aus den Lautsprechern dröhnte Musik – wohl um die

Gespräche der Fahrzeuginsassen zu übertönen. Eine erregte Diskussion war im Gang, so viel bekam Emil Hofstetter im Kofferraum dennoch mit. Seine Arme und Beine waren gefesselt, aber er hätte sich auch ohne die Seile nicht zu einem Fluchtversuch imstande gefühlt. Wohin auch? Der Van fuhr über eine Autobahn, so viel verstand er von Motorgeräuschen und Fahrverhalten.

Den toten Christian Herzberg hatte er nicht mehr zu Gesicht bekommen. Als die Entführer Hofstetter aus dem Lkw getragen hatten, war ihm nur ein frischer roter Fleck auf dem Boden aufgefallen. Direkt daneben hatte der Kleinbus mit geöffneter Kofferraumklappe gestanden, und bevor man Hofstetter da hinein verfrachtet hatte, war er ausgezogen, gewaschen und neu eingekleidet worden. Er war sich dabei wie eine Puppe vorgekommen, denn unterstützen hatte er diese Tätigkeiten nicht können. Vielmehr war er immer wieder von heftigen Hustenanfällen geschüttelt worden, vielleicht hatten sie ihn deshalb überraschend sanft behandelt. Unterwegs war er einmal in ein anderes Fahrzeug umgeladen worden, in ein ähnliches Modell, allerdings in weißer Farbe.

Nun hielt er eine Trinkflasche zwischen den zusammengebundenen Händen, immer wieder führte er den Sauger zum Mund. Wie viele Stunden blieben noch, bis er endgültig wegdämmerte? Schon jetzt fielen ihm immer wieder die Augen zu, doch noch war der Überlebenstrieb seines Körpers so stark, dass er rechtzeitig vorm Einschlafen zusammenzuckte. Seine Gedanken gingen zu seiner Frau, zu den Kindern und Enkeln und zu dem Haus am Tegernsee. Er sah sich selbst auf dem Balkon stehen und hinunter aufs Wasser blicken. Sonne, warmer Wind, Vögel zwitscherten. Die Gleitschirmflieger sprenkelten den Himmel mit bunten Punkten, irgendwoher drang das Geräusch von Kuhglocken.

Gerade als er sich endgültig in dieser Vision zu verlieren drohte, wurde der Wagen langsamer. Er spürte eine Kurve, dann reduzierte der Fahrer das Tempo auf Schrittgeschwindigkeit und hielt schließlich an. Der Rückwärtsgang wurde eingelegt, nach ein paar Metern wurde der Motor abgestellt, die Musik erstarb. Sekundenlang geschah gar nichts. Dann wurde eine Tür geöffnet – und kurz darauf die Klappe des Kofferraums. Die Person, die sich zu Hofstetter beugte, war wieder schwarz gekleidet, doch diesmal hatte sie keine Sturmhaube auf dem Kopf. Stattdessen eine Baseballkappe und eine Sonnenbrille, die angesichts des strömenden Regens völlig deplatziert wirkte.

Ein dunkler Bart wuchs auf Wange und Kinn, der Mann sah sich um, dann drehte er Hofstetter zu sich, packte ihn unter den Schultern und zog ihn ins Freie. Regen rann in Hofstetters Augen, die nur halb geöffnet waren. Schemenhaft erkannte er einen Parkplatz, seine Füße schleiften über den Boden, als ihn der Mann hinter einem Müllcontainer ablegte. Arme und Beine blieben gefesselt, schnell waren Pullover und Hose durchnässt.

Der Mann schien unschlüssig zu sein, dann kniete er sich hin und drückte Hofstetter wieder die Flasche in die Hände. »Halt noch ein wenig durch!«, sagte er leise. »Wir müssen weiter, aber du wirst hier abgeholt. Es dauert nicht lange.«

Dann sprang er auf und lief davon. Kurz darauf hörte Hofstetter, wie ein Motor gestartet wurde. Er drehte den Kopf, konnte aber nur den Müllcontainer und auf der anderen Seite Büsche erkennen. Er versuchte, um Hilfe zu rufen, brachte aber nur ein klägliches Gurgeln zustande. Nicht weit entfernt waren Kinderstimmen zu hören, die von dem beständigen Rauschen des Verkehrs fast verschluckt wurden. Hatte ein Teil der Terroristen Medikamente besorgt und würde ihn hier auflesen? Aber wieso an einer derart belebten Stelle? Minutenlang grübelte er über das Motiv nach, dann konnte er nicht mehr weiterkämpfen und überließ sich dem Schlaf. Die damit einhergehende Gefahr war ihm noch bewusst, aber sie wirkte auf einmal verlockend.

Um kurz nach siebzehn Uhr eilte Steven zu Laura, die auf dem Berliner Platz an einem Baum lehnte und den Eingang des Hagener Hauptbahnhofs nicht aus den Augen ließ. Beide trugen noch immer feuchte Kleidung, da diese während des Hubschrauberflugs kaum getrocknet war. Von den Gleisen wehte eine Durchsage herüber, wurde aber von quietschenden Zugbremsen überlagert. Die Turmuhr des alten Gebäudes zeigte an, dass der IC mit Simon Keller an Bord längst hätte einfahren müssen, allerdings würde er sein Zwischenziel mit zwanzig Minuten Verspätung erreichen. Auch von einem schwarzen Van war noch nichts zu sehen, aber soeben hatte Steven erfahren, dass eine der Hauptpersonen ihr Handy wieder in Betrieb genommen hatte.

»Sie sind hier«, informierte er Laura mit gedämpfter Stimme. »Zumindest Lisa Probst. Sie hat eben mit Keller telefoniert und gefragt, wo er bleibt. Von der Zugverspätung wusste sie nichts, also hält sie sich außerhalb des Gebäudes auf.«

»Wo genau?« Laura blickte über den Platz, auf dem auch Beamte des Spezialeinsatzkommandos warteten. Alle waren unauffällig gekleidet, während die offensichtlich als Polizisten erkennbaren Kollegen in den Seitenstraßen zusammengezogen worden waren.

»Gute Frage«, erwiderte Steven. »Die Funkzelle deckt den Hauptbahnhof ab, vielleicht warten sie irgendwo um die Ecke.«

»Wieso ist der schwarze Kleinbus dann noch nicht aufgefallen?«

»Sie sind jetzt mit einem anderen Fahrzeug unterwegs.« Steven seufzte. »Der Van mit dem Wolfsburger Kennzeichen wurde vor zehn Minuten auf einem Wanderparkplatz im

Siebengebirge gefunden. Gar nicht weit entfernt von deinem Haus.«

»Gibt es Anhaltspunkte, worin sie jetzt fahren?«

»Nein, aber vermutlich ist es kein Kleinwagen. Müssen ja alle reinpassen.«

»Inklusive Hofstetter.« Laura zeigte Steven ihr Handy. »Da kam eine neue Mail von den *ZJ*. Mit Bild.« Sie öffnete den Anhang.

Das Foto ähnelte dem der vorherigen Mail, nur lag diesmal nicht Hagen Stiegler mit einem Einschussloch am Boden, sondern Christian Herzberg.

»Identische Inszenierung«, stellte Steven fest. »Gibt's auch wieder einen Bekennertext auf ihrer Webseite?«

»Ja.« Laura steckte das Telefon weg. »Die Aussagen von den *DAW* werden als Taktikspielchen zurückgewiesen, weshalb man Herzberg erschossen habe. Identische Forderungen wurden jetzt an *Faber* gerichtet, aber alle *DAW*-Mitarbeiter sollten sich bewusst sein, dass weitere Entführungen geplant sind.«

»Sie wollen Panik auslösen.« Steven verzog das Gesicht. »Diese Strategie können wir in Nullkommanichts vereiteln.«

»Aber erst nach den Verhaftungen«, erwiderte Laura. »Geben wir unser Wissen schon jetzt preis, machen sie sich sofort aus dem Staub. Und sehen sich dann vielleicht doch zu härteren Maßnahmen gezwungen. Hofstetter ist noch immer verschollen, und die Frist für *Faber* endet morgen um sechzehn Uhr. Auch diesmal geht es um einen vollständigen Produktionsstopp.«

»Du hast recht, wir können uns nicht darauf verlassen, dass es bei diesen absurden Fotos bleibt.« Steven steckte fröstelnd die Hände in die Hosentaschen. »Außerdem scheint ja Johan Verhoeven noch was zu planen. Wer weiß, was er als Nächstes in die Luft jagen will.«

Dass ihn das *Faber* gestellte Ultimatum nicht in hellste Aufregung versetzt hatte, lag an einer verblüffenden Wendung auf dem Weingut. Als der Kollege Laura und Steven zurück zu dem Siebeneinhalbtonner geführt hatte, waren die Notärzte wider Erwarten doch zu einem Einsatz gekommen. Stiegler und Herzberg hatten zwar regungslos auf der Ladefläche gelegen – beide jedoch mit Pulsschlag. Von einem Einschussloch war an Stieglers Schläfe nichts zu sehen gewesen, die Erklärung dafür hatte erst ein genauerer Blick auf Christian Herzberg geliefert. Als einer der Sanitäter mit dem Handschuh über dessen Schusswunde am Kopf gerieben hatte, war an den Fingerspitzen Farbe zurückgeblieben.

»Sehr gut gemacht, aber nur Theaterschminke«, war sein Kommentar gewesen.

Weshalb die beiden dennoch wie tot gewirkt hatten, war durch eine kleine Einstichstelle im Nacken nachvollziehbar geworden. Dass ihnen ein K.-o.-Mittel gespritzt worden war, hatten die Ärzte inzwischen bestätigt. Beide Männer befanden sich derzeit im Krankenhaus und kamen langsam wieder zu sich. Die Kaltblütigkeit der *Zeugen Justitias* kannte offenbar doch Grenzen – was darauf hindeutete, dass der Tod von Konrad Hentschel tatsächlich nicht beabsichtigt gewesen war.

»Davon auszugehen, dass sie weiter vor Mord zurückschrecken, wäre trotzdem fahrlässig«, sagte Steven nun. »Jedem Einzelnen aus dieser Bande müssen gleich Handschellen angelegt werden.«

»Wenn sie sich nicht getrennt haben.« Laura ließ den Vorplatz nicht aus den Augen. »Wir sollten uns an Keller dranhängen, sobald er den Bahnhof verlässt. Eine solche Chance werden wir so schnell nicht mehr bekommen!«

Die Dringlichkeit der Festnahmen stellte Steven nicht in Abrede, nicht nur aus Gründen der Strafverfolgung. Schließlich war Emil Hofstetter weiter in Gefangenschaft, und darüber hinaus hatten die *Zeugen Justitias* noch weitere Ultimaten gestellt. Bis zum Samstag um vierundzwanzig Uhr sollte der Bundestag eine Besteuerung von Kerosin auf den Weg bringen, zudem endete dann die Frist zur Abschaltung der fünf größten Kohlekraftwerke. Da diese Forderungen selbstredend unerfüllt bleiben würden, wollte sich Steven gar nicht ausmalen, zu welchen Schritten sich die *Zeugen Justitias* als Nächstes genötigt sehen würden.

Lautlos nieste er in die Armbeuge. »Verdammter Regen! Wenn das keine Erkältung ...« Plötzlich wurde er aufmerksam. »Dort drüben! Ist das nicht Lisa Probst?«

Laura blickte zu einem Fast-Food-Restaurant, vor dem eine junge Frau stand. Sie trug eine helle Jeans, einen grünen Parka und eine dunkle Sonnenbrille. Als sie zur Turmuhr des Bahnhofs hinaufsah, konnte Laura sie eingehender betrachten. Sie dachte an das Phantombild und das drei Monate alte Foto der Frau. Sie konnte es sein ... oder eben auch nicht. Laura machte Steven auf die dunklen, kurz geschnittenen Haare aufmerksam.

»Kann sie noch mal gefärbt und weiter abgeschnitten haben«, erwiderte er. »Aber der Rest passt. Größe, Statur, Alter – und auch ihr Verhalten. Sie versucht auffallend, unauffällig zu wirken. Da, jetzt zieht sie ein Handy raus.« Er folgte dem Beispiel der Frau und rief seinerseits in der Zentrale an. »Bingo!«, sagte er leise zu Laura. »Sie teilt Keller mit, wo er sie gleich treffen soll.«

Plötzlich veränderte sich die Miene der Frau, sie sprach erregt in das Handy, danach schob sie es in die Hosentasche und sah sich um. Erst langsam, dann mit schnelleren Schritten verließ sie den Vorplatz.

»Was ist denn jetzt los?« Laura wollte ebenfalls den Platz verlassen.

»Warte!« Steven hielt sie zurück und ließ sich eine Zusammenfassung des abgehörten Telefonats geben. »Simon hat durchklingen lassen, dass sein Handy die ganze Zeit angeschaltet war. Daraufhin hat sie ihn einen ›bescheuerten Idioten‹ genannt. Er solle jetzt selbst sehen, wie er klarkomme. Dann hat sie aufgelegt.«

»Also wittert sie eine Falle!«

»Zumindest will sie kein Risiko eingehen.« Steven gab die Beschreibung ihres Äußeren durch, damit die Einsatzkräfte sie im Blick behalten konnten. »Wir sollen hierbleiben und auf Keller warten«, informierte er anschließend seine Kollegin.

»Dann sieh dir sein Foto noch mal genau an. Du erkennst Menschen besser als ich, hat man ja eben wieder gemerkt.«

Steven tippte sich an den Kopf. »Ist längst abgespeichert. Sofern er sich im Zug nicht seinen Iro abrasiert hat, ist es sowieso ein Kinderspiel. Ich dachte, *du* hast das fotografische Gedächtnis.«

»Eben. Auf dem Foto und auch auf dem Phantombild sah Lisa aber anders aus. Ich kann mir nur Dinge merken, wie sie tatsächlich sind. Das schließt Veränderungen aus.«

»Okay, also ist es mal wieder an mir.«

Laura trat ihm leicht gegen das Schienbein. »Wo fährt sein Zug ein?«

»Gleis zehn. Die Treppenabgänge werden überwacht, außerdem befinden sich Kollegen im Abteil.«

»Okay, gehen wir zum Bahnsteig!«

»Wozu soll das gut sein?«

»Willst du hier länger rumstehen? Komm jetzt!«

Steven verdrehte die Augen, folgte ihr aber. Der Regen hatte aufgehört, nur noch wenige Menschen liefen mit Schirm oder übergezogener Kapuze herum. Aufmerksam betrachtete er die Gesichter. Selbst mit geübtem Blick und dem Wissen, dass der Bahnhof gerade einer Polizeifestung glich, fiel es Steven nicht leicht, die Kräfte des Spezialeinsatzkommandos zu erkennen. Sofern alles nach Plan lief, sollte dies auch so bleiben.

Den Bahnhof zu sperren, wäre zu auffällig gewesen, doch eine Schießerei war angesichts der Anzahl Unbeteiligter unter allen Umständen zu vermeiden.

Als sich Laura und Steven dem Aufgang zu den Gleisen näherten, kamen ihnen zwei Polizistinnen entgegen, die einen jungen Mann zwischen sich führten. Dass es sich um Simon Keller handelte, erkannte nicht nur Steven auf Anhieb. Offenbar war ihm seine Irokesenfrisur ans Herz gewachsen, oder er bewegte sich einfach unbedarfter in der Öffentlichkeit als seine Mitstreiter. Obwohl er klein von Statur war, fiel er mit seinen hochgegelten blauen Haaren unter den zahlreichen Reisenden auf.

»Schön, Sie zu sehen.« Laura stellte sich den dreien in den Weg und präsentierte ihren Dienstausweis. Aufgrund der nassen Haare und der an den Beinen klebenden Jeans war dies sicher eine dem Respekt dienliche Maßnahme.

»Und vielen Dank für die Unterstützung«, fügte Steven hinzu.

»Unterstützung? Hä … wieso …?« Es schien, als sei der Vierundzwanzigjährige nicht ganz bei sich.

»Ihr Handy hat uns den Weg gewiesen. Kommen Sie, gehen wir weiter.«

Mit einem Ruck setzten die Polizistinnen Keller wieder in Bewegung. Er wirkte völlig überrumpelt und wehrte sich nicht. Seine Augen waren glasig, die Bewegungen verlangsamt. Von allen Seiten wurden ihnen neugierige Blicke zugeworfen, Steven musste schmunzeln. Hätten die Leute gewusst, dass gerade das Mitglied einer Terrororganisation abgeführt wurde, wären sie wohl eher schreiend davongelaufen. Stattdessen vermuteten sie wahrscheinlich die Festnahme eines beleibten und angetrunkenen Punks.

Kurz darauf ertönten aber doch noch Schreie, und zwar in dem Moment, als sie das Gebäude verließen und auf den

Vorplatz traten. Hinter dem Busbahnhof verlief der Graf-von-Galen-Ring, eine mehrspurige Hauptstraße. Darauf kam mit hoher Geschwindigkeit ein weißer Van angerast – mehrere Polizeiautos mit Blaulicht und angeschalteten Martinshörnern dicht hinter sich. Schlagartig war die Aufmerksamkeit der Passanten abgelenkt – und wurde noch einmal gesteigert, als dem Wagen von vorne weitere Einsatzfahrzeuge entgegenkamen, sich quer stellten und die Straße blockierten. Dem Fahrer des Vans blieben damit nur noch zwei Möglichkeiten: anhalten oder in den Busbahnhof einbiegen. Er entschied sich für Letzteres.

Als er das Lenkrad herumriss und in die Zufahrt schlitterte, quietschten die Reifen. Dann kurbelte er in die andere Richtung, wodurch er geradewegs auf den Berliner Platz fuhr. Entsetzt stoben Passanten davon, und aus der Entfernung konnte Steven die aufgerissenen Augen des Fahrers erkennen. Neben ihm saß eine Frau mit kurzen schwarzen Haaren und Sonnenbrille.

Simon Keller schien die Insassen ebenfalls erkannt zu haben. Sein Mund stand offen, aber er unternahm keinen Fluchtversuch. Wohl auch wegen der uniformierten und bewaffneten Einsatzkräfte, die von allen Seiten auf den Neunsitzer zurannten. Zwei Schüsse lösten sich, und als die Vorderreifen zerbarsten, geriet das Fahrzeug erneut ins Schlingern. Die Felgen schabten über die Pflastersteine und hinterließen eine Funkenspur. Der Motor heulte auf, offenbar betätigte der Fahrer hektisch das Gaspedal. Ein weiterer Schuss ließ die Windschutzscheibe zerbersten, dann erst wurde der Wagen langsamer, bis er schließlich zum Stehen kam. Nur wenige Meter von den BKA-Ermittlern entfernt.

Mehrere Beamte in dunkler Kampfmontur knieten auf dem Boden, die Waffen im Anschlag und auf den Kleinbus gerichtet. In Windeseile räumten andere Polizisten den Platz von Unbeteiligten. Eine Megafonstimme forderte die Personen im Van zum Aussteigen auf, worauf erregte Diskussionen hinter der zerstörten Windschutzscheibe ausbrachen. Die Frau auf dem Beifahrersitz beteiligte sich daran nicht, wie Steven beobachtete. Sie hielt ihr Telefon in der Hand, tippte darauf herum und legte es schließlich auf das Armaturenbrett. Dann drehte sie sich zu den Rückbänken um, sagte irgendetwas und öffnete die Tür.

Mit erhobenen Händen stieg sie aus, kurz darauf folgten die anderen. Neben Lisa Probst zählte Steven sechs Personen, darunter eine weitere Frau. Wen sein Blick vergeblich suchte, war ein Mann mit blonden Haaren und Flesh Tunnel in den Ohrläppchen. Johan Verhoeven fehlte. In diesem Moment drehte Lisa Probst den Kopf in seine Richtung und erstarrte. Fast schien es, als wolle sie losrennen, doch da wurde sie auch schon von Polizisten auf den Boden gedrückt.

»Simon, du verdammter Schwachkopf!«, brüllte sie. »Erbärmlicher Anfänger!«

»Ich … ich … ich«, stammelte Simon, ohne dass sie seine Antwort hören konnte.

»Kümmert euch weiter um ihn«, forderte Steven die beiden Polizistinnen auf. »Wir stoßen beim Verhör wieder dazu.«

Mit großen Schritten ging er zum Kleinbus. Dort angekommen, ignorierte er die Verhafteten und stieg auf der Beifahrerseite hoch, um Lisa Probsts Handy zu sichern. Er drückte auf eine Taste, das Display war nicht gesperrt. Laut Anrufliste hatte sie allerdings nicht noch einmal telefoniert, daher öffnete er das Messenger-Programm. Abrupt drehte er sich zu Laura um und hielt ihr das Handy unter die Nase.

»Lies das! Hat Lisa abgeschickt, bevor sie ausgestiegen ist.«

Laura beugte sich vor. »*Sie haben uns. Wirf dein Handy sofort weg und auch das von Andreas!* – An wen hat sie das gesendet?«

»Hier ist nur eine Nummer angegeben. Aber sieh dich mal um: Wer fehlt in dieser illustren Runde, und wer hat sich laut ihrem Telefonat mit Keller schon auf dem Weg irgendwohin befunden?«

»Johan Verhoeven.«

»Und nicht allein, sondern in Gesellschaft von einem Andreas. Beide sind jetzt gewarnt.«

»Einmal werden wir sie aber noch orten können: Wenn er diese Nachricht liest.«

»Richtig. Aber dann wird es keine zehn Sekunden dauern, bis er das Handy entsorgt.«

»Wenigstens haben wir wohl den Großteil der Truppe geschnappt.« Laura deutete auf den Gefangenentransporter, der soeben auf den Platz gefahren kam. »Verhoeven mag wie ein halber Wikinger aussehen, aber er ist nicht Superman. So einfach wird er das nicht wegstecken können.«

»Kommt darauf an, welches Ziel er hat.« Steven fluchte, schlug auf das Armaturenbrett und stieg wieder aus. »Aber es ist, wie es ist. Wir müssen diese Leute hier ins Kreuzverhör nehmen. Es reicht, wenn wir einen zum Reden bringen!«

Er warf einen Blick auf die Rückbänke, dann lief er zum Heck des Wagens und öffnete den Kofferraum. Seine Hoffnung, dort Emil Hofstetter zu finden, zerplatzte. Der Laderaum war leer.

Die Spritze kam näher, ohne dass Hagen Stiegler etwas dagegen hätte tun können. Eine Hand hielt seinen Arm fest, die andere zielte mit der Nadel auf eine Vene. Er wollte sich aufbäumen und schreien, aber sein Körper gehorchte mal wieder nicht. Dann traf die Nadel auf die Haut und durchstieß sie, ohne dass er Schmerz verspürte. Der Kolben der Spritze glitt nach unten und presste eine durchsichtige Flüssigkeit in ihn hinein.

»Gleich geht es Ihnen besser.« Die Frauenstimme drang gedämpft zu ihm durch, sein rechter Arm wurde getätschelt und dann freigegeben.

Schritte entfernten sich, und mühsam löste Stiegler den Blick von der Einstichstelle. Die verschwommenen Umrisse sagten ihm nichts, aber er befand sich auf jeden Fall nicht mehr in dem Haus, in dem er vor einer gefühlten Ewigkeit wieder zu sich gekommen war. Völlig verwirrt und desorientiert, genauso, wie er sich auch jetzt fühlte. Bruchstückhaft kehrte die Erinnerung zurück. Wie er von Herzberg und Hofstetter getrennt worden war, seine erfolglosen Abwehrversuche, der Schlag gegen den Kopf und der Sturz zu Boden. Dann der Schuss. Der Schmerz war mit sekundenlanger Verzögerung gekommen – ein Stich in den Nacken, dann war alles dunkel geworden.

Als er wieder zu Bewusstsein gekommen war, hatte er sich in einem Kellerraum befunden. Es hatte einen Lichtschacht gegeben – unerreichbar, da er an ein Bettgestell fixiert gewesen war. Erst langsam hatte er begriffen, dass die Erschießung nur vorgetäuscht worden war und er sich weder im Himmel noch in der Hölle befand, sondern weiter in der Gefangenschaft der *Zeugen Justitias*. Dann und wann hatte jemand nach ihm gesehen und ihn mit Nahrung versorgt. Seine Fragen waren unbeantwortet geblieben, stattdessen war ihm irgendwann erneut ein Mittel injiziert worden, das ihn übergangslos schachmatt gesetzt hatte. Und jetzt, wo befand er sich jetzt?

Die Umrisse wurden schärfer. Der Oberkörper war verkabelt, von einem Tropf führte ein dünner Schlauch zu seinem linken Arm. Neben ihm stand ein Monitor. Die Tür des Zimmers war verschlossen, daneben saßen zwei Männer in Polizeiuniform. Sein Blick glitt weiter. Ein paar Armlängen entfernt stand noch ein Bett, darauf lag Christian Herzberg. Dessen Augen waren noch geschlossen, doch der Brustkorb hob und senkte sich. ›Wir sind endlich befreit worden!‹ Diese Erkenntnis brachte ihn weiter zu sich.

Auf die Erleichterung folgte Ernüchterung. Er erinnerte sich an die Verhöre der Terroristen und an das heimlich mitgeschnittene Gespräch zwischen ihm, Herzberg und Hofstetter. Saßen die Polizisten nur zu seinem Schutz auf den Stühlen oder würde der Weg hinaus direkt in eine Zelle führen? Wieso hatte der verdammte Emil nicht die Nerven behalten können! Je wacher Stiegler wurde, umso intensiver überlegte er, wie sich die im Lkw gemachten Aussagen wieder geraderücken ließen. Christian würde ihn sicher unterstützen, aber Emil blieb ein Unsicherheitsfaktor. Schließlich entschied er, alle weiteren Überlegungen zurückzustellen, bis auch sein Bettnachbar wieder wach und ein diskreter Austausch möglich war.

In den folgenden Minuten schweiften seine Gedanken mal hierhin, mal dorthin. An seine Frau dachte er kaum, an seinen Sohn nur wenig mehr – stattdessen an eine Person, die den beiden völlig unbekannt war. Er hatte den Mann vor vier Jahren auf einem Kongress in Dubai kennengelernt. Er war Ingenieur, ebenfalls verheiratet, Vater zweier Kinder und sechs Jahre jünger. Wie genau es zu der intimen Nähe gekommen war, konnte Stiegler im Nachhinein nicht mehr sagen. Vermutlich war der Alkoholpegel nicht unschuldig gewesen, dass sie ihrer Neigung nachgegeben hatten. Beide waren an Geheimhaltung interessiert, genauso aber auch an einer Fortführung der Affäre. Da sie beruflich viel unterwegs waren, war dies leicht zu arrangieren.

Stiegler erinnerte sich, wie eine der Terroristinnen ganz am Anfang eine entsprechend anzügliche Bemerkung hatte fallen lassen. Die hatte Christian aufhorchen lassen. Er wusste davon nichts, woher aber die Entführer? Das Wichtigste war, dass Christian es nur als blöden Spruch einordnete. Andernfalls könnte er ahnen, dass Stiegler ihn aus einem ganz speziellen Grund so intensiv gefördert und sich bereitwillig als Mentor zur Verfügung gestellt hatte: Von der ersten Begegnung an war er dem attraktiven Kerl mit den dunklen Haaren, den hellblauen Augen und dem trainierten Körper verfallen gewesen. Doch mit der Zeit hatte er erkannt, dass Herzberg ein intensiver Schürzenjäger war, an Männern aber null Interesse zeigte. Umso erleichterter war Stiegler, dass er sich nie zu etwas hatte hinreißen lassen. Auch jetzt wäre es ihm unangenehm, wenn sein beruflicher Ziehsohn von seiner wahren Motivation erführe.

Dieses Risiko war aber wohl gering, dafür schien ein anderes größer geworden und konnte dafür sorgen, dass er trotz überstandener Lebensgefahr seine Fantasien nie mehr würde ausleben können. Sofern überhaupt noch eine Chance bestand, sich bei den Ermittlungsbehörden herauszureden, musste eine seiner wichtigsten Investitionen erfolgreich gewesen sein. Hatte der Auftragskiller seinen Job erledigt und Florian Beck ebenso aus dem Verkehr gezogen wie dessen Kumpel Richard Haberkorn? Falls nicht, war die Lage so trostlos, dass ihn die *Zeugen Justitias* genauso gut doch hätten abknallen können.

Kapitel 15

Würgend beugte sich Laura über die Toilettenschüssel und war erstaunt, dass ihr Magen überhaupt noch etwas von sich gab. Schließlich war sie weder am Vortag noch in der Nacht dazu gekommen, mehr als dann und wann einen Snack zu sich zu nehmen. Hinter ihr lagen stundenlange Verhöre, und vor ihr lag – ja, was? Ein Anschlag, eine erneute Entführung oder gar ein Mord? Wenn es das Hauptziel der Nachtschicht gewesen war, die nächsten Pläne oder den Aufenthaltsort von Johan Verhoeven zu erfahren, dann hatten die Ermittler versagt.

Positiv war vor allem eins: Nicht nur Hagen Stiegler und Christian Herzberg befanden sich im Krankenhaus, sondern auch Emil Hofstetter. Am Nachmittag des Vortages – kurz vor dem Showdown am Hagener Bahnhof – hatte sich ein anonymer Anrufer im Klinikum von Troisdorf gemeldet. Auf der Raststätte Siegburg Ost an der A3 liege hinter einem Müllcontainer ein Mann, der dringend Hilfe benötige. Er habe schwere Herzprobleme, aber seit Sonntag seine Medikamente nicht bekommen. Dass es sich um Emil Hofstetter handelte, war weder den Ersthelfern noch den Ärzten im Krankenhaus aufgefallen. Erst einer Krankenschwester war das Gesicht bekannt vorgekommen, gegen zwanzig Uhr hatte die Information dann Laura und Steven erreicht. Noch immer schwebte der

Aufsichtsratsvorsitzende von *Faber* in Lebensgefahr, Stiegler und Herzberg waren dagegen wieder bei vollem Bewusstsein. Vorsichtshalber sollten sie noch bis zum Mittag unter ärztlicher Aufsicht bleiben, bevor die Überführung in die Untersuchungshaft anstand.

Mit tränenden Augen und schmerzender Kehle betätigte Laura die Spülung, dann ging sie zum Waschbecken und schöpfte sich Wasser ins Gesicht. Anschließend brachte sie ihre Haare wieder in Form, sprühte Parfum unter die Achseln und kramte Zahnbürste und Zahnpasta aus der Handtasche. Zum Schluss schluckte sie noch eine Tablette, denn die Übelkeit war nicht auf einen verdorbenen Müsliriegel zurückzuführen, sondern ausschließlich der Migräne zuzuschreiben. Sie inspizierte den Boden, stufte ihn als einigermaßen sauber ein und ließ sich dann auf die Fliesen sinken, um auf die Wirkung des Medikamentes zu warten.

Mit geschlossenen Augen rekapitulierte sie die vergangenen Stunden. Die Identitäten der Festgenommenen waren schnell geklärt gewesen. Mit einer Ausnahme waren sie alle Johan Verhoevens Umfeld zuzuordnen, das die Ermittler bereits im Visier gehabt hatten und aus dem in den letzten Tagen einige Leute unauffindbar gewesen waren. Von diesen Personen waren drei an anderer Stelle und mit harmlosen Erklärungen wieder aufgetaucht, der Rest saß jetzt in Untersuchungshaft. Bis auf einen: Andreas Feldmann. Damit war klar, auf wen Lisa Probst in ihrer warnenden SMS Johan Verhoeven gegenüber angespielt hatte.

Dass ihre Warnung angekommen war, stand wohl fest. Um Punkt achtzehn Uhr hatte Johan Verhoeven sein Handy eingeschaltet, vermutlich die Nachricht gelesen und das Gerät dann sofort deaktiviert. Anders als von Steven vermutet, hatte dieser Vorgang nicht zehn, sondern nur acht Sekunden gedauert. Die Funkzelle, in der er sich zu dieser Zeit aufgehalten hatte, deckte ein Gebiet bei Leer in Ostfriesland ab, nahe der niederländischen Grenze. Wollte er sich in sein Heimatland zurückziehen?

Er und Andreas Feldmann waren länderübergreifend zur Fahndung ausgeschrieben, ergänzend wurde auch die Öffentlichkeit um Mithilfe gebeten. Während Feldmann eher unscheinbar aussah, besaß Verhoeven durchaus Wiedererkennungsmerkmale. Seine auffällige Frisur und den blonden Bart konnte er sich zwar gefärbt oder abrasiert haben, aber die großen Löcher in den Ohrläppchen waren genauso wenig zu verbergen wie sein niederländischer Akzent. Der dreißigjährige Andreas Feldmann sollte dagegen einen Hamburger Slang haben. Die braunen Haare trug er kurz, und vom Gesicht blieben lediglich die Aknenarben auf den Wangen in Erinnerung. Setzte er sich Sonnenbrille und Mütze auf, war die Chance einer Enttarnung minimal.

Dennoch dürften zurzeit viele Menschen Augen und Ohren offen halten. Die Verhaftung eines Großteils der *Zeugen Justitias* hatte weltweit mediale Wellen geschlagen – genauso wie das Überleben der drei Autobosse. Natürlich wurde sofort spekuliert, ob man die Gefährlichkeit der Gruppe überschätzt habe und wie viele sich wohl noch auf freiem Fuß befanden. Dass es neben Verhoeven und Feldmann noch weitere Akteure gab, bezweifelte Laura allerdings.

Zwar hatten die Verhöre nur begrenzt zu Aussagen geführt, aber eines war offensichtlich geworden: Johan Verhoeven war der Anführer, bei ihm liefen alle Fäden zusammen. Wurde über ihn gesprochen, klang stets Respekt, wenn nicht gar Hochachtung durch. Die Einschätzung der niederländischen Polizei, dass er vor Jahren ein charismatischer Menschenfänger gewesen sei, schien noch heute zuzutreffen. Lisa Probst konnte man wohl als seine Stellvertreterin bezeichnen, in jedem Fall genoss sie sein größtes Vertrauen. Als Einzige hatte sie in der heißen Phase direkten Kontakt zu ihm gehalten, ansonsten gab es wie vermutet eine klare Kommunikationsstruktur, zu der auch das Einschalten der Handys zu jeder zweiten vollen Stunde gehörte. Anschließend waren die Geräte wieder auszuschalten, und alle drei Tage wurden die SIM-Karten gewechselt.

Weshalb sich Simon Keller nicht an diese Vorgaben gehalten und sein Telefon während der gesamten Zugfahrt über angeschaltet gelassen hatte, konnte er sich selbst nicht richtig erklären. Vermutlich sei er sehr aufgeregt gewesen – was von Steven mit einem spöttischen Lächeln kommentiert worden war. »Eher etwas zu tiefenentspannt«, hatte er gemeint. Den Grund für Kellers gerötete und glasige Augen hatte ein Bluttest ans Licht gebracht: Er hatte sich wahrscheinlich nicht nur einen, sondern gleich mehrere Joints gegönnt.

Zu den Vorwürfen der Ermittler hatten bislang alle *Zeugen Justitias* die Aussage verweigert. Laura machte sich mit Blick auf die Gerichtsverfahren dennoch keine Sorgen. Die Beweislast war erdrückend, und zudem ließ sich ergänzend zu den Aussagen der Entführungsopfer sicher im Weingut, im Lkw oder in den Kleinbussen genügend DNA-Material für eine tragfähige Anklage zusammenkratzen. Ihr ging es momentan also weniger um das Herauspressen von Geständnissen, sondern um weitere Informationen zu Johan Verhoeven.

»Was machen Sie denn hier?«

Laura riss die Augen auf. In der Tür war Irene Knopf erschienen und starrte zu ihr herunter.

»Ähm …« Laura fiel keine passende Ausrede ein, daher blieb sie bei der Wahrheit. »Ich hatte eine Migräneattacke. Jetzt geht's aber wieder.«

»Migräne?« Irene Knopf trat ein und schloss die Tür. Dann ließ sie sich zu Lauras Überraschung neben ihr nieder. »Bei mir ist es der Magen, der bei zu viel Stress rebelliert. Bin heute schon zum dritten Mal hier.« Ihr Lächeln wirkte gequält. »Behalten Sie das aber für sich.«

»Selbstverständlich.« In einer Übersprunghandlung polierte Laura an einem Fleck auf ihrem rechten Stiefel herum.

Irene Knopf seufzte. »War 'ne lange Nacht, was?«

Erstmals sah Laura sie in einem erschöpften Zustand, sogar die Haare waren heute nicht glatt, sondern zerzaust. Im fahlen Licht der Toilette wirkten die Gesichtszüge noch weicher als sonst – und verletzlich. Also gingen auch die Akkus dieser Frau irgendwann zur Neige, was für eine wohltuende Erkenntnis!

»Für Sie genauso wie für mich«, antwortete Laura, denn Irene Knopf war bei jedem Verhör dabei gewesen. Darüber hinaus hatte sie soeben noch einen weiteren Versuch gestartet, den Auftragskiller zu befragen. »Zum Glück hatten Steven und ich Wechselklamotten im Büro, wir waren nass wie die Kanalratten.«

Irene Knopf nickte abwesend.

»Hat sich das Verhör eben gelohnt?«, erkundigte sich Laura, da sie selbst – anders als Steven – nicht mehr die Kraft für eine Teilnahme gehabt hatte.

»Einen kleinen Fortschritt gab's tatsächlich. Haben wir Ihrem Kollegen zu verdanken, er hat sich sehr geschickt verhalten. Der Mann hat ein Geständnis abgelegt – angesichts der Beweislast das Schlauste, was er tun konnte. Seine Identität kennen wir jetzt, wer ihn beauftragt hat, wisse er aber selbst nicht. Auch das Motiv kenne er nicht. Über einen Mittelsmann in Usbekistan soll er engagiert worden sein.«

»Usbekistan? Passt zu den Überweisungen, die Stiegler veranlasst hatte.«

»So ist es. Das Geld ging an eine Strohfirma. Die Puzzleteile rutschen langsam, aber sicher an ihren Platz. Leider dürfen wir Stiegler und Herzberg erst im Laufe des Vormittags vernehmen, die Ärzte lassen da nicht mit sich reden.«

Die Wirkung des Medikaments setzte ein, Laura konnte wieder klarer sehen. Dadurch bemerkte sie auch das kleine

Strumpfloch auf Höhe von Irene Knopfs Knöchel. Ihr gefiel, dass die Chefin sich erstmals menschlich und nahbar präsentierte. War es vielleicht trotz der aktuellen Gefährdungslage der richtige Zeitpunkt, um …? Laura versuchte es einfach.

»Kann ich Sie etwas fragen, was nichts mit dem Fall zu tun hat?«

»Natürlich.« Irene Knopf bemerkte in diesem Moment ebenfalls das Loch und zog das Hosenbein nach unten.

»Stimmen die Gerüchte, dass Alexander in unser Team wechselt?«

Irene Knopfs Finger verharrten mitten in der Bewegung. »Woher kommen diese Gerüchte?«

»Flurfunk. Klingt so, als müsste im Gegenzug Steven an einen anderen Schreibtisch ziehen.«

»Verstehe. Sie sorgen sich um Ihren Partner. Kommen Sie gut mit ihm zurecht?«

»Besser geht's nicht. Aber ehrlich gesagt, mache ich mir nicht nur um ihn Sorgen, sondern genauso um mich.«

Irene Knopf runzelte die Stirn. »Inwiefern?«

Laura berichtete von dem Vorfall bei der Weihnachtsfeier und den sonstigen Anzüglichkeiten, die sich Alexander Pfeiffer ihr und anderen Frauen gegenüber schon herausgenommen hatte. Darauf schwieg ihre Chefin zunächst, ihre Miene war unergründlich.

»Danke, dass Sie mir das gesagt haben«, meinte sie schließlich und inspizierte ihre Fingernägel. »Mir ist nicht entgangen, dass Sie – und insbesondere Ihr Kollege – mir ziemlich reserviert gegenübertreten. Das nehme ich Ihnen gar nicht mal übel, schließlich ist mir bekannt, dass Sie beide ebenfalls an meiner Stelle interessiert waren. Umso mehr weiß ich es zu schätzen, dass Sie sich mir anvertrauen.«

»Ist also … kann ich davon ausgehen, dass Alexander nicht zu uns …?«

»Die Gerüchte stimmen nur teilweise«, wurde Laura unterbrochen. »Es gibt schon derartige Überlegungen, allerdings habe nicht ich sie angestoßen. Das passierte auf der Ebene über mir. Offenbar hat er dort wiederholt sein Interesse kundgetan.«

»Aber man wird Sie dabei doch sicher nicht übergehen?«

»Meine Meinung dazu steht noch nicht fest. Denn eines muss ich auch sagen: Besonders toll finde ich es nicht, wenn einer meiner Mitarbeiter offen heraushängen lässt, dass er mich nicht leiden kann und mich außerdem für inkompetent hält.«

»Ich kann mit Steven reden.«

Irene Knopf schüttelte den Kopf. »Das sollte ich wohl besser selbst erledigen. Hätte es schon längst mit Ihnen beiden tun sollen. Tut mir leid, das war ein Versäumnis.«

Sekundenlang saßen die Frauen schweigend nebeneinander, und Laura horchte in sich hinein, welche Wirkung Irene Knopfs unverhoffte Nahbarkeit in ihr auslöste. Eigentlich hatte sie sich eine konkretere Antwort erhofft, aber es war immerhin ein Anfang. Sie beschloss, zunächst einmal auf das Gute in ihrer Vorgesetzten zu setzen und anschließend zu entscheiden, ob dieser Vertrauensvorschuss berechtigt gewesen war.

Sie rappelte sich auf. »Wir knöpfen uns noch mal Simon Keller vor. Möchten Sie wieder dabei sein?«

»Nein.« Irene Knopf erhob sich ebenfalls und strich sich das Businesskostüm glatt. »Die Durchsuchung des Kraftfahrt-Bundesamtes wurde genehmigt. Das dürfte in der Politik ziemlich hohe Wellen schlagen, weshalb ich gleich einen Termin mit dem Präsidenten habe.« Sie zwinkerte Laura zu. »Mein Magengrummeln kommt nicht von ungefähr.«

»Nachvollziehbar. Dann viel Erfolg!« Genaueres zum Zustand von Irene Knopfs Magen wollte Laura dann doch nicht wissen. Sie wusch sich die Hände und verschwand rechtzeitig in den Flur, bevor die Tür der Toilettenkabine hinter ihrer Chefin zufiel.

Das Gesicht war bleich, die blau gefärbte Irokesenfrisur zerdrückt, und an den ineinander verkrampften Fingern traten die Knöchel hervor. Simon Kellers Blick war auf die gegenüberliegende Wand geheftet, und er hing so tief in seinem Stuhl, als wolle er unter den Tisch rutschen. Wie die anderen *Zeugen Justitias* verfügte er über anwaltlichen Beistand – ein älterer Herr im Anzug, der in dem Vernehmungszimmer wie der Erziehungsberechtigte eines renitenten Schülers wirkte, den man zum Direktor einbestellt hatte.

Die Schulzeit hatte Keller allerdings längst hinter sich, der Vierundzwanzigjährige studierte in Göttingen Medizin. Als Fernziel hatte er auf seinem Facebook-Profil angegeben, für *Ärzte ohne Grenzen* arbeiten zu wollen, diesen Plan würde er zunächst zurückstellen müssen. Steven beobachtete ihn schweigend, während er auf Lauras Eintreffen wartete. Der junge Mann kam aus einem sogenannten guten Haus, der Vater war Zahnarzt, die Mutter arbeitete als Kinderpsychologin. War der Kerl naiv in die Sache reingeschlittert, oder verbarg sich hinter dem noch immer bubenhaften Gesicht ein gewaltbereiter Mann?

In der vergangenen Nacht hatte er nur wenig von sich gegeben, was bei der Einschätzung seiner Persönlichkeit hilfreich gewesen wäre. Schon nach wenigen Minuten hatte der Anwalt daraufhingewiesen, dass sein Klient noch unter dem Einfluss von Marihuana stünde und daher nicht vernommen werden dürfe. In der Tat gab es eine Regelung in der Strafprozessordnung, wonach eine unter Drogeneinfluss getätigte Aussage einem absoluten Beweisverwertungsverbot unterlag. Die Fortführung des Verhörs wäre als nicht zulässige Ermittlungsmethode einzustufen gewesen, weshalb sich Laura und Steven zu einer Vertagung durchgerungen hatten.

Die Tür ging auf, und Laura trat ein. Vor einer halben Stunde hatte sie noch so ausgesehen, als sollte Steven sie besser nach Hause schicken. Nun war ihr Blick klar, die Haut hatte wieder ihren üblichen Farbton, und die Körperhaltung war aufrecht. Sie nickte dem Anwalt zu, ließ sich neben Steven nieder und legte sofort los. Ihre dunkle Stimme klang selbstbewusst und energiegeladen, sodass sich Steven fragte, welches Aufputschmittel sie gerade eingeworfen hatte. Hätte er ihre ablehnende Haltung zu Drogen nicht gekannt, wäre dies der Moment gewesen, um misstrauisch zu werden. So wünschte er sich lediglich, ebenfalls eine Portion von dem vermutlich legalen Muntermacher abbekommen zu können.

Laura brachte nach der Aktivierung der Tonaufnahme zunächst die notwendigen offiziellen Formulierungen hinter sich, dann wandte sie sich an den Juristen. »Ihr Mandant befindet sich nicht mehr im Drogenrausch. Ist er bereit, eine Aussage zu machen?«

»Das kommt auf Ihre Fragen an.«

»Aha. Dann hat es wohl Sinn, dass ich zunächst etwas verdeutliche: Herr Keller ist Mitglied der *Zeugen Justitias* und an der Entführung von vier Männern sowie dem Entführungsversuch einer weiteren Person beteiligt gewesen. Mit Konrad Hentschel ist eine der Geiseln umgekommen, bei einem anderen ist die Lage nach wie vor kritisch. Außerdem kam es zu gefährlichen Eingriffen in den Luftverkehr, zu Schienensprengungen und zu Drohungen, weitere Anschläge zu begehen oder Menschen anzugreifen.«

Steven hätte es nicht für möglich gehalten, aber der Student war tatsächlich in der Lage, noch mal eine Nuance blasser zu werden. Immerhin hatte ihn Lauras Vortrag aus der Lethargie erweckt.

»Es könnte *noch* einer sterben?«, fragte er heiser. »Wer denn?«

»Emil Hofstetter. Er hat eine Herzinsuffizienz, bekam keine Medikamente und wurde in schlechtem Zustand gefesselt an einer Raststätte ausgesetzt. Davon wissen Sie nichts?« Sie warf einen Blick zum Anwalt.

»Darin ist mein Mandant nicht verwickelt. Er war bei den Entführungen nicht dabei und ist den Männern auch danach nicht begegnet.«

»Kann er das beweisen?«

»Natürlich. Wir werden eine Zeugenliste anfertigen, damit Sie seine Aufenthalte in letzter Zeit nachvollziehen können. Das Bewegungsprofil seines Handys können Sie ja sicher selbst erstellen.«

Laura winkte ab. »Ein solches Profil lässt sich leicht manipulieren, indem man das Gerät jemand anderem gibt. Was haben Sie zum Tod von Konrad Hentschel zu sagen?«

Kellers Stimme war kaum zu hören. »Ich bin nicht dabei gewesen. Aber angeblich … er war stundenlang unbeobachtet, und auf einmal … ihm war nicht mehr zu helfen. Keine Ahnung, was er hatte.«

»Er war Diabetiker und genau wie Herr Hofstetter auf Medikamente angewiesen. Er erlitt einen hypoglykämischen Schock, als Medizinstudent sollte Ihnen das etwas sagen. Sofortige Notfallmaßnahmen wären nötig gewesen, blieben aber aus.«

»Aber … es wusste doch niemand, dass diese … Männer solche … Probleme hatten. Es war ein Unfall, keine Absicht! Außerdem war ich nicht dabei.«

Laura stützte die Arme auf den Tisch, legte die Fingerspitzen aneinander und wurde ruhiger. »Es gibt zwei Möglichkeiten. Erstens: Wir behandeln Sie wie jeden anderen der *Zeugen Justitias*. Zweitens: Sie zeigen sich kooperativ, tragen zur Aufklärung bei und verhindern weitere Verbrechen. Denn …«, nun wandte sie sich wieder an den Anwalt, »… wenn er wirklich nur ein kleines Rädchen in dieser Terrororganisation war, sollten Sie schleunigst Anstrengungen unternehmen, seinen eigenen Schaden zu minimieren.«

»Terrororganisation …« Unablässig fuhren Kellers Finger durch die blauen Haare. »Wir sind keine … also radikal vielleicht, aber … Wir wollten die Öffentlichkeit aufrütteln und der Politik in den Arsch treten. Niemand sollte sterben, das war nie das Ziel!«

»Und doch ist es geschehen.«

»Aber damit … hatte ich ja nichts zu tun.«

Laura beugte sich ihm über den Tisch entgegen und wurde wieder lauter. »Das wäre noch zu beweisen. Wir wissen, dass Johan Verhoeven und Andreas Feldmann etwas vorhaben. Vielleicht auch noch andere, je nachdem, wie viele wir noch nicht einkassiert haben. Sollten Sie uns nicht bei der Verhinderung weiterer Straftaten helfen, wächst Ihr Schuldkonto weiter an. Vor allem, wenn Menschen ums Leben kommen oder hohe Sachschäden entstehen.«

Steven war äußerst zufrieden damit, dass er sich gerade ohne schlechtes Gewissen eine Auszeit hatte gönnen können. Aber jetzt war unzweifelhaft der geeignete Moment gekommen, um in seine Rolle als *good cop* zu schlüpfen. So abgedroschen das klischeehafte Vorgehen auch wirken mochte, so häufig hatte es schon zum Ziel geführt. Diesmal half ihm zudem das Wissen, dass der Anwalt von Simon Kellers Vater ins Rennen geschickt worden war, um den Sohn wieder auf den Pfad der Tugend zurückzuführen.

»Ist erst mal bewiesen«, sagte er in fürsorglicher Tonlage, »dass Sie nur eine Nebenrolle gespielt haben, und unterstützen Sie uns darüber hinaus bei der Aufklärung und Verhinderung weiterer Dramen, wird das keinen Richter kaltlassen. Außerdem sollten Sie sich eines vor Augen halten: Bei den anderen sind Sie sowieso unten durch! Dadurch, dass Sie Ihr Handy angelassen und die Nummer auch noch den Aktivisten in Berlin mitgeteilt haben, bekamen wir überhaupt erst die Möglichkeit zum Zugriff. Sie können sich also ausmalen, in welcher Form Ihre Mitstreiter über Sie reden werden. Die werden versuchen, Sie so tief wie möglich in den Schlamm zu ziehen.«

Sein freundliches Lächeln stand im Kontrast zu dem unverhohlenen Hinweis, dass Keller gerade eine gute Ausgangsposition zu verspielen drohte. Ob ihm dies mit allen Konsequenzen klar war, bezweifelte Steven jedoch. Er setzte schon dazu an, die möglichen Strafmaße zu veranschaulichen, als sich der Anwalt räusperte.

»Ich würde gern kurz ungestört mit meinem Mandanten reden. Wäre das möglich?«

»Selbstverständlich.« Laura stand auf und gab den Kollegen hinter der Scheibe ein Zeichen, die Aufnahme zu unterbrechen. »Reichen fünf Minuten?«

»Davon gehe ich aus.«

Die BKA-Ermittler verließen den Raum und blieben hinter der Tür stehen. Steven klopfte Laura auf die Schulter. »Ich glaube, er hängt am Haken.«

»Freu dich nicht zu früh.«

»Wo bist du eigentlich so lange gewesen?« Steven lehnte sich gegen die Wand. »Die beiden wurden schon fast ungeduldig.«

»Frau Knopf hat mich aufgehalten.«

»Ach.« Er zog die Augenbrauen hoch. »Worum ging's?«

»Erzähl ich dir später. Hast du eine Rückmeldung aus Göttingen?«

»Yep.« Steven nestelte ein Nikotinkaugummi aus der Verpackung. Mit geschlossenen Augen kaute er ein paar Mal, seufzte auf und war dann zum Weitersprechen in der Lage. »In Feldmanns Wohnung wurde nichts Relevantes entdeckt, es sei denn, du interessierst dich für Astronomie.«

»Ist das seine Fachrichtung?«

»Eher ein Hobby. Er besitzt mehrere Teleskope, und überall sollen beeindruckende Aufnahmen rumhängen. Ein Laptop wurde in der Wohnung nicht gefunden, dafür aber in seinem Büro an der Uni. Dort ist er als wissenschaftlicher Mitarbeiter angestellt. Auf dem Computer befindet sich zwar nichts Konkretes zu den *ZJ*, aber sein Surfverhalten im Internet war aufschlussreich. Feldmann interessierte sich zuletzt stark für Schiffbau.«

»Könnte ein anderes Hobby sein. Oder es gehört zu seiner Arbeit.«

»Als Sozialwissenschaftler? Außerdem googelte er nicht danach, wie man sich ein Ruderboot zusammenzimmert. Er war an den großen Pötten interessiert, konkret an Kreuzfahrtschiffen.«

Laura wurde aufmerksamer. »Die Kreuzfahrtindustrie steht seit Längerem wegen der schlechten Klimabilanz in der Kritik. Könnte also …«

»… auf das nächste Ziel hindeuten.« Steven nickte kräftig. »Was sind die größten Klimasünder? Autos, Flugverkehr und Kohlekraft wurden von den Zeugen schon beackert, da wäre es nur folgerichtig, sich auch den Kreuzfahrern zu widmen.« Im Inneren des Verhörzimmers wurde gegen die Tür geklopft. »Sofern sich der kleine Simon zu einer Mitarbeit hat überzeugen lassen, sollten wir ihn mal zu seinen Seefahrtkenntnissen befragen«, meinte Steven, bevor er Laura den Vortritt ließ.

Dass seine positive Lagebewertung nicht verfrüht gewesen war, stellte der Anwalt sofort klar, als alle wieder Platz genommen hatten. Um das persönliche Strafmaß zu reduzieren, sei sein Mandant bereit, sich als Kronzeuge zur Verfügung zu stellen. Allerdings kenne er nicht das ganze Bild, da die *Zeugen Justitias* hierarchisch organisiert seien. Jeder wisse nur so viel, wie für seine persönliche Aufgabe notwendig sei.

»Dann fangen wir mal mit *Ihrer* persönlichen Aufgabe an«, nutzte Laura die Ausführungen als Aufhänger. »Wie sind Sie da reingeraten?«

Simon Keller pulte Dreck unter seinen viel zu langen Fingernägeln hervor, dann hob er den Kopf und sah die Ermittler erstmals an. »Ich bin in Göttingen in einer studentischen Umweltschutzgruppe aktiv. Durch die Skandale in letzter Zeit und die Bewegungslosigkeit der Politik wurde die Stimmung immer frustrierter. Dann hat Andreas an einem Abend ausgewählte Leute zu einem Grillfest eingeladen.«

»Andreas Feldmann?«

»Genau. Er hat unsere Gruppe gegründet. Wir trafen uns an der Leine, das ist der Fluss in Göttingen. Grillten, tranken Bier, hörten Musik – und so weiter eben.«

»Dazu lag wohl noch der süßliche Geruch von Gras in der Luft«, merkte Steven süffisant an. »Wann war das?«

»Im letzten September. Es war aber noch eine sehr milde Nacht. Tja … Klimawandel.« Er zeigte ein schüchternes Lächeln. Speichelfäden hingen zwischen seinen Lippen. »Kann ich was zu trinken haben?«

»Was ist bei diesem Treffen geschehen?« Laura schraubte eine Flasche auf und füllte ein Glas mit Wasser.

»Wir sind dort Johan begegnet«, antwortete er. »Also Johan Verhoeven. Andreas stellte ihn als guten Freund vor. Wir diskutierten die halbe Nacht, bis wir uns irgendwann einig waren, dass friedlicher Protest zu nichts führt. Vielleicht zu kleinen Änderungen, aber nicht zu dem Systemwandel, der nötig wäre, um das Klima noch zu retten. In anderen Bereichen sieht's nicht besser aus. Auch die allgemeine Umweltverschmutzung …«

»Bleiben wir beim Klimaschutz.« Laura schob ihm das Wasserglas zu. »Sie überlegten sich also, dass die Entführung von Automanagern eine klasse Idee ist?«

»Nee.« Er trank das Glas halb leer. »So konkret war das da noch gar nicht. Wir trafen uns danach einmal pro Woche. Immer dienstags. Jedes Mal wurden Aufgaben verteilt, die man bis zum nächsten Treffen erledigen sollte.«

»Was für Aufgaben konkret?«

»Zum Beispiel Kohlekraftwerke ausspionieren. Oder Infos über Personen einholen. Ich zum Beispiel …«, er senkte den Blick. »… sollte mehr über Emil Hofstetter rausfinden.«

»Also hatten Sie doch mit seiner Entführung zu tun!«

»Nein …« Er trank das Glas leer und schob es ihr wieder zu. »Ich wusste nicht, wie ich es anstellen soll. Deshalb hat das dann Andreas übernommen. Ich glaube … also diese ganzen Aufgaben waren Tests.«

»Inwiefern?« Wie in Zeitlupe füllte Laura das Glas wieder auf.

»Johan wollte herausfinden, wer welche Stärken hat. Mehr und mehr kristallisierten sich Spezialgebiete heraus. Ich sollte Kontakt zu verschiedenen Umweltgruppen herstellen. Wir brauchten mehr Leute, wollten den inneren Kreis aber nicht zu groß werden lassen.«

Gedanklich ging Steven die zurückliegenden Tage durch. »Das bezog sich zum Beispiel auf das Bedienen der Beamer bei den Kohlekraftwerken und der Konzernzentrale.«

»Und auf die Aktion beim Tagebau in Jänschwalde. Wir wollten den Protest breit aufstellen und mehr Leute radikalisieren. Ich sollte eine Liste mit geeigneten Kandidaten anlegen. Johan schwebte ein Kreis von Unterstützern außerhalb des Untergrundes vor, falls wir mal einen Unterschlupf brauchen oder sonst irgendwas. Er hat eben einfach an alles gedacht!« Bei diesen Worten klang Bewunderung durch.

»Sie sprachen eben vom inneren Kreis«, sagte Laura. »Wie viele Leute gehörten dazu?«

»Neun.«

»Von denen wir sieben verhaftet haben. Johan Verhoeven und Andreas Feldmann sind also die letzten auf freiem Fuß?«

»Ich kenne sonst niemanden. Ich weiß nur, dass Johan noch irgendeinen Hacker an der Hand hat. Der beschafft uns Informationen, an die wir selbst nicht rankommen. Der Kerl soll richtig gut und sein Geld wert sein.«

»Woher kam denn das Geld, um ihn zu bezahlen? Und für alles andere? Fahrzeuge, die Drohnen, die Sprengsätze und so weiter.«

Der junge Mann verschluckte sich und hustete. Sein rundliches Gesicht war schweißnass. »Damit hatte ich nichts zu tun. Andreas sagte immer, dass wir uns einfach auf Johan verlassen sollten. Er sei vor Jahren zu viel Geld gekommen, das er jetzt für eine sinnvolle Sache einsetzen wolle.«

Laura und Steven wechselten einen schnellen Blick. Dass dieser Reichtum auf legalem Weg zustande gekommen war, erschien höchst zweifelhaft. Zumindest von einer Erbschaft hatten die niederländischen Kollegen nichts berichtet. Aber das war im Moment ein nachrangiges Detail.

»Wurden irgendwo Waffen oder Sprengstoff eingelagert?«, erkundigte sich Steven. »Woher kam das Zeug überhaupt?«

»Das weiß ich alles nicht. Es wurde entschieden, dass wir Sicherungssysteme brauchen. Zum Schutze aller. Jeder sollte nur noch seinen eigenen Bereich überblicken. Das ist im Dezember vereinbart worden. Fanden nicht alle toll, es gab viele Diskussionen. Aber Johan, Andreas und Lisa blieben hart und überzeugten den Rest.«

»Diese drei sind also die Anführer?«

Simon schüttelte den Kopf. »Die Richtung gab allein Johan vor. Er hat ein riesiges Hintergrundwissen, steckt voller Energie und kann alle mitreißen. Viele von uns hatten längst resigniert, aber er hat uns neuen Mut gegeben.« Es klang durch, dass der Niederländer noch immer hoch in seinem Ansehen stand.

»Wenn aber jemand mehr von den Plänen weiß als ich und die anderen, dann sind das Andreas und Lisa.«

»Dann sollten wir uns Lisa noch mal vornehmen«, meinte Steven zu Laura.

Simon schüttelte erneut den Kopf. »Die wird kein Wort mit Ihnen reden. Sie war mit Johan zusammen, wussten Sie das nicht?«

»Zurück zur Struktur«, überging Laura die Frage. »Wie wurde kommuniziert?«

»Andreas verteilte im Februar Handys und nummerierte Prepaidkarten. Darauf waren nur die Nummern abgespeichert, die man benötigte. Der Informationsfluss funktionierte wie eine Kettenreaktion. Seit Anfang März tauschen wir die SIM-Karten alle drei Tage aus. Und … hm … seit den Entführungen sollten wir die Telefone immer nur zu jeder runden vollen Stunde anstellen.«

»Das ist alles interessant und deckt sich mit unseren Vermutungen.« Laura tippte mit dem Zeigefinger auf den Tisch. »Aber jetzt mal ganz konkret: Was ist das nächste Ziel?«

»Keine Ahnung, ich war nur in die Aktionen gegen die Kohlekraft eingebunden.«

»Was passiert denn eigentlich, wenn die Forderungen bis Samstag nicht erfüllt werden?«, mischte sich Steven ein.

»Dann …« Heftig kratzte er sich zwischen den blauen Haaren. »Es … noch mehr Sprengsätze sollten angebracht werden. Und möglichst Mitarbeiter entführt werden. Zur Not von der mittleren Ebene. Aber von Umbringen war nie die Rede!« Beschwörend hob er die Hände.

»Wie Sie sehen, hat mein Mandant nur eine untergeordnete Funktion eingenommen«, mischte sich der Anwalt wieder ein. »Dennoch hat er Ihnen schon erheblich weitergeholfen, indem er …«

Steven wedelte abwehrend mit der Hand. »Er hat nur bestätigt, was wir schon geahnt haben. Das Wichtigste ist im Moment, Johan Verhoeven und Andreas Feldmann aus dem Verkehr zu ziehen.«

»Sie haben eben gehört, dass Herr Keller in die Pläne nicht eingeweiht wurde.«

»Später nicht mehr, am Anfang aber schon. Was kursierten da alles für Ideen? Welche potenziellen Ziele wurden diskutiert?«

»Na ja …« Simon schien nachzudenken. »Die Hauptklimasünder natürlich. Also Energieversorgung, Verkehr und …«

»Schiffsverkehr?«

»Stimmt, das war auch Thema. Sehen Sie sich doch an, wie viele Leute auf diesen Dreckschleudern über die Meere schippern. Am besten bis in die Polargebiete, um sich die Eislandschaften anzusehen, solange sie noch da sind. Und gleichzeitig trägt man dazu bei, dass alles wegschmilzt. Wenn das nicht Heuchelei ist …«

Laura verhinderte das Abdriften in einen ideologischen Vortrag. »War ein spezielles Schiff oder eine bestimmte Reederei im Blick? Oder ein Hafen?«

»Damals nicht. Später …?« Er hob die Schultern.

»Wir wissen, dass sich Johan gestern Abend im ostfriesischen Leer aufhielt. Könnte er über die Grenze zu einem niederländischen Hafen fahren wollen?«

»Könnte sein, aber ich hab keine Ahnung.«

»Okay, das reicht fürs Erste.« Laura stand auf. Nicht nur der Anwalt, auch Steven sah sie überrascht an. Notgedrungen erhob sich Steven ebenfalls und ließ sich von seiner Kollegin aus der Tür ziehen.

»Lief doch gut, weshalb …?«, begann er.

»Weil das gerade alles nebensächlich ist! Zu dem, was Verhoeven und Feldmann vorhaben, kann oder will er uns nichts sagen. Aber es wird immer deutlicher, dass als Nächstes etwas auf dem Wasser passiert.«

»Die Kreuzfahrtterminals in Hamburg und anderen Häfen wurden schon gewarnt.«

»Das ist gut.« Abwesend starrte Laura gegen die Wand. »Aber vielleicht geht es gar nicht um einen Hafen, sondern um ein Schiff.«

»Du meinst, sie wollen auf hoher See angreifen?« Steven tippte sich gegen die Stirn. »So verrückt werden die nicht sein.«

»Ich denke an eine Werft.« Sie zog ihr Telefon heraus und öffnete Google Maps. »Da. In Papenburg werden große Kreuzfahrtschiffe gebaut. Und schau mal hier oben: Welcher Ort liegt nur gut vierzig Kilometer entfernt?«

»Leer in Ostfriesland.« Steven nickte langsam. »Das könnte …«

»Mal sehen, an was in der Werft gerade gebaut wird.« Schweigend sah Steven ihr zu, während seine Gedanken um die neueste Vermutung kreisten. Dann packte Laura sein Handgelenk. Sie sah wieder so weiß aus wie nach der langen Nacht, kurz bevor sie auf die Toilette verschwunden war. Als er auf das Display starrte, konnte er ihr Erblassen nachvollziehen. Tatsächlich wurde in Papenburg gerade an einem neuen Kreuzfahrtschiff gearbeitet, besser gesagt: Es war schon fertiggestellt worden. Seit mehreren Stunden wurde es über die Ems an Leer vorbei in Richtung Nordsee manövriert, wie Steven dem Livestream auf der Webseite der Werft entnehmen konnte.

Tausende Schaulustige hatten sich eingefunden, um das Spektakel zu verfolgen. Als auch noch die Sonne hinter der abziehenden Schlechtwetterfront auftauchte, nahm die Lust zum Fotografieren und Filmen weiter zu. Überall sah man Wohnmobile und Menschen auf Fahrrädern, die den Giganten auf dem Weg zum Meer begleiteten. Die *Pirate of the Seas* war dreihundertfünfzig Meter lang, vierzig Meter breit und bis zu sechzig Meter hoch. Die Baukosten hatten bei einer Milliarde Dollar gelegen, und vermutlich fragten sich nicht wenige der Zuschauer, wann die Reederei dieses Investment wieder eingespielt haben würde. Allerdings boomten Kreuzfahrten, sodass von den knapp viertausend Betten wohl selten eines leer bleiben würde.

Momentan befanden sich an Bord nur Seeleute und ein paar Handwerker für den letzten Feinschliff. Vor anderthalb Monaten war das Schiff in den Werfthafen ausgedockt worden, jetzt stand die Überführung zum Eigentümer an. Zielhafen war Southampton, wo das Schiff von der englischen Königin höchstpersönlich getauft werden sollte. Ob sie den Namen und die Piratenflagge amüsant finden würde, war laut Yellow Press eher zweifelhaft – andererseits hatte das Königshaus die Dienste von Seeräubern in der Vergangenheit durchaus zu schätzen gewusst.

Aufgrund der besseren Manövrierfähigkeit fuhr das Schiff rückwärts und mit Unterstützung zweier Schlepper durch den engen Fluss. Um dieses Unterfangen bei einem Tiefgang von knapp neun Metern überhaupt möglich zu machen, musste der Wasserstand der Ems auf zwei Meter siebzig über Normalhöhennull angehoben werden. Zu diesem Zweck war das Emssperrwerk bei Gandersum geschlossen worden, auch dort hatten sich viele Menschen versammelt.

Noch war das Schiff nicht in Sicht. Auf hoher See konnte es zweiundzwanzig Knoten erreichen, im Moment kam es aber nur in Schrittgeschwindigkeit vorwärts. Für die vierzig Kilometer lange Strecke von der Werft bis zum offenen Meer waren fünfzehn Stunden veranschlagt worden. Damit hatten die zahlreichen Schiff-Spotter an diesem Morgen ausreichend Zeit, ihrer Leidenschaft zu frönen. Manche hatten schon in der Nacht Stellung auf den Deichen bezogen und sich auf Decken oder Campingstühlen niedergelassen. Am Vorabend hatte die *Pirate of the Seas* um neunzehn Uhr die Dockschleuse in Papenburg passiert, und nun, um neun Uhr morgens, erreichte sie die Kleinstadt Leer.

Vereinzelte Deichschafe hoben ihre Köpfe, die anderen grasten unbeeindruckt weiter, während die Menschen ihrer Faszination mit unterschiedlichen Geräuschen Ausdruck verliehen. Für einen Laien war es unvorstellbar, wie ein derartiger Koloss innerhalb von nur fünfzehn Monaten hatte errichtet werden können. Immer wieder wurde die Meinung geäußert, dass dieses Schiff ein Paradebeispiel für deutsche Ingenieurskunst darstelle. Zwar stand die Werft wegen der Ems-Aufstauung in der Kritik von Umweltschützern – die zudem auf die Dimension der durch Kreuzfahrtschiffe ausgestoßenen Schadstoffe hinwiesen –, doch das war an diesem Tag kaum ein Thema.

Erst nach und nach realisierten die Schaulustigen, dass bei dieser Überführung irgendetwas anders als bei vorherigen sein musste. Zunächst hatten sie wegen der sich nähernden Hubschrauber, der heranrasenden Polizeiwagen einen Unfall vermutet. Als aber die *Pirate of the Seas* ihr ohnehin schon geringes Tempo einbüßte und Schlauchboote mit einem Spezialeinsatzkommando auf das Schiff zuhielten, brach Unruhe aus. Weitere Hubschrauber näherten sich von Norden und überflogen das Gebiet in niedriger Distanz, als suchten sie nach jemandem.

Die Faszination für Schiffsgiganten verwandelte sich in Sensationslust, als die bewaffneten Schlauchbootbesatzungen über eine Lotsenleiter an Bord kletterten, während sich über ihnen Polizisten aus den Hubschraubern abseilten. Geduckt eilten die schwarz gekleideten Einsatzkräfte über Deck, während sich von vorne auch noch das Schiff der Wasserschutzpolizei näherte. Dass die Zugriffe auf den Internet-Livestream gerade in die Höhe schossen, ließ darauf schließen, dass die Eilmeldung schnell die Runde machte. Was der Grund für diesen Einsatz war, konnte aber noch niemand sagen.

Plötzlich ertönte ein dumpfer Knall, und die Menschen am Ufer zuckten zusammen. Hinten am Heck, dicht an der Wasserlinie, flogen Schiffsteile durch die Luft. Rauch stieg auf. Dann erfolgte eine weitere Explosion, diesmal offenbar unter Wasser. Die Rauchentwicklung wurde stärker, am Heck klaffte ein Loch, und Flammen waren zu erkennen. Nur Sekunden später erschütterten weitere Detonationen das Schiff und hinterließen Krater in der Bordwand. Zugleich entfaltete sich oben an der Wasserrutsche des Schwimmbades ein Transparent, auf dem auf schwarzem Grund eine weiße Justitia abgebildet war.

An Land schrie eine Frau laut auf und hielt sich eine Hand vor den Mund, während die andere auf das Loch deutete, hinter dem das Feuer ausgebrochen war. Vor dem flackernden Schein zeichneten sich die Umrisse zweier Menschen ab. Die beiden schienen heftig miteinander zu diskutieren und erregt mit den Armen zu wedeln. Auch eine Hubschrauberbesatzung war auf die beiden aufmerksam geworden. Der Helikopter ging tiefer und näherte sich der beschädigten Bordwand. Eine Lautsprecherdurchsage ertönte, war an Land aber nicht zu verstehen.

Viele Smartphones waren auf die Szene gerichtet, und die Menge stöhnte auf, als sich die rechte Gestalt plötzlich abstieß und hinunter ins Wasser stürzte. Der Fall war nur kurz, dennoch war zu erkennen, dass die Kleidung Feuer gefangen hatte. Wild gestikulierend schien ihm die andere Person etwas hinterherzurufen, dann gab es hinter ihrem Rücken eine weitere Explosion, und sie wurde über Bord geschleudert. Trümmerteile regneten auf die Ems, sodass die Schlauchboote, die sofort Kurs auf die beiden genommen hatten, wieder abdrehten. Auch der Hubschrauber gewann ruckartig an Höhe, als ihn der Pilot aus der Gefahrenzone brachte.

Die Zuschauer reckten die Köpfe und spähten über den Fluss. Bis auf die Motorgeräusche der Boote und Hubschrauber herrschte für einen Moment Stille. Kurz darauf durchbrach ein Kopf die Wasseroberfläche, dann tauchte ein fuchtelnder Arm auf. Wieder näherte sich ein Schlauchboot, und die Besatzung warf einen Rettungsring hinüber. Kurz darauf hievten sie den im Wasser treibenden Menschen ins Boot, während an Land Hunderte Augenpaare die Ems vergeblich nach der zweiten Person absuchten.

Das rundliche Gesicht auf dem Personalausweis hatte nicht viel Ähnlichkeit mit dem des Mannes, der auf einer Trage lag und für den Transport ins Krankenhaus vorbereitet wurde. Die schlimmsten Brandwunden an Arm und Schläfe waren zwar bandagiert, doch auch an anderen Hautstellen und der Kleidung waren die Auswirkungen des durch die Explosionen ausgelösten Feuers in unterschiedlicher Ausprägung zu sehen. Es roch nach verbranntem Haar, so gesehen konnte er froh sein, keine lange Mähne zu tragen. Laura und Steven waren eine halbe Stunde nach Andreas Feldmanns Bergung per Hubschrauber eingetroffen, wurden aber erst jetzt zu dem Mann durchgelassen.

Dass sie den Dreißigjährigen überhaupt an Ort und Stelle verhören durften, hatte einer längeren Diskussion mit dem leitenden Notarzt bedurft, bis er sich – angesichts des übergeordneten Interesses und der nicht lebensbedrohlichen Verletzungen – gefügt hatte. Die Menge der Schaulustigen war weiter angewachsen und wurde mit Absperrungen auf Abstand gehalten. Auf dem Wasser kreuzten mehrere Schlauchboote, zusätzlich waren Taucher im Einsatz, um nach der zweiten Person zu suchen. Bislang jedoch ohne Erfolg, notfalls würde die Suche aber noch tagelang fortgeführt werden.

Dennoch war nicht auszuschließen, dass die Leiche des Mannes erst deutlich später auftauchte – oder nie. Zwar stellte das Emssperrwerk bei Gandersum eine Barriere dar, aber keine vollständige. Mit ihr ließ sich das Wasser bis zu einer gewissen Höhe aufstauen, aber komplett zu stoppen war der Flusslauf natürlich nicht. Um wen es sich bei dem Vermissten handelte, war auch durch die Auswertung von Filmaufnahmen nicht endgültig belegt. Aufgrund der Statur und des Ermittlungsstandes lag die Identität jedoch auf der Hand, wie Laura Andreas Feldmann gegenüber verdeutlichte.

»Zusammen mit Johan Verhoeven wollten Sie also dieses Schiff zerstören?« Sie deutete auf den Kreuzfahrtriesen, der noch immer an derselben Stelle lag und von Schleppern auf Position gehalten wurde. Von den Löchern im Rumpf abgesehen, schien der Koloss die Explosionen gut überstanden zu haben. Zwar war Wasser eingedrungen, die Konstruktion verhinderte jedoch, dass es sich überall verteilen und das Schiff zum Sinken bringen konnte. Seit den Zeiten der *Titanic* hatten die Ingenieure dazugelernt, allerdings wäre die *Pirate of the Seas* aufgrund der geringen Wassertiefe ohnehin nur auf Grund gelaufen.

Eines der Augen war vom Verband verdeckt, das andere blinzelte zu Laura hinauf. »Uns war klar, dass wir es nicht versenken können. Außerdem hat es zu früh geknallt. Es sollte eigentlich erst in Southampton passieren. Während der Taufe durch die Königin.«

Steven veränderte seine Position, sodass er das Gesicht des Mannes von der Sonne abschirmte. »Was ist schiefgegangen?«

»Gar nichts«, ächzte Feldmann. Sein Gesicht war gerötet, was die Aknenarben auf den Wangen hervorhob. »Die Sprengsätze sollten bei der Taufe per Fernzündung hochgehen, genauso wollten wir auch das Banner entrollen. Oben bei der Schwimmbadrutsche.«

»Aber?«

»Johan … dieser Idiot … wegen ihm wären wir fast draufgegangen!« Seine Stimme überschlug sich. »Er hörte die Hubschrauber, sah die Boote und schimpfte, dass uns die anderen verraten haben. Wir wussten ja, dass sie geschnappt wurden. Ich wollte, dass wir uns irgendwo an Bord verstecken. Johan schrie mich aber an, man würde uns in jedem Fall finden, also sollten wir es vorher noch richtig rumsen lassen.«

»Sie waren dagegen?«

»Mir war klar, dass es gefährlich ist, an den Sprengsätzen rumzuhantieren. Er hat sich aber nicht davon abbringen lassen. Und jetzt sehen Sie mich an!«

»Es ist Ihre eigene Schuld, wenn Sie sich beim Blick in den Spiegel künftig erschrecken.« Laura betrachtete den Mann und kam zu der Einschätzung, dass er vor den Verbrennungen wohl nicht Verhoevens Kaliber gehabt hatte, aber sicher auch nicht unattraktiv gewesen war. Zwar ein paar Kilos über dem Idealgewicht, und dann diese Aknenarben, aber schließlich konnte man auch *zu* schön sein. Für seinen radikalen Idealismus hatte er einen hohen Preis bezahlt, wenn auch vermutlich keinen ganz so hohen wie Verhoeven. »Ich spar mir jetzt die Frage, warum Sie das getan haben«, fuhr sie fort, »die Begründung steht ja auf Ihrer Webseite.«

Das Bekennerschreiben war schon von einigen Newsportalen veröffentlicht worden, erneut hatten die *Zeugen Justitias* plakative Formulierungen gewählt: *Pro Tag stößt ein durchschnittliches Kreuzfahrtschiff Unmengen an Schadstoffen aus: So viel* CO_2 *wie über achtzigtausend Autos. So viel Stickoxide wie über vierhunderttausend Autos. So viel Feinstaub wie über eine Million Autos. So viel Schwefeldioxid wie über dreihundert Millionen Autos. Ein einziges Schiff, das zum Vergnügen einiger weniger bis in die letzten Ecken der Weltmeere vordringt. Seit Beginn der Industrialisierung ist die Durchschnittstemperatur um gut ein Grad gestiegen. Wird dieser Anstieg nicht bei anderthalb Grad gestoppt, werden kritische*

Schwellenwerte erreicht und wichtige Elemente des Klimasystems kollabieren. Unumkehrbar und unkontrollierbar, der Point of no Return. Eine Kettenreaktion wird die Klimaerwärmung weiter befeuern – selbst ohne weiteres Zutun der Menschheit. Schon jetzt stehen klimarelevante Faktoren wie arktisches und antarktisches Eis, Wälder, der Golfstrom und die Permafrostböden vor dramatischen Veränderungen. Es gibt keine Zeit mehr zum Diskutieren und Abwiegeln. Jede Maßnahme zählt. Der Anschlag auf die Pirate of the Seas *war daher nur der Auftakt. Wir warnen dringend von der Buchung einer Klimakiller-Reise, beim nächsten Mal werden wir kein leeres Schiff als Ziel auswählen.* Die Zeugen Justitias.

Andreas Feldmann verzog das Gesicht, hörte damit aber sofort wieder auf, da es aufgrund der Verbrennungen eine schmerzhafte Bewegung zu sein schien. »Ist doch auch pervers! Uns läuft die Zeit davon. CO_2, Stickoxide, Feinstaub und Schwefeldioxid werden von Industrie und Verkehr schon genug produziert, da braucht es nicht noch …«

»Wer hat den Text veröffentlicht? Sie und Johan waren hier, den Rest haben wir verhaftet. Gibt es noch weitere …«

Trotz seiner Schmerzen grinste er. »IT ist nicht so Ihr Gebiet, oder? Das hat Johan mit seinem Handy gemacht, noch bevor die erste Ladung in die Luft geflogen ist. Der Text war vorbereitet.«

»Stimmt, mit IT kenne ich mich nicht aus. Erklären Sie es mir: Wieso gelingt es nicht, diese Webseite vom Netz zu nehmen?«

Andreas Feldmann schloss das sichtbare Auge. »Weiß ich nicht. Johan kennt irgendeinen Hacker-Gott.«

»Über ihn sind Sie auch an das Material zum Dieselskandal gekommen?«

»So ist es. Hat aber Monate gedauert. Fragen Sie Johan, ich weiß dazu nichts.«

»Dazu müssen wir ihn erst mal rausfischen«, erwiderte Steven. »Und selbst wenn uns das gelingt … reden wird er wohl nicht mehr können.«

Langsam ging das Augenlid wieder auf. »Er …? Verdammt …« Andreas Feldmann versuchte sich aufzurichten, um auf die Ems zu blicken, wurde aber von einem Sanitäter nach unten gedrückt. »Ist er … sicher, dass er nicht mehr auf dem Schiff ist?«

»Augenzeugen haben gesehen, wie er von einer Explosion heruntergeschleudert wurde. Trotzdem wird das Schiff durchsucht, aber machen Sie sich lieber keine Hoffnungen.«

»Verdammt!«, wiederholte er und kniff die Lippen zusammen. Seine Augen schimmerten feucht. »Sie betrachten ihn und uns nur als … Terroristen«, sagte er leise. »Dabei sind wir bis vor Kurzem ganz normale Leute gewesen. So wie Sie. Wir haben nur begriffen, dass man mit Reden, Transparenten und Demos nicht weiterkommt. Und Johan … Wir wollen nur verhindern, dass alles vor die Hunde geht!«

»Wie hat das eigentlich alles begonnen?«, überging Laura seine Verteidigungsrede. »Woher wussten Sie über Florian Becks Rolle Bescheid? Oder war er gar nicht der erste Anknüpfungspunkt?«

»Doch. Es war Zufall und Glück. Dieser Typ muss ein eitles Arschloch gewesen sein. Johan erfuhr, dass er gegenüber einer Frau damit prahlte, der eigentliche Drahtzieher eines der größten deutschen Wirtschaftsskandale gewesen zu sein, ohne dass man ihm was könne. Er lungerte besoffen in einer Bar herum und wollte diese Frau offenbar beeindrucken. Das war vor knapp zwei Jahren. Johan bekam es nicht aus dem Kopf und stellte Nachforschungen an. Aber erst als er den Hacker einschaltete, kam heraus, dass die Geschichte von dem Typen tatsächlich stimmte und … mehr Sprengkraft hatte als gedacht. War natürlich Glück, dass er alles sauber dokumentierte. Keine

Ahnung wozu. Vielleicht wollte er als alter Mann ein Buch drüber schreiben.«

»Wieso haben Sie ihn ermordet?« Steven war auf seine Reaktion gespannt und erntete ein müdes Kopfschütteln.

»Daran hatten wir gar kein Interesse. Keine Ahnung, wer ihn erschossen hat. Aber wir haben Fotos von dem Schützen, Sie können uns also nichts in die Schuhe schieben.«

»Sie haben Fotos?«

Ein gequältes Grinsen blitzte auf. »Das finden Sie also nicht uninteressant. Was springt für mich raus, wenn ich Ihnen diese Fotos gebe?«

»Die Frage ist eher, was es für Konsequenzen hat, wenn Sie uns Beweismittel vorenthalten«, konterte Laura. »Oder wenn wir wegen dieser fehlenden Beweismittel weiter davon ausgehen müssen, dass Sie Florian Beck ermordet haben.«

»Hm … okay. Sie bekommen die Aufnahmen. Kann ich jetzt endlich ins Krankenhaus? Grenzt das nicht schon an unterlassene Hilfeleistung?«

»Unterlassene Hilfeleistung? So wie Sie bei Konrad Hentschel und Emil Hofstetter?«

»Wir hatten keine Ahnung, dass die solche Gesundheitsprobleme hatten! Bei Hentschel … alle standen unter Schock! Manche wollten ihn verbuddeln, aber dann … Johan entschied, dass wir seinen Tod zumindest nutzen sollten, um richtig ernst genommen zu werden. Es … ist Emil Hofstetter rechtzeitig gefunden worden?«

»Er wurde gefunden, ob rechtzeitig, ist noch unklar.« Laura verschränkte die Arme. »Wieso waren Sie überhaupt an dem Hochsitz von Florian Beck?«

»Ich bin nicht dort gewesen. An dem Tag war es Johans Schicht. Wir beschatteten den Kerl schon länger und warteten auf eine günstige Gelegenheit, um ihn zu schnappen. Das sollte vor der Entführung der Autobosse passieren, die Zeit drängte also.«

Steven nestelte ein Kaugummi hervor. »Klingt so weit noch nachvollziehbar. Bis auf Becks Herz. Wie kam das in Ihren Besitz?«

»Das … Sie kennen Johan nicht. Er liebt es dramatisch. Also hat er es ihm rausgeschnitten, das war ein spontaner Einfall. Er ist ausgebildeter Krankenpfleger und hatte danach ein paar Semester Medizin studiert. Ich hätte das nicht gekonnt. Dummerweise war er bei der Entführung von Hentschel nicht dabei. Er hätte ihn vielleicht retten können.«

»Tragen ausgebildete Krankenpfleger immer Skalpell, Nadel und Faden mit sich herum?«

»Wir haben sogar Narkosemittel, Spritzen, Verbände, Medikamente und alles Mögliche. Johan meinte, dass es im Laufe unseres Kampfes zu Verletzungen kommen könne. Natürlich hätten wir dann nicht einfach ins nächste Krankenhaus fahren können. Also brachte er uns das Wichtigste bei, und wir hatten immer eine medizinische Grundausstattung dabei.«

»Und das Metallherz in Becks Brustkorb?«

»Stammt von einer Künstlerin, die in einer Halle in Göttingen arbeitet, wo Johan und Lisa ein Töpferatelier haben. Das Herz sollte eigentlich dort zurückgelassen werden, wo wir ihn entführen. Es war nie der Plan, es ihm in die Brust zu setzen. Als Johan es uns erzählte, waren viele entsetzt. Denn natürlich mussten uns jetzt alle für Mörder halten. Aber Johan beruhigte uns, weil er ja Fotos von dem wahren Täter gemacht hatte. Außerdem sei es nicht schlecht, wenn uns die Polizei für gefährlich hielte. Je ernster man uns nimmt, umso ernster nimmt man auch unsere Forderungen und Ultimaten.«

»Daher die inszenierten Erschießungen? Wie sollte es denn weitergehen?«

Feldmann drehte den Kopf zur Seite und sah den Sanitäter an. »Ich habe starke Schmerzen, und … mein … mein Kreislauf packt das nicht mehr.« Er stöhnte. »Geben Sie mir mehr Schmerzmittel! Und dann … ich will endlich ins Krankenhaus!«

Laura und Steven sahen sich an, doch bevor sie sich hinsichtlich einer Entscheidung abstimmen konnten, wurde der stumme Austausch von einem SEK-Beamten unterbrochen, der vom Wasser zu ihnen gerannt kam. In der Hand hielt er eine Tüte.

»Das hier«, erklärte er schnaufend, »wurde flussabwärts in den Ems-Auen am linken Ufer gefunden.«

Steven betrachtete den Inhalt und musste schlucken. Es war eine Hand. Sie musste gewaltsam vom Arm abgetrennt worden sein, wie die zerfetzten Ränder nahelegten. Als hätte sie ein Löwe abgerissen oder – als hätte sich der Besitzer zu dicht an einer Explosion aufgehalten. Der Daumen schwamm sicher woanders herum, oder er befand sich noch am Stumpf des dazugehörigen Arms. Die anderen Finger waren noch vorhanden, auf dem mittleren steckte ein breiter silberner Ring mit einem eingravierten Muster. Steven beugte sich nach vorn, konnte aber auch aus der Nähe nicht entschlüsseln, was es darstellen sollte.

Als von der Seite ein Stöhnen erklang, drehte er den Kopf. Andreas Feldmann starrte auf den Ring, Speichel tropfte aus seinem Mund. »Scheiße … Johan …«, flüsterte er. »Das …« Dann verlor er das Bewusstsein.

Kapitel 16

Drei Tage später

Die Flammen loderten nur noch zaghaft, doch von den Glutnestern ging genügend Wärme aus, um die Kühle der Nacht auf Abstand zu halten. Dennoch fröstelte Laura, daher wickelte sie die Decke fester um sich. Ihre Armbanduhr zeigte an, dass es noch eine halbe Stunde bis Mitternacht war.

Steven war der verstohlene Blick nicht entgangen. »Wie oft willst du noch nachsehen?« Er stocherte mit einem Stab in der Kohle herum, sodass Funken aufwirbelten. Einer landete in seinem Bart, und schnell fegte er ihn zur Seite. »Hätte ich, statt ein Lagerfeuer anzufachen, lieber einen Countdown für dich erstellen sollen?«

Laura streckte ihm die Zunge raus. »Tu nicht so, als wärst du völlig entspannt! Davon abgesehen, reicht mir dieser Countdown aus.« Sie zeigte auf das Tablet, das neben ihnen auf dem Boden lag. Im Moment war das Display dunkel, aber beide wussten, dass sich dahinter die geöffnete Webseite der *Zeugen Justitias* verbarg, deren Deaktivierung noch immer nicht gelungen war.

Ganz in der Nähe schrie ein Waldkauz und verstärkte bei Laura das wohlige Gefühl, fern der Zivilisation zu sein.

Momentan waren sie zumindest die einzigen Menschen auf dem Campingplatz, denn die Saison hatte noch nicht begonnen. Da Steven den Besitzer kannte, durfte er seinen Campingwagen das ganze Jahr am Ufer des Laacher Sees in der Vulkaneifel stehen lassen und kommen und gehen, wie er wollte. Nur das Waschhaus blieb verschlossen, weshalb er sich eine Campingtoilette zugelegt hatte.

Der Eindruck der Abgeschiedenheit täuschte jedoch. Zwar gab es – vom Campingplatz und der Benediktinerabtei Maria Laach abgesehen – am Ufer des größten Sees von Rheinland-Pfalz keine Bebauung, aber die nächsten Ortschaften waren nicht weit entfernt. Genauso wenig die A61, über die Laura und Steven notfalls innerhalb von vierzig Minuten den Sitz des BKA in Meckenheim erreichen konnten.

Es war die Angst vor einem derartigen Notfall, der Lauras Aufmerksamkeit immer wieder auf die Uhr lenkte. Um Mitternacht endete die letzte der von den *Zeugen Justitias* gesetzten Fristen. Wie erwartet war weder die Forderung nach einer Abschaltung von Braunkohlekraftwerken noch die nach der Einführung einer Kerosinbesteuerung erfüllt worden. Im Gegenteil wähnten sich die Politiker und Wirtschaftsbosse wieder in Sicherheit, nachdem das BKA im Rahmen einer Pressekonferenz erklärt hatte, innerhalb von wenigen Tagen die selbst ernannte Guerilla-Bewegung ausgehoben und die drei entführten Autobosse gerettet zu haben. Emil Hofstetter war mittlerweile ebenfalls über den Berg, allerdings rieten die Ärzte ihm dringend zu einer Abkehr von seinem stressigen Leben – was gleichbedeutend mit einem Rücktritt als Aufsichtsratsvorsitzender von *Faber* war. Den Posten hätte er wohl ohnehin aufgeben müssen, und angesichts des bevorstehenden Gerichtsverfahrens war es zweifelhaft, ob er sich lange an seinem Haus am Tegernsee erfreuen durfte.

Doch war der Spuk wirklich vorbei? Restzweifel quälten nicht nur Laura. Sie wusste, dass es Steven ähnlich ging, auch wenn er es nicht aussprach. Die Hauptakteure der *Zeugen Justitias* hatten sie vermutlich geschnappt, aber hundertprozentig sicher konnten sie nicht sein. Vor allem, dass niemand die Leiche von Johan Verhoeven gefunden hatte, war nicht zufriedenstellend. Immerhin bestand nun Klarheit, dass es tatsächlich seine Hand war, die das SEK in den Ems-Auen gefunden hatte, und auch, dass sie von der Explosion abgerissen worden war. Alles sprach dafür, dass er noch weitere Verletzungen erlitten haben musste. Schon der Verlust der Hand war lebensbedrohlich, sofern die verbleibende Wunde nicht sofort medizinisch behandelt wurde. Die Wahrscheinlichkeit, dass er schwer verletzt und trotz des massiven Polizeiaufgebots sowie einer informierten Öffentlichkeit irgendwo ans Ufer gekrochen sein und sich davongestohlen haben könnte, lag bei null. Es war aber eben nicht völlig auszuschließen, und Laura hasste es, wenn Fragen offenblieben.

Das begann schon bei den Antworten der inhaftierten Terroristen, warum sie Laura und Steven als Empfänger für Becks Herz und Hentschels Ausweis auserkoren hatten. Johan Verhoeven habe sicherstellen wollen, dass der Fall sofort beim BKA landete und nicht bei einem Landeskriminalamt hängen blieb. Das wäre zwar auch auf anderem Wege zu bewerkstelligen gewesen, aber der Niederländer habe nicht nur seinen Hang zur dramatischen Inszenierung befriedigen wollen, sondern zudem erkannt, dass die spektakuläre Aktion zugleich eine ideale PR-Arbeit darstellte.

Den Tod der Entführungsopfer habe man zwar als Ultima Ratio einkalkuliert, aber letztlich alles getan, um das BKA bei der Ermittlungsarbeit zu unterstützen. Daher sei auch der Fundort von Becks Leiche per fingierter Pressemitteilung übermittelt worden, man habe befürchtet, dass das BKA das Metallherz zu spät finde. Und warum dem BKA nicht einfach die USB-Sticks mit dem belastenden Material zugespielt worden waren, ohne zusätzlich Menschen zu entführen? Man habe befürchtet, dass die Ermittlungen – wie alle vorherigen – ohne Drohkulisse nicht mit der nötigen Ernsthaftigkeit vorangetrieben würden. In jedem Fall sei es aber beabsichtigt gewesen, dem BKA den Aufenthaltsort der Entführten zu einem geeigneten Zeitpunkt mitzuteilen. Dass Konrad Hentschel zuckerkrank gewesen und auf Insulin angewiesen war, habe niemand gewusst – sein Tod sei ein tragischer Unglücksfall. All diese Behauptungen waren nicht zu überprüfen und konnten auch lediglich mit Blick auf die anstehenden Prozesse gemacht worden sein.

Laura rückte den Campingstuhl näher an die Feuerstelle heran. »Obwohl wir so schnell und erfolgreich waren wie selten, bin ich diesmal irgendwie … nicht so richtig zufrieden.«

Steven unterbrach das Rubbeln an einem Ketchupfleck, den ein allzu beherzter Biss in die Currywurst hinterlassen hatte. »Weil du Angst hast, dass noch ein paar Justitia-Jünger rumlaufen?«

»Nein, eher … Wir haben das Richtige getan und damit gleichzeitig das Richtige verhindert.«

»Verstehe«, sagte Steven nach einem Moment des Schweigens. »Die Ziele der *ZJ* sind auch deine.«

»Sollte eine lebensfreundliche Umwelt nicht das Ziel eines jeden vernünftigen Menschen sein? Ich finde es weder naiv noch lächerlich, wenn ich mir wünsche, dass meine Enkel und Urenkel einen noch einigermaßen intakten Planeten vorfinden. Ein rationaleres Ziel kann es doch kaum geben!«

Steven schmunzelte. »Enkel? Ist Inga so weit in deiner Achtung gestiegen, dass du dich jetzt schon als Großmütterchen siehst?«

»Wieso kann man mit dir eigentlich nie ernsthaft über solche Themen reden? Was daran ist dir unangenehm?«

»Gar nichts.« Steven lehnte sich zurück, rieb sich über den Bauch und sah in den Sternenhimmel. »Mir ist an so einem Abend nur sehr stark bewusst, wie unbedeutend wir sind. Sollten wir so dämlich sein, uns selbst die Lebensgrundlage zu entziehen, dann mag das schade sein, ist aber nicht zu ändern. Von dieser Dummheit lass ich mir aber meine Laune nicht verderben. Ich bin und bleibe jemand, der das Leben genießen will.«

»Du bist ein Hedonist.«

»Eher Realist. Ich habe die Hoffnung aufgegeben, dass die Menschheit noch zur Vernunft kommt. Dafür sind ein paar unserer Eigenschaften einfach zu stark ausgeprägt. Vorneweg der Egoismus.«

»Klasse Begründung, um sich mit der Situation einfach abzufinden.«

»Und was tust du konkret?« Stevens Stimme klang sanft und nicht vorwurfsvoll.

»Ich? Bin zumindest nicht der Meinung, dass es keine Rolle spielt, wie ich mich verhalte. Mir ist selbst klar, dass ich keine Heilige bin, allein schon wegen meiner Reiselust. Kleine Schritte sind aber besser als keine. Kennst du die Weisheit?«

»Na also, da kann ich mithalten. Das letzte Flugzeug hab ich vor fünf Jahren von innen gesehen, den Bioladen besuche ich immerhin ab und zu, und ich stell das Wasser beim Zähneputzen ab.«

Ergeben atmete Laura aus. »Lassen wir das! Auf jeden Fall find ich es gut, dass die Jugend sich für die Zukunft einsetzt. Und ihrem friedlichen Protest hätten die *ZJ* einen Bärendienst erweisen können. Glaube also nicht, dass ich damit hadere, Terroristen frühzeitig gestoppt zu haben.«

»Zumal wir nicht bloß Terroristen gestoppt haben. Vier Autobosse werden jetzt eine persönliche Strafe für den Abgasbetrug bekommen – tja, und Beck hat auf andere Weise bezahlt. Dazu wurde noch der korrupte Rode zur Rechenschaft gezogen. Da er eh schon in Pension ist, hilft das zwar dem Kraftfahrt-Bundesamt nichts mehr, aber Anhänger der Gerechtigkeit können Jubelsprünge aufführen.«

Laura nickte. Die Aussicht auf die entsprechenden Gerichtsverfahren verschaffte ihr ebenfalls Genugtuung, obgleich ihr bewusst war, dass diese ohne die *Zeugen Justitias* wohl nie zustande gekommen wären. Die Anklagen wasserdicht vorzubereiten, war nun die Herausforderung der nächsten Wochen, allerdings betraf dies in erster Linie Kollegen von Laura und Steven und weniger sie selbst. In Bezug auf die Automanager hegte Laura wenig Bedenken, dass es zu einer Verurteilung kommen würde. Bei Stefan Rode sah es nicht ganz so eindeutig aus. Die Durchsuchung des Kraftfahrt-Bundesamtes hatte keine weiteren Beweise gegen die frühere Führungskraft zutage gefördert, blieb also die Überweisung an seine Frau. Vielleicht würde ihn noch einer der Autobosse belasten, bislang hatten sich aber alle geweigert, überhaupt nur irgendeine Aussage zu machen. Derzeit berieten sie sich intensiv mit den bestbezahlten Anwälten des Landes über die aussichtsreichste Strategie – immerhin Emil Hofstetter schien aber eine umfassende Aussage in Erwägung zu ziehen.

Wie die *Zeugen Justitias* von der Verstrickung Rodes erfahren hatten, war von dem jüngsten der Guerilleros mit sichtlichem Unbehagen berichtet worden. Der Achtzehnjährige war darauf angesetzt worden, mögliche illegale Verbindungen zwischen dem Kraftfahrt-Bundesamt und den Autoherstellern aufzudecken. Um diese Aufgabe zu erfüllen, hatte er nicht nur seinen Verstand, sondern auch seinen Körper eingesetzt. Die Gruppe hatte Gerüchte aufgeschnappt, dass Hagen Stiegler ein verkappter Homosexueller wäre, der das Familiengebilde nur als Fassade nutzte. Tatsächlich war es dem jungen Mann gelungen, nicht nur an den Topmanager heranzukommen, sondern sogar in dessen Bett zu landen. Mit angewiderter Miene hatte er von dessen Vorlieben berichtet, er musste den Zielen der *Zeugen Justitias* völlig verfallen gewesen sein, um den Auftrag dennoch durchziehen zu können. Mit dem Lohn, dass er einmal – sich schlafend stellend – ein aufschlussreiches Telefonat zwischen Stiegler und Rode hatte belauschen können. Vorzeigbare Beweise hatten die *Zeugen Justitias* jedoch nicht gefunden und darauf gesetzt, dass das BKA über andere Möglichkeiten verfügte. Aus diesem Grund hatten sie auch das Weingut als Gefangenenlager auserkoren und dem BKA somit eine ehrliche Chance zur Befreiung der Entführten gegeben.

Laura angelte sich die Wasserflasche und nahm mehrere Schlucke. Auf Alkohol verzichteten sie an diesem Abend. Dass sich Steven sofort auf die Abstinenz eingelassen hatte, sprach dafür, dass auch er es für nicht ausgeschlossen hielt, dass sie sich in dieser Nacht überstürzt zum BKA begeben mussten.

»Mich würde wirklich interessieren«, sagte sie, »was wir noch so alles verhindert haben.«

Steven grinste sie an. »Wahrscheinlich noch ein Kidnapping, heftige Explosionen und die Absetzung der gesamten BKA-Führung.«

Keiner der Verhörten hatte sich zu den weiteren Plänen geäußert, aber es lag auf der Hand, dass der Anschlag auf das Kreuzfahrtschiff keinen Schlussakkord hatte darstellen sollen. Auf welche Weise Johan Verhoeven zu Geld gekommen war, blieb weiter unklar. Legale Wege konnten nach Rücksprache mit den niederländischen Kollegen ausgeschlossen werden. Während Lisa Probst und drei andere Guerilleros jegliche Aussage verweigerten, waren andere im eigenen Interesse durchaus zu einer Mitarbeit zu bewegen gewesen.

Die Koordinaten des Lagers waren sogar von Andreas Feldmann mitgeteilt worden, der nach dem anfänglichen Schock über Verhoevens Schicksal zunehmend Gefallen daran fand, ihm die Hauptschuld zuzuschieben. Vielleicht spielte dabei auch Eifersucht eine Rolle, da Feldmann ebenfalls ein Auge auf Lisa Probst geworfen hatte. Laura war die Motivation egal, Hauptsache, sie erhielt nützliche Informationen. In einem angemieteten Schrebergarten am Rande von Göttingen hatten die *Zeugen Justitias* die darauf stehende Hütte nicht nur als Treffpunkt, sondern zugleich für die Lagerung von Waffen, Sprengstoff, Tarnkleidung, Mobiltelefonen, Laptops und einigem mehr genutzt. Auch auf Bargeld waren die Polizisten gestoßen, immerhin fünfzigtausend Euro. Doch nicht alles hatten die Terroristen käuflich erworben, denn sowohl der Lastwagen als auch zwei Neunsitzer und ein Mittelklassewagen waren im Ausland ganz ohne Unkosten an Land gezogen worden – indem sie geknackt und über die Grenze gebracht worden waren.

Nicht nur, dass sich die *Zeugen Justitias* möglichst fern von Autobahnen und anderen kameraüberwachten Strecken gehalten hatten, auch sonst erwiesen sich viele der seitens des BKA angestellten Vermutungen als zutreffend. So zum Beispiel die Veränderung von Lisa Probsts Aussehen – wobei sie es mit dem Aufspritzen der Lippen etwas übertrieben hatte.

Ächzend erhob sich Steven von seinem Stuhl. »Die Blase drückt, ich geh mal zur Toilette. Du hast ja die Uhr auch ohne mich im Blick.« Er zwinkerte ihr zu, trat in das Vorzelt seines Wohnwagens, und Laura hörte, wie er den Reißverschluss der Hose herunterzog. Das darauffolgende Plätschern versuchte sie zu ignorieren, indem sie zum Mond hinaufsah und überlegte, was Filip wohl gerade machte. Seit Tagen hatten sie sich nicht gesehen und gehört. Laura musste zugeben, dass sie selbst nur wenig Verlangen gespürt hatte, sich bei ihm zu melden. Dann und wann hatte sie sich per WhatsApp-Nachricht hinter der Arbeitsbelastung versteckt, und seine Antworten waren genauso nichtssagend gewesen. So konnte es nicht weitergehen, aber wie ließ sich das Ruder herumreißen?

»Wovon träumst du grad?« Steven ließ sich wieder neben ihr nieder.

»Wär aus deiner Sicht ein Albtraum«, improvisierte sie schnell. »Hab über unsere Chefin nachgedacht.«

»Der Knopf? Hm … Immerhin hat sie sich nicht mit fremden – also unter anderem unseren – Federn geschmückt. Und irgendwie … kommt mir so vor, als ob sie mich im Moment eher rücksichtsvoll behandelt. Ist dir das aufgefallen?«

Laura verspürte keine Lust, ihn jetzt über den Austausch auf der Damentoilette zu informieren. »Vielleicht ist ihr endlich bewusst geworden, was für ein charmanter und gut aussehender Mann du bist.«

Er zeigte ihr den Mittelfinger. »Nicht alle Frauen urteilen so hart über mich wie du.«

»Offensichtlich nicht. Deshalb hält sich mein Mitleid mit all den gebrochenen Herzen auch in Grenzen.«

»Also … und meins? Mein Herz?«, empörte er sich. »Was glaubst du, wie oft … allein, was Rita mit mir angestellt hat … also damals …«

»Umso gestörter ist es, dass du dich immer wieder mit ihr vergnügst. Und reihenweise andere Frauen enttäuschst. Wäre ich Psychologin …«

»Bist du aber nicht. Wie viel Uhr ist es?«

Laura lachte und griff nach einem Blick auf die Uhr zum Tablet. »Eine Minute vor zwölf.«

»Ah … okay.« Er beugte sich zu ihr und spähte auf das Display, als sie es entsperrte. »Gibt keinen neuen Eintrag. Alles ruhig bei den *ZJ*.«

»Ist ja auch noch nicht …«

»Doch, ist es.« Er zeigte auf die angezeigte Uhrzeit, die soeben umgesprungen war.

Laura biss sich auf die Lippen. »Gut, dann … ich aktualisiere die Webseite noch mal.«

Sie tippte auf das entsprechende Symbol. Eine Fehlermeldung tauchte auf, die Adresse sei nicht verfügbar. Sie drückte erneut, mit demselben Ergebnis.

»Funktioniert das Netz?«, fragte er.

»Drei von vier Balken. 4G. Daran kann's nicht liegen.«

Steven zog sein Handy hervor und öffnete den Browser. Doch auch mit seinem Gerät ließ sich die Webseite der *Zeugen Justitias* nicht öffnen. »Schön«, sagte er und steckte es zurück. »Das war's dann wohl. Jetzt ein Bier?«

»Warte noch.«

»Wie lange?«

Laura zuckte mit den Schultern. »'ne halbe Stunde, dann mach ich mich auf den Weg.«

Tatsächlich saß sie aber noch immer auf dem Campingstuhl, als Steven im Morgengrauen vor das Zelt trat und sich gähnend reckte. Auch Laura war irgendwann eingeschlafen, sie hing in einer derart unbequemen Position auf dem Stuhl, dass Steven sie sanft zurechtrückte und die Decke wieder um sie schlang. Auf ihren Knien lag noch immer das Tablet. Sie blinzelte, zuckte zusammen und richtete sich auf.

»Hat die Zentrale angerufen? Was ist passiert?« Hektisch ordnete sie ihre Haare.

»Beruhige dich! Keiner hat angerufen.« Steven aktualisierte noch einmal den Browser. »Die Webseite ist offline. Wir haben gesiegt!«

Er hielt ihr seine Hand hin, und halbherzig schlug Laura ein. »Dein Wort in Justitias Ohr.«

Die Sonne näherte sich dem Horizont und tauchte die Hauswand in ein goldenes Licht, als Laura das Quietschen des Gartentores hörte. Sie wischte sich die erdverschmierten Hände an der fleckigen Hose ab, ging zum Wasserhahn und ließ sich das kalte Wasser von den Fingerspitzen bis zu den Unterarmen über die Haut laufen. Auf dem Boden lag noch die Nagelbürste vom Vorjahr, um den hartnäckigsten Schmutz abzuschrubben. Anschließend formte sie mit den Handflächen eine Schale und spülte sich den Schweiß von Gesicht und Nacken.

Als sie am späten Vormittag vom Campingplatz zu ihrem Haus nach Königswinter zurückgekehrt war, hatte sie zunächst ein Reisgericht gekocht und sich anschließend aufgerafft, den Garten auf Vordermann zu bringen. Mehrere verkrüppelte Pflanzen waren dem Tatendrang zum Opfer gefallen, sogar dem nie richtig angewachsenen Pflaumenbaum war sie endlich mit der Säge zu Leibe gerückt. Die Terrasse war wieder vorzeigbar, die Gartenmöbel gereinigt und die Rasenfläche umgegraben. Dort wollte sie eine Wildblumenwiese anlegen, das war pflegeleichter und bot zugleich Lebensraum für Insekten. Jetzt schmerzte ihr Rücken, und sie fühlte sich reif für eine Dusche. Zufrieden begutachtete sie ihr Tagewerk – Filip runzelte dagegen die Stirn, als er um die Hausecke bog.

»Soll das ein Truppenübungsplatz werden?«

Laura atmete drei Mal durch, bevor sie antwortete. »Wurde Zeit, sich mal wieder an die Gartengeräte zu erinnern. Sonst wird unser Haus bald von einem Dschungel verschluckt.«

»Stimmt, eine Wüste ist viel attraktiver.« Filip deutete auf den Haufen aus Ästen, Erde und herausgerissenen Pflanzen. »Hast du irgendwas überleben lassen?«

»Die Kletterrose. Dem Rest hat man die Vernachlässigung mehr als deutlich angesehen.«

»Schau mich nicht so an, als wär ich Gärtner. In erster Linie ist es dein Grundstück.«

»Aber noch wohnst auch du hier.« Laura hob abwehrend die Hand, bevor er die nächste Spitze austeilen konnte. Sie hatte sich doch vorgenommen, es nicht sofort wieder zu einer

Konfrontation kommen zu lassen! »Ich glaube, dass es Zeit für einen Neuanfang ist – passend zum Frühling. Du kannst morgen mit mir ins Gartencenter fahren, dann entscheiden wir gemeinsam, wie wir es uns hier wieder schön machen.«

»Nimm lieber Opa mit, der ist dafür besser geeignet.« Filip kam näher, ging aber an ihr vorbei zur Terrassentür.

Laura schluckte und schüttelte Wasser von den Händen. »Setz dich bitte einen Moment.«

»Was gibt's denn?« Immerhin blieb er stehen und drehte sich um.

»Setz dich bitte«, wiederholte sie und deutete auf einen Terrassenstuhl.

Filip zog die Stirn kraus und glich damit einem mürrischen Teenager, folgte aber der Bitte. »Die Dinger sollten mal neu gestrichen werden. Oder gleich weggeworfen und gegen Lounge-Möbel ausgetauscht werden.«

Laura zog den anderen Stuhl heran und ließ sich dicht neben ihm nieder. »Jetzt ist Schluss damit«, verkündete sie und suchte vergeblich Augenkontakt. »Ich ertrage es nicht länger, dass du mich wie eine böse Stiefmutter behandelst. Entweder schaffen wir das nun aus der Welt, oder wir müssen uns eine Alternative überlegen. So geht es auf jeden Fall nicht mehr weiter.«

»Du willst mich rauswerfen?« Jetzt hob er den Blick.

»Hab ich nicht gesagt. Ich möchte, dass wir wieder anständig miteinander umgehen. Was ist los? Sprich endlich mit mir!«

Für einen Moment sah es so aus, als würde er die Aufforderung missachten und wieder aufstehen. Doch dann stahl sich ein wütender Funke in seinen Blick. »Wär es nicht eher an dir, mit mir über ein paar Dinge zu reden?«

Lauras Magen verkrampfte sich. Vorhin war sie auf dem Dachboden gewesen und hatte festgestellt, dass das Schloss der Kiste aufgebrochen worden war. Aber Filip konnte doch nicht ahnen, was sich darin befunden hatte! »Was meinst du? Was wirfst du mir vor?«

»Zum Beispiel, dass du mich mein ganzes Leben lang angelogen hast!«, schleuderte er ihr entgegen.

»Wie kommst du darauf?« Laura merkte selbst, dass ihre Stimme heiser klang.

»Wann wolltest du mir erzählen, dass mein Vater gar nicht gestorben ist? Hat er dich in deiner Karriere behindert, oder weshalb hast du ihn abserviert?«

Laura fiel nichts ein. Unwillkürlich dachte sie an ihre Eltern. Eigentlich konnten nur sie es gewesen sein, die Filip von seinem Vater erzählt hatten. Sie nahm sich vor, ein ernstes Wort mit den beiden zu sprechen.

»Damit hatte das gar nichts zu tun.« Sie fand ihre Stimme wieder. »Wir haben uns auseinandergelebt, das war alles.«

»Auseinandergelebt? Und deshalb diese erfundene Geschichte? Kann ich mir nicht vorstellen!«

Jetzt war es Laura, die den Blick abwandte und damit den Augenkontakt abbrach. »Okay, die Trennung war heftig und schmerzhaft. Zufrieden?«

»Nein. Das rechtfertigt deine Lügen noch nicht.«

»Filip!« Mühsam unterdrückte sie den auflodernden Zorn, schließlich konnte sie ihn durchaus verstehen. »Dein Vater hatte mich sehr verletzt. Ich wollte ihn aus meinem Leben streichen – und aus deinem.«

»Dazu hattest du kein Recht!« Filip sprang auf.

»Nein, wahrscheinlich nicht. Aber … es ist eben so passiert. Und einmal mit der Lüge angefangen, konnte ich sie nicht wieder einfangen. Natürlich hätte ich dir irgendwann die Wahrheit gesagt. Sehr bald sogar.«

»Wie hieß er?«

»Valentin Radke.« Nur widerwillig brachte sie den Namen über die Lippen.

Er setzte sich wieder. »Na, immerhin sagst du jetzt die Wahrheit. Wo lebt er heute?«

»Das weiß ich nicht. Wir hatten keinen Kontakt mehr seit der Trennung.«

»Das heißt … er hat es einfach so akzeptiert, dass er mich nicht mehr sieht?« Schmerz stand in Filips dunklen Augen, die Laura doppelt vertraut waren. Es schnürte ihr die Kehle zu. Dennoch nickte sie.

»Was ist zwischen euch vorgefallen?«, fragte er. »Hat er dich … vergewaltigt?«

»Nein. Man kann einen Menschen auch auf andere Weise verletzen. Seelisch. Glaub mir, ich hatte gute Gründe, ihn aus unserem Leben zu werfen.«

»Hatte es was mit deiner Fehlgeburt zu tun?«

»Mit meiner …? Woher weißt du davon? Das ist vor deiner Geburt passiert!«

»Ich hab ein Interview mit ihm gefunden. Da hat er das erwähnt.«

Laura kniff die Lippen zusammen. Dass Valentin mit dieser Geschichte auch noch hausieren ging, hatte sie nicht erwartet. Vielleicht war es ein Fehler gewesen, sich überhaupt nicht mehr mit seinem weiteren Leben zu befassen. Sich die Blöße zu geben und bei Filip Details aus dem Interview zu erfragen, wollte sie aber auf keinen Fall.

»Die Fehlgeburt …« Sie musste kurz abbrechen, als sie sich in die damalige Zeit und den Schmerz zurückversetzt fühlte. Wie hatte sie sich auf dieses Kind gefreut, und wie viel Liebe hatte sie schon verspürt! So viele Hoffnungen und bildhafte Vorstellungen. Zurück war nur ein Gefühl der Leere geblieben. »Das war schwer für uns beide. Trotzdem hatte es nichts mit unserer Trennung zu tun. Sonst hätten wir ja nicht noch dich bekommen.«

»Ist das so? Vielleicht sollte ich ja der Kitt sein, der euch zusammenhält. Habe aber offenbar versagt.«

Laura griff nach seiner Hand. Er zog seine zwar nicht weg, erwiderte aber auch den Druck nicht. »Du hast damit gar nichts zu tun! Und dass ich dich belogen habe, war ein Fehler, der mir sehr leidtut. Ich hoffe, du kannst mir verzeihen.«

»Das weiß ich noch nicht. Ich möchte, dass du mir mehr über ihn erzählst. Und mir zeigst, was in der Kiste oben auf dem Dachboden war.«

»In der Kiste?« Laura zwang sich zu einem Lächeln und dachte an den verschlossenen Schrank in ihrem Büro, der seit ein paar Tagen nicht mehr nur dienstliche Aktenordner beherbergte. »Hast du die zusammen mit Inga aufgebrochen? Über den Inhalt wärt ihr enttäuscht gewesen. Was hast du gehofft, dort zu finden?«

»Keine Ahnung. Fotos, Dokumente, irgendwas halt. Was war denn drin?«

»Die Schätze meiner Kindheit.« Laura machte eine wegwerfende Handbewegung. »Konnte mich aus sentimentalen Gründen ewig nicht davon trennen. Letzten Montag ist mir das Ding wieder eingefallen, und ich hab abends mal reingesehen. Verschimmelte Puppen, alte Schneckenhäuser und peinliche Liebesbriefe. Der ganze Plunder ist in der Mülltonne gelandet.«

»Ach so …« Filip war sichtlich enttäuscht, und Laura musste sich beherrschen, ihn nicht in die Arme zu nehmen. Ein ganz schwaches Pflänzchen wuchs da gerade zwischen ihnen, das wollte sie nicht sofort wieder zertreten.

»Aber es gibt Fotos«, sagte sie. »Was hältst du davon, wenn wir es uns heute Abend gemütlich machen und ich dir von deinem Vater erzähle? Die Fotos kann ich dir aber erst morgen zeigen, die muss ich noch suchen.«

»Ja … das wäre …« Sein Telefon klingelte. »Das ist Inga.« Er ging in den Garten, um ungestört zu sprechen.

Laura blies die Backen auf und ließ die Luft langsam entweichen. Wenigstens lagen die Karten jetzt auf dem Tisch, und endlich erklärte sich Filips Verhalten. Irgendwann hatte es ja passieren müssen! Vielleicht war es gut, dass er sie zur Rede gestellt hatte. Ansonsten hätte sie die Beichte vermutlich noch ewig vor sich hergeschoben. Dumm nur, dass sie sich noch keine Strategie zurechtgelegt hatte, was sie ihm erzählen wollte und was ausgelassen werden musste. Sie hätte sich längst damit befassen müssen! Im Job neigte sie doch auch nicht zum Vor-sich-Herschieben unangenehmer Aufgaben, wieso gelang ihr das im Privaten nicht wenigstens halb so gut?

Filip kam zurückgelaufen, er sah jetzt deutlich fröhlicher aus. »Können wir unser … Gespräch auf morgen Abend verschieben? Ingas Freundin ist krank geworden, deshalb kann ich jetzt doch mit aufs Konzert! Dafür muss ich aber den nächsten Zug nehmen.«

»Ach so?« Laura hoffte, dass ihr Sohn ihr die Erleichterung nicht ansah. Was denn für ein Konzert? Hatte er mal was erwähnt? Auf welche Musik stand Filip zurzeit überhaupt? »Okay, machen wir.« Sie stand auf und drückte ihn an sich. Er erwiderte die Umarmung zwar nicht, wehrte sie aber auch nicht ab. »Ich hab dich lieb«, flüsterte sie und kämpfte gegen die Tränen.

»Das weiß ich, Mama.« Sanft schob er sie von sich, und sie meinte zu erkennen, dass seine Augen ebenfalls feucht waren.

Dann wandte er sich schnell ab und eilte mit einem »Bis morgen!« davon.

Laura sank auf den Stuhl zurück und stierte minutenlang vor sich hin. Dann fiel ihr Blick auf das Tablet, das den ganzen Tag auf dem Gartentisch gelegen hatte und immer wieder von ihr kontrolliert worden war. Nun schlug sie es zu. Die Webseite war weiter offline, es hatte keinerlei Anrufe gegeben, Politik und Öffentlichkeit zeigten sich beeindruckt von dem schnellen

Ermittlungserfolg, und nicht nur die Täter, sondern auch deren Opfer saßen in Untersuchungshaft. Alles war gut. Immer stärker meldete sich ein zuletzt vernachlässigtes Verlangen in ihr. Sie stand auf, wechselte die Kleidung und zog die Laufschuhe an. Wie ferngesteuert schlug sie den Weg zum Petersberg ein und weiter zum Steinbruch Weilberg. Dorthin, wo vor wenigen Tagen die *Zeugen Justitias* mit einem schwarz eingefärbten Herz in ihr Leben getreten waren. Mit jedem Schritt wuchs die Überzeugung, dass die bevorstehenden Gespräche mit Filip im Vergleich zu der zurückliegenden Ermittlung ein Kinderspiel sein würden. Das einsetzende Hochgefühl verstärkte sich, sodass sie die Joggingrunde in einer neuen Rekordzeit absolvierte. Besser hätte der Tag aus ihrer Sicht nicht enden können.